ZETA

ZETA

Título original: *The Lincoln Lawyer*
Traducción: Javier Guerrero
1.ª edición: enero 2009

© 2005 by Hieronymus, Inc.
© Ediciones B, S. A., 2009
  para el sello Zeta Bolsillo
  Bailén, 84 - 08009 Barcelona (España)
  www.edicionesb.com

Publicado por acuerdo con Little, Brown and Company Inc., New York, USA.

Printed in Spain
ISBN: 978-84-9872-166-9
Depósito legal: B. 50.336-2008

Impreso por LIBERDÚPLEX, S.L.U.
Ctra. BV 2249 Km 7,4 Polígono Torrentfondo
08791 - Sant Llorenç d'Hortons (Barcelona)

El inocente

MICHAEL CONNELLY

Para Daniel F. Daly y Roger O. Mills

Ningún cliente asusta más que un hombre inocente.
J. MICHAEL HALLER, abogado penal
Los Ángeles, 1962

PRIMERA PARTE

INTERVENCIÓN PREJUDICIAL

1

El aire matinal procedente del Mojave a finales del invierno es el más limpio y vigorizante que se puede respirar en el condado de Los Ángeles. Lleva consigo el gusto de la promesa. Cuando el viento empieza a soplar desde el desierto me gusta dejar una ventana abierta en mi despacho. Hay gente que conoce esa costumbre mía, gente como Fernando Valenzuela. El fiador carcelero, no el famoso *pitcher* de béisbol. Me llamó cuando estaba llegando a Lancaster para asistir a una comparecencia de calendario a las nueve de la mañana. Debió de oír el silbido del viento a través de mi teléfono móvil.

—Mick —dijo—, ¿estás en el norte esta mañana?

—Por ahora sí —dije, al tiempo que subía la ventanilla para oírle mejor—. ¿Tienes algo?

—Sí, tengo algo. Creo que es un filón. Pero su primera comparecencia es a las once. ¿Podrás volver a tiempo?

Valenzuela tiene una oficina en Van Nuys Boulevard, a una manzana del edificio municipal que alberga dos juzgados y la prisión de Van Nuys. Llama a su negocio Liberty Bail Bonds. Su número de móvil, en neón rojo en el tejado de su establecimiento, puede verse desde el pabellón de máxima seguridad de la tercera planta de la prisión. Y está grabado en la pintura de la pared, junto a los teléfonos de pago de cada pabellón de la cárcel.

Podría decirse que su nombre también está grabado, y de manera permanente, en mi lista de Navidad. Al final del año regalo una lata de frutos secos salados a todos los que figuran en ella. Surtido navideño. Cada lata lleva una cinta y un lazo. Pero no contiene frutos secos, sino dinero en efectivo. Tengo un montón de fiadores carceleros en mi lista navideña. Como surtido navideño directamente del *tupper* hasta bien entrada la primavera. Desde mi último divorcio, a veces es lo único que tengo para cenar.

Antes de responder a la pregunta de Valenzuela pensé en la comparecencia de calendario a la que me dirigía. Mi cliente se llamaba Harold Casey. Si la lista de causas seguía un orden alfabético llegaría sin problema a una vista a las once en Van Nuys. Sin embargo, el juez Orton Powell estaba en su último periodo en la judicatura. Iba a retirarse. Eso significaba que ya no se enfrentaba a las presiones propias de la reelección como los que dependían de campañas privadas. Para demostrar su libertad —y posiblemente también como forma de vengarse de quienes lo habían mantenido políticamente cautivo durante doce años—, le gustaba complicar las cosas en su tribunal. A veces, el orden era alfabético; otras, alfabético inverso; en ocasiones, por fecha de entrada. Nunca sabías cuál sería el orden hasta que llegabas allí. No era nada raro que los abogados esperaran con impaciencia durante más de una hora en la sala de Powell. Al juez eso le complacía.

—Creo que podré llegar a las once —dije sin estar seguro—. ¿Cuál es el caso?

—El tipo ha de estar forrado. Domicilio en Beverly Hills, el abogado de la familia presentándose de entrada... Cosa seria, Mick. Le pidieron medio kilo y el abogado de su madre se ha presentado aquí dispuesto a firmar cediendo propiedades en Malibú como garantía. Ni siquiera pidió antes que rebajaran la fianza. Parece que no están muy preocupados por que se fugue.

—¿De qué lo acusan? —pregunté.

No alteré mi tono de voz. El olor de dinero en el agua suele atraer a las pirañas, pero me había ocupado de Valenzuela las suficientes Navidades para saber que lo tenía en exclusiva. Podía actuar con tranquilidad.

—Los polis lo acusan de agresión con agravante, LCG e intento de violación, para empezar —respondió el fiador—. La fiscalía todavía no ha presentado cargos que yo sepa.

La policía normalmente exageraba los cargos. Lo que importaba era lo que los fiscales, en última instancia, llevaban a juicio. Siempre digo que los casos entran como un león y salen como un cordero. Una acusación que se incoaba como intento de violación, agresión con agravante y lesiones corporales graves podía terminar como un simple caso de lesiones. No me habría sorprendido, y no habría sido ningún filón. Aun así, si podía acceder al cliente y establecer mis honorarios en función de los cargos anunciados, saldría bien parado cuando el fiscal finalmente los rebajara.

—¿Conoces los detalles? —pregunté.

—Presentaron los cargos anoche. Suena como una cita en un bar que acabó mal. El abogado de la familia dice que la mujer pretende sacar dinero. Lo clásico, la demanda civil que seguirá al caso penal. Pero no estoy seguro. Por lo que he oído le han dado una buena paliza.

—¿Cómo se llama el abogado de la familia?

—Espera un segundo. Tengo su tarjeta por aquí.

Miré por la ventanilla mientras esperaba que Valenzuela encontrara la tarjeta de visita. Estaba a dos minutos del tribunal de Lancaster y a doce de mi comparecencia. Necesitaba al menos tres de esos minutos para hablar con mi cliente y darle la mala noticia.

—Vale, aquí está —dijo Valenzuela—. El nombre del tipo es Cecil C. Dobbs, Esquire. De Century City. ¿Ves? Te lo he dicho. Pasta.

Valenzuela tenía razón, pero no era la dirección del abogado lo que me hablaba a gritos de dinero, sino su nombre.

Conocía la reputación de C. C. Dobbs y suponía que en toda su lista de clientes no habría más de uno o dos cuyo domicilio no estuviera en Bel-Air o en Holmby Hills. Sus clientes eran de los lugares donde las estrellas parecen bajar por las noches para tocar a los ungidos.

—Dame el nombre del cliente —dije.

—Louis Ross Roulet.

Lo deletreó y lo anoté en un bloc.

—¿Llegarás a tiempo, Mick? —preguntó Valenzuela.

Antes de responder, anoté el nombre de C. C. Dobbs en el bloc. Luego respondí a Valenzuela con otra pregunta.

—¿Por qué yo? —dije—. ¿Preguntaron por mí? ¿O lo sugeriste tú?

Tenía que ir con cuidado con esa cuestión. Daba por sentado que Dobbs era la clase de profesional que acudiría al Colegio de Abogados de California en un suspiro si se encontraba con un abogado defensor penal que pagaba a fiadores por derivaciones de clientes. De hecho, empecé a preguntarme si todo el asunto no podía ser una operación de la judicatura en la que Valenzuela no había reparado. Yo no era uno de los hijos predilectos de la judicatura. Habían venido a por mí antes. En más de una ocasión.

—Le pregunté a Roulet si tenía abogado defensor penal, y dijo que no. Le hablé de ti. No lo forcé. Sólo le dije que eras bueno. Promoción discreta, ya ves.

—¿Eso fue antes o después de que apareciera Dobbs?

—No, antes. Roulet me llamó esta mañana desde la prisión. Lo tenían en máxima seguridad y supongo que vio mi letrero. Dobbs apareció después. Le dije que estabas en el caso, le expliqué quién eras, y le pareció bien. Estará allí a las once. Verás cómo es.

No dije nada durante un buen rato. Me preguntaba hasta qué punto Valenzuela estaba siendo sincero conmigo. Un tipo como Dobbs tenía que contar con su propio abogado. Por más que no fuera su punto fuerte, tenía que disponer de un especialista en derecho penal en el bufete, o al menos en la recámara. Sin embargo, lo que explicaba Valenzuela parecía contradecirlo. Roulet acudió a él con las manos vacías. Eso me decía que en el caso había muchas cosas que no conocía.

—Eh, Mick, ¿estás ahí? —insistió Valenzuela.

Tomé una decisión, una decisión que a la larga me conduciría otra vez a Jesús Menéndez y que en cierto modo lamentaré durante muchos años. Pero en el momento en que la tomé era una decisión producto de la necesidad y la rutina.

—Allí estaré —dije al teléfono—. Te veo a las once.

Estaba a punto de colgar cuando oí otra vez la voz de Valenzuela.

—Y te acordarás de mí, ¿verdad, Mick? O sea, bueno, si de verdad es un filón.

Era la primera vez que Valenzuela buscaba que le asegurara que iba a retribuirle. Su petición incidió en mi paranoia y cuidadosamente construí una respuesta que lo satisficiera a él y a la judicatura, si estaban escuchando.

—No te preocupes, Val. Estás en mi lista de Navidad.

Cerré el teléfono antes de que él pudiera decir nada más y le pedí a mi chófer que me dejara en la entrada de empleados del tribunal. La cola ante el detector de metales era más corta, y por lo general a los vigilantes de seguridad no les importaba que los abogados —los habituales— se colaran para llegar a tiempo a un juicio.

Al pensar en Louis Ross Roulet y en el caso y las posibles riquezas y peligros que me esperaban, volví a bajar la ventanilla para poder disfrutar del último minuto de aire fresco y limpio de la mañana. Todavía llevaba el gusto de una promesa.

2

El tribunal del Departamento 2A estaba atestado de letrados, tanto de la defensa como de la acusación, negociando y charlando entre ellos cuando llegué allí. Supe que la sesión iba a empezar con puntualidad porque vi al alguacil sentado ante su mesa. Eso significaba que el juez estaba a punto de ocupar su lugar.

En el condado de Los Ángeles los alguaciles son de hecho ayudantes jurados del sheriff que están asignados a la división de la cárcel. Me acerqué al alguacil. Su mesa era la más próxima a la galería del público, de manera que los ciudadanos podían acercarse a hacer preguntas sin necesidad de profanar el recinto asignado a los letrados, acusados y personal del tribunal. Vi la agenda en la tablilla que tenía delante. Leí el nombre en su uniforme —R. Rodríguez— antes de hablar.

—Roberto, ¿tienes a mi hombre ahí? ¿Harold Casey?

El alguacil fue bajando el dedo por la lista, pero se detuvo enseguida. Eso significaba que tenía suerte.

—Sí, Casey. Es el segundo.

—Por orden alfabético hoy, bien. ¿Tengo tiempo de pasar a verlo?

—No, ya están entrando al primer grupo. Acabo de avisar. El juez está saliendo. Dentro de dos minutos verá a su cliente en el corral.

—Gracias.

Empecé a caminar hacia la portezuela cuando el alguacil me llamó.

—Y es Reynaldo, no Roberto.

—Claro, es verdad. Lo siento, Reynaldo.

—Todos los alguaciles nos parecemos, ¿no?

No supe si pretendía hacer una broma o se trataba simplemente de una pulla. No respondí. Me limité a sonreír y abrí la portezuela. Saludé con la cabeza a un par de abogados que no conocía y a otros dos que sí. Uno me detuvo para preguntarme cuánto tiempo calculaba que iba a estar ante el juez, porque quería calibrar cuándo regresar para la comparecencia de su propio cliente. Le dije que sería rápido.

En una comparecencia de calendario los acusados son llevados a la sala del tribunal en grupos de cuatro y puestos en un recinto cerrado de madera y cristal conocido como corral. Éste permite que los acusados hablen con sus abogados en los momentos previos a que se inicie el proceso, cualquiera que sea.

Me coloqué al lado del corral justo en el momento en que, después de que un ayudante del sheriff abriera la puerta del calabozo interior, desfilaran los cuatro primeros acusados de la lista de casos. El último en entrar en el corral era Harold Casey, mi cliente. Ocupé una posición cercana a la pared lateral para gozar de intimidad, al menos por un lado, y le hice una seña para que se acercara.

Casey era grande y alto, como solían reclutarlos en los Road Saints, la banda de moteros, o club, como sus miembros preferían que fuera conocido. Durante su estancia en la prisión de Lancaster se había cortado el pelo y se había afeitado, siguiendo mis instrucciones, y tenía un aspecto razonablemente presentable, salvo por los tatuajes en ambos brazos que también asomaban por encima del cuello de la camisa. Se hace lo que se puede. No sé demasiado acerca del efecto de los tatuajes en un jurado, aunque sospecho que no es demasiado positivo, especialmente cuando se trata de calaveras sonrientes. Sé que a los miembros del jurado en general no les gustan demasiado las colas de caballo, ni en los acusados ni en los abogados que los representan.

Casey estaba acusado de cultivo, posesión y venta de marihuana, así como de otros cargos relacionados con drogas y armas. Los ayudantes del sheriff, al llevar a cabo un asalto antes del amanecer al rancho en el que vivía y trabajaba, encontraron un granero y un cobertizo prefabricado que habían sido convertidos en un invernadero. Se requisaron más de dos mil plantas plenamente maduras junto con veintiocho kilos de marihuana cosechada y empaquetada en bolsas de plástico de pesos diversos. Además, se requisaron más de trescientos gramos de metanfetamina, que los empaquetadores espolvoreaban en la cosecha para darle un punto adicional, así como un pequeño arsenal de armas, muchas de las cuales, según posteriormente se determinó, eran robadas.

Todo indicaba que Casey lo tenía crudo. El estado lo había pillado bien. De hecho, lo encontraron dormido en un sofá en el granero, a metro y medio de la mesa de empaquetado. Por si eso fuera poco, había sido condenado dos veces por delitos de drogas y en ese momento continuaba en libertad condicional por el caso más reciente. En el estado de California, el tercer delito es la clave. Siendo realistas, Casey se enfrentaba al menos a una década en prisión, incluso con buen comportamiento.

Sin embargo, lo inusual en Casey era que se trataba de un acusado ansioso por enfrentarse al juicio e incluso a la posibilidad de una condena. Había decidido no declinar su derecho a un juicio rápido y ahora, menos de tres meses después de su detención, esperaba con avidez que se celebrara la vista. Estaba ansioso porque sabía que su única esperanza radicaba en su apelación de esa condena probable. Gracias a su abogado, Casey atisbó un rayo de esperanza, esa lucecita titilante que sólo un buen abogado puede aportar a un caso oscuro como ése. A partir de ese rayo de esperanza nació una estrategia que en última instancia podría funcionar para liberar a Casey. La estrategia era osada y le costaría a Casey pasar un tiempo en prisión mientras esperaba la apelación, pero él sabía tan bien como yo que era la única oportunidad real con que contaba.

La fisura en el caso del estado no estaba en su suposición de que Casey era cultivador, empaquetador y vendedor de marihuana. La fiscalía estaba absolutamente en lo cierto en estas suposiciones y había pruebas más que suficientes de ello. Era en cómo el estado había obtenido esas pruebas donde el caso se tambaleaba sobre unos cimientos poco firmes. Mi trabajo consistía en sondear esa fisura en el juicio, explotarla, ponerla en el acta y luego convencer a un jurado de apelación de que se desestimaran las pruebas del caso, algo de lo que no había logrado convencer al juez Orton Powell durante la moción previa al juicio.

La semilla de la acusación de Harold Casey se plantó un martes de mediados de diciembre cuando Casey entró en un Home Depot de Lancaster y llevó a cabo diversas compras cotidianas, entre ellas la de tres bombillas de la variedad que se utiliza en el cultivo hidropónico. Resultó que el hombre que tenía detrás en la cola de la caja era un ayudante del sheriff fuera de servicio que iba a comprar sus luces de Navidad. El agente reconoció algunos de los tatuajes en los brazos de Casey —sobre todo la calavera con un halo que es el sello emblemático de los Road Saints— y sumó dos más dos. El agente fuera de servicio siguió la Harley de Casey hasta el rancho, que se hallaba en las inmediaciones de Pearblossom. Esta información fue transmitida a la brigada de narcóticos del sheriff, la cual preparó un helicóptero sin identificar para que sobrevolara el rancho con una cámara térmica. Las subsecuentes fotografías, que mostraban manchas de un color rojo intenso procedentes del calor del granero y el cobertizo prefabricado, junto con la declaración del ayudante del sheriff que vio a Casey adquirir bombillas hidropónicas, fueron presentadas al juez en un affidávit. A la mañana siguiente, los ayudantes del sheriff despertaron a Casey del sofá con una orden judicial firmada.

En una vista previa argumenté que todas las pruebas contra Casey deberían ser excluidas porque la causa probable para el registro constituía una invasión del derecho de Casey a la intimidad. Utilizar adquisiciones comunes de un individuo en una ferretería como trampolín para llevar a cabo una posterior invasión de la intimidad a través de una vigilancia en la superficie y desde el aire mediante imágenes térmicas seguramente sería visto como una medida excesiva por los artífices de la Constitución.

El juez Powell rechazó mi argumento y el caso pasó a juicio o a una sentencia pactada posterior al reconocimiento de culpabilidad por parte del acusado. Entretanto, apareció más información que reforzaría la apelación a la condena de Casey. El análisis de las fotografías tomadas cuando se sobrevoló la granja de Casey y las especificaciones focales de la cámara térmica utilizada por los ayudantes del sheriff indicaban que el helicóptero estaba volando a no más de treinta metros del suelo cuando se tomaron las fotografías. El Tribunal Supremo de Estados Unidos ha sostenido que un vuelo de observación de las fuerzas policiales sobre la propiedad de un sospechoso no viola el derecho individual a la intimidad siempre y cuando el aparato se halle en espacio aéreo público. Pedí a mi investigador, Raul Levin, que comprobara este límite con la Administración Federal de Aviación. El rancho de Casey no estaba localizado debajo de ninguna ruta al aeropuerto. El límite inferior del espacio aéreo público encima del rancho era de trescientos metros. Los ayudantes del sheriff habían invadido claramente la intimidad de Casey al recopilar la causa probable para asaltar el rancho.

Ahora mi labor consistía en llevar el caso a juicio y obtener testimonio de los ayudantes y el piloto acerca de la altitud a la que sobrevolaron el rancho. Si me decían la verdad, los tenía. Si mentían, los tenía. No me complace la idea de avergonzar a las fuerzas policiales en un juicio público, pero mi esperanza era que mintieran. Si un jurado ve que un poli miente en el estrado de los testigos, el caso está terminado. No hace falta apelar a un veredicto de inocencia. El estado no puede recurrir un veredicto semejante.

En cualquier caso, confiaba plenamente en el as que tenía en la manga. Sólo tenía que ir a juicio y únicamente había una cosa que nos retenía. Eso era lo que necesitaba decirle a Casey antes de que el juez ocupara su lugar para la vista del caso.

Mi cliente se acercó a la esquina del corral y no me dijo ni hola. Yo tampoco. Él ya sabía lo que quería. Habíamos mantenido la misma conversación antes.

—Harold, ésta es la comparecencia de calendario —dije—. Aquí es cuando le digo al juez si estamos listos para ir a juicio. Ya sé que la fiscalía está lista. Así que depende de nosotros.

—¿Y?

—Y hay un problema. La última vez que estuvimos aquí me dijiste que iba a recibir dinero. Pero aquí estamos, Harold, y sin dinero.

—No te preocupes, tengo tu dinero.

—Por eso estoy preocupado. Tú tienes mi dinero. Yo no tengo mi dinero.

—Está en camino. Hablé con mis chicos ayer. Está en camino.

—La última vez también dijiste eso. No trabajo gratis, Harold. El experto que estudió las fotos tampoco trabaja gratis. Tu depósito hace tiempo que se agotó. Quiero más dinero o vas a tener que buscarte un nuevo abogado. Un abogado de oficio.

—Nada de abogado de oficio, tío. Te quiero a ti.

—Bueno, pues yo tengo gastos y he de comer. ¿Sabes cuánto he de pagar cada semana sólo por salir en las páginas amarillas? Adivina.

Casey no dijo nada.

—Uno de los grandes. Un promedio de mil cada semana sólo para pagar el anuncio, y eso antes de que coma o pague la hipoteca o la ayuda a los niños o de que ponga gasolina en el Lincoln. No hago esto por una promesa, Harold. Trabajo por una inspiración verde.

Casey no pareció impresionado.

—Lo comprobaré —dijo—. No puedes dejarme colgado. El juez no te dejará.

Un siseo se extendió por la sala cuando el juez entró por la puerta que conducía a su despacho y se acercó a los dos escalones que llevaban a su sillón. El alguacil llamó al orden en la sala. Era la hora de la función. Miré a Casey un largo momento y me alejé. Mi cliente tenía un conocimiento aficionado y carcelario de la ley y de cómo funcionaba. Sabía más que la mayoría. Pero todavía podía darle una sorpresa.

Me senté junto a la barandilla, detrás de la mesa de la defensa. El primer caso era una reconsideración de una fianza y lo solventaron rápidamente. A continuación el alguacil anunció el caso de *California contra Casey*, y yo subí al estrado.

—Michael Haller por la defensa —dije.

El fiscal anunció asimismo su presencia. Era un hombre joven llamado Victor De Vries. No tenía ni idea de por dónde iba a salirle en el juicio. El juez Orton Powell hizo las preguntas habituales acerca de si había alguna disposición posible en el caso. Todos los jueces tenían la agenda repleta y un mandato prioritario de solventar los casos a través de una disposición. La última cosa que quería un juez era que no hubiera esperanza de acuerdo y el juicio fuera inevitable.

Aun así, Powell escuchó la mala noticia por boca de De Vries y por la mía, y nos preguntó si estábamos preparados para programar el juicio para esa misma semana. De Vries dijo que sí, yo dije que no.

—Señoría —dije—, me gustaría esperar hasta la semana que viene si es posible.

—¿Cuál es la causa de su demora, señor Haller? —preguntó el juez con impaciencia—. La fiscalía está preparada y yo quiero solventar este caso.

—Yo también quiero solventarlo, señoría. Pero la defensa está teniendo dificultades para encontrar a un testigo que será necesario para nuestro caso. Un testigo indispensable, señoría. Creo que con un aplazamiento de una semana será suficiente. La semana que viene estaremos listos para seguir adelante.

Como era de esperar, De Vries se opuso al aplazamiento.

—Señoría, ésta es la primera vez que la fiscalía oye hablar de un testigo desaparecido. Era él quien solicitó el juicio rápido y ahora quiere esperar. Creo que es una simple maniobra de dilación porque se enfrenta a...

—Puede guardarse el resto para el jurado, señor De Vries —le interrumpió el juez—. Señor Haller, ¿cree que en una semana solventará su problema?

—Sí, señoría.

—De acuerdo, les veré a usted y al señor Casey el próximo lunes y estará listo para empezar. ¿Entendido?

—Sí, señoría. Gracias.

El alguacil anunció el siguiente caso y yo me aparté de la mesa de la defensa. Observé que un ayudante del sheriff sacaba a mi cliente del corral. Casey me miró con una expresión que parecía formada a partes iguales por rabia y confusión. Me acerqué a Reynaldo Rodríguez y le pregunté si me permitiría volver a la zona de detenidos para poder continuar departiendo con mi cliente. Era una cortesía profesional que se permitía a la mayoría de los habituales. Rodríguez se levantó, abrió una puerta que había detrás de su escritorio y me permitió entrar. Me aseguré de darle las gracias utilizando su nombre correcto.

Casey estaba en una celda de retención con otro acusado, el hombre cuyo caso había sido llamado antes en la sala. La celda era grande y tenía bancos en tres de los lados. Lo malo de que la vista de tu caso se celebre pronto es que después has de sentarte en esa jaula hasta que hay gente suficiente para llenar un autobús hasta la prisión del condado. Casey se acercó a los barrotes para hablar conmigo.

—¿De qué testigo estabas hablando ahí? —me preguntó.

—Del señor Verde —dije—. El señor Verde es lo único que necesitamos para llevar este caso adelante.

El rostro de Casey se contorsionó de rabia. Traté de salirle al cruce.

—Mira, Harold, sé que quieres acelerar esto y llegar al juicio y luego a la apelación. Pero has de pagar el peaje. Sé de larga experiencia que no me hace ningún bien perseguir a la gente para que me pague cuando el pájaro ha volado. Si quieres que juguemos ahora, pagas ahora.

Asentí con la cabeza y estaba a punto de volver a la puerta que conducía a la libertad, pero le hablé otra vez.

—Y no creas que el juez no sabe lo que está pasando —dije—. Tienes a un fiscal joven que es un pardillo y que no ha de preocuparse por saber de dónde vendrá su siguiente nómina. Pero Orton Powell pasó muchos años en la defensa antes de ser juez. Sabe lo que es buscar a testigos indispensables como el señor Verde y probablemente no mirará con buenos ojos a un acusado que no paga a su abogado. Le hice la señal, Harold. Si quiero dejar el caso, lo dejaré. Pero lo que prefiero hacer es venir aquí el lunes y decirle que hemos encontrado a nuestro testigo y que estamos listos para empezar. ¿Entiendes?

Casey no dijo nada al principio. Caminó hasta el lado más alejado de la celda y se sentó en el banco. No me miró cuando por fin habló.

—En cuanto llegue a un teléfono —dijo.

—Bien, Harold. Le diré a uno de los ayudantes que has

de hacer una llamada. Llama y quédate tranquilo. Te veré la semana que viene y pondremos esto en marcha.

Volví a la puerta, caminando con rapidez. Odio estar dentro de una prisión. No estoy seguro de por qué. Supongo que es porque a veces la línea parece muy delgada: la frontera entre ser un abogado criminalista y ser un abogado criminal. A veces no estoy seguro de a qué lado de los barrotes estoy. Para mí siempre es un milagro incomprensible que pueda salir por el mismo camino por el que he entrado.

3

En el vestíbulo del tribunal volví a encender el teléfono móvil y llamé a mi chófer para avisarle de que estaba saliendo. Comprobé mi buzón de voz y encontré mensajes de Lorna Taylor y Fernando Valenzuela. Decidí esperar hasta que estuve en el coche para devolver las llamadas.

Earl Briggs, mi chófer, tenía el Lincoln justo delante. Earl no salió a abrirme la puerta ni nada por el estilo. Su labor consistía únicamente en llevarme mientras iba liquidando los honorarios que me debía por conseguirle la condicional en una condena por venta de cocaína. Le pagaba veinte pavos la hora por conducir, pero luego me quedaba la mitad a cuenta de la deuda. No era lo que sacaba vendiendo *crack* en los barrios bajos, pero era más seguro, legal y algo que podía poner en un currículum. Earl aseguraba que quería enderezar su vida y yo le creía.

Oí el sonido rítmico del *hip-hop* detrás de las ventanillas cerradas del Town Car al acercarme, pero Earl apagó la música en cuanto me estiré hacia la maneta. Me metí en la parte trasera y le pedí que se dirigiera a Van Nuys.

—¿Qué estabas escuchando? —le pregunté.

—Hum, era Three Six Mafia.

—¿*Dirty south*?

—Exacto.

A lo largo de los años, me había hecho conocedor de las sutiles diferencias, regionales y de otro tipo, en el rap y el *hip-hop*. La inmensa mayoría de mis clientes lo escuchaban, y muchos de ellos construían sus estrategias vitales a partir de esa música.

Me estiré y cogí la caja de zapatos llena de cintas de casete del caso Boyleston y elegí una al azar. Apunté el número de la cinta y el tiempo en la pequeña libretita de control que tenía en la caja. Le pasé la cinta a Earl a través del asiento y él la puso en el equipo de música del salpicadero. No tuve que decirle que la reprodujera a un volumen tan bajo que pareciera poco más que un rumor de fondo. Earl llevaba tres meses conmigo y sabía lo que tenía que hacer.

Roger Boyleston era uno de mis pocos clientes que me había enviado el tribunal. Se enfrentaba a diversos cargos federales por tráfico de drogas. Las escuchas de la DEA en los teléfonos de Boyleston habían conducido a su detención y a la confiscación de seis kilos de cocaína que pensaba distribuir a través de una red de camellos. Había numerosas cintas, más de cincuenta horas de conversaciones grabadas. Boyleston habló con mucha gente acerca de lo que venía y de cuándo esperarlo. El caso era pan comido para el gobierno. Boyleston iba a pasar una larga temporada a la sombra y había poco que yo pudiera hacer salvo negociar un trato, cambiando la cooperación de Boyleston por una sentencia menor. Aunque eso no importaba. Lo que me importaba eran las cintas. Acepté el caso por las cintas. El gobierno federal me pagaría por escuchar las cintas en preparación para defender a mi cliente. Eso significaba que podría facturar un mínimo de cincuenta horas del caso Boyleston al gobierno antes de que se acordara todo. Así que me aseguré de que las cintas se iban reproduciendo mientras iba en el Lincoln. Quería estar seguro de que si alguna vez tenía que poner la mano sobre la Biblia y jurar decir la verdad podría afirmar con la conciencia tranquila que había reproducido todas y cada una de las cintas por las que había facturado al Tío Pasta.

Primero devolví la llamada de Lorna Taylor. Lorna es mi directora de casos. El número de teléfono que consta en mi anuncio de media plana de las páginas amarillas y en treinta y seis paradas de autobús esparcidas por zonas de alta criminalidad del sur y el este del condado van directamente a su despacho/segundo dormitorio de su casa de Kings Road, en West Hollywood. Mi dirección oficial para la judicatura de California y los alguaciles de los tribunales también está en su domicilio.

Lorna es la primera barrera. Para llegar a mí hay que pasar por ella. Sólo le doy mi teléfono móvil a unos pocos y Lorna es la guardiana de la verja. Es dura, lista, profesional y hermosa. Aunque últimamente sólo puedo verificar este último atributo aproximadamente una vez al mes, cuando la llevo a cenar y a firmar cheques; ella también es mi contable.

—Oficina legal —dijo cuando llamé.

—Lo siento, todavía estaba en el tribunal —dije explicando por qué no había contestado su llamada—. ¿Qué pasa?

—Has hablado con Val, ¿no?

—Sí, ahora voy hacia Van Nuys. He quedado a las once.

—Ha llamado para asegurarse. Parece nervioso.

—Cree que este tipo es la gallina de los huevos de oro y quiere asegurarse de que no lo pierde. Lo llamaré para tranquilizarlo.

—He hecho algunas averiguaciones preliminares del nombre de Louis Ross Roulet. Su informe de crédito es excelente. Su nombre salía en varios artículos del *Times*. Todo transacciones inmobiliarias. Parece que trabaja para una inmobiliaria de Beverly Hills. Se llama Windsor Residential Estates. Diría que manejan listas de clientes muy exclusivos, no venden la clase de propiedades de las que ponen un cartel en la puerta.

—Está bien. ¿Algo más?

—En eso no. Y de momento sólo lo habitual en el teléfono.

Lo que significaba que había sorteado el acostumbrado número de llamadas producto de las paradas de autobús y de las páginas amarillas, todas ellas de gente que quería un abogado. Antes de que los que llamaban alcanzaran mi radar tenían que convencer a Lorna de que podían pagar por aquello que querían. Era una especie de enfermera detrás del mostrador de la sala de urgencias. Tenías que convencerla de que tenías un seguro válido antes de que te mandara al médico. Al lado del teléfono ella tiene una lista de tarifas que empieza con una tarifa plana de 5.000 dólares por ocuparme de cargos por conducir bajo los efectos del alcohol y que va hasta las cuotas horarias que cobro en juicios por delitos graves. Lorna se asegura de que cada cliente es un cliente que paga y conoce lo que va a costarle el delito del que se le acusa. Como dice el dicho, no cometes un crimen si no vas a poder pagarlo. Lorna y yo decimos: no cometas el crimen si no vas a poder pagarnos. Ella acepta Master Card y Visa y verifica que el pago está aprobado antes de que me llegue el cliente.

—¿Nadie que conozcamos? —pregunté.

—Gloria Dayton llamó desde las Torres Gemelas.

Gruñí. Las Torres Gemelas, en el centro de la ciudad, era la principal prisión del condado. Albergaba mujeres en una torre y hombres en la otra. Gloria Dayton era una prostituta de lujo que de vez en cuando requería mis servicios profesionales. La primera vez que la representé fue hace al menos diez años, cuando ella era joven y no estaba metida en drogas y todavía tenía vida en la mirada. Ahora era una clienta *pro bono*. Nunca le cobraba. Sólo intentaba convencerla de que abandonara esa vida.

—¿Cuándo la detuvieron?

—Anoche. O mejor dicho, esta mañana. Su primera comparecencia es después de comer.

—No sé si podré llegar a tiempo con este asunto de Van Nuys.

—También hay una complicación. Posesión de cocaína aparte de lo habitual.

Sabía que Gloria trabajaba exclusivamente a partir de contactos hechos en Internet, donde ella se publicitaba en diversos sitios web con el nombre de Glory Days. No era una prostituta callejera ni de barra americana. Cuando la detenían normalmente era porque un agente de antivicio había conseguido burlar su sistema de control y establecer una cita. El hecho de que llevara cocaína en el momento de su detención sonaba como un lapsus inusual por su parte, o bien el poli se la había colocado para inculparla.

—Muy bien, si vuelve a llamar dile que trataré de estar allí y que si no estoy pediré que alguien se ocupe. ¿Llamarás al juzgado para confirmar la vista?

—Estoy en ello. Pero, Mickey, ¿cuándo vas a decirle que es la última vez?

—No lo sé. Puede que hoy. ¿Qué más?

—¿No es suficiente para un día?

—Supongo que bastará.

Hablamos un poco más acerca de mis citas para el resto de la semana y abrí mi portátil en la mesa plegable para poder cotejar mi agenda con la de Lorna. Tenía un par de vistas previstas para cada mañana y un juicio de un día el jueves. Todo eran asuntos de drogas del Southside. Mi pan de cada día. Al final de la conversación le dije que la llamaría después de la vista de Van Nuys para decirle si el caso Roulet iba a influir en los planes y de qué manera.

—Una última cosa —dije—. Has dicho que la empresa para la que trabaja Roulet se ocupa de inmuebles exclusivos, ¿verdad?

—Sí. Todas las ventas por las que aparece en los archivos son de siete cifras. Un par de ocho. Holmby Hills, Beverly Hills, sitios así.

Asentí con la cabeza, pensando que el estatus de Roulet podría convertirlo en una persona de interés para los medios.

—Entonces ¿por qué no le pasas el chivatazo a Patas? —dije.

—¿Estás seguro?

—Sí, podremos arreglar algo.

—Lo haré.

—Luego te llamo.

Cuando cerré el teléfono, Earl ya me había llevado de vuelta a la Antelope Valley Freeway en dirección sur. Estábamos yendo deprisa y llegar a Van Nuys para la primera comparecencia de Roulet no iba a ser un problema. Llamé a Fernando Valenzuela para decírselo.

—Perfecto —dijo el fiador—. Estaré esperando.

Mientras él hablaba vi que dos motocicletas pasaban junto a mi ventana. Los dos moteros iban vestidos con un chaleco de cuero negro con la calavera y el halo bordados en la espalda.

—¿Algo más? —pregunté.

—Sí, otra cosa que probablemente deberías saber —dijo Valenzuela—. Al comprobar con el juzgado cuándo iba a ser su primera comparecencia descubrí que el caso está asignado a Maggie McFiera. No sé si eso va a ser un problema para ti o no.

Maggie McFiera era Maggie McPherson, que resultaba ser una de las más duras y, sí, feroces ayudantes del fiscal del distrito asignados al tribunal de Van Nuys. También resultaba ser mi primera ex esposa.

—No será problema para mí —dije sin dudarlo—. Será ella la que va a tener problemas.

El acusado tiene derecho a elegir a su abogado. Si hay un conflicto de intereses entre el abogado defensor y el fiscal, entonces es el fiscal el que debe retirarse. Sabía que Maggie me culparía personalmente por perder las riendas de lo que podía resultar un caso grande, pero no podía evitarlo. Había ocurrido antes. En mi portátil todavía guardaba una moción para obligarla a renunciar al último caso en que nuestros caminos se habían cruzado. Si era necesario, sólo tendría que cambiar el nombre del acusado e imprimirlo. Yo podría seguir adelante y ella no.

Las dos motocicletas se habían colocado delante de nosotros. Me volví y miré por la ventanilla trasera. Había otras tres Harley detrás de nosotros.

—Aunque ¿sabes lo que significa? —dije.

—No, ¿qué?

—No admitirá fianzas. Siempre lo hace en los delitos contra mujeres.

—Mierda. Estaba esperando un buen pellizco de esto, tío.

—No lo sé. Dices que el tipo tiene familia y a C. C. Dobbs. Podría utilizar algo de eso. Ya veremos.

—Mierda.

Valenzuela estaba viendo desaparecer su paga extra.

—Te veré allí, Val.

Cerré el teléfono y miré a Earl por encima del asiento.

—¿Cuánto hace que llevamos escolta? —pregunté.

—Acaban de llegar —dijo Earl—. ¿Quiere que haga algo?

—Veamos qué...

No tuve que esperar hasta el final de la frase. Uno de los motoristas de detrás se puso al lado del Lincoln y nos señaló la siguiente salida, la que conducía a Vasquez Rocks. Reconocí a Teddy Vogel, un antiguo cliente que era el motero de más rango entre los Road Saints que no estaban encarcelados. Probablemente era también el de más peso. Pesaba al menos ciento cincuenta kilos y daba la impresión de ser un niño gordo en la moto de su hermano pequeño.

—Para, Earl —dije—. A ver qué quiere.

Aparcamos en el estacionamiento junto a la escarpada

formación rocosa bautizada en honor de un forajido que se había refugiado allí un siglo antes. Vi a dos personas sentadas y tomando un pícnic en el borde de uno de los salientes más altos. Yo sería incapaz de sentirme a gusto comiendo un sándwich en una posición tan peligrosa.

Bajé la ventanilla cuando Teddy Vogel se acercó caminando. Sus cuatro compañeros habían parado el motor, pero se quedaron en sus Harley. Vogel se inclinó junto a la ventana y puso uno de sus gigantescos antebrazos en el marco. Sentí que el coche se hundía ligeramente.

—Abogado, ¿cómo te va? —dijo.

—Bien, Ted —dije, sin querer llamarlo por su apodo obvio en la banda: Teddy Bear—. ¿Y tú?

—¿Qué ha pasado con tu cola de caballo?

—A alguna gente no le gustaba, así que me la corté.

—Un jurado, ¿eh? Debe de haber sido una colección de acartonados del norte.

—¿Qué pasa, Ted?

—Me ha llamado Casey desde el corral de Lancaster. Me dijo que a lo mejor te alcanzaba en dirección sur. Dijo que estabas parando su caso hasta que tuvieras un poco de pasta. ¿Es así, abogado?

Lo dijo como conversación de rutina. No había ninguna amenaza en su voz ni en sus palabras. Y yo no me sentí amenazado. Dos años antes había conseguido que a Vogel le redujeran una acusación de secuestro agravado con agresión a una falta de desorden público. Él dirigía un club de estriptis propiedad de los Saints en Sepulveda Boulevard, en Van Nuys. Su detención se produjo después de que él descubriera que una de sus bailarinas más productivas lo había dejado y había cruzado la calle para trabajar en un club de la competencia. Vogel cruzó tras ella, la agarró en el escenario y la arrastró otra vez a su club. La chica estaba desnuda. Un motorista que pasó llamó a la policía. Derrumbar el caso de la acusación fue una de mis mejores actuaciones, y Vogel lo sabía. Le caía bien.

—Tiene razón —dije—. Trabajo para vivir. Si quiere que trabaje para él, ha de pagarme.

—Te dimos cinco mil en diciembre —dijo Vogel.

—Eso se acabó hace mucho, Ted. Más de la mitad fue para el experto que va a hacer añicos la acusación. El resto era para mí, y ya he trabajado todas esas horas. Si he de llevarlo a juicio necesito recargar el depósito.

—¿Quieres otros cinco?

—No, necesito diez y se lo dije a Casey la semana pasada. Es un juicio de tres días y necesitaré traer a mi experto de Kodak desde Nueva York. He de abonar su tarifa y además quiere volar en primera clase y alojarse en el Chateau Marmont. Cree que va a tomarse las copas con estrellas de cine. Ese sitio cuesta cuatrocientos la noche, y eso las habitaciones baratas.

—Me haces polvo, abogado. ¿Qué ha pasado con ese eslogan que tenías en las páginas amarillas? Duda razonable a un precio razonable. ¿Diez mil te parece un precio razonable?

—Me gustaba ese eslogan. Me trajo un montón de clientes. Pero a la judicatura de California no le hizo tanta gracia, y me obligó a retirar el anuncio. Diez es el precio y es razonable, Ted. Si no puedes o no quieres pagarlo, rellenaré los papeles hoy. Lo dejaré y puede ir con uno de oficio. Le daré todo el material que tengo. Aunque no creo que el abogado de oficio tenga presupuesto para traer al experto en fotos.

Vogel cambió de posición en el marco de la ventanilla y el coche se estremeció bajo su peso.

—No, no, te queremos a ti. Casey es importante para nosotros, ¿me explico? Lo quiero fuera y de vuelta al trabajo.

Observé que buscaba en el interior del chaleco con una mano tan carnosa que no se distinguían los nudillos. Sacó un sobre grueso que me pasó al coche.

—¿Es en efectivo? —pregunté.

—Sí. ¿Qué hay de malo con el efectivo?

—Nada, pero tendré que hacerte un recibo. Es un requisito fiscal. ¿Están los diez?

—Está todo ahí.

Levanté la tapa de una caja de cartón que guardaba en el asiento de mi lado. El talonario de recibos estaba detrás de los archivos corrientes de casos. Empecé a extender el recibo. La mayoría de los abogados a los que inhabilitan es por culpa de infracciones financieras como el manejo o la apropiación indebida de tarifas de clientes. Yo mantenía registros y extendía recibos meticulosamente. Nunca permitiría que la judicatura me pillara de esa manera.

—Veo que ya lo llevabas preparado —dije mientras escribía—. ¿Y si lo hubiera rebajado a cinco? ¿Qué habrías hecho entonces?

Vogel sonrió. Le faltaba uno de los incisivos inferiores, seguramente a consecuencia de alguna pelea en el club. Se tocó el otro lado del chaleco.

—Tengo otro sobre con cinco mil aquí, abogado —dijo—. Estaba preparado para ti.

—Joder, ahora me siento mal, dejándote con dinero en el bolsillo.

Arranqué su copia del recibo y se la entregué por la ventanilla.

—Lo he hecho a nombre de Casey. Él es el cliente.

—Por mí perfecto.

Cogió el recibo y retiró el brazo de la ventanilla al tiempo que se enderezaba. El coche volvió a su equilibrio normal. Quería preguntarle de dónde salía el dinero, cuál de las empresas delictivas de los Saints lo había ganado, si un centenar de chicas habían bailado un centenar de horas para que él me pagara, pero ésa era una pregunta de la cual era preferible no conocer la respuesta. Observé que Vogel se acercaba otra vez a su Harley y tenía dificultades para pasar por encima del asiento una pierna gruesa como una papelera. Por primera vez me fijé en la doble amortiguación en la rueda trasera. Le pedí a Earl que volviera a la autovía y que se dirigiera a Van Nuys, donde iba a tener que hacer una parada en el banco antes de llegar al tribunal para encontrarme con mi nuevo cliente.

Mientras circulábamos abrí el sobre y conté el dinero: billetes de veinte, de cincuenta y de cien. No faltaba nada. El depósito estaba lleno, y yo estaba listo para ponerme en marcha con Harold Casey. Iría a juicio y le daría una lección al joven fiscal. Si no ganaba en el juicio, seguro que lo haría en la apelación. Casey volvería a la familia y al trabajo con los Road Saints. Su culpa en el delito del que le acusaban no era algo que yo considerara siquiera mientras anotaba el pago en depósito en la cuenta correspondiente a mi cliente.

—¿Señor Haller? —dijo Earl al cabo de un rato.

—Dime, Earl.

—Ese experto que va a venir de Nueva York... ¿He de ir a recogerlo al aeropuerto?

Negué con la cabeza.

—No va a venir ningún experto de Nueva York, Earl. Los mejores cámaras y expertos en fotografía del mundo están aquí mismo, en Hollywood.

Earl asintió y me sostuvo la mirada un momento en el espejo retrovisor antes de volver a concentrarse en la carretera que tenía delante.

—Ya veo —dijo, asintiendo otra vez.

Y yo repetí el gesto. No me cuestioné lo que había hecho o dicho. Ése era mi trabajo. Así era cómo funcionaba. Después de quince años de práctica legal había llegado a pensar en mi oficio en términos muy simples. La ley era una máquina grande y oxidada que chupaba gente, vidas y dinero. Yo sólo era un mecánico. Me había convertido en un experto en revisar la máquina y arreglar cosas y extraer lo que necesitaba a cambio.

No había nada más en la ley que me importara. Las nociones de la facultad de Derecho acerca de la virtud de la contraposición, de los pesos y contrapesos del sistema, de la búsqueda de la verdad, se habían erosionado desde entonces como los rostros de estatuas de otras civilizaciones. La ley no tenía que ver con la verdad. Se trataba de negociación, mejora y manipulación. No me ocupaba de la culpa y la inocencia porque todo el mundo era culpable de algo. Pero no importaba, porque todos los casos que aceptaba eran una casa asentada en cimientos colocados por obreros con exceso de trabajo y mal pagados. Cortaban camino en las esquinas. Cometían errores. Y después pintaban encima de los errores con mentiras. Mi trabajo consistía en arrancar la pintura y encontrar las grietas. Meter los dedos y mis herramientas en esas grietas y ensancharlas. Hacerlas tan grandes que o bien la casa se caía o mi cliente se escapaba entre ellas.

Gran parte de la sociedad pensaba en mí como en el demonio, pero estaban equivocados. Yo era un ángel cubierto de grasa. Era un auténtico santo de la carretera. Me necesitaban y me querían. Ambas partes. Era el aceite de la máquina. Permitía que los engranajes arrancaran y giraran. Ayudaba a mantener en funcionamiento el motor del sistema.

Pero todo eso cambiaría con el caso Roulet. Para mí. Para él. Y ciertamente para Jesús Menéndez.

4

Louis Ross Roulet estaba en un calabozo con otros siete hombres que habían recorrido en autobús el trayecto de media manzana desde la prisión hasta el tribunal de Van Nuys. Sólo había dos hombres blancos en el calabozo, y estaban sentados uno junto al otro en un banco mientras que los seis hombres negros ocuparon el otro lado de la celda. Era una forma de segregación darwiniana. Eran todos desconocidos, pero en el número estaba la fuerza. Puesto que Roulet supuestamente era el rico de Beverly Hills, miré a los dos hombres blancos y me resultó fácil elegir entre ellos. Uno era muy delgado, con los ojos vidriosos y desesperados de un yonqui al que se le ha pasado hace mucho la hora del chute. El otro parecía el proverbial venado ante los faros de un automóvil. Lo elegí.

—¿Señor Roulet? —dije.

El venado asintió con la cabeza. Le hice una seña para que se acercara a los barrotes para poder hablar tranquilamente.

—Me llamo Michael Haller. La gente me llama Mickey. Le representaré durante la primera comparecencia de hoy.

Estábamos en la zona de detención de detrás del tribunal, donde a los abogados rutinariamente se les concede acceso para departir con sus clientes antes de que se ponga en marcha el juicio. Hay una línea azul pintada en el exterior de las celdas. La línea del metro. Tenía que mantener esa distancia de un metro con mi cliente.

Roulet se agarró a los barrotes delante de mí. Como sus compañeros de jaula, llevaba cadenas en tobillos, muñecas y abdomen. No se las quitarían hasta que lo llevaran a la sala. Tendría poco más de treinta años, y aunque medía al menos metro ochenta y pesaba más de ochenta kilos parecía frágil. Eso es lo que te hace la prisión. Tenía ojos azul pálido y me resultó extraño ver la clase de pánico que estaba tan claramente reflejada en ellos.

La mayor parte de las veces mis clientes han estado antes en prisión y tienen la mirada gélida del depredador. Así sobreviven en la cárcel.

Pero Roulet era diferente. Parecía una presa. Estaba asustado y no le importaba quién lo viera o lo supiera.

—Esto es una trampa —dijo con urgencia y en voz alta—. Tiene que sacarme de aquí. Cometí un error con esa mujer, nada más. Ella está tratando de tenderme una trampa y...

Levanté las manos para detenerlo.

—Tenga cuidado con lo que dice aquí —le aconsejé en voz baja—. De hecho, tenga cuidado con lo que dice hasta que pueda sacarlo de aquí y podamos hablar en privado.

Miró a su alrededor, aparentemente sin comprender.

—Nunca se sabe quién puede escuchar —dije—. Y nunca se sabe quién puede decir que le oyó diciendo algo, aunque no dijera nada. Lo mejor es no hablar del caso en absoluto. ¿Entiende? Lo mejor es no hablar de nada con nadie, punto.

Asintió con la cabeza y yo le hice una señal para que se sentara en el banco que había junto a los barrotes.

—De hecho, estoy aquí para reunirme con usted y presentarme —dije—. Hablaremos del caso después de que le saquemos. Ya he hablado con el abogado de su familia, el señor Dobbs, ahí fuera y le diremos al juez que estamos preparados para depositar la fianza. ¿Me equivoco en algo de eso?

Abrí una carpeta de cuero Montblanc y me preparé para tomar notas en un bloc. Roulet asintió. Estaba aprendiendo.

—Bien —dije—. Hábleme de usted. Dígame qué edad tiene, si está casado, qué vínculos tiene con la comunidad.

—Hum, tengo treinta y dos años. He vivido aquí toda mi vida, incluso fui a la universidad aquí, en la UCLA. No estoy casado. No tengo hijos. Trabajo...

—¿Divorciado?

—No, nunca me he casado. Trabajo en el negocio familiar. Windsor Residential Estates. Se llama así por el segundo marido de mi madre. Sector inmobiliario. Vendemos propiedades inmobiliarias.

Estaba tomando notas. Sin levantar la vista para mirarlo, pregunté tranquilamente:

—¿Cuánto dinero ganó el año pasado?

Al ver que Roulet no contestaba levanté la cabeza para mirarlo.

—¿Por qué necesita saber eso? —preguntó.

—Porque voy a sacarle de aquí antes de que se ponga el sol. Para hacerlo necesito saberlo todo sobre su posición en la comunidad. Y eso incluye la situación económica.

—No sé exactamente cuánto gané. Gran parte eran participaciones en la compañía.

—¿No presenta declaración de impuestos?

Roulet miró por encima del hombro a sus compañeros de celda y entonces susurró su respuesta.

—Sí, lo hago. Declaré ingresos de un cuarto de millón.

—Pero lo que está diciendo es que con las participaciones en la compañía en realidad ganó más.

—Exacto.

Uno de los compañeros de celda de Roulet se acercó a los barrotes y se colocó al lado de mi cliente. Era el otro hombre blanco. Estaba nervioso, con las manos en constante movimiento de las caderas a los bolsillos o entrelazándolas con desesperación.

—Eh, tío, yo también necesito un abogado. ¿Tienes una tarjeta?

—Para ti no, socio. Ya te pondrán un abogado.

Miré de nuevo a Roulet y esperé un momento a que el yonqui se alejara. No lo hizo. Volví a mirar al drogadicto.

—Mira, esto es privado. ¿Puedes dejarnos solos?

El yonqui hizo algún tipo de movimiento con las manos y se alejó arrastrando los pies hasta la esquina de la que había venido. Miré otra vez a Roulet.

—¿Y organizaciones caritativas? —pregunté.

—¿Qué quiere decir? —respondió Roulet.

—¿Participa en beneficencia? ¿Hace donaciones?

—Sí, la empresa las hace. Damos a Make, a Wish y a un albergue de jóvenes de Hollywood. Creo que lo llaman My Friend's Place o algo por el estilo.

—Vale, muy bien.

—¿Va a sacarme de aquí?

—Voy a intentarlo. Las acusaciones son graves (lo he comprobado antes de venir aquí) y me da la sensación de que la fiscalía va a pedir que no se establezca fianza, pero es buen material. Puedo trabajar con esto. —Señalé mis notas.

—¿Sin fianza? —dijo en voz alta y presa del pánico.

Los otros hombres que había en la celda miraron en su dirección, porque lo que había dicho Roulet era la pesadilla colectiva de todos ellos. Sin fianza.

—Cálmese —intervine—. Digo que es lo que va a buscar la acusación. No digo que se vayan a salir con la suya. ¿Cuándo fue la última vez que lo detuvieron?

Siempre lo soltaba de repente, porque así podía ver los ojos del cliente y saber si eso podía ser una sorpresa que me lanzaran a mí en el tribunal.

—Nunca. No me habían detenido nunca. Todo este asunto es...

—Lo sé, lo sé, pero no queremos hablar de eso aquí, ¿recuerda?

Asintió. Miré mi reloj. La vista estaba a punto de empezar y todavía necesitaba hablar con Maggie McFiera.

—Ahora voy a irme —dije—. Lo veré allí dentro de unos minutos y veremos cómo sacarle de aquí. Cuando estemos allí no diga nada hasta que lo coteje conmigo. Si el juez le pregunta cómo está, me lo pregunta a mí. ¿De acuerdo?

—Bueno, ¿no puedo declararme inocente?

—No, ni siquiera se lo van a preguntar. Hoy lo único que hacen es leerle los cargos, hablar de la fianza y establecer una fecha para la lectura formal de la acusación. Entonces es cuando diremos «inocente». Así que hoy no dice nada. Ningún arrebato, nada. ¿Entendido?

Asintió, pero puso expresión de enfado.

—¿Va a ir bien, Louis?

Dijo que sí con la cabeza con desánimo.

—Sólo para que lo sepa —dije—. Cobro dos mil quinientos dólares por una primera comparecencia y vista de fianza como ésta. ¿Algún problema?

Él negó con un gesto. Me gustó que no estuviera hablando. La mayoría de mis clientes hablan demasiado. Normalmente hablan tanto que terminan en la cárcel.

—Bien. Podremos comentar el resto cuando salga de aquí y podamos reunirnos en privado.

Cerré mi carpeta de cuero, esperando que se hubiera fijado en ella y estuviera impresionado, y me levanté.

—Una última cosa —dije—. ¿Por qué me eligió? Hay un montón de abogados, ¿por qué yo?

Era una pregunta que no afectaba a nuestra relación, pero quería comprobar la sinceridad de Valenzuela.

Roulet se encogió de hombros.

—No lo sé —dijo—. Recordé su nombre de algo que leí en el periódico.

—¿Qué leyó sobre mí?

—Era un artículo sobre un caso en que las pruebas contra el tipo fueron rechazadas. Creo que era un caso de drogas o así. Ganó el caso porque después de su intervención ya no tenían pruebas.

—¿El caso Hendricks?

Era el único en el que podía pensar que hubiera salido en los periódicos en los últimos meses. Hendricks era otro cliente de los Road Saints y el departamento del sheriff había puesto un dispositivo GPS en su Harley para controlar sus entregas. Hacerlo en carreteras públicas era correcto, pero cuando aparcaba la moto en la cocina de su casa por la noche, esa vigilancia constituía una ilegalidad de los polis. El caso fue rechazado por un juez durante la vista preliminar. Tuvo cierto eco en el *Times*.

—No recuerdo el nombre del cliente —dijo Roulet—. Sólo recordaba su nombre. Su apellido, de hecho. Cuando le pregunté al tipo de las fianzas hoy le di el nombre de Haller y le pedí que le buscara y también que llamara a mi propio abogado. ¿Por qué?

—Por nada. Simple curiosidad. Le agradezco la llamada. Lo veré en la sala.

Dejé de lado las discrepancias entre lo que Roulet me había dicho y la versión de Valenzuela para considerarlo después y volví a la sala de comparecencia. Vi a Maggie McFiera sentada en un extremo de la mesa de la acusación. Estaba allí acompañada de otros cinco fiscales. La mesa era larga y en forma de ele, de modo que podía acomodar a una continua rotación de letrados que se iban moviendo para sentarse de cara al juez. Un fiscal asignado a la sala manejaba la mayoría de las comparecencias de rutina y las lecturas de cargos que se llevaban a cabo cada día. No obstante, los casos especiales atraían a pesos pesados de la oficina del fiscal del distrito, situada en la segunda planta del edificio contiguo. Las cámaras de televisión también conseguían ese objetivo.

Al recorrer el recinto reservado a los letrados vi a un hombre preparando una cámara de vídeo en un trípode junto a la mesa del alguacil. Ni en la cámara ni en la ropa del operador había logotipo de cadena de televisión alguna. El hombre era un *freelance* que se había enterado del caso y que iba a grabar la vista para luego tratar de vender la cinta a alguna de las cadenas locales cuyo director de informativos necesitara una noticia de treinta segundos. Cuando había hablado con el alguacil previamente acerca de la posición de Roulet en la lista, me dijo que el juez ya había autorizado la grabación.

Me acerqué a mi ex mujer desde atrás y me incliné para susurrarle al oído. Estaba mirando fotografías de una carpeta. Lucía un traje azul marino con rayas grises muy finas. Su cabello negro azabache estaba atado atrás con otra cinta gris a juego. Me encantaba que llevara el pelo recogido de esa manera.

—¿Tú eras la que llevaba el caso Roulet?

Ella levantó la mirada, porque no había reconocido el susurro. Su rostro estaba formando involuntariamente una sonrisa pero ésta se convirtió en ceño cuando vio que era yo. Ella sabía exactamente lo que quería decir al usar el pasado y cerró la carpeta de golpe.

—No me digas eso —dijo.

—Lo siento. Le gustó lo que hice en el caso Hendricks y me llamó.

—Cabrón. Quería este caso, Haller. Es la segunda vez que me lo haces.

—Parece que esta ciudad no es lo bastante grande para los dos —dije en una penosa imitación de James Cagney.

Ella refunfuñó.

—Muy bien —dijo en una rápida rendición—. Me iré pacíficamente después de esta vista. A no ser que te opongas también a eso.

—Podría. ¿Vas a pedir que no haya fianza?

—Exacto. Pero eso no cambiará aunque cambie el fiscal. Es una directriz de la segunda planta.

Asentí con la cabeza. Eso significaba que un supervisor del caso había pedido que la acusación se opusiera a la fianza.

—Está conectado con la comunidad. Y nunca lo han detenido.

Estudié su reacción, porque no había tenido más tiempo de asegurarme de la veracidad de la afirmación de Roulet de que nunca había sido detenido. Resulta sorprendente cuántos clientes mienten acerca de sus relaciones previas con la maquinaria judicial, teniendo en cuenta que es una mentira de patas muy cortas.

Sin embargo, Maggie no dio ninguna muestra de que fuera de otro modo. Quizás era cierto. Quizá tenía un cliente honrado acusado por primera vez.

—No me importa que no haya hecho nada antes —dijo Maggie—. Lo que importa es lo que hizo anoche.

Abrió una carpeta y rápidamente revisó las fotos hasta que vio la que le gustaba y la sacó.

—Esto es lo que hizo anoche tu pilar de la comunidad. Así que no me importa mucho lo que hiciera antes. Simplemente voy a asegurarme de que no lo haga otra vez.

La foto era un primer plano de 20 × 25 cm del rostro de una mujer. La hinchazón en torno al ojo derecho era tan amplia que éste permanecía firmemente cerrado. La nariz estaba rota y el tabique nasal desviado. De cada ventanilla asomaba gasa empapada en sangre. Se apreciaba una profunda incisión sobre la ceja derecha que había sido cerrada con nueve puntos de sutura. El labio inferior estaba partido y presentaba una hinchazón del tamaño de una canica. Lo peor de la foto era el ojo que no estaba afectado. La mujer miraba a la cámara con miedo, dolor y humillación expresados en ese único ojo lloroso.

—Si lo hizo él —dije, porque era lo que se esperaba que dijera.

—Sí —dijo Maggie—. Claro, si lo hizo. Sólo lo detuvieron en su casa manchado con sangre de la chica, pero tienes razón, es una cuestión válida.

—Me encanta que seas sarcástica. ¿Tienes aquí el informe de la detención? Me gustaría tener una copia.

—Puedes pedírsela al que herede el caso. No hay favores, Haller. Esta vez no.

Esperé, aguardando más pullas, más indignación, quizás otro disparo, pero no dijo nada más. Decidí que intentar sacarle más información del caso era una causa perdida. Cambié de asunto.

—Bueno —pregunté—. ¿Cómo está?

—Está muerta de miedo y dolorida. ¿Cómo iba a estar?

Me miró y yo vi el inmediato reconocimiento y luego la censura en sus ojos.

—Ni siquiera estabas preguntando por la víctima, ¿no?

No respondí. No quería mentirle.

—Tu hija está bien —dijo de manera mecánica—. Le gustan las cosas que le mandas, pero preferiría que aparecieras un poco más a menudo.

Eso no era un disparo de advertencia. Era un impacto directo y merecido. Daba la sensación de que yo siempre estaba sumergido en los casos, incluso durante los fines de semana. En mi interior sabía que necesitaba perseguir a mi hija por el patio más a menudo. El tiempo de hacerlo se estaba escapando.

—Lo haré —dije—. Empezaré ahora mismo. ¿Qué te parece este fin de semana?

—Bien. ¿Quieres que se lo diga esta noche?

—Eh, quizás espera hasta mañana para que lo sepa seguro.

Me dedicó uno de esos gestos de asentimiento de quien tiene poca fe. Ya habíamos pasado por eso antes.

—Genial. Dímelo mañana.

Esta vez no me hizo gracia el sarcasmo.

—¿Qué necesita? —pregunté, tratando torpemente de volver a ser simplemente ecuánime.

—Acabo de decirte lo que necesita. Que formes parte de su vida un poco más.

—Vale, te prometo que lo haré.

Mi ex mujer no respondió.

—Lo digo en serio, Maggie. Te llamaré mañana.

Ella levantó la mirada y estaba lista para dispararme con dos cañones. Ya lo había hecho antes. Decirme que yo era todo cháchara y nada de acción en lo que a la paternidad respectaba. Pero me salvó el inicio de la sesión.

El juez salió de su despacho y subió los escalones para ocupar su lugar. El alguacil llamó al orden en la sala. Sin decir ni una palabra más a Maggie, dejé la mesa de la acusación y volví a uno de los asientos cercanos a la barandilla que separaba el recinto reservado a los letrados de la galería del público.

El juez preguntó a su alguacil si había alguna cuestión a discutir antes de que entraran a los acusados. No había ninguna, así que el magistrado ordenó la entrada del primer grupo. Igual que en el tribunal de Lancaster, había una gran zona de detención para los acusados bajo custodia. Me levanté y me acerqué a la abertura en el cristal. Cuando vi que Roulet entraba, le hice una seña.

—Va a ser el primero —le dije—. Le he pedido al juez que empezara por usted como un favor. Voy a intentar sacarle de aquí.

No era verdad. No le había pedido nada al juez, y aunque lo hubiera hecho, el juez no me habría concedido semejante favor. Roulet iba a ser el primero por la presencia de los medios en la sala. Era una práctica generalizada tratar primero los casos con repercusión en los medios. No sólo era una cortesía al cámara que supuestamente tenía que acudir a otros trabajos, sino que también reducía la tensión en la sala al permitir que abogados, acusados e incluso el juez actuaran sin una cámara de televisión encima.

—¿Por qué está aquí esa cámara? —preguntó Roulet en un susurro de pánico—. ¿Es por mí?

—Sí, es por usted. Alguien le dio un chivatazo del caso. Si no quiere que lo graben, úseme como escudo.

Roulet cambió de posición, de manera que yo quedé bloqueando la visión del cámara que estaba al otro lado de la sala. Eso disminuía las posibilidades de que el hombre pudiera vender el reportaje y la película a un programa de noticias local. Eso era bueno. También significaba que si lograba vender la historia, yo sería el punto focal de las imágenes que la acompañaran. Eso también era bueno.

Anunciaron el caso Roulet, el alguacil pronunció mal el apellido, y Maggie anunció su presencia por la acusación y luego yo anuncié la mía. Maggie había aumentado los cargos, lo cual era el *modus operandi* habitual de Maggie McFiera. Roulet se enfrentaba ahora a la acusación de intento de homicidio, además del de intento de violación, lo cual facilitaría el argumento de que no se estableciera fianza.

El juez informó a Roulet de sus derechos constitucionales y estableció el 21 de marzo como fecha para la lectura formal de los cargos. En nombre de Roulet, pedí que se rechazara la petición de que no se fijara fianza. Esto puso en marcha un animado toma y daca entre Maggie y yo, todo lo cual fue arbitrado por el juez, quien sabía que habíamos estado casados porque había asistido a nuestra boda. Mientras que Maggie enumeró las atrocidades cometidas en la persona de la víctima, yo a mi vez me referí a los vínculos de Roulet con la comunidad y los actos de caridad. También señalé a C. C. Dobbs en la galería y ofrecí subirlo al estrado para seguir discutiendo acerca de la buena posición de Roulet. Dobbs era mi as en la manga. Su talla en la comunidad legal influiría más que la posición de Roulet y ciertamente sería tenida en cuenta por el juez, que mantenía su posición en el estrado a instancias de sus votantes, y de los contribuyentes a su campaña.

—El resumen, señoría, es que la fiscalía no puede argumentar que exista riesgo de que este hombre huya o sea un peligro para la comunidad —dije en mis conclusiones—. El señor Roulet está anclado en esta comunidad y no pretende hacer otra cosa que defenderse vigorosamente de los falsos cargos que han sido presentados contra él.

Usé la expresión «defenderse vigorosamente» a propósito, por si la declaración salía en antena y resultaba que la veía la mujer que los había presentado.

—Su señoría —respondió Maggie—, grandilocuencias aparte, lo que no debe olvidarse es que la víctima de este caso fue brutalmente...

—Señora McPherson —interrumpió el juez—. Creo que ya hemos ido bastante de un lado al otro. Soy consciente de las heridas de la víctima y de la posición del señor Roulet. También tengo una agenda completa hoy. Voy a establecer la fianza en un millón de dólares. Asimismo voy a exigir que el señor Roulet sea controlado por el tribunal mediante comparecencias semanales. Si se salta una, pierde su libertad.

Eché un rápido vistazo a la galería, donde Dobbs estaba sentado al lado de Fernando Valenzuela. Dobbs era un hombre delgado que se había rapado al cero para disimular una calvicie incipiente. Su delgadez aparecía exagerada por el voluminoso contorno de Valenzuela. Esperé una señal para saber si debía aceptar la fianza propuesta por el juez o pedir que rebajara la cantidad. A veces un juez siente que te está haciendo un regalo y puede explotarte en la cara si pides más, o en este caso menos.

Dobbs estaba sentado en el primer asiento de la primera fila. Simplemente se levantó y se dirigió a la salida, dejando a Valenzuela atrás. Interpreté que eso significaba que podía plantarme, que la familia Roulet podía asumir el millón. Me volví hacia el juez.

—Gracias, señoría —dije.

El alguacil inmediatamente anunció el siguiente caso. Miré a Maggie, que estaba cerrando la carpeta relacionada con el caso en el que ya no iba a participar. Se levantó, atravesó el recinto de los letrados y continuó por el pasillo central de la sala. No habló con nadie ni me miró.

—¿Señor Haller?

Me volví hacia mi cliente. Detrás de él vi a un ayudante del sheriff llegando para volverlo a llevar al calabozo. Lo trasladarían en autobús la media manzana que lo separaba de la prisión y, en función de lo rápido que trabajaran Dobbs y Valenzuela, sería liberado antes de que finalizara el día.

—Trabajaré con el señor Dobbs para sacarle —dije—. Luego nos sentaremos y hablaremos del caso.

—Gracias —dijo Roulet cuando se lo llevaban—. Gracias por estar aquí.

—Recuerde lo que le he dicho. No hable con desconocidos. No hable con nadie.

—Sí, señor.

Después de que se hubo ido, yo me acerqué a Valenzuela, que estaba esperándome en la puerta con una gran sonrisa en el rostro. Probablemente la fianza de Roulet era la más grande que había garantizado nunca. Eso significaba que su comisión sería la más grande que jamás hubiera recibido. Me dio un golpecito en el antebrazo al salir.

—¿Qué te había dicho? —comentó—. Aquí tenemos un filón, jefe.

—Ya veremos, Val —dije—. Ya veremos.

5

Todos los abogados que trabajan en la maquinaria judicial tienen dos tarifas. Está la lista A, que enumera los honorarios que el abogado quiere cobrar por ciertos servicios prestados. Y está la lista B: los honorarios que está dispuesto a aceptar porque es todo lo que el cliente puede pagar. Un filón de cliente es un acusado que quiere ir a juicio y dispone del dinero para pagar a su abogado los honorarios de la lista A. Desde la primera comparecencia a la lectura oficial de cargos, la vista preliminar, el juicio y la apelación, el cliente filón requiere cientos o miles de horas facturables. Puede mantener el depósito lleno durante dos o tres años. En mi lugar de caza, son el animal más raro y más buscado de la selva.

Y todo parecía indicar que Valenzuela había acertado. Louis Roulet tenía cada vez más pinta de ser un filón. Yo había pasado un periodo de sequía. Hacía casi dos años que no me encontraba con algo parecido a un caso o un cliente filón. Me refiero a un caso que te reporta una cantidad de seis cifras. Había muchos que empezaban dando la sensación de que podrían alcanzar esa extraña cota, pero nunca llegaban al final.

C. C. Dobbs me esperaba en el pasillo exterior de la sala del tribunal. Estaba de pie junto al ventanal con vistas a la plaza del complejo municipal. Caminé deprisa hacia él. Contaba con unos pocos segundos de ventaja sobre Valenzuela, que ya estaba saliendo, y quería disponer de un momento a solas con Dobbs.

—Lo siento —dijo Dobbs antes de que yo tuviera ocasión de hablar—. No quería quedarme ni un minuto más ahí. Era tan deprimente ver al chico encerrado en ese corral de ganado...

—¿El chico?

—Louis. He representado a la familia durante veinticinco años. Supongo que todavía lo considero un chico.

—¿Va a poder sacarlo?

—No habrá problema. He llamado a la madre de Louis para ver cómo quiere manejarlo, si quiere avalar con propiedades o pagar la fianza.

Avalar con propiedades para cubrir una fianza de un millón de dólares significaría que el valor de la propiedad no podía estar afectado por una hipoteca. Además, el tribunal podía requerir una tasación actualizada de la propiedad, lo cual tardaría varios días y mantendría a Roulet en prisión. En cambio, una fianza podía ser depositada a través de Valenzuela, que cobraba una comisión del diez por ciento. La diferencia era que el diez por ciento no se devolvía. Se lo quedaba Valenzuela por sus riesgos y problemas, y era la razón de su amplia sonrisa en la sala. Después de pagar su cuota del seguro sobre la fianza del millón de dólares, acabaría embolsándose casi noventa mil. Y le preocupaba que yo me acordara de él.

—¿Puedo hacer una sugerencia? —pregunté.

—Sin duda.

—Louis parecía un poco frágil cuando lo he visto en el calabozo. Yo en su caso trataría de sacarlo lo antes posible. Para eso necesita que Valenzuela se encargue de la fianza. Le costará cien mil, pero el chico estará fuera y a salvo, ¿entiende?

Dobbs se volvió hacia la ventana y se apoyó en la barandilla que recorría el cristal. Bajé la mirada y vi que la plaza se estaba llenando de gente de los edificios gubernamentales que salía a comer. Vi a muchas personas con las etiquetas rojas y blancas del nombre que sabía que les daban a los miembros de un jurado.

—Le entiendo.

—La otra cuestión es que este tipo de casos tienden a atraer a los buitres.

—¿Qué quiere decir?

—Quiero decir que otros internos pueden estar dispuestos a declarar que han oído a alguien decir algo. Especialmente en un caso que sale en las noticias o en el periódico. Sacan esa información de la tele y hacen que parezca que tu cliente está hablando.

—Eso es delito —dijo Dobbs con indignación—. No debería permitirse.

—Sí, ya lo sé, pero ocurre. Y cuanto más tiempo se quede allí, mayor es la oportunidad para uno de esos tipos.

Valenzuela se nos unió en la barandilla. No dijo nada.

—Propondré que optemos por la fianza —dijo Dobbs—. Ya la he llamado y está en una reunión. En cuanto me devuelva la llamada nos pondremos con esto.

Sus palabras me indujeron a preguntar algo que me había inquietado durante la vista.

—¿No puede salir de una reunión para hablar sobre su hijo que está en prisión? Me preguntaba por qué no estaba hoy en la sala si este chico, como usted lo llama, es tan formal e íntegro.

Dobbs me miró como si no me hubiera lavado los dientes en un mes.

—La señora Windsor es una mujer muy ocupada y poderosa. Estoy seguro de que si le hubiera dicho que se trata de una emergencia relacionada con su hijo, ella se habría puesto al teléfono inmediatamente.

—¿La señora Windsor?

—Se volvió a casar después de divorciarse del padre de Louis. Eso fue hace mucho tiempo.

Asentí con la cabeza y me di cuenta de que había más cosas que hablar con Dobbs, pero nada que quisiera discutir delante de Valenzuela.

—Val, ¿por qué no vas a ver cuándo volverá Louis a la prisión de Van Nuys para que puedas sacarlo?

—Es fácil —dijo Valenzuela—. Volverá en el primer furgón, después de comer.

—Sí, bueno, ve a asegurarte mientras yo termino de hablar con el señor Dobbs.

Valenzuela estaba a punto de protestar argumentando que no necesitaba asegurarse cuando se dio cuenta de lo que le estaba diciendo.

—Bueno —dijo—. Iré.

Después de que se hubo ido estudié a Dobbs un momento antes de hablar. Tenía aspecto de estar a punto de cumplir los sesenta y unas maneras deferentes que a buen seguro respondían a treinta años de ocuparse de gente rica. Supuse que él también se había hecho rico en ese proceso, pero eso no había cambiado su porte en público.

—Si vamos a trabajar juntos, supongo que me gustaría saber cómo he de llamarle. ¿Cecil? ¿C. C.? ¿Señor Dobbs?

—Cecil está bien.

—Bueno, mi primera pregunta, Cecil, es si vamos a trabajar juntos. ¿Tengo el caso?

—El señor Roulet me ha dejado claro que quería que lo defendiera usted. Para serle sincero, usted no habría sido mi primera opción. No habría sido ninguna opción porque, francamente, nunca había oído hablar de usted. Pero es la primera elección del señor Roulet, y eso para mí es aceptable. De hecho, creo que se ha desenvuelto muy bien en la sala, sobre todo considerando lo hostil que era esa fiscal con el señor Roulet.

Me fijé en que el chico se había convertido en el «señor Roulet». Me pregunté qué había ocurrido para hacerle subir ese peldaño en el punto de vista de Dobbs.

—Sí, bueno, la llaman Maggie McFiera. Es implacable.

—Diría que se ha pasado de la raya. ¿Cree que hay alguna posibilidad de que la apartemos del caso, quizá conseguir a alguien un poco más... sosegado?

—No lo sé. Tratar de mercadear con fiscales es un poco peligroso. Pero si cree que ha de quedar fuera, puedo conseguirlo.

—Me alegra oír eso. Quizá debería haberle conocido antes.

—Quizá. ¿Quiere que hablemos ahora de mis honorarios y nos olvidemos de ese asunto?

—Como prefiera.

Miré en torno al vestíbulo para asegurarme de que no había otros abogados que pudieran oírme. Pensaba ir con la lista A hasta el final en ese caso.

—Cobraré dos mil quinientos dólares por hoy, y Louis ya lo ha aprobado. Si quiere ir por horas a partir de ahora, cobraré trescientos la hora, que sube a quinientos en el juicio porque no puedo hacer nada más. Si prefiere una tarifa fija, serán sesenta mil a partir de aquí hasta la vista preliminar. Si terminamos con un acuerdo, cobraré doce mil más. Si en cambio vamos a juicio, necesitaré otros sesenta mil el día que lo decidamos y veinticinco mil más cuando empecemos a elegir al jurado. Este caso no parece que pueda alargarse más de una semana, contando con la selección del jurado, pero si pasa de una semana, cobraré veinticinco mil por cada semana adicional. Podemos hablar de una apelación si es necesario y en el momento en que sea necesario.

Dudé un momento para ver cómo estaba reaccionando Dobbs. No mostró nada, así que seguí presionando.

—Necesitaré un adelanto de treinta mil y otros diez mil para un investigador al final del día. No me gustaría perder tiempo con esto. Quiero un investigador metido en este asunto antes de que llegue a los medios y quizás antes de que la policía pueda hablar con gente implicada.

Dobbs asintió lentamente.

—¿Son ésos sus honorarios habituales?

—Cuando puedo cobrarlos. Me los merezco. ¿Cuánto le cobra a la familia, Cecil?

Estaba seguro de que Dobbs no iba a salir con hambre de ese pequeño episodio.

—Eso es entre mi cliente y yo. Pero no se preocupe, incluiré sus honorarios en mi reunión con la señora Windsor.

—Se lo agradezco. Y recuerde que necesito que ese investigador empiece hoy.

Le di una tarjeta de visita que saqué del bolsillo derecho de mi americana. Las tarjetas que llevaba en el bolsillo derecho tenían mi número de móvil. Las de mi bolsillo izquierdo llevaban el número que atendía Lorna Taylor.

—Tengo otra vista en el centro —dije—. Cuando saquen al señor Roulet, llámeme y nos reuniremos. Hagámoslo lo antes posible. Estaré disponible más tarde y esta noche.

—Perfecto —dijo Dobbs, guardándose la tarjeta en el bolsillo sin mirarla—. ¿Vamos a su bufete?

—No, iré yo. Me gustaría ver cómo vive la otra mitad en esos rascacielos de Century City.

Dobbs sonrió con desenvoltura.

—Es obvio por su traje que conoce y practica el adagio de que un abogado nunca debe vestirse demasiado bien en un juicio. Quiere caerle bien al jurado, no que el jurado le tenga envidia. Bueno, Michael, un abogado de Century City no puede tener un bufete más bonito que las oficinas de sus clientes. Y por eso le aseguro que nuestras oficinas son muy modestas.

Asentí para expresar mi acuerdo. Pero me había insultado de todos modos. Llevaba mi mejor traje. Siempre me ponía mi mejor traje los lunes.

—Es bueno saberlo —dije.

La puerta de la sala se abrió y salió el cámara, cargado con su filmadora y un trípode plegable. Dobbs lo vio e inmediatamente se puso tenso.

—Los medios —dijo—. ¿Cómo podemos controlar esto? La señora Windsor no...

—Espere un segundo.

Llamé al cámara y éste se acercó. Inmediatamente le tendí la mano. Él tuvo que dejar su trípode para estrechármela.

—Soy Michael Haller. Lo he visto ahí dentro grabando la comparecencia de mi cliente.

Usar mi nombre formal era un código.

—Robert Gillen —dijo el cámara—. La gente me llama Patas.

Hizo un gesto hacia su trípode a modo de explicación. Usar su nombre formal era un código de respuesta. Me estaba haciendo saber que entendía que estaba en medio de una actuación.

—¿Va usted por libre o por encargo? —pregunté.

—Hoy, por libre.

—¿Cómo se ha enterado de esto?

Se encogió de hombros como si fuera reacio a dar una respuesta.

—Una fuente. Un poli.

Asentí. Gillen estaba siguiendo el juego.

—¿Cuánto gana por esto si lo vende a una cadena de noticias?

—Depende. Setecientos cincuenta por una exclusiva y quinientos sin exclusiva.

Sin exclusiva quería decir que cualquier director de noticias que le comprara la cinta sabía que el cámara podía venderle el metraje a otra cadena de la competencia. Gillen había doblado las cantidades que en realidad cobraba. Era una buena jugada. Seguramente había estado escuchando lo que se decía en la sala mientras grababa.

—Mire —dije—, ¿qué le parece si le compramos nosotros la exclusiva ahora mismo?

Gillen era un gran actor. Dudó como si se planteara la ética implícita en la propuesta.

—De hecho, pongamos mil —dije.

—De acuerdo. Trato hecho.

Mientras Gillen dejaba la cámara en el suelo y sacaba la cinta, yo saqué un fajo de billetes del bolsillo. Me había guardado mil doscientos del dinero de los Road Saints que Teddy Vogel me había dado en el camino. Me volví hacia Dobbs.

—Puedo cargar este gasto, ¿verdad?

—Sin duda —dijo. Estaba radiante.

Intercambié el efectivo por la cinta y le di las gracias a Gillen. Éste se embolsó el dinero y se dirigió a los ascensores encantado de la vida.

—Ha sido brillante —dijo Dobbs—. Hemos de contener esto. Literalmente podría destruir el negocio familiar; de hecho, creo que es una de las razones por las que la señora Windsor no está hoy aquí. No le gusta que la reconozcan.

—Bueno, tendremos que discutirlo si el caso va para largo. Entretanto, haré lo posible para mantenerlo fuera del radar.

—Gracias.

En un teléfono móvil empezó a sonar música clásica de Bach o Beethoven o algún otro tipo muerto sin derechos de autor, y Dobbs buscó en el interior de su chaqueta, sacó el aparato y comprobó la pantallita.

—Es ella —dijo.

—Entonces le dejaré que atienda.

Al alejarme, oí que Dobbs decía:

—Mary, todo está bajo control. Ahora hemos de concentrarnos en sacarle. Vamos a necesitar algo de dinero...

Mientras el ascensor subía hacia mi planta sentí una certeza casi absoluta de estar tratando con un cliente y una familia para quienes «algo de dinero» significaba más de lo que yo había visto nunca. Mi mente recuperó el comentario que Dobbs había hecho sobre mi indumentaria. Todavía me escocía. La verdad era que no tenía en mi armario ningún traje que costara menos de seiscientos dólares, y siempre me sentía bien y seguro con cualquiera de ellos. Me pregunté si había pretendido insultarme o había buscado algo más, quizá tratar en esa primera fase del juego de imprimir su control sobre mí y sobre el caso. Decidí que tendría que cubrirme las espaldas con Dobbs. Lo mantendría cerca, pero no demasiado.

6

El tráfico en dirección al centro se embotelló en el paso de Cahuenga. Ocupé el tiempo al teléfono y tratando de no pensar en la conversación que había mantenido con Maggie McPherson acerca de mis cualidades como padre. Mi ex mujer tenía razón conmigo y eso dolía. Durante mucho tiempo había puesto la práctica legal por encima de la práctica paterna. Era algo que me prometí cambiar. Sólo necesitaba el tiempo y el dinero para frenar. Pensé que tal vez Louis Roulet me proporcionaría ambos.

Desde la parte de atrás del Lincoln, llamé en primer lugar a Raul Levin, mi investigador, para avisarle de la posible cita con Roulet.

Le pedí que llevara a cabo una investigación preliminar del caso para ver qué podía descubrir. Levin se había jubilado anticipadamente del Departamento de Policía de Los Ángeles y todavía conservaba contactos y amigos que le hacían favores de vez en cuando. Probablemente tenía su propia lista de Navidad. Le dije que no dedicara mucho tiempo hasta que yo estuviera seguro de que tenía a Roulet atado como cliente de pago. No importaba lo que C. C. Dobbs me había dicho cara a cara en el pasillo del tribunal. No creería que tenía el caso hasta que recibiera el primer pago.

Después, comprobé la situación de varios casos y volví

a llamar a Lorna Taylor. Sabía que el correo se entregaba en su casa la mayoría de los días justo antes de mediodía. Ella había dicho que no había llegado nada importante. Ni cheques ni correspondencia a la que tuviera que prestar atención inmediata de los tribunales.

—¿Has averiguado cuándo es la comparecencia de Gloria Dayton? —le pregunté.

—Sí. Parece que se la van a quedar hasta mañana por razones médicas.

Gruñí. La fiscalía disponía de cuarenta y ocho horas para acusar a un individuo después de una detención y llevarlo ante el juez. Posponer la comparecencia de Gloria Dayton hasta el día siguiente por causas médicas probablemente significaba que estaba con el mono. Eso ayudaría a explicar por qué llevaba cocaína en el momento de su detención. No la había visto ni había hablado con ella en al menos siete meses. Su caída debía de haber sido vertiginosa. La estrecha línea entre controlar las drogas y que las drogas te controlen a ti había sido cruzada.

—¿Has descubierto quién presentó los cargos? —pregunté.

—Leslie Faire —dijo.

Gruñí otra vez.

—Genial. Bueno, vale, voy a acercarme y veré qué puedo hacer. No tengo nada en marcha hasta que tenga noticias de Roulet.

Leslie Faire era una fiscal con fama de dura, cuya idea de dar al acusado una segunda oportunidad o el beneficio de la duda consistía en ofrecer un periodo de libertad vigilada, después de cumplir condena en prisión.

—Mick, ¿cuándo vas a aprender con esta mujer? —dijo Lorna, refiriéndose a Gloria Dayton.

—¿Aprender qué? —pregunté, aunque sabía exactamente lo que diría Lorna.

—Te arrastra cada vez que has de tratar con ella. Nunca

va a dejar esa vida, y ahora puedes apostar que cada vez que te llame será un dos por uno. Eso estaría bien, si no fuera porque nunca le cobras.

Lo que Lorna quería decir con dos por uno era que los casos de Gloria Dayton a partir de ahora serían más complicados y requerirían que les dedicara más tiempo, porque era probable que los cargos relacionados con las drogas acompañaran a los de prostitución. Lo que preocupaba a Lorna era que eso significaba más trabajo para mí, pero sin incrementar mis ingresos.

—Bueno, la judicatura exige que todos los abogados hagan un poco de trabajo *pro bono*, Lorna. Sabes...

—No me escuchas, Mick —dijo de manera desdeñosa—. Por eso precisamente no pudimos seguir casados.

Cerré los ojos. Menudo día. Había conseguido enfadar a mis dos ex esposas.

—¿Qué tiene esa mujer contigo? —preguntó—. ¿Por qué no le cobras ni siquiera una tarifa básica?

—Mira, no tiene nada conmigo, ¿vale? —dije—. ¿Podemos cambiar de tema?

No le dije que años antes, cuando había revisado los viejos y mohosos libros de registro de la práctica legal de mi padre, había descubierto que tenía un punto débil por las llamadas mujeres de la noche. Defendió a muchas y cobró a pocas. Puede que yo simplemente estuviera prolongando una tradición familiar.

—Perfecto —dijo Lorna—. ¿Cómo ha ido con Roulet?

—¿Te refieres a si conseguí el trabajo? Creo que sí. Probablemente, Val lo estará sacando ahora mismo. Prepararemos una reunión después. Ya le he pedido a Raul que eche un vistazo.

—¿Has conseguido un cheque?

—Todavía no.

—Consigue el cheque, Mick.

—Estoy en ello.

—¿Qué pinta tiene el caso?

—Sólo he visto fotos, pero tiene mal aspecto. Sabré más cuando vea qué le surge a Raul.

—¿Y Roulet?

Sabía lo que estaba preguntándome. ¿Qué tal era como cliente? ¿Un jurado, si es que Roulet llegaba a situarse ante un jurado, lo vería bien o lo despreciaría? Los casos podían ganarse o perderse en función de la impresión que los miembros del jurado tuvieran del acusado.

—Parece un niño perdido en el bosque.

—¿Es blanco?

—Sí, nunca ha estado detenido.

—Bueno, ¿lo hizo?

Ella siempre planteaba la pregunta irrelevante. No importaba en términos de la estrategia del caso si el acusado «lo hizo» o no. Lo que importaban eran las pruebas acumuladas contra él y si éstas podían neutralizarse o no. Mi trabajo consistía en sepultar las pruebas, en colorearlas de gris. El gris era el color de la duda razonable.

En cambio, a ella siempre parecía importarle si el cliente lo hizo o no.

—Quién sabe, Lorna. Ésa no es la cuestión. La cuestión es si es un cliente que paga o no. La respuesta es que creo que sí.

—Bueno, dime si necesitas alguna..., ah, hay otra cuestión.

—¿Qué?

—Ha llamado Patas y dice que te debe cuatrocientos dólares, que te los pagará cuando te vea.

—Sí, es cierto.

—Estás teniendo un buen día.

—No me quejo.

Nos despedimos de manera amistosa, con la disputa sobre Gloria Dayton aparentemente olvidada por el momento. Quizá la seguridad de saber que iba a llegar dinero y que teníamos el anzuelo echado en un cliente de los buenos hacía que Lorna se sintiera mejor respecto a que trabajara gratis en algunos casos. Me pregunté, no obstante, si se habría molestado tanto si estuviera defendiendo gratis a un traficante de drogas en lugar de a una prostituta. Lorna y yo habíamos compartido un breve y dulce matrimonio, en el que ambos no tardamos en descubrir que nos habíamos precipitado después de salir rebotados de nuestros respectivos divorcios. Le pusimos fin y continuamos siendo amigos, y ella continuó trabajando conmigo, no para mí. Las únicas veces en que me sentía incómodo con la nueva situación era cuando ella actuaba otra vez como una esposa y discutía mis elecciones de clientes o a quién y cuánto quería cobrar o dejar de cobrar. Sintiéndome seguro de la forma en la que había manejado a Lorna, llamé a la oficina del fiscal del distrito en Van Nuys. Pregunté por Margaret McPherson y la encontré comiendo en su mesa.

—Sólo quería disculparme por lo de esta mañana. Sé que querías el caso.

—Bueno, probablemente tú lo necesitas más que yo. Debe de ser un cliente de pago si tiene a C. C. Dobbs llevándoles el rollo.

Se refería al rollo de papel higiénico. Los abogados de familia muy bien remunerados eran vistos normalmente por los fiscales como meros limpiaculos de los ricos y famosos.

—Sí, no me vendrá mal uno de esos... el cliente de pago, no el limpiaculos. Hace mucho que no tengo un filón.

—Bueno, no has tenido tanta suerte hace unos minutos —susurró ella al teléfono—. Han reasignado el caso a Ted Minton.

—Nunca lo he oído nombrar.

—Es uno de los pipiolos de Smithson. Acaba de traérselo del centro, donde se ocupaba de casos simples de posesión. No había visto el interior de una sala hasta que se presentó aquí.

John Smithson era el ambicioso subdirector de la oficina del fiscal y estaba a cargo de la División de Van Nuys. Era mejor político que fiscal y había utilizado su habilidad para conseguir una rápida escalada, pasando por encima de otros ayudantes más experimentados hasta alcanzar el puesto de jefe de la división. Maggie McPherson estaba entre aquellos a los que había pasado por delante. Una vez que ocupó el cargo, Smithson empezó a construir un equipo de jóvenes fiscales que no se sentían desairados y que le eran leales porque él les había brindado una oportunidad.

—¿Ese tipo nunca ha estado en un tribunal? —pregunté, sin entender cómo enfrentarse a un novato podía entenderse como mala suerte, tal y como había indicado Maggie.

—Ha tenido algunos juicios aquí, pero siempre con una niñera. Roulet será su primer vuelo en solitario. Smithson cree que le está dando un caso que es pan comido.

La imaginé sentada en su cubículo, probablemente no muy lejos de donde estaría sentado mi nuevo oponente.

—No lo entiendo, Mags. Si este tipo está verde, ¿cómo es que no he tenido suerte?

—Porque todos los que elige este Smithson están cortados por el mismo patrón. Son capullos arrogantes. Creen que no pueden equivocarse y lo que es más... —Bajó la voz todavía más—. No juegan limpio. Y lo que se comenta de Minton es que es un tramposo. Ten cuidado, Haller. Ten cuidado con él.

—Bueno, gracias por la info.

Pero ella no había terminado.

—Muchos de esta nueva hornada no lo entienden. No lo ven como una vocación. Para ellos no se trata de justicia. Es sólo un juego, un promedio de bateo. Les gusta hacer estadísticas y ver lo lejos que llegarán en la fiscalía. De hecho, son todos como Smithson júnior.

Vocación. Era su sentido de la vocación lo que en última instancia nos había costado el matrimonio. En un plano intelectual, ella podía aceptar estar casada con alguien que trabajaba del otro lado del pasillo. Pero cuando se trataba de la realidad de lo que hacíamos, tuvimos suerte de haber durado ocho años. «Cariño, ¿cómo te ha ido el día? Oh, conseguí un acuerdo de siete años para un tipo que mató a su compañero de habitación con un piolet. ¿Y a ti? Oh, he logrado una condena de cinco años para el tipo que robó el equipo de música de un coche para pagarse una dosis...» Sencillamente no funciona. A los cuatro años, nació una hija, pero aunque no fue culpa suya, sólo consiguió mantenernos unidos cuatro años más.

Aun así no me arrepentía de nada. Valoraba a mi hija. Era la única cosa realmente buena de mi vida, lo único de lo que podía sentirme orgulloso. Pienso que la verdadera razón de que no la viera lo suficiente —de que me consagrara a los casos en lugar de a mi hija— era que me sentía indigno de ella. Su madre era una heroína. Ponía a los malos entre rejas. ¿Qué podía contarle yo que fuera bueno y justo cuando hacía mucho que yo mismo había perdido el hilo?

—Eh, Haller, ¿sigues ahí?

—Sí, Mags, estoy aquí. ¿Qué estás comiendo hoy?

—Sólo la ensalada oriental de la planta baja. Nada especial. ¿Dónde estás tú?

—De camino al centro. Escucha, dile a Hayley que la veré este sábado. Haré un plan. Haremos algo especial.

—¿En serio? No quiero que se entusiasme.

Sentí que algo revivía en mi interior por saber que mi hija todavía se entusiasmara ante la idea de verme. La única cosa que Maggie nunca me hizo fue menospreciarme ante Hayley. No era de la clase de mujer que haría eso. Y yo lo admiraba.

—Sí, estoy seguro —dije.

—Perfecto, se lo diré. Dime cuándo vendrás o si quieres que te la deje.

—Vale.

Dudé. Quería seguir hablando con ella, pero no había nada más que hablar. Finalmente le dije adiós y cerré el móvil. Al cabo de unos minutos salimos del cuello de botella. Miré por la ventana y no vi ningún accidente. No vi a nadie con la rueda pinchada ni ninguna patrulla de autopistas aparcada en el arcén. No vi ninguna razón que explicara la caravana. Ocurría eso con frecuencia. El tráfico de las autovías en Los Ángeles era tan misterioso como un matrimonio. Avanzaba y fluía, y de repente se atascaba y se detenía sin ninguna razón que lo explicara.

Provengo de una familia de abogados: mi padre, mi hermanastro, una sobrina y un sobrino. Mi padre fue un famoso abogado en un tiempo en que no había televisión ni existía Court TV. Fue decano de los abogados penalistas en Los Ángeles durante casi tres décadas. Desde Mickey Cohen a las chicas Manson, sus clientes siempre coparon los titulares. Yo sólo fui una ocurrencia de última hora en su vida, un visitante sorpresa de su segundo matrimonio con una actriz de segunda fila, conocida por su exótico aspecto latino pero no por sus cualidades interpretativas. La mezcla me dio ese aspecto de irlandés moreno. Mi padre ya era mayor cuando yo nací y falleció antes de que llegara a conocerlo realmente o a hablar con él acerca de la vocación por el derecho. Sólo me dejó su nombre, Mickey Haller, la leyenda legal. Todavía me abría puertas.

Pero mi hermano mayor —el hermanastro del primer matrimonio de mi padre— me dijo que mi padre solía hablar con él de la práctica legal y la defensa criminal. Acostumbraba a decir que defendería al mismísimo diablo siempre y cuando pudiera cobrarle su minuta. El único caso importante que declinó fue el de Sirhan Sirhan. Le explicó a mi hermano que apreciaba demasiado a Bobby Kennedy para defender a su asesino, por más que creyera en el ideal de que el acusado siempre merecía la mejor y más vigorosa defensa posible.

Al crecer leí todos los libros acerca de mi padre y sus casos. Admiraba su habilidad y vigor, así como las estrategias que llevó a la mesa de la defensa. Era un profesional excelente, y me hizo sentir orgulloso de llevar su nombre. Pero ahora la ley es diferente. Es más gris. Los ideales hace tiempo que han quedado degradados a nociones. Las nociones son opcionales.

Mi teléfono sonó y miré la pantalla antes de contestar.

—¿Qué pasa, Val?

—Vamos a sacarlo. Ya han vuelto a llevarlo a prisión y estamos procesando su puesta en libertad.

—¿Dobbs ha pagado la fianza?

—Tú lo has dicho.

Percibí el regocijo en su voz.

—No te marees. ¿Estás seguro de que no se va a fugar?

—Nunca estoy seguro. Voy a obligarle a llevar un brazalete en el tobillo. Si lo pierdo a él, pierdo mi casa.

Me di cuenta de que lo que había tomado por regocijo ante una fianza de un millón de dólares caída del cielo era en realidad energía nerviosa. Valenzuela estaría tenso como la cuerda de un violín hasta que el caso terminara, de un modo u otro. Aunque el juez no lo había ordenado, Valenzuela iba a poner un dispositivo electrónico de seguimiento en el tobillo de Roulet. No iba a correr riesgos.

—¿Dónde está Dobbs?

—Se ha vuelto a esperar en mi oficina. Le llevaré a Roulet en cuanto salga. No debería tardar mucho.

—¿Está allí Maisy?

—Sí.

—Bueno, voy a llamarla.

Terminé la llamada y pulsé la tecla de marcado rápido de Liberty Bail Bonds. Respondió la recepcionista y ayudante de Valenzuela.

—Maisy, soy Mick. ¿Puedo hablar con el señor Dobbs?

—Claro, Mick.

Al cabo de unos segundos, Dobbs estaba en la línea. Noté que estaba exasperado por algún motivo sólo por la forma en que dijo: «Soy Cecil Dobbs.»

—Soy Mickey Haller. ¿Cómo va?

—Bueno, si tiene en cuenta que he abandonado mis obligaciones con otros clientes para estar aquí sentado leyendo revistas de hace un año, no muy bien.

—¿No lleva un móvil para trabajar?

—Sí, pero no se trata de eso. Mis clientes no son gente de teléfono. Son gente de cara a cara.

—Ya veo. En fin, la buena noticia es que he oído que están a punto de soltar a nuestro chico.

—¿Nuestro chico?

—Al señor Roulet. Valenzuela podrá sacarlo antes de una hora. Voy a ir a una reunión con un cliente, pero, como le he dicho antes, estoy libre por la tarde. ¿Quiere que vaya para que tratemos el caso con nuestro cliente mutuo o prefiere que me encargue yo desde ahora?

—No, la señora Windsor ha insistido en que lo supervise de cerca. De hecho, es probable que ella también decida estar allí.

—No me importa conocer y saludar a la señora Windsor, pero cuando se trate de hablar del caso, sólo va a estar el equipo de la defensa. Puede incluirle a usted, pero no a la madre. ¿Entendido?

—Entiendo. Quedemos a las cuatro en punto en mi despacho. Louis estará allí.

—Allí estaré.

—Mi firma cuenta con un buen investigador. Le pediré que se una a nosotros.

—No será necesario, Cecil. Tengo mi propio investigador y ya está trabajando. Nos vemos a las cuatro.

Colgué antes de que Dobbs tuviera oportunidad de iniciar un debate acerca de qué investigador usar. Tenía que procurar que Dobbs no controlara ni la investigación ni la preparación ni la estrategia del caso. Supervisar era una cosa, pero ahora el abogado de Louis Roulet era yo, y no él.

Cuando llamé a Raul Levin a continuación, me dijo que estaba en camino hacia la División de Van Nuys del Departamento de Policía de Los Ángeles para recoger una copia del atestado de la detención.

—¿Así de fácil? —pregunté.

—No, no es así de fácil. En cierto modo podrías decir que he tardado veinte años en conseguir este informe.

Lo comprendí. Los contactos de Levin, conseguidos a través del tiempo y la experiencia, ganados con confianza y favores, le estaban dando frutos. No era de extrañar que cobrara quinientos dólares al día cuando podía conseguirlos. Le hablé de la reunión a las cuatro y dijo que vendría y que estaría preparado para facilitarnos el punto de vista policial sobre el caso.

El Lincoln se detuvo cuando yo cerré el teléfono. Estábamos delante del complejo carcelario de las Torres Gemelas. No tenía ni diez años de antigüedad, pero la contaminación estaba empezando a teñir de manera permanente sus paredes color arena de un espantoso gris. Era un lugar triste y adusto en el que yo pasaba demasiado tiempo. Abrí la puerta del coche y bajé para entrar una vez más en el edificio.

7

Había una ventanilla de control para los abogados que me permitió saltarme la larga cola de visitantes que esperaban para entrar a ver a sus seres queridos encarcelados en una de las torres. Cuando le dije al agente de la ventanilla a quién quería ver, éste escribió el nombre en el teclado del ordenador y no me dijo nada de que Gloria estuviera en la enfermería o no disponible. Imprimió un pase de visitante que deslizó en la funda de plástico de una placa con clip y me dijo que me la pusiera y que no me la quitara mientras permaneciera en el recinto penitenciario. Dicho esto, me pidió que me apartara de la ventanilla y esperara a un escolta para abogados.

—Tardará unos minutos —anunció.

Sabía por experiencia previa que mi móvil no tenía cobertura en el interior de la prisión y que si salía para utilizarlo podía perderme a mi escolta, con lo cual tendría que repetir todo el protocolo de entrada. Así que me quedé y observé las caras de la gente que venía a visitar a los encarcelados. La mayoría eran negros o hispanos. La mayoría tenían la expresión de rutina en sus rostros. Probablemente la mayoría conocía el terreno mucho mejor que yo.

Al cabo de veinte minutos, una mujer grande vestida con uniforme de sheriff llegó a la zona de espera y me recogió. Sabía que no había ingresado en el departamento del sheriff con esas dimensiones. Al menos tenía cuarenta kilos de sobrepeso y daba la sensación de que el simple hecho de caminar le costaba un gran esfuerzo. También sabía que una vez que alguien entra en el departamento es difícil echarlo. Lo mejor que ella podría hacer en caso de un intento de fuga sería apoyarse contra una puerta para mantenerla cerrada.

—Lamento haber tardado tanto —me dijo mientras esperábamos entre las dos puertas de acero de la torre de las mujeres—. Tenía que ir a buscarla y asegurarme de que todavía estaba aquí.

Ella hizo una señal a la cámara que había encima de la segunda puerta para indicar que todo iba bien y el cierre se desbloqueó.

—La estaban curando en la enfermería.

—¿Curando?

No sabía que en prisión hubiera un programa de tratamiento de drogas que incluyera «curar» a adictos.

—Sí, está lesionada —dijo la ayudante del sheriff—. Recibió un poco en una refriega. Ella se lo contará.

Decidí no hacer más preguntas. En cierto modo, estaba aliviado de que el retraso médico no se debiera —al menos directamente— al consumo o adicción a las drogas.

La ayudante del sheriff me condujo a la sala de abogados, en la cual había estado muchas veces con anterioridad con clientes diferentes. La inmensa mayoría de mis clientes eran hombres y yo no discriminaba, aunque la verdad es que detestaba representar a mujeres encarceladas. Desde prostitutas a asesinas —y había defendido a todas— había algo que causaba pena en una mujer en prisión. Había descubierto que casi en la totalidad de las ocasiones en el origen de sus delitos se hallaba un hombre. Hombres que se aprovechaban de ellas, que abusaban de ellas, que las abandonaban, que las herían. No es que quiera decir que aquellas mujeres no fueran responsables de sus actos ni que algunas de ellas no merecieran los castigos que recibían. Había depredadoras entre las filas de las mujeres que rivalizaban con facilidad con sus homólogos masculinos, pero, a pesar de todo, las mujeres que vi en prisión parecían muy diferentes de los hombres que ocupaban la otra torre. Los hombres todavía sobrevivían mediante tretas y fuerza. A las mujeres no les quedaba nada una vez que les cerraban la puerta.

La zona de visita era una fila de cabinas en las cuales un abogado podía sentarse en un lado y hablar con una clienta sentada en el otro lado, separados por una lámina transparente de plexiglás de cuarenta y cinco centímetros. Un agente sentado en una cabina de cristal situada al final de la sala observaba la escena, aunque supuestamente no escuchaba. Si había que pasar algún papel a la clienta, el abogado tenía que levantarlo para que el agente lo viera y diera su aprobación.

Mi escolta me condujo a una cabina y me dejó allí. Esperé otros diez minutos hasta que la misma agente apareció con Gloria Dayton en el otro lado del plexiglás. Inmediatamente vi que mi clienta presentaba una hinchazón en torno al ojo izquierdo y un punto de sutura sobre una pequeña laceración justo debajo del pico entre las entradas del pelo. Gloria Dayton tenía el cabello negro azabache y piel aceitunada. Había sido muy guapa. La primera vez que la representé, hacía siete u ocho años, era hermosa. Tenía la clase de belleza que te deja pasmado ante el hecho de que la estuviera vendiendo, de que venderse a desconocidos fuera su mejor o única opción. Esta vez me miró con dureza. Los rasgos de su rostro estaban tensos. Había visitado a cirujanos que no eran los mejores, y en cualquier caso, nada se podía hacer con unos ojos que han visto demasiado.

—Mickey Mantle —dijo—. ¿Vas a batear por mí otra vez?

Ella lo dijo en su voz de niña pequeña que supongo que a sus clientes habituales les gustaba o les excitaba. A mí simplemente me sonó extraña, viniendo de aquella boca apretada y aquella cara con ojos que eran tan duros y tenían en ellos tan poca vida como un par de canicas.

Ella siempre me llamaba Mickey Mantle, aunque había nacido después de que el gran bateador se hubiera retirado y probablemente sabía poco de él o del juego al que jugó. Para ella era sólo un nombre. Supongo que la alternativa habría sido llamarme Mickey Mouse y probablemente no me habría gustado demasiado.

—Lo voy a intentar, Gloria —le dije—. ¿Qué te ha pasado en la cara? ¿Cómo te has hecho daño?

Ella hizo un gesto despreciativo con la mano.

—Hubo un pequeño desacuerdo con algunas de las chicas de mi celda.

—¿Sobre qué?

—Cosas de chicas.

—¿Os colocáis ahí?

Ella pareció indignada y trató de hacer un mohín.

—No.

La estudié. Parecía sobria. Quizá no se estaba colocando y quizá la pelea no se había producido por eso.

—No quiero quedarme aquí, Mickey —dijo con su voz real.

—No te culpo. Yo tampoco quiero estar aquí y he de irme.

Inmediatamente lamenté haber dicho esta última parte y recordarle su situación. Ella pareció no advertirlo.

—¿Crees que podrías meterme en uno de esos comosellamen prejudiciales donde pueda ponerme bien?

Pensé que era interesante cómo los adictos llamaban tanto a colocarse como a desintoxicarse de la misma manera: ponerme bien.

—El problema, Gloria, es que la última vez ya te puse en un programa de intervención prejudicial, ¿recuerdas? Y obviamente no funcionó. Así que esta vez, no sé. Tienen plazas limitadas y a los jueces y fiscales no les gusta enviar a gente una segunda vez cuando no lo han aprovechado a la primera.

—¿Qué quieres decir? —protestó ella—. Saqué provecho. Estuve todo el tiempo.

—Es verdad. Eso estuvo bien. Pero en cuanto terminó volviste a hacer lo que haces, y aquí estamos otra vez. Ellos no lo calificarían de éxito. No creo que pueda meterte en un programa esta vez. Creo que has de estar preparada para que esta vez sean más duros.

Bajó la mirada.

—No puedo hacerlo —dijo con voz débil.

—Mira, tienen un programa en prisión. Puedes recuperarte y salir con otra oportunidad de empezar de nuevo limpia.

Ella negó con la cabeza; parecía hundida.

—Has recorrido un largo camino, pero no puedes continuar —dije—. Yo en tu lugar pensaría en salir de aquí. Me refiero a Los Ángeles. Vete a algún sitio y empieza de nuevo.

Gloria me miró con rabia en los ojos.

—¿Empezar de nuevo y hacer qué? Mírame. ¿Qué voy a hacer? ¿Casarme, tener hijos y plantar flores?

Yo no tenía respuesta y ella tampoco.

—Hablemos de eso cuando llegue el momento. Por ahora, preocupémonos del caso. Cuéntame lo que pasó.

—Lo que pasa siempre. Revisé al tipo y todo cuadraba. Parecía legal. Pero era un poli y eso fue todo.

—¿Fuiste tú a verlo?

Ella asintió.

—*Al Mondrian. Tenía una* suite... *Ésa es otra, los polis normalmente no tienen* suites. *No tienen tanto presupuesto.*

—¿No te dije lo estúpido que es llevar coca cuando vas a trabajar? Y si un tipo te pide alguna vez que lleves coca, sabrás que es un poli.

—Sé todo eso, y no me pidió que llevara. Lo olvidé, ¿vale? Me la dio un tipo al que fui a ver justo antes que a él.

¿Qué se supone que tenía que hacer, dejarla en el coche para que se la llevaran los aparcacoches del Mondrian?

—¿Quién te la dio?

—Un tipo en el Travelodge de Santa Mónica. Me lo hice antes con él y me la ofreció en lugar de dinero. Después de irme escuché los mensajes y tenía esa llamada del tipo del Mondrian. Así que lo llamé, quedamos y fui directamente. Me olvidé de lo que llevaba en el bolso.

Asintiendo con la cabeza me incliné hacia delante. Estaba viendo un brillo, una posibilidad.

—¿Quién es ese tipo del Travelodge?

—No lo sé, sólo un tipo que vio mi anuncio en la web.

Ella concertaba sus citas a través de un sitio web en el que aparecían fotografías, números de teléfono y direcciones de correo electrónico de las chicas de compañía.

—¿Dijo de dónde era?

—No. Era mexicano o cubano o algo.

—Cuando te dio la coca, ¿viste si tenía más?

—Sí, tenía más. Confiaba en que volviera a llamarme..., pero no creo que yo fuera lo que él esperaba.

La última vez que miré el anuncio de Gloria Dayton en LA-Darlings.com para comprobar si seguía en el mundillo, las fotos que había colgado tenían al menos cinco años y ella parecía diez años más joven. Supuse que podían llevar a algún desengaño cuando sus clientes abrieran las puertas de sus habitaciones de hotel.

—¿Cuánta coca tenía?

—No lo sé. Sólo sé que tenía que quedarle más, porque si no, no me la habría dado.

Era una buena reflexión. El brillo se estaba haciendo más intenso.

—¿Lo identificaste?

—Claro.

—¿Qué, su carnet de conducir?

—No, su pasaporte. Dijo que no tenía carnet.

—¿Cómo se llamaba?

—Héctor algo.

—Vamos, Gloria. Héctor qué. Trata de re...

—Héctor algo Moya. Eran tres nombres. Pero recuerdo el Moya.

—Vale, está bien.

—¿Crees que es algo que puedes usar para ayudarme?

—Quizá, depende de quién sea el tipo, de si puedo cambiarlo por algo.

—Quiero salir.

—Vale, escucha, Gloria. Voy a ver a la fiscal y a ver qué piensa y qué puedo hacer por ti. Te han pedido una fianza de veinticinco mil dólares.

—¿Qué?

—Es más alta de lo habitual por las drogas. No tienes veinticinco mil, ¿no?

Ella negó con la cabeza. Vi que los músculos de su rostro se contorsionaban. Supe lo que se avecinaba.

—¿Puedes responder por mí, Mickey? Te prometo que...

—No puedo hacerlo, Gloria. Es una regla y puedo meterme en problemas si la rompo. Vas a tener que pasar aquí la noche y te llevarán a la lectura de cargos por la mañana.

—No —dijo ella, casi como un gemido.

—Sé que va a ser duro, pero has de superarlo. Y has de estar bien por la mañana en la comparecencia o no tendré ninguna oportunidad de rebajar la fianza y sacarte de aquí. Así que olvídate de esa mierda que trafican ahí dentro. ¿Entendido?

Ella levantó los brazos por encima de la cabeza, como si se estuviera protegiendo de una caída de escombros. Apretó las manos en puños en un acto reflejo provocado por el miedo. Tenía una larga noche por delante.

—Has de sacarme mañana.

—Haré todo lo posible.

Hice una seña al ayudante del sheriff que estaba en la cabina de observación. Estaba listo para irme.

—Una última cosa —dije—. ¿Te acuerdas de en qué habitación estaba el tipo del Travelodge?

Ella pensó un momento antes de responder.

—Sí, era fácil. La tres treinta y tres.

—Vale, gracias. Veré qué puedo hacer.

Gloria Dayton se quedó sentada cuando yo me levanté. La agente de escolta volvió pronto y me dijo que tendría que esperar, porque primero tenía que llevar a Gloria a su celda. Miré mi reloj. Eran casi las dos. No había comido y me dolía la cabeza. Además sólo disponía de dos horas para ir a ver a Leslie Faire en la oficina del fiscal y hablar de Gloria y después irme a Century City para la reunión del caso con Roulet y Dobbs.

—¿No hay nadie más que pueda sacarme de aquí? —dije con irritabilidad—. Necesito ir al tribunal.

—Lo siento, señor, así funciona.

—Bueno, por favor, dese prisa.

—Siempre lo hago.

Al cabo de quince minutos me di cuenta de que mis quejas a la ayudante del sheriff sólo habían logrado que ésta me dejara esperando todavía más que si hubiera mantenido la boca cerrada. Como un cliente de restaurante que se queja porque la sopa está fría y cuando se la vuelven a traer está quemando y con un pronunciado gusto a saliva. Debería haberlo imaginado.

En el rápido trayecto al edificio del tribunal penal llamé a Raul Levin. Había vuelto a su oficina de Glendale y estaba mirando los informes de la policía correspondientes a la investigación y detención de Roulet. Le dije que lo dejara de lado para hacer unas llamadas. Quería ver qué podía averiguar del tipo de la habitación 333 del Travelodge de Santa Mónica. Le expliqué que necesitaba la información ayer. Sabía que tenía fuentes y formas de investigar el nombre de

Héctor Moya. Simplemente no quería saber quién o cuál era esa fuente. Sólo me interesaban los resultados.

Cuando Earl se detuvo en un stop delante del edificio del tribunal penal, le dije que mientras yo estuviera dentro podía irse a Philippe's y comprar unos sándwiches de rosbif. Me comería el mío de camino a Century City. Le pasé un billete de veinte dólares por encima del asiento y salí.

Mientras esperaba el ascensor en el siempre repleto vestíbulo del edificio del tribunal, saqué una pastilla de paracetamol de mi maletín con la esperanza de que frenara la migraña que se me venía encima por la falta de comida. Tardé diez minutos en llegar a la novena planta y pasé otros quince esperando a que Leslie Faire me recibiera. Sin embargo, no me importó la espera porque Raul Levin me llamó justo antes de que me dejaran pasar. Si Faire me hubiera recibido enseguida, yo habría entrado sin la munición adicional.

Levin me explicó que el hombre de la habitación 333 del Travelodge se había registrado con el nombre de Gilberto García. El motel no le pidió identificación porque pagó en efectivo y por adelantado por una semana y dejó un depósito de cincuenta dólares para los gastos de teléfono. Levin también había investigado el nombre que yo le había dado y se encontró con un Héctor Arrande Moya, un colombiano en busca y captura desde que huyó de San Diego cuando un jurado de acusación federal lo había inculpado por tráfico de drogas. En conjunto era un material muy bueno y planeaba utilizarlo con la fiscal.

Faire compartía despacho con otros tres fiscales. Dos se habían ido, probablemente al tribunal, pero había un hombre al que no conocía sentado ante el escritorio de la esquina opuesta a la de Faire. Tendría que hablar con ella con su compañero como testigo. Aborrecía hacerlo porque sabía que el fiscal con quien tenía que tratar en estas situaciones muchas veces actuaba para los presentes en la sala, tratando de sonar duro y astuto, a veces a costa de mi cliente.

Aparté una silla de uno de los escritorios libres y me la llevé para sentarme. Me salté las falsas galanterías y fui al grano porque tenía hambre y poco tiempo.

—Ha presentado cargos contra Gloria Dayton esta mañana —dije—. Soy su abogado y quiero saber qué podemos hacer al respecto.

—Bueno, se puede declarar culpable y cumplir de uno a tres años en Frontera —dijo como si tal cosa y con una sonrisa que no era más que una mueca.

—Estaba pensando en una intervención prejudicial.

—Estaba pensando que ella ya probó un bocado de esa manzana y lo escupió. Ni hablar.

—Mire, ¿cuánta coca llevaba encima, un par de gramos?

—Sigue siendo ilegal, no importa cuánta llevara. Gloria Dayton ha tenido numerosas oportunidades para rehabilitarse y evitar la prisión. Pero se le han terminado. —Se volvió hacia su mesa, abrió una carpeta y miró la hoja superior—. Nueve arrestos sólo en los últimos cinco años —dijo—. Es su tercera acusación por drogas y nunca ha pasado más de tres días en prisión. Olvídese de intervenciones prejudiciales. Alguna vez tiene que aprender y será ésta. No estoy dispuesta a discutir sobre eso. Si se declara culpable, pediré de uno a tres. Si no, iré en busca del veredicto y ella correrá el riesgo con el juez y la sentencia. Pediré la máxima pena.

Asentí con la cabeza. La reunión iba como había previsto que iría con Faire. Una sentencia de uno a tres años probablemente resultaría en una estancia de nueve meses entre rejas. Sabía que Gloria Dayton podía soportarlo y probablemente debía hacerlo. Pero todavía tenía una carta que jugar.

—¿Y si tiene algo con lo que negociar?

Faire resopló como si fuera un chiste.

—¿Como qué?

—El número de una habitación de hotel en la que un traficante importante está haciendo negocios.

—Suena un poco vago.

Era vago, pero supe por el cambio en su tono de voz que estaba interesada. A todos los fiscales les gusta negociar.

—Llame a los chicos de narcóticos. Pídales que comprueben el nombre de Héctor Arrande Moya en el sistema. Es colombiano. Puedo esperar.

Ella vaciló. Claramente no le gustaba ser manipulada por un abogado defensor, especialmente cuando otro fiscal podía oírlo. Pero el anzuelo ya estaba echado.

Faire se volvió otra vez en su escritorio e hizo una llamada. Escuché un lado de la conversación. Ella le dijo a alguien que buscara el historial de Moya. Esperó un rato y escuchó la respuesta. Le dio las gracias a la persona a la que había llamado y colgó. Se tomó su tiempo para volverse hacia mí.

—Vale —dijo—. ¿Qué quiere?

Ya lo tenía preparado.

—Quiero una intervención prejudicial y que retiren todos los cargos si termina con éxito el programa. Ella no declara contra el tipo y su nombre no aparece en ningún documento. Simplemente les proporciona el nombre del hotel y el número de la habitación en la que está y su gente hace el resto.

—Han de presentar cargos. Tiene que declarar. Supongo que los dos gramos que tenía se los dio ese tipo. Ha de hablarnos de eso.

—No. La persona con la que ha hablado le habrá dicho que está en busca y captura. Pueden detenerlo por eso.

La fiscal reflexionó durante unos segundos, moviendo la mandíbula adelante y atrás como si probara el gusto del trato y decidiera si quería comer más. Yo sabía cuál era el punto débil. El acuerdo consistía en un intercambio, pero era un intercambio con un caso federal. Eso significaba que detendrían al tipo y los federales se harían cargo. No habría gloria fiscal para Leslie Faire, a no ser que aspirara a dar el salto algún día a la Oficina del Fiscal Federal.

—Los federales la van a adorar por esto —dije, tratando de meterme en su conciencia—. Es un tipo peligroso, y probablemente pronto se irá del hotel y se perderá la oportunidad.

Ella me miró como si yo fuera un insecto.

—No intente eso conmigo, Haller.

—Perdón.

Faire volvió a sus cavilaciones. Lo intenté de nuevo.

—Una vez que tienen su localización siempre pueden preparar una compra.

—Quiere hacer el favor de callarse. No puedo pensar.

Levanté las manos en ademán de rendición y me callé.

—Muy bien —dijo ella finalmente—. Déjeme hablar con mi jefe. Deme su número y le llamaré después. Pero ya le digo ahora mismo que si aceptamos, ella tendrá que ir a un programa cerrado. Algo en el County-USC. No vamos a perder un puesto residencial con ella.

Lo pensé y asentí. El County-USC era un hospital con un ala penitenciaria en la que se trataba a internos heridos, enfermos y adictos. Lo que Leslie Faire estaba ofreciendo era un programa en el que Gloria Dayton podría ser tratada de su adicción y puesta en libertad una vez completado el tratamiento. No se enfrentaría a ningún cargo ni a pasar más tiempo en prisión.

—Por mí está bien. —Miré mi reloj. Tenía que irme—. Nuestra oferta es válida hasta la comparecencia de mañana —añadí—. Después de eso llamaré a la DEA y veré si puedo tratar con ellos directamente. Entonces la retirarán del caso.

Ella me miró con indignación. Sabía que si llegaba a un acuerdo con los federales, la aplastarían. Cara a cara, los federales siempre triunfaban sobre la fiscalía del Estado. Me levanté para irme y le dejé una tarjeta de visita en su mesa.

—No trate de jugármela, Haller —dijo—. Si me la juega, lo pagará su cliente.

No respondí. Empujé la silla que había tomado prestada a su sitio original. Ella retiró la amenaza en su siguiente frase.

—De todos modos, creo que podremos manejar esto en un nivel que nos contente a todos.

La miré al salir del despacho.

—A todos menos a Héctor Moya.

8

Las oficinas legales de Dobbs y Delgado estaban en la planta veintinueve de una de las torres gemelas que constituían el sello de identidad del *skyline* de Century City. Llegaba justo a tiempo, pero todos se habían congregado ya en torno a una gran mesa de madera pulida de la sala de reuniones. Un gran ventanal enmarcaba una vista del oeste que se extendía por Santa Mónica hasta el Pacífico y las islas de más atrás. Era un día despejado y se divisaban Catalina y Anacapa, casi en el borde del mundo. El sol empezaba a declinar y daba la sensación de estar a la altura de los ojos, por eso habían bajado una cortina por encima de la ventana. Era como si la sala llevara gafas de sol.

Igual que mi cliente. Louis Roulet estaba sentado a la cabecera de la mesa con unas Ray-Ban de montura negra. Había cambiado el mono gris de la cárcel por un traje marrón oscuro que lucía encima de una camiseta de seda de color pálido. Proyectaba la imagen de un hombre joven y seguro de sí mismo, muy distinta del niño asustado que había visto en el corral antes de la primera comparecencia.

A la izquierda de Roulet estaba sentado Cecil Dobbs, y junto a éste una mujer bien conservada, bien peinada y enjoyada que supuse que sería la madre de Roulet. También supuse que Dobbs no le había dicho que la reunión no iba a incluirla a ella.

A la derecha de Roulet me esperaba una silla vacía. Al lado de ésta se había sentado mi investigador, Raul Levin, con una carpeta cerrada ante sí en la mesa.

Dobbs me presentó a Mary Alice Windsor, que me estrechó la mano con fuerza. Me senté y Dobbs explicó que ella costearía la defensa de su hijo y que había aceptado los términos que yo había presentado con anterioridad. Deslizó un sobre por encima de la mesa hacia mí. Miré en su interior y vi un cheque a mi nombre por valor de sesenta mil dólares. Era la provisión de fondos que había solicitado, pero sólo esperaba la mitad en el pago inicial. Había ganado más dinero en otros casos, pero era el cheque por más importe que había recibido nunca.

El cheque estaba extendido por Mary Alice Windsor. El banco era sólido como el oro, el First National de Beverly Hills. Sin embargo, cerré el sobre y lo devolví deslizándolo de nuevo por encima de la mesa.

—Voy a necesitar que sea de Louis —dije, mirando a la señora Windsor—. No me importa que usted le dé el dinero y que luego él me lo entregue a mí. Pero quiero que el cheque sea de Louis. Trabajo para él y me gustaría que quedara claro desde el principio.

Esa misma mañana había aceptado dinero de una tercera parte, pero se trataba de una cuestión de control. Me bastaba con mirar al otro lado de la mesa a Mary Alice Windsor y C. C. Dobbs para saber que tenía que asegurarme de establecer con claridad que era mi caso y que yo lo dirigiría, para bien o para mal.

No pensé que eso pudiera ocurrir, pero el rostro de Mary Windsor se endureció. Por alguna razón, su cara, plana y cuadrada, me recordó un viejo reloj de pie.

—Madre —dijo Roulet, saliendo al paso antes de que ésta interviniera—. Está bien. Yo le extenderé un cheque. Puedo cubrirlo hasta que tú me des el dinero.

La señora Windsor paseó la mirada de mí a su hijo y luego de nuevo la fijó en mí.

—Muy bien —dijo.

—Señora Windsor —dije—, es muy importante que apoye a su hijo. Y no me refiero únicamente a la parte económica. Si no tenemos éxito en que se rechacen los cargos y elegimos la vía del juicio, será muy importante que usted aparezca para mostrarle su apoyo en público.

—No diga tonterías —dijo ella—. Lo apoyaré contra viento y marea. Esas acusaciones ridículas han de ser retiradas y esa mujer... no va a cobrar ni un centavo de nosotros.

—Gracias, madre —dijo Roulet.

—Sí, gracias —dije—. Me aseguraré de informarle, probablemente a través del señor Dobbs, de dónde y cuándo se la necesitará. Es bueno saber que estará ahí por su hijo.

No dije nada más y esperé. Ella no tardó mucho en comprender que la estaba echando.

—Pero no quiere que esté aquí ahora, ¿es eso?

—Así es. Hemos de discutir el caso y es mejor y más apropiado para Louis hacerlo sólo con su equipo de defensa. El privilegio cliente-abogado no cubre a nadie más. Podrían obligarla a declarar contra su hijo.

—Pero si me voy, ¿cómo volverá Louis a casa?

—Tengo un chófer. Yo lo llevaré.

Windsor miró a Dobbs, con la esperanza de que éste contara con una regla que estuviera por encima de la mía. Dobbs sonrió y se levantó para retirarle la silla. La madre de mi cliente se lo permitió y se levantó.

—Muy bien —dijo—. Louis, te veré en la cena.

Dobbs acompañó a Windsor a la puerta de la sala de reuniones y vi que conversaban en el pasillo. No pude oír lo que decían. Finalmente ella se alejó y Dobbs volvió a entrar y cerró la puerta.

Revisé algunas cuestiones preliminares con Roulet, explicándole que tendría que comparecer al cabo de dos semanas para presentar un alegato. Entonces tendría la oportunidad de poner al estado sobre aviso de que no quería renunciar a su derecho a un juicio rápido.

—Es la primera elección que hemos de tomar —dije—. Si quiere que esta cuestión se alargue o proceder con rapidez y meter presión a la fiscalía.

—¿Cuáles son las opciones? —preguntó Dobbs.

Lo miré y después miré de nuevo a Roulet.

—Seré muy sincero —dije—. Cuando tengo un cliente que no está encarcelado me inclino a demorarlo. Es la libertad del cliente lo que está en juego, ¿por qué no aprovecharla al máximo hasta que caiga el mazo?

—Está hablando de un cliente culpable —dijo Roulet.

—Por el contrario —dije—, si el caso de la fiscalía es débil, retrasar las cosas les dará la oportunidad de reforzar su mano. Verá, el tiempo es nuestra única baza en este punto. Si no renunciamos a un juicio rápido, pondremos mucha presión en el fiscal.

—Yo no hice lo que dicen que hice —insistió Roulet—. No quiero perder más tiempo. Quiero terminar con esta mierda.

—Si nos negamos a renunciar, entonces teóricamente deben llevarlo a juicio en un plazo de sesenta días desde la lectura oficial de cargos. La realidad es que se retrasa por la vista preliminar. En una vista preliminar, el juez escucha las pruebas y decide si hay suficiente para celebrar un juicio. Es un proceso burocrático. El juez le llamará a juicio, le citarán de nuevo, el reloj se pondrá a cero y tendrá que esperar otros sesenta días.

—No puedo creerlo —dijo Roulet—. Esto va a ser eterno.

—Siempre podemos renunciar también al preliminar. Eso forzaría mucho la mano. El caso ha sido reasignado a un fiscal joven. Es bastante nuevo en delitos graves. Podría ser la mejor forma de actuar.

—Espere un momento —dijo Dobbs—. ¿Una vista preliminar no es útil en términos de ver cuáles son las pruebas con que cuenta la fiscalía?

—De hecho, no —dije—. Ya no. La asamblea legislativa intentó racionalizar las cosas hace un tiempo y convirtieron el preliminar en un trámite. Ahora normalmente sólo se presenta la policía, que cuenta al juez las declaraciones de todo el mundo. La defensa normalmente no ve ningún otro testigo que el policía. Si me pregunta mi opinión, la mejor estrategia es forzar a la acusación a mostrar las cartas o retirarse. Que se llegue a juicio en sesenta días después de la primera vista.

—Me gusta esa idea —dijo Roulet—. Quiero acabar con esto lo antes posible.

Asentí con la cabeza. Lo había dicho como si la conclusión cantada fuera un veredicto de inocencia.

—Bueno, tal vez ni siquiera llega a juicio —comentó Dobbs—. Si estos cargos no se sostienen...

—La fiscalía no va a dejarlo —dije, cortándole—. Normalmente la policía presenta un exceso de cargos y luego el fiscal los recorta. Esta vez no ha ocurrido eso, sino que la fiscalía ha aumentado las acusaciones. Lo cual me dice dos cosas: primero, que creen que el caso es sólido y, segundo, que han subido los cargos para empezar a negociar desde un terreno más alto.

—¿Está hablando de llegar a un acuerdo declarándome culpable? —preguntó Roulet.

—Sí, una disposición.

—Olvídelo, nada de acuerdos. No voy a ir a la cárcel por algo que no he hecho.

—Puede que no signifique ir a la cárcel. No tiene antecedentes y...

—No me importa que pueda quedar en libertad. No voy a declararme culpable de algo que no hice. Si esto va a ser un problema para usted, entonces hemos de terminar nuestra relación en este momento.

Lo miré a los ojos. Casi todos mis clientes hacían alegatos de inocencia en algún momento. Especialmente si era el primer caso en el que los representaba. Sin embargo, Roulet se expresó con un fervor y una franqueza que no había visto en mucho tiempo. Los mentirosos titubean. Apartan la mirada. Los ojos de Roulet sostenían los míos como imanes.

—También hay que considerar la responsabilidad civil —añadió Dobbs—. Una declaración de culpabilidad permitiría a esa mujer...

—Entiendo todo eso —dije, cortándole otra vez—. Creo que nos estamos adelantando. Sólo quiero dar a Louis una visión general de la forma en que va a funcionar el proceso. No hemos de hacer ningún movimiento ni tomar decisiones rápidas y drásticas durante al menos un par de semanas. Sólo necesitamos saber cómo vamos a manejarlo en la lectura de cargos.

—Louis cursó un año de derecho en la UCLA —señaló Dobbs—. Creo que tiene el conocimiento básico de la situación.

Roulet asintió.

—Mucho mejor —dije—. Entonces vayamos al caso. Louis, empecemos por usted. ¿Su madre dice que espera verlo en la cena? ¿Vive usted en la casa de su madre?

—Vivo en la casa de huéspedes. Ella vive en la casa principal.

—¿Alguien más vive en las instalaciones?

—La doncella. En la casa principal.

—¿Hermanos, amigos, novias?

—No.

—¿Y trabaja usted en la empresa de su madre?

—Más bien la dirijo. Ella ya no viene mucho.

—¿Dónde estuvo el sábado por la noche?

—El sába... ¿quiere decir anoche?

—No, me refiero a la noche del sábado. Empiece por ahí.

—El sábado por la noche no hice nada. Me quedé en casa viendo la tele.

—¿Solo?

—Eso es.

—¿Qué vio?

—Un DVD. Una película vieja llamada *La conversación*. De Coppola.

—Así que nadie estaba con usted ni le vio. Sólo miró la película y se fue a acostar.

—Básicamente.

—Básicamente. Vale. Eso nos lleva al domingo por la mañana. ¿Qué hizo ayer durante el día?

—Jugué al golf en el Riviera, mi grupo de cuatro habitual. Empecé a las diez y terminé a las cuatro. Llegué a casa, me duché y me cambié de ropa, cené en casa de mi madre. ¿Quiere saber qué comimos?

—No será necesario. Pero más tarde probablemente necesitaremos los nombres de los tipos con los que jugó al golf. ¿Qué ocurrió después de cenar?

—Le dije a mi madre que me iba a mi casa, pero salí.

Me fijé en que Levin había empezado a tomar notas en una libretita que había sacado de un bolsillo.

—¿Qué coche tiene?

—Tengo dos, un Range Rover 4×4 que uso para llevar a los clientes y un Porsche Carrera para mí.

—¿Usó el Porsche anoche, entonces?

—Sí.

—¿Adónde fue?

—Fui al otro lado de la colina, al valle de San Fernando.

Lo dijo como si descender a los barrios de clase trabajadora del valle de San Fernando fuera un movimiento arriesgado para un chico de Beverly Hills.

—¿Adónde fue? —pregunté.

—A Ventura Boulevard. Tomé una copa en Nat's North y luego fui a Morgan's y tomé una copa también allí.

—Esos sitios son bares para ligar, ¿no le parece?

—Sí. A eso fui.

Fue franco en eso y aprecié su sinceridad.

—Entonces estaba buscando a alguien. A una mujer. ¿A alguna en concreto, a alguna que conociera?

—Ninguna en particular. Estaba buscando acostarme, pura y simplemente.

—¿Qué ocurrió en Nat's North?

—Lo que ocurrió fue que era una noche de poco movimiento, así que me fui. Ni siquiera me acabé la copa.

—¿Va allí con frecuencia? ¿Las camareras le conocen?

—Sí. Anoche trabajaba una chica llamada Paula.

—O sea que no le fue bien y se marchó. Fue a Morgan's. ¿Por qué Morgan's?

—Es sólo otro sitio al que voy.

—¿Le conocen allí?

—Deberían. Dejo buenas propinas. La otra noche Denise y Janice estaban detrás de la barra. Me conocen.

Me volví hacia Levin.

—Raul, ¿cuál es el nombre de la víctima?

Levin abrió su carpeta y sacó un informe policial, pero respondió sin necesidad de mirarlo.

—Regina Campo. Sus amigos la llaman Reggie. Veintiséis años. Dijo a la policía que es actriz y trabaja de teleoperadora.

—Y con ganas de jubilarse pronto —dijo Dobbs.

No le hice caso.

—Louis, ¿conocía a Reggie Campo antes de esta última noche? —pregunté.

Roulet se encogió de hombros.

—Más o menos. La había visto por el bar. Pero nunca había estado con ella antes. Ni siquiera había hablado nunca con ella.

—¿Lo había intentado alguna vez?

—No, nunca había podido acercarme a ella. Ella siempre estaba con alguien o con más de una persona. No me gusta penetrar entre la multitud, ¿sabe? Mi estilo es buscar a las que están solas.

—¿Qué fue diferente anoche?

—Anoche ella se acercó a mí, eso fue lo diferente.

—Cuéntenoslo.

—No hay nada que contar. Yo estaba en la barra de Morgan's pensando en mis cosas, echando un vistazo a las posibilidades, y ella estaba con un tipo en el otro extremo de la barra. Así que ni siquiera estaba en mi radar porque parecía que ya la habían elegido, ¿entiende?

—Ajá, entonces ¿qué pasó?

—Bueno, al cabo de un rato el tipo con el que ella estaba se fue a mear o salió a fumar, y, en cuanto él se va, ella se levanta, se me acerca y me pregunta si estoy interesado. Yo le digo que sí, pero le pregunto qué pasa con el tipo con el que está. Ella dice que no me preocupe por él, que se habrá ido a las diez y que el resto de la noche está libre. Me escribe la dirección y me pide que vaya después de las diez. Yo le digo que allí estaré.

—¿Dónde escribió la dirección?

—En una servilleta, pero la respuesta a su siguiente pregunta es no, ya no la tengo. Memoricé la dirección y tiré la servilleta. Trabajo en el sector inmobiliario. Puedo recordar direcciones.

—¿Qué hora era?

—No lo sé.

—Bueno, ella dijo que pasara a las diez. ¿Miró el reloj en algún momento para saber cuánto tendría que esperar?

—Creo que eran entre las ocho y las nueve. En cuanto volvió a entrar el tipo, se fueron.

—¿Cuándo se marchó usted del bar?

—Me quedé unos minutos y luego me fui. Hice una parada más antes de ir a su casa.

—¿Dónde?

—Bueno, ella vivía en un apartamento de Tarzana, así que fui al Lamplighter. Me quedaba de camino.

—¿Por qué?

—No sé, quería saber qué posibilidades había. En fin, ver si había algo mejor, algo por lo que no tuviera que esperar o...

—¿O qué?

Él no terminó la idea.

—¿Ser segundo plato?

Asintió.

—Bien, ¿con quién habló en el Lamplighter? ¿Dónde está, por cierto? —Era el único sitio que había mencionado que no conocía.

—Está en Ventura, cerca de White Oak. En realidad no hablé con nadie. Estaba repleto, pero no vi a nadie que me interesara.

—¿Las camareras le conocen allí?

—No, no creo. No voy demasiado.

—¿Normalmente tiene suerte antes de la tercera opción?

—No, normalmente me rindo después de dos.

Asentí para ganar un poco de tiempo y pensar en qué más preguntar antes de llegar a lo que ocurrió en la casa de la víctima.

—¿Cuánto tiempo estuvo en el Lamplighter?

—Una hora, más o menos. Quizás un poco menos.

—¿En la barra? ¿Cuántas copas?

—Sí, dos copas en la barra.

—¿Cuántas copas en total había tomado anoche antes de llegar al apartamento de Reggie Campo?

—Eh, cuatro como mucho. En dos horas, o dos horas y media. Dejé una sin tocar en Morgan's.

—¿Qué bebía?

—Martini. De Gray Goose.

—¿En alguno de esos sitios pagó la copa con tarjeta de

crédito? —preguntó Levin, en la que fue su primera pregunta de la entrevista.

—No. Cuando salgo pago en efectivo.

Miré a Levin y esperé para ver si tenía algo más que preguntar. En ese momento sabía más que yo del caso. Quería darle rienda suelta para que preguntara lo que quisiera.

Me miró y le di mi autorización con un gesto. Estaba listo para empezar.

—Veamos —dijo—, ¿qué hora era cuando llegó al apartamento de Reggie?

—Eran las diez menos doce minutos. Miré el reloj. Quería asegurarme de que no llamaba a la puerta demasiado pronto.

—Y ¿qué hizo?

—Esperé en el aparcamiento. Ella dijo a las diez, así que esperé hasta las diez.

—¿Vio salir al hombre con el que la había dejado en Morgan's?

—Sí, lo vi. Salió y se fue, entonces yo subí.

—¿Qué coche llevaba? —preguntó Levin.

—Un Corvette amarillo —dijo Roulet—. Era un modelo de los noventa. No sé el año exacto.

Levin asintió con la cabeza. Había concluido. Sabía que sólo quería conseguir una pista del hombre que había estado en el apartamento de Campo antes que Roulet. Asumí el interrogatorio.

—Así que se va y usted entra. ¿Qué ocurre?

—Entré en el edificio. Su apartamento estaba en el segundo piso. Subí, llamé a la puerta y ella abrió y yo entré.

—Espere un segundo. No quiero el resumen. ¿Subió? ¿Cómo? ¿Escalera, ascensor, qué? Denos los detalles.

—Ascensor.

—¿Había alguien más en el ascensor? ¿Alguien le vio?

Roulet negó con la cabeza. Yo le hice una señal para que continuara.

—Ella entreabrió la puerta, vio que era yo y me dijo que pasara. No había un recibidor espacioso, sólo un pasillo. Pasé a su lado para que pudiera cerrar la puerta. Por eso se quedó detrás de mí. Y no lo vi venir. Tenía algo. Me golpeó con algo y yo caí. Todo se puso negro enseguida.

Me quedé en silencio mientras reflexionaba, tratando de formarme una imagen mental.

—¿Así que antes de que ocurriera nada, ella simplemente le noqueó? No dijo nada, no gritó nada, sólo le salió por detrás y ¡pam!

—Exacto.

—Vale, y luego qué. ¿Recuerda qué pasó a continuación?

—Todavía está bastante neblinoso. Recuerdo que me desperté y vi a esos dos tipos encima mío. Sujetándome. Entonces llegó la policía. Y la ambulancia. Estaba sentado contra la pared y tenía las manos esposadas. El personal médico me puso amoniaco o algo así debajo de la nariz y entonces fue cuando de verdad me desperté. Uno de los tipos que me habían retenido estaba diciendo que había intentado violar y matar a esa mujer. Todas esas mentiras.

—¿Aún estaba en el apartamento?

—Sí. Recuerdo que moví los brazos para poder mirarme las manos que tenía a la espalda y vi que tenía la mano envuelta en una especie de bolsa de plástico y entonces fue cuando supe que todo era una trampa.

—¿Qué quiere decir con eso?

—Ella me puso sangre en la mano para que pareciera que lo había hecho yo. Pero era mi mano izquierda. Yo no soy zurdo. Si iba a pegar a alguien habría usado mi mano derecha.

Hizo un gesto de boxeo con la mano derecha para ejemplificarlo por si no lo entendía. Yo me levanté de donde estaba y paseé hasta la ventana. Me dio la sensación de estar por encima del sol. Estaba mirando la puesta de sol desde arriba. Me sentí inquieto con la historia de Roulet. Parecía tan rocambolesca que podía ser cierta. Y eso me preocupaba. Siempre había temido no ser capaz de reconocer la inocencia. La posibilidad de ella en mi trabajo era tan remota que funcionaba con el temor de no poder reconocerla cuando la encontrara. Podía pasarla por alto.

—Vale, hablemos de esto un segundo —dije, todavía con el sol de cara—. Está diciendo que Regina Campo puso sangre en su mano para tenderle una trampa. Y se la puso en la izquierda. Pero si iba a tenderle una trampa, ¿no le habría puesto la sangre en la mano derecha, puesto que la inmensa mayoría de la gente es diestra? ¿No se habría basado en la estadística?

Me volví hacia la mesa y me encontré con las miradas impertérritas de todos.

—Dice que ella entreabrió la puerta y le dejó pasar —declaré—. ¿Le vio la cara?

—No toda.

—¿Qué es lo que vio?

—Su ojo. Su ojo izquierdo.

—¿En algún momento le vio el lado derecho del rostro? Cuando entró.

—No, ella estaba detrás de la puerta.

—¡Eso es! —dijo Levin, excitadamente—. Ella ya tenía las heridas cuando él entró. Se esconde de él, él entra y ella le noquea. Todas las heridas estaban en el lado derecho de su rostro y por eso puso la sangre en su mano izquierda.

Asentí al pensar en la lógica del razonamiento. Parecía tener sentido.

—De acuerdo —dije, volviéndome hacia la ventana y reanudando mi paseo—. Creo que eso funcionará. Veamos, Louis, nos ha dicho que había visto a esa mujer en el bar antes pero que nunca había hablado con ella. Entonces, era una desconocida. ¿Por qué iba a hacer eso, Louis? ¿Por qué iba a tenderle una trampa como usted asegura?

—Dinero.

Pero no fue Roulet quien respondió. Había sido Dobbs. Me volví de la ventana y lo miré. Él sabía que había hablado fuera de su turno, pero no pareció importarle.

—Es obvio —dijo Dobbs—. Ella quiere sacarle dinero, a él y a la familia. Probablemente está presentando la demanda civil mientras hablamos. Los cargos penales son sólo el preludio de la demanda monetaria. Eso es lo que de verdad está buscando.

Me senté otra vez y miré a Levin, estableciendo contacto visual.

—He visto una foto de esa mujer en el tribunal hoy —dije—. Tenía la mitad de la cara hecha papilla. ¿Está diciendo que ésta es nuestra defensa, que se lo hizo a sí misma?

Levin abrió la carpeta y sacó un trozo de papel. Era una fotocopia en blanco y negro de la prueba fotográfica que Maggie McPherson me había enseñado en el tribunal. La cara hinchada de Reggie Campo. La fuente de Levin era buena, pero no tanto como para conseguirle la fotografía original. Deslizó la fotocopia por la mesa para que Dobbs y Roulet la vieran.

—Tendremos las fotos de verdad en el proceso de presentación de hallazgos —dije—. Se ve peor, mucho peor, y si vamos con su historia entonces el jurado (esto es, si llega a un jurado) va a tener que creerse que se hizo eso a sí misma.

Observé cómo Roulet estudiaba la fotocopia. Si había sido él quien había agredido a Reggie Campo, no mostró nada que lo revelara al examinar su obra. No mostró nada en absoluto.

—¿Sabe qué? —dije—. Me gusta pensar que soy un buen abogado, que tengo grandes dotes de persuasión con los jurados. Pero me cuesta creerme a mí mismo con esta historia.

9

Llegó el turno de Raul Levin en la sala de reuniones. Habíamos hablado cuando yo iba de camino a Century City y mientras daba mordiscos al sándwich de rosbif. Había conectado mi móvil al altavoz del teléfono del coche y le pedí a mi chófer que se pusiera los auriculares. Le había comprado un iPod en su primera semana en el trabajo. Levin me había explicado lo fundamental del caso, justo lo suficiente para llevar a cabo el interrogatorio inicial de mi cliente. A partir de ese momento, él llevaría la iniciativa en la sala y revisaría el caso, usando a la policía y los informes de pruebas para hacer añicos la versión de los hechos proporcionada por Roulet, para mostrarnos lo que la fiscalía tendría de su lado. Quería que se encargara Levin, al menos inicialmente, porque si iba a haber un aspecto chico bueno, chico malo en la defensa, yo quería ser aquel al que Roulet apreciara y en el que confiara. Quería ser el chico bueno.

Levin tenía sus propias notas además de las copias de los informes policiales que había obtenido de su fuente. Todo era material al que sin duda la defensa tenía derecho a acceder y que recibiría en el proceso de hallazgos, pero normalmente requiere semanas de bucear a través de los canales del tribunal en lugar de las horas que había tardado Levin. Mientras hablaba, mi investigador mantuvo la vista en estos documentos.

—Anoche a las diez y once minutos, por medio del número de emergencias novecientos once, el centro de comunicaciones del Departamento de Policía de Los Ángeles recibió una llamada de Regina Campo, desde el setenta y seis de White Oak Boulevard, apartamento doscientos once. Ella declaró que un intruso había entrado en su casa y la había atacado. Los agentes de patrulla respondieron y llegaron al lugar de los hechos a las diez y diecisiete. Era una noche tranquila, supongo, porque llegaron enseguida. Mucho más deprisa que el promedio de respuesta. En cualquier caso, los agentes de patrulla fueron recibidos en el aparcamiento por la señorita Campo, quien declaró que había huido del apartamento después del ataque. Ella informó a los agentes que dos vecinos llamados Edward Turner y Ronald Atkins estaban en su apartamento, reteniendo al intruso. El agente Santos se dirigió al apartamento, donde encontró al sospechoso de agresión, después identificado como el señor Roulet, tumbado en el suelo y controlado por Turner y Atkins.

—Ésos eran los dos moñas que estaban sentados encima de mí —dijo Roulet.

Miré a Roulet y vi que el destello de rabia remitió con rapidez.

—Los agentes pusieron al sospechoso bajo custodia —continuó Levin como si no le hubieran interrumpido—. El señor Atkins...

—Espera un momento —dije—. ¿Dónde lo encontraron en el suelo? ¿En qué habitación?

—No lo dice.

Miré a Roulet.

—Era en la sala de estar. No estaba lejos de la puerta. Yo nunca llegué tan lejos.

Levin tomó una nota antes de continuar.

—El señor Atkins sacó una navaja plegable con la hoja desplegada, que dijo que había sido encontrada en el suelo junto al intruso. Los agentes esposaron al sospechoso y llamaron a una ambulancia para que el personal médico tratara a Campo y Roulet, que tenía una laceración en la cabeza y una ligera conmoción. Campo fue transportada al Holy Cross Medical Center para ser atendida y fotografiada por un técnico en pruebas. Roulet fue puesto bajo custodia e ingresó en la prisión de Van Nuys. El apartamento de la señorita Campo fue precintado para procesar la escena del crimen y el caso se asignó a Martin Booker, detective del Valle de San Fernando.

Levin extendió sobre la mesa más fotocopias de fotos policiales de las lesiones de Regina Campo. Eran imágenes de frente y perfil de la cara y dos primeros planos de los hematomas en torno al cuello y un pequeño pinchazo bajo la mandíbula. La calidad de la copia era pobre y me di cuenta de que las fotocopias no merecían un examen serio. No obstante, me fijé en que todas las heridas faciales estaban en el lado derecho del rostro de Campo. Roulet tenía razón al respecto. O bien alguien la había golpeado repetidamente con la mano izquierda, o las heridas las había causado la propia mano derecha de Campo.

—Las tomaron en el hospital donde la señorita Campo presentó asimismo una declaración ante el detective Booker. En resumen, dijo que llegó a casa el domingo por la noche alrededor de las ocho y media y que estaba sola en su domicilio cuando llamaron a la puerta alrededor de las diez en punto. El señor Roulet se hizo pasar por alguien a quien Campo conocía y por eso ella abrió la puerta. Después de abrir la puerta, recibió inmediatamente un puñetazo del intruso y fue empujada hacia el interior del apartamento. El intruso entró y cerró la puerta. La señorita Campo intentó defenderse, pero fue golpeada al menos dos veces más y cayó al suelo.

—¡Eso es mentira! —gritó Roulet.

Dio un puñetazo en la mesa y se levantó, su silla rodó hacia atrás y golpeó sonoramente en el cristal del ventanal que había tras él.

—Eh, calma —le advirtió Dobbs—. Si rompes la ventana, esto es como un avión. Nos chuparía a todos y caeríamos al vacío.

Nadie sonrió a su intento de frivolidad.

—Louis, siéntese —dije con calma—. Esto son informes policiales, ni más ni menos. No se supone que sean la verdad. Son el punto de vista de la verdad que tiene una persona. Lo único que estamos haciendo es echar un primer vistazo al caso para saber con qué nos enfrentamos.

Roulet hizo rodar su silla otra vez hasta la mesa y se sentó sin volver a protestar. Hice una señal con la cabeza a Levin y éste continuó. Me fijé en que Roulet hacía mucho que había dejado de actuar como la presa dócil que había visto ese mismo día en el calabozo.

—La señorita Campo declaró que el hombre que la había atacado tenía el puño envuelto en un trapo blanco cuando le golpeó.

Miré las manos de Roulet al otro lado de la mesa y no vi hinchazón ni hematomas en los nudillos ni en los dedos. Envolverse el puño podría haberle permitido evitar esas heridas reveladoras.

—¿Lo guardaron como prueba? —pregunté.

—Sí —dijo Levin—. En el informe de pruebas se describe como una servilleta manchada de sangre. La sangre y el tejido se están analizando.

Asentí con la cabeza y miré a Roulet.

—¿La policía le miró o le fotografió las manos?

Roulet asintió.

—El detective me miró las manos, pero nadie hizo ninguna foto.

Repetí el gesto de asentimiento y le pedí a Levin que continuara.

—El intruso se sentó a horcajadas sobre la señorita Campo en el suelo y la agarró por el cuello —dijo—. El intruso le dijo a la señorita Campo que iba a violarla y que no le importaba que estuviera viva o muerta cuando lo hiciera. Ella no pudo responder porque el sospechoso la estaba estrangulando. Cuando él alivió la presión ella le dijo que cooperaría.

Levin colocó otra fotocopia en la mesa. Era una foto de una navaja de mango negro muy afilada. Explicaba la herida en la parte inferior del cuello de la víctima en la primera foto.

Roulet se acercó la fotocopia para examinarla más de cerca. Lentamente negó con la cabeza.

—No es mi navaja —dijo.

Yo no respondí y Levin continuó.

—El sospechoso y la víctima se levantaron y él le dijo que lo llevara al dormitorio. El sospechoso mantuvo su posición detrás de la víctima y apretó la punta de la navaja contra el lado izquierdo de la garganta. Cuando entraron en un corto pasillo que conducía a las dos habitaciones del apartamento, la señorita Campo se volvió en el espacio cerrado y empujó a su agresor contra un gran jarrón de pie. Mientras él trastabillaba sobre el jarrón, ella corrió hacia la puerta. Al darse cuenta de que su agresor se recuperaría y la alcanzaría en la entrada, se metió en la cocina y cogió una botella de vodka de la encimera. Cuando el intruso pasó junto a la cocina de camino a la puerta de la calle para atraparla, la señorita Campo salió desde el punto ciego y le golpeó en la nuca, haciéndole caer al suelo. Entonces la señorita Campo pasó por encima del hombre caído y abrió la puerta de entrada. Ella echó a correr y llamó a la policía desde el apartamento del primer piso, compartido por Turner y Atkins. Turner y Atkins volvieron al apartamento, donde encontraron al intruso inconsciente en el suelo. Mantuvieron su control sobre él mientras empezaba a recuperar la consciencia y permanecieron en el apartamento hasta que llegó la policía.

—Es increíble —dijo Roulet—. Tener que estar aquí

sentado y escuchando esto. No puedo creer que me esté pasando a mí. Yo no lo hice. Es como una pesadilla. ¡Está mintiendo! Es...

—Si son todo mentiras, entonces será el caso más sencillo que haya tenido nunca —dije—. La destrozaré y echaré sus entrañas al mar. Pero hemos de saber qué ha declarado antes de construir trampas e ir a por ella. Y si le parece que es duro estar aquí sentado unos minutos, espere a que lleguemos a juicio y se prolongue durante días. Ha de controlarse, Louis. Ha de recordar que llegará su turno. La defensa siempre tiene su turno.

Dobbs se estiró y dio unos golpecitos en el antebrazo de Roulet en un bonito gesto paternal. Roulet le apartó el brazo.

—Y tanto que va a ir a por ella —dijo Roulet, señalándome el pecho con el dedo a través de la mesa—. Quiero que vaya a por ella con todo lo que tengamos.

—Para eso estoy aquí, y tiene mi promesa de que lo haré. Ahora deje que le haga unas preguntas a mi colega antes de terminar con esto.

Esperé para ver si Roulet tenía algo que decir. No. Se reclinó en su silla y juntó las manos.

—¿Has terminado, Raul? —pregunté.

—Por ahora. Todavía estoy trabajando en todos los informes. Debería tener una transcripción de la llamada al novecientos once mañana por la mañana y habrá más material en camino.

—Bien. ¿Y un *kit* de violación?

—¿Qué es un *kit* de violación? —preguntó Roulet.

—Es un proceso hospitalario en el que se recogen fluidos corporales, pelo y fibras del cuerpo de una víctima de violación —dijo Levin.

—¡No hubo violación! —exclamó Roulet—. Nunca la toqué...

—Lo sabemos —dije—. No lo he preguntado por eso.

Estoy buscando fisuras en el caso de la fiscalía. La víctima dijo que no fue violada, pero está denunciando lo que es a todas luces un delito sexual. Normalmente, la policía insiste en el *kit*, incluso cuando la víctima asegura que no hubo agresión. Lo hacen por si acaso la víctima fue realmente violada y está demasiado humillada para decirlo o quiere ocultar el alcance completo de la agresión a un marido o un familiar. Es un procedimiento estándar, y el hecho de que ella consiguiera convencerles para que no se lo hicieran podría ser significativo.

—No quería que le encontraran ADN del primer tipo —dijo Dobbs.

—Quizá —dije—. Podría significar muchas cosas. Pero podría ser una oportunidad. Sigamos. Raul, ¿hay alguna mención de este tipo con el cual la vio Louis?

—No, ninguna. No figura en el expediente.

—¿Y qué encontraron los técnicos de la escena del crimen?

—No tengo el informe, pero me han dicho que no se encontraron pruebas de naturaleza significativa durante la evaluación de la escena del crimen del apartamento.

—Está bien. No hay sorpresas. ¿Y la navaja?

—Sangre y huellas en la navaja. Pero todavía no hay nada en eso. Investigar al propietario será casi imposible. Puede comprarse una de esas navajas en cualquier tienda de pesca o de cámping.

—Repito que no es mi navaja —interrumpió Roulet.

—Hemos de suponer que las huellas son del hombre que lo empuñó —dije.

—Atkins —respondió Levin.

—Exacto, Atkins —dije volviéndome hacia Louis—. Pero no me sorprendería encontrar huellas suyas también. No hay forma de saber lo que ocurrió cuando estaba inconsciente. Si puso sangre en su mano, entonces probablemente puso sus huellas en la navaja.

Roulet asintió con la cabeza y estaba a punto de decir algo, pero yo no lo esperé.

—¿Hay alguna declaración de ella en la que diga que estuvo en Morgan's esa noche? —pregunté a Levin.

Él negó con la cabeza.

—No, la entrevista se realizó en la sala de urgencias y no fue formal. Fue básica y no se remontaron a la primera parte de la tarde. Ella no mencionó al tipo ni mencionó Morgan's. Sólo dijo que había estado en casa desde las ocho y media. Le preguntaron lo que ocurrió a las diez. No se metieron en lo que había estado haciendo antes. Estoy seguro de que cubrirán todo eso en la investigación de seguimiento.

—Vale, si vuelven a ella para una entrevista formal, quiero la transcripción.

—Estoy en ello. Será en comisaría y con vídeo cuando lo hagan.

—Y si hay un vídeo de la escena del crimen, también lo quiero. Quiero ver su apartamento.

Levin asintió. Sabía que yo estaba haciendo una representación para el cliente y Dobbs, dándoles la sensación de mando sobre el caso y dejando claro que toda la leña estaba en el fuego. La realidad era que no necesitaba decirle nada de eso a Raul Levin. Ya sabía qué hacer y qué material tenía que conseguirme.

—Vale, ¿qué más? —pregunté—. ¿Tiene alguna pregunta, Cecil?

Dobbs pareció sorprendido de que de repente el foco se moviera a él. Negó rápidamente con la cabeza.

—No, no. Todo esto está bien. Estamos haciendo buenos progresos.

No tenía ni idea de qué quería decir con «progresos», pero lo dejé estar sin formular ninguna pregunta.

—Entonces, ¿qué le parece? —preguntó Roulet.

Lo miré y esperé un largo momento antes de responder.

—Creo que el estado tiene un caso sólido contra usted. Lo tienen en la casa de la víctima, tienen una navaja y tienen las heridas. También tienen lo que supongo que es sangre de la víctima en sus manos. Además de eso, las fotos son impactantes. Y, por supuesto, tendrán su testimonio. Sin haber visto ni hablado con la mujer, no sé lo impresionante que resultará ella.

Me detuve otra vez y exploté todavía más el silencio antes de continuar.

—Pero hay muchas cosas que no tienen: pruebas de una entrada forzada, ADN del sospechoso, un motivo o incluso un sospechoso con antecedentes de un crimen como éste o de cualquier otra índole. Hay muchas razones (razones legítimas) para que usted estuviera en ese apartamento. Además...

Miré más allá de Roulet y Dobbs, por la ventana. El sol estaba cayendo detrás de Anacapa y teñía el cielo de rosa y púrpura. Superaba cualquier cosa que hubiera visto desde las ventanas de mi despacho.

—¿Además qué? —preguntó Roulet, demasiado ansioso para esperarme.

—Además me tiene a mí. He sacado del caso a Maggie McFiera. El nuevo fiscal es bueno, pero es novato y nunca se ha enfrentado antes con alguien como yo.

—Entonces, ¿cuál es nuestro siguiente paso? —preguntó Roulet.

—El siguiente paso es que Raul siga con lo suyo, descubriendo lo que pueda de la supuesta víctima y de por qué mintió al decir que estaba sola. Necesitamos descubrir quién es ella y quién es el hombre misterioso y ver qué papel desempeña en nuestro caso.

—¿Y qué hará usted?

—Trataré con el fiscal. Organizaré algo con él, trataré de ver adónde va y tomaremos nuestra decisión de en qué dirección seguir. No tengo ninguna duda de que podré ir a la oficina del fiscal y podré llegar a un acuerdo. Pero requerirá una concesión. No...

—Le he dicho que no...

—Ya sé lo que ha dicho, pero tiene que escucharme. Podría conseguir un acuerdo *nolo contendere*, de manera que no tendrá que pronunciar la palabra «culpable», pero no me parece probable que el estado renuncie por completo en este caso. Tendrá que admitir algún tipo de responsabilidad. Es posible que evite la prisión, pero probablemente tendrá que cumplir con algún tipo de servicio a la comunidad. Ya lo he dicho. Es la primera recitación. Habrá más. Como su abogado, estoy obligado a decírselo y a asegurarme de que entiende sus opciones. Sé que no es lo que quiere ni lo que desea hacer, pero es mi obligación educarle en las elecciones. ¿De acuerdo?

—Bien, de acuerdo.

—Por supuesto, como sabe, cualquier concesión por su parte haría que una demanda civil contra usted presentada por la señorita Campo fuera pan comido. Así que, como supondrá, terminar pronto con el caso penal podría acabar costándole mucho más que mi minuta.

Roulet negó con la cabeza. El acuerdo con el fiscal ya no era una opción.

—Entiendo mis opciones —dijo—. Ha cumplido con su obligación, pero no voy a pagar ni un centavo por algo que no he hecho. No voy a declararme culpable de algo que no he hecho. Si vamos a juicio, ¿puede ganar?

Sostuve su mirada por un momento antes de responder.

—Bueno, comprenda que no sé lo que puede surgir desde ahora hasta entonces y que no puedo garantizarle nada... pero, sí, basándome en lo que veo ahora, puedo ganar este caso. Estoy confiado en ello.

Asentí con la cabeza y pensé que vi una expresión de esperanza en los ojos de Roulet. Él vio el brillo de esperanza.

—Hay una tercera opción —dijo Dobbs.

Miré de Roulet a Dobbs, preguntándome qué clase de palo iba a poner en las ruedas de la locomotora del cliente filón.

—¿Y cuál es? —pregunté.

—La investigamos a fondo a ella y al caso. Quizás ayudamos al señor Levin con alguna de nuestra gente. La investigamos hasta las bragas y establecemos nuestra propia teoría creíble y pruebas para presentar a la fiscalía. Lo paramos antes de que llegue a juicio. Mostramos a ese fiscal pardillo dónde va a perder definitivamente el caso y le obligamos a que retire todos los cargos antes de que sufra un bochorno profesional. Además de eso, estoy seguro de que ese hombre trabaja para un hombre que dirige la fiscalía y que es vulnerable a, digamos, presiones políticas. Las aplicamos hasta que las cosas se giren de nuestro lado.

Sentí ganas de darle una patada a Dobbs por debajo de la mesa. Su plan no sólo implicaba reducir a menos de la mitad mis mejores honorarios de siempre, no sólo daba la parte del león del dinero del cliente a los investigadores, incluidos los suyos, sino que sólo podía haber salido de un abogado que nunca había defendido un caso penal en toda su carrera.

—Es una idea, pero es muy arriesgada —dije con calma—. Si uno puede dinamitar su caso y acude a ellos antes del juicio para mostrarles cómo, también le está dando una pista de qué hacer y qué evitar en el juicio. No quiero hacer eso.

Roulet asintió con la cabeza y Dobbs pareció un poco desconcertado. Decidí dejarlo así e insistir en ello con Dobbs cuando pudiera hacerlo sin que estuviera presente el cliente.

—¿Y los medios? —preguntó Levin, cambiando de tema, afortunadamente.

—Buena pregunta —dijo Dobbs, también ansioso por cambiar de tema—. Mi secretaria dice que tengo mensajes de dos periódicos y dos televisiones.

—Probablemente yo también —dije.

Lo que no mencioné era que los mensajes que había recibido Dobbs los había dejado Lorna Taylor siguiendo mis instrucciones. El caso todavía no había atraído a los medios, salvo al cámara *freelance* que se había presentado en la primera comparecencia. Aun así, quería que Dobbs, Roulet y su madre creyeran que podían aparecer en los diarios en cualquier momento.

—No queremos publicidad en esto —dijo Dobbs—. Ésta es la peor publicidad que uno puede conseguir.

Parecía un maestro en afirmar lo obvio.

—Todos los medios deberían ser dirigidos a mí —dije—. Yo me ocuparé de los medios, y la mejor manera de ocuparse es no hacerles caso.

—Pero hemos de decir algo para defenderle —dijo Dobbs.

—No, no hemos de decir nada. Hablar del caso lo legitima. Si entras en un juego de hablar con los medios, mantienes la historia viva. La información es oxígeno. Sin oxígeno se apaga. Por lo que a mí respecta, dejemos que se apague. O al menos esperemos hasta que sea imposible evitarlos. Si eso ocurre, sólo una persona hablará por Louis. Yo.

Dobbs asintió a regañadientes. Yo señalé a Roulet con el dedo.

—Bajo ninguna circunstancia hable con un periodista, ni siquiera para negar las acusaciones. Si contactan con usted, me los envía. ¿Entendido?

—Entendido.

—Bien.

Decidí que habíamos dicho suficiente para una primera reunión. Me levanté.

—Louis, ahora le llevaré a casa.

Pero Dobbs no iba a soltar a su cliente tan fácilmente.

—De hecho, la madre de Louis me ha invitado a cenar —dijo—. Así que lo llevaré yo, porque voy allí.

Di mi aprobación con un asentimiento. Al parecer al defensor penal nunca lo invita nadie a cenar.

—Bien —dije—. Pero nos reuniremos allí. Quiero que Raul vea su casa y Louis ha de darme ese cheque del que hablamos antes.

Si creían que me había olvidado del dinero, no me conocían en absoluto. Dobbs miró a Roulet y obtuvo un gesto de asentimiento. El abogado de la familia me miró mí.

—Parece un plan —dijo—. Nos reuniremos allí.

Al cabo de quince minutos, estaba en la parte de atrás del Lincoln con Levin. Seguíamos a un Mercedes plateado que llevaba a Dobbs y Roulet. Yo estaba hablando por teléfono con Lorna. El único mensaje de importancia era de la fiscal de Gloria Dayton, Leslie Faire. El mensaje era que trato hecho.

—Bien —dijo Levin cuando cerré el teléfono—. ¿Qué opinas?

—Opino que podemos ganar un montón de dinero con este caso y que vamos a cobrar el primer plazo. Lamento arrastrarte hasta ahí. No quería que pareciera que sólo se trataba del cheque.

Levin asintió con la cabeza, pero no dijo nada. Al cabo de unos segundos, continué.

—Todavía no sé qué pensar —dije—. Lo que ocurriera en ese apartamento ocurrió deprisa. Eso es un alivio para nosotros. No hubo violación, no hay ADN. Eso nos da un brillo de esperanza.

—Me recuerda a Jesús Menéndez, sólo que sin ADN. ¿Te acuerdas de él?

—Sí, pero no quiero hacerlo.

Trataba de no pensar en clientes que estaban en prisión sin esperanza de apelación ni ninguna otra cosa que años por delante para volverse locos. Hago lo posible en todos los casos, pero a veces no hay nada que pueda hacer. El caso de Jesús Menéndez fue uno de ellos.

—¿Vas bien de tiempo para esto? —pregunté, volviendo al camino.

—Tengo algunas cosas, pero puedo moverlas.

—Vas a tener que trabajar por las noches. Necesito que vayas a esos bares. Necesito saberlo todo sobre él, y todo sobre ella. Este caso parece simple en este punto. Si cae ella, el caso cae.

Levin asintió. Tenía el maletín en el regazo.

—¿Llevas la cámara?

—Siempre.

—Cuando lleguemos a la casa, saca unas fotos de Roulet. No quiero que enseñes su foto policial en los bares. Distorsionaría las cosas. ¿Puedes conseguir una foto de la mujer sin la cara destrozada?

—Tengo la foto de su carnet de conducir. Es reciente.

—Bien. Hazla correr. Si encontramos algún testigo que la viera en la barra de Morgan's anoche, estamos salvados.

—Por ahí pensaba empezar. Dame una semana o así. Nos veremos antes de la lectura de cargos.

Asentí. Circulamos en silencio durante unos minutos, pensando en el caso. Estábamos pasando por los llanos de Beverly Hills, dirigiéndonos hacia los barrios donde el dinero de verdad se oculta y espera.

—¿Y sabes qué más creo? —dije—. Dinero y todo lo demás aparte, creo que hay una posibilidad de que no esté mintiendo. Su historia es lo bastante estrafalaria para ser cierta.

Levin silbó suavemente entre dientes.

—¿Crees que podrías haber encontrado al hombre inocente? —dijo.

—Sería la primera vez —dije—. Si lo hubiera sabido esta mañana, le habría cargado el plus del hombre inocente. Si eres inocente pagas más, porque eres mucho más difícil de defender.

—No es verdad.

Pensé en la idea de tener a un inocente como cliente y en los peligros que entrañaba.

—¿Sabes qué decía mi padre de los clientes inocentes?

—Pensé que tu padre había muerto cuando tenías seis años.

—Cinco. Ni siquiera me llevaron al funeral.

—¿Y hablaba contigo de clientes inocentes cuando tenías cinco años?

—No, lo leí en un libro mucho después de que él muriera. Dijo que el cliente más aterrador que un abogado podía tener es un cliente inocente. Porque si la cagas y va a prisión, te atormenta toda la vida.

—¿Lo dijo así?

—Más o menos. Dijo que no hay término medio con un cliente inocente. Ni negociación, ni trato con el fiscal, no hay punto medio. Sólo hay un veredicto. Has de poner un veredicto de inocente en el marcador. No hay ningún otro veredicto que el de inocente.

Levin asintió pensativamente.

—La conclusión es que mi padre era un abogado condenadamente bueno y no le gustaba tener clientes inocentes —dije—. Yo tampoco estoy seguro de que me guste.

10

El primer anuncio que puse en las páginas amarillas decía: «Cualquier caso, en cualquier momento, donde sea», pero lo cambié al cabo de unos años. No porque la judicatura objetara, sino porque objetaba yo. Me puse más puntilloso. El condado de Los Ángeles es una manta arrugada que cubre diez mil kilómetros cuadrados, desde el desierto hasta el océano Pacífico. Más de diez millones de personas luchan por espacio en la manta y un considerable número de ellos se involucra en actividades delictivas en su elección de estilo de vida. Las últimas estadísticas de delitos muestran que cada año se denuncian casi cien mil delitos violentos en el condado. El año pasado hubo 140.000 detenciones por delitos graves y otras 50.000 por faltas graves relacionadas con las drogas y los delitos sexuales. Si a eso se añaden las detenciones por conducir bajo los efectos del alcohol, podría llenarse dos veces el Rose Bowl con potenciales clientes. Lo que no debes olvidar es que no quieres clientes de las localidades baratas. Quieres los que se sientan en la línea de las cincuenta yardas, los que tienen dinero en el bolsillo.

Tras ser detenidos, los delincuentes son absorbidos por un sistema judicial que cuenta con más de cuarenta tribunales esparcidos por el condado como Burger Kings, tribunales preparados para servirlos, para servirlos en un plato. Estas fortalezas de piedra son los abrevaderos donde los leones legales acuden a cazar y alimentarse. Y el cazador más listo aprende deprisa dónde están los lugares más munificentes, donde pastan los clientes de pago. Las apariencias a veces engañan. La base de clientes de cada tribunal no necesariamente refleja la estructura socioeconómica del entorno que le rodea. Los tribunales de Compton, Downey o East Los Ángeles me han reportado un chorro ininterrumpido de clientes de pago. Estos clientes normalmente están acusados de ser traficantes de droga, pero su dinero es tan verde como el de los estafadores bursátiles de Beverly Hills.

En la mañana del diecisiete estaba en el tribunal de Compton representando a Darius McGinley el día de su sentencia. Los delincuentes habituales solían convertirse en clientes habituales, y McGinley confirmaba esa regla. Por sexta vez desde que lo conocía, lo habían detenido y lo habían acusado de traficar con *crack*. Esta vez fue en Nickerson Gardens, una zona de viviendas baratas que la mayoría de sus residentes conocía como Nixon Gardens. Nadie respondió nunca mi pregunta de si era una simple abreviación o un nombre puesto en honor del presidente que residía en la Casa Blanca cuando se construyó el vasto complejo de apartamentos y mercado de drogas. McGinley fue detenido después de realizar una venta en mano de una docena de piedras a un agente de narcóticos encubierto. En ese momento, estaba bajo fianza después de haber sido detenido exactamente por el mismo delito dos meses antes. También tenía en su historial cuatro condenas anteriores por venta de drogas.

Las cosas no pintaban bien para McGinley, que sólo tenía veintitrés años. Después de tantos choques anteriores con el sistema, al sistema se le había acabado la paciencia. El mazo iba a caer. Aunque a McGinley le habían mimado antes con penas de libertad condicional y periodos en prisiones del condado, esta vez el fiscal subió el listón al nivel de la cárcel. Cualquier negociación de acuerdo empezaría y terminaría con una sentencia de cárcel. De lo contrario, no habría acuerdo. El fiscal estaría encantado de llevar los dos casos a juicio y pedir una condena de más de diez años.

La elección era dura, pero simple. La fiscalía contaba con todas las cartas. Lo tenían bien pillado en dos entregas de droga en mano. La realidad era que un juicio sería un ejercicio de futilidad. McGinley lo sabía. La realidad era que la venta de cocaína por valor de trescientos dólares a un policía iba a costarle al menos tres años de su vida.

Como ocurría con muchos de mis clientes jóvenes del South Side de la ciudad, la cárcel era una parte prevista de la vida para McGinley. Creció sabiendo que iría. Las únicas cuestiones a determinar eran cuándo y por cuánto tiempo y si viviría lo suficiente para salir de allí. En mis muchas reuniones en calabozos con él a lo largo de los años, había aprendido que McGinley tenía una filosofía personal inspirada por la vida, la muerte y la música *rap* de Tupac Shakur, el poeta matón cuyos versos reflejaban la esperanza y la desesperanza de las desoladas calles que constituían el hogar de McGinley. Tupac profetizó correctamente su propia muerte violenta. El sur de Los Ángeles estaba repleto de jóvenes que compartían exactamente esa misma visión de la vida.

McGinley era uno de ellos. Podía recitarme largos *riffs* de los cedés de Tupac. Me traducía el significado de las letras del gueto. Era una educación que yo valoraba, porque McGinley era sólo uno de los muchos clientes que compartían la creencia en un destino final que era esa «Mansión de los matones», el lugar entre el cielo y la tierra en el que terminaban todos los gánsteres. Para McGinley la cárcel era sólo un rito de pasaje en la carretera a ese lugar, y estaba listo para emprender el viaje.

—Caeré, me haré más fuerte y más listo, y luego volveré —me dijo.

Me dio el visto bueno para conseguir un acuerdo. Me había entregado cinco mil dólares por medio de un giro —no le pregunté de dónde procedían— y yo volví al fiscal, conseguí que los dos casos se juntaran en uno, y McGinley accedió a declararse culpable. La única cosa que me pidió fue que intentara conseguirle que lo encerraran en una cárcel cercana para que su madre y sus tres hijos pequeños no tuvieran que ir demasiado lejos para visitarle.

Cuando el tribunal fue llamado a sesión, el juez Daniel Flynn salió de su despacho con una toga verde esmeralda que provocó las sonrisas falsas de muchos de los abogados y funcionarios que había en la sala. Se lo conocía por lucir el verde en dos ocasiones cada año: el día de San Patricio y el viernes anterior a que los Notre Dame Fighting Irish se enfrentaran a los Southern Cal Trojans en el campo de fútbol americano. También era conocido entre los abogados que trabajaban en el tribunal de Compton como «Danny Boy».

El alguacil anunció el caso y yo me levanté y me presenté. Entraron a McGinley a través de una puerta lateral y el joven se quedó a mi lado vestido con su mono naranja y con las muñecas unidas a una cadena de cintura. No tenía a nadie en la galería viendo cómo lo condenaban. Estaba solo, yo era su única compañía.

—Buen día, señor McGinley —dijo Flynn en su acento irlandés—. ¿Sabe qué día es hoy?

Yo bajé la mirada. McGinley farfulló su respuesta.

—El día de mi sentencia.

—Eso también. Pero estoy hablando del día de San Patricio, señor McGinley. Un día para sentirse honrado por la herencia irlandesa.

McGinley se volvió ligeramente y me miró. Era listo en la calle, pero no en la vida. No entendió lo que estaba ocurriendo, si eso era parte de la sentencia o sólo algún tipo de irrespetuosidad de un hombre blanco. Quería decirle que el juez era insensible y probablemente racista, sin embargo, sólo me incliné y le susurré al oído.

—Tranquilo. Es un capullo.

—¿Conoce el origen de su apellido, señor McGinley? —preguntó el juez.

—No, señor.

—¿Le importa?

—La verdad es que no, señor. Es el nombre de un traficante de esclavos, supongo. ¿Por qué iba a importarme quién era ese hijoputa?

—Disculpe, señoría —dije yo rápidamente.

Me incliné otra vez hacia McGinley.

—Darius, calma —susurré—. Y cuida tu lenguaje.

—Me está faltando —replicó, en voz un poco más alta que un susurro.

—Y todavía no te ha sentenciado. ¿Quieres joder el trato?

McGinley se apartó de mí y miró al juez.

—Lamento mi lenguaje, señoría. Vengo de la calle.

—Ya lo veo —dijo Flynn—. Bueno, es una pena que se sienta así respecto a su historia. Pero si no le importa su apellido, entonces a mí tampoco. Sigamos con la sentencia y mandémosle a la cárcel.

Dijo esto último con alegría, como si sintiera placer en mandar a McGinley a Disneylandia, el lugar más feliz de la Tierra.

La sentencia fue rápida después de eso. En el informe de investigación de antecedentes no había nada aparte de lo que todo el mundo ya conocía.

Darius McGinley sólo había ejercido una profesión desde los once años: traficante de drogas. Sólo había tenido una verdadera familia, una banda. Nunca se había sacado licencia de conducir pese a que conducía un BMW. Nunca se había casado, aunque era padre de tres niños. Era la misma vieja historia y el mismo círculo vicioso que se repetía una docena de veces al día en tribunales de todo el país. McGinley vivía en una sociedad que se entrecruzaba con la corriente dominante de los Estados Unidos de América únicamente en los juzgados. Sólo era pienso para la maquinaria.

La maquinaria necesitaba comer, y McGinley estaba en el plato. Flynn lo sentenció a lo acordado previamente, de tres a cinco años de cárcel, y le leyó toda la jerga legal estándar que acompañaba ese tipo de acuerdos. Para hacer gracia —aunque sólo el personal de su propia sala rió— leyó toda la palabrería judicial con su característico acento irlandés. Y punto final.

Yo sabía que McGinley traficaba con muerte y destrucción en la forma de una roca de cocaína, y probablemente había cometido actos de violencia y otros delitos de los que nunca lo habían acusado, pero aun así me sentí mal por él. Sentí que era otra persona que no había tenido en la vida otra oportunidad con algo que no fuera la delincuencia. Nunca había conocido a su padre y había dejado la escuela en sexto grado para aprender el negocio de las drogas. Podía contar dinero con precisión, pero nunca había tenido una cuenta bancaria. Nunca había ido a una playa del condado y mucho menos fuera de Los Ángeles. Y ahora su primer viaje sería en un furgón con barrotes en las ventanillas.

Antes de que lo condujeran de nuevo al calabozo antes de transferirlo a la prisión, le estreché la mano —él apenas pudo por la cadena de la cintura— y le deseé buena suerte. Es algo que rara vez hago con mis clientes.

—No te preocupes —me dijo—. Volveré.

Y no lo dudaba. En cierto modo, Darius McGinley era un cliente filón tanto como Louis Roulet. Roulet era probablemente un negocio de una vez. Pero a lo largo de los años, tenía la sensación de que McGinley sería uno de los que llamaba «clientes vitalicios». Sería el regalo que continuaría llegando, siempre que desafiara a las estadísticas y continuara viviendo.

Puse el expediente de McGinley en mi maletín y pasé otra vez la portezuela mientras anunciaban el siguiente caso. Raul Levin me estaba esperando en el abarrotado pasillo de fuera de la sala. Teníamos una reunión para revisar sus hallazgos en el caso Roulet. Había tenido que venir a Compton porque yo tenía la agenda repleta.

—Buen día —dijo Levin con un exagerado acento irlandés.

—Sí, ¿lo has visto?

—He asomado la cabeza. El tipo es un pelo racista, ¿no?

—Y puede salirse con la suya porque desde que unificaron los tribunales en un distrito de condado, su nombre va en las papeletas de todas partes. Aunque la gente de Compton se levante como una ola para echarlo, los del West Side aún pueden contrarrestarlo. Es una putada.

—¿Cómo llegó la primera vez al puesto?

—Eh, tienes una licenciatura en Derecho y haces las contribuciones adecuadas a la gente adecuada y tú también podrías ser juez. Lo nombró el gobernador. Lo difícil es ganar la primera reelección. Él lo hizo. ¿Nunca has oído su historia?

—No.

—Te encantará. Hace unos seis años, Flynn consiguió que el gobernador lo nombrara. Eso es antes de la unificación. Entonces los jueces eran elegidos por los votantes del distrito que presidían. El juez supervisor del condado de Los Ángeles comprueba sus credenciales y enseguida se da cuenta de que es un tipo con muchas conexiones políticas pero sin ningún talento ni experiencia en tribunales. Flynn era básicamente un abogado de oficina. No es que no pudiera juzgar un caso, es que probablemente no podía encontrar un tribunal ni aunque le pagaran. Así que el juez presidente lo entierra aquí en el penal de Compton, porque la regla es que has de presentarte a la reelección el año siguiente a ser nombrado para el cargo. Supone que Flynn la cagará, cabreará a los votantes y lo echarán. Un año y fuera.

—Un dolor de cabeza menos.

—Exacto. Sólo que no fue así. A primera hora del primer día de presentación de candidaturas, Fredrica Brown entra en la oficina del alguacil y presenta los papeles para enfrentarse a Flynn. ¿Conoces a Freddie Brown, del centro?

—No personalmente, pero he oído hablar de ella.

—Como todo el mundo por aquí. Además de ser una abogada defensora muy buena, es negra, es una mujer y es popular en la comunidad. Habría aplastado a Flynn por cinco a uno o más.

—Entonces, ¿cómo demonios conservó el cargo Flynn?

—A eso voy. Con Freddy en la lista, nadie más se presentó al cargo. Por qué molestarse, para ella era coser y cantar, aunque resultaba curioso que quisiera ser jueza y cobrar menos. Entonces debía de cobrar medio kilo con su práctica.

—¿Qué ocurrió?

—Lo que ocurrió fue que un par de meses después, en la última hora antes del final del plazo de presentación de candidaturas, Freddie vuelve a entrar en el despacho del alguacil y retira su candidatura.

Levin asintió.

—Así que Flynn termina presentándose sin oposición y mantiene el cargo —dijo.

—Exacto. Luego llegó la unificación y nunca podrán sacarlo de aquí.

Levin parecía indignado.

—Es un chanchullo. Tenían algún tipo de acuerdo y fue una violación de la ley electoral.

—Sólo si puedes demostrar que hubo un acuerdo. Freddie siempre ha mantenido que no le pagaron ni formó parte de un plan cocinado por Flynn para mantenerse en el cargo. Ella dice que sólo cambió de opinión y se retiró porque se dio cuenta de que no podría mantener su estilo de vida con el sueldo de un juez. Pero te diré una cosa, a Freddie siempre le va bien cuando tiene un caso ante Flynn.

—Y lo llaman sistema de justicia.

—Sí.

—Bueno, ¿qué opinas de Blake?

Tenía que salir a relucir. Era lo único de lo que se hablaba. Robert Blake, el actor de cine y televisión, había sido absuelto del asesinato de su esposa el día anterior en el Tribunal Superior de Van Nuys. La fiscalía y el Departamento de Policía de Los Ángeles habían perdido otro gran caso mediático y no podías ir a ninguna parte donde éste no fuera el tema de discusión número uno. Los medios y la mayoría de la gente que vivía y trabajaba fuera de la maquinaria no lo entendía. La cuestión no era si Blake lo había hecho, sino si había pruebas suficientes presentadas en el juicio para condenarlo por haberlo hecho. Eran dos cosas distintas y separadas, pero el discurso público que había seguido al veredicto las había entrelazado.

—¿Qué opino? —dije—. Creo que admiro al jurado por concentrarse en las pruebas. Si no estaba ahí, no estaba ahí. Detesto cuando el fiscal del distrito cree que puede arrancar un veredicto por sentido común: «¿Si no fue él, quién más pudo ser?» ¡Ya basta con esa monserga! Si quieres condenar a un hombre y meterlo en la cárcel de por vida, entonces presenta las putas pruebas. No esperes que un jurado te saque las castañas del fuego.

—Hablas como un auténtico abogado defensor.

—Eh, tú te ganas la vida con los abogados defensores, socio. Deberías memorizar el discurso. Así que olvidemos a Blake. Estoy celoso y ya estoy aburrido de oírlo. Has dicho por teléfono que tenías buenas noticias para mí.

—Las tengo. ¿Adónde quieres que vayamos a hablar y mirar lo que tengo?

Eché un vistazo al reloj. Tenía una comparecencia de calendario sobre un caso en el edificio del tribunal penal del centro a las once, y no podía llegar tarde porque me la había perdido el día anterior. Después de eso, se suponía que debía ir a Van Nuys para encontrarme por primera vez con Ted Minton, el fiscal que había heredado el caso Roulet de Maggie McPherson.

—No tengo tiempo de ir a ninguna parte —dije—. Podemos sentarnos en mi coche y coger un café. ¿Llevas encima el material?

En respuesta, Levin levantó el maletín y tamborileó el lateral con los dedos.

—Pero ¿y tú chófer?

—No te preocupes por él.

—Entonces vamos.

11

Una vez en el Lincoln le pedí a Earl que diera una vuelta y viera si podía encontrar un Starbucks. Necesitaba café.

—No hay Starbucks por aquí —respondió Earl.

Sabía que Earl era de la zona, pero no creía que fuera posible estar a más de un kilómetro de un Starbucks en ningún punto del condado, quizás incluso del mundo entero. De todos modos, no discutí. Sólo quería café.

—Bueno, demos una vuelta y encontremos un sitio que tenga café. Pero no te alejes demasiado del tribunal. Hemos de volver luego para dejar a Raul.

—Vale.

—¿Y Earl? Ponte los auriculares mientras hablamos de un caso aquí atrás un rato, ¿quieres?

Earl encendió su iPod y se puso los auriculares. Dirigió el Lincoln por Acacia en busca de café. Pronto pudimos oír el sonido ahogado del *hip-hop* que llegaba del asiento delantero, y Levin abrió el maletín en la mesa plegable que había en la parte posterior del asiento del conductor.

—Muy bien, ¿qué tienes para mí? —dije—. Voy a ver al fiscal hoy y quiero tener más ases en la manga que él. También tenemos la lectura de cargos el lunes.

—Creo que aquí te traigo unos pocos ases —replicó Levin.

Rebuscó entre varias cosas que tenía en su maletín y empezó su presentación.

—Muy bien —dijo—, empecemos con tu cliente y luego entraremos con Reggie Campo. Tu chico es muy pulido. Aparte de recetas de aparcamiento o por exceso de velocidad (que parece que tiene problemas para evitar y después un problema aún mayor para pagar) no he podido encontrar nada sobre él. Es bastante un ciudadano estándar.

—¿Qué pasa con las multas?

—Dos veces en los últimos cuatro años ha dejado multas de aparcamiento —muchas— y luego un par de recetas por exceso de velocidad impagadas. Ambas veces terminaron en un auto judicial y tu colega C. C. Dobbs apareció para pagar y suavizar la situación.

—Me alegro de que C. C. sirva para algo. Supongo que con pagar te refieres a las multas, no a los jueces.

—Esperemos. Aparte de eso, sólo una señal en el radar con Roulet.

—¿Qué?

—En la primera reunión, cuando le estabas dando la charla acerca de qué debía esperar y tal, surgió que él había pasado un año estudiando Derecho en la UCLA y que conocía el sistema. Bueno, lo comprobé. Mira, la mitad de lo que hago es tratar de descubrir quién está mintiendo y quién es el mayor mentiroso del grupo. Así que compruebo prácticamente todo. Y la mayoría de las veces es fácil porque todo está en ordenador.

—Entendido. Entonces, ¿qué pasa con la facultad de Derecho, era mentira?

—Eso parece. Lo comprobé con la oficina de matrículas y él nunca ingresó en la facultad de Derecho de la UCLA.

Pensé en eso. Había sido Dobbs quien había sacado a relucir la facultad de la UCLA y Roulet simplemente había asentido. Era una mentira extraña en cualquiera de los dos, porque no les llevaba a nada. Me hizo pensar en la psicología que había detrás. ¿Tenía algo que ver conmigo? ¿Querían que pensara que Roulet estaba al mismo nivel que yo?

—Así que si miente en algo así... —dije pensando en voz alta.

—Exacto —dijo Levin—. Quería que lo supieras. Pero he de decir que eso es todo en el lado negativo del señor Roulet hasta ahora. Puede que mintiera acerca de la facultad de Derecho, pero parece que no mintió en su historia... al menos en las partes que yo he podido comprobar.

—Cuéntame.

—Bueno, su pista de esa noche cuadra. Tengo testigos que lo colocan en Nat's North, en Morgan's y luego en el Lamplighter, bing, bing, bing. Hizo justo lo que nos dijo que hizo. Hasta el número de martinis. Cuatro en total, y al menos uno de ellos lo dejó en la barra sin tocarlo.

—¿Lo recordaban tan bien? ¿Recordaban que ni siquiera se terminó la copa?

Siempre sospecho de la memoria perfecta, porque no existe tal cosa. Y mi trabajo y mi habilidad consiste en encontrar los fallos en la memoria de los testigos. Cuando alguien recuerda demasiado me pongo nervioso, especialmente si el testigo es de la defensa.

—No, no sólo me fío de la memoria de la camarera. Tengo algo aquí que te va a encantar, Mick. Y será mejor que te encante porque me ha costado mil pavos.

Del fondo del maletín sacó un estuche acolchado que contenía un pequeño reproductor de DVD. Había visto a gente usándolo en aviones antes y había pensado en comprar uno para el coche. El chófer podría usarlo mientras me esperaba en el tribunal. Y probablemente yo podría usarlo de cuando en cuando en casos como el que me ocupaba.

Levin empezó a cargar el DVD, pero antes de que pudiera reproducirlo el coche se detuvo y yo levanté la mirada. Estábamos delante de un local llamado The Central Bean.

—Tomemos un poco de café y luego lo vemos —dije.

Pregunté a Earl si quería algo, pero él declinó la oferta. Levin y yo salimos del coche. Había una pequeña cola esperando el café. Levin pasó el tiempo de espera hablándome del DVD que estábamos a punto de ver en el Lincoln.

—Estoy en Morgan's y quiero hablar con esa camarera llamada Janice, pero ella dice que primero he de preguntárselo al encargado. Así que voy a la oficina a verlo y él me pregunta qué quiero preguntarle exactamente a Janice. Hay algo que no me encaja con ese tipo. Me estoy preguntando por qué quiere saber tanto, ¿sabes? Entonces resulta que quiere hacerme una oferta. Me dice que el año anterior tuvo un problema detrás de la barra. Hurto de la caja registradora. Hay una docena de camareras trabajando en una determinada semana y él no podía averiguar quién tenía los dedos largos.

—Puso una cámara.

—Exacto. Una cámara oculta. Pilló al ladrón y lo echó de una patada en el culo. Pero funcionó tan bien que dejó la cámara. El sistema graba en una cinta de alta densidad todas las noches de ocho a dos. Lleva un temporizador. Tiene cuatro noches en una cinta. Si alguna vez hay algún problema o falta dinero, puede volver y comprobarlo. Como cuadran cada semana, rota dos cintas para tener siempre una semana grabada.

—¿Tenía la noche en cuestión en cinta?

—Sí.

—Y quería mil dólares por ella.

—Aciertas otra vez.

—¿Los polis no saben de ella?

—Todavía no han ido al bar. De momento parten de la historia de Reggie.

Asentí con la cabeza. No era del todo inusual. Los polis tenían demasiados casos que investigar a conciencia y por completo. Además, ya tenían lo que necesitaban. Tenían una víctima que era a su vez testigo presencial, un sospechoso detenido en su apartamento, tenían sangre de la víctima en el sospechoso e incluso el arma. Para ellos no había motivo para ir más lejos.

—Pero estamos interesados en la barra, no en la caja registradora —dije.

—Lo sé. Y la caja registradora está contra la pared de detrás de la barra. La cámara está encima en un detector de humos del techo. Y la pared del fondo es un espejo. Miré lo que tenía y enseguida me di cuenta de que podía ver todo el bar en el espejo. Sólo que invertido. He pasado la cinta a un disco porque así podremos manipular mejor la imagen. Acercar y enfocar, y ese tipo de cosas.

Era nuestro turno en la cola. Pedí un café grande con leche y azúcar, y Levin pidió una botella de agua. Nos llevamos la bebida al coche. Le dije a Earl que no condujera hasta que hubiéramos terminado de ver el DVD. Podía leer mientras iba en coche, pero pensaba que mirar la pantallita del reproductor de Levin mientras dábamos botes por las calles del sur del condado podría provocarme un buen mareo.

Levin puso en marcha el DVD y comentó las imágenes sobre la marcha.

En la pantalla había una vista en picado de la barra rectangular de Morgan's. Había dos camareras trabajando, ambas mujeres con tejanos negros y blusas blancas atadas para mostrar vientres planos, ombligos con *piercing* y tatuajes asomando por encima de la parte posterior del cinturón. Como Levin había explicado, la cámara estaba situada en ángulo hacia la parte de atrás de la barra y la caja registradora, pero el espejo que cubría la pared de detrás de la registradora mostraba la línea de clientes sentados ante la barra. Vi a Louis Roulet sentado solo en el mismo centro de la imagen. Había un contador de imágenes en la esquina inferior izquierda y un código de hora y fecha en la esquina derecha. Decía que eran las 20.11 del 6 de marzo.

—Ahí está Louis —dijo Levin—. Y por aquí está Campo.

Manipuló los botones del reproductor para congelar la

imagen. Luego la desplazó, colocando el margen derecho en el centro. En el lado corto de la barra, a la derecha, se veía a una mujer y un hombre sentados uno junto al otro. Levin activó el *zoom*.

—¿Estás seguro? —pregunté. Sólo había visto fotos de la mujer con el rostro muy amoratado e hinchado.

—Sí, es ella. Y éste es nuestro señor X.

—Vale.

—Ahora mira.

La película empezó a avanzar otra vez y Levin ensanchó la imagen para que ocupara de nuevo toda la pantalla. Entonces empezó a pasarla a velocidad rápida.

—Louis se bebe su martini, luego habla con las camareras y no ocurre apenas nada más en casi una hora —dice Levin.

Comprobó la página de su cuaderno con notas referidas a números de encuadre específicos. Ralentizó la imagen hasta la velocidad normal en el momento adecuado y cambió otra vez el encuadre de manera que Reggie Campo y el señor X estuvieran en el centro de la pantalla. Me fijé en que habíamos avanzado hasta las 20.43.

En la pantalla, el señor X cogió de la barra un paquete de cigarrillos y un mechero y apartó su taburete. Luego caminó fuera de cámara hasta la derecha.

—Va a la puerta de la calle —dijo Levin—. Tienen un porche para fumadores delante.

Reggie Campo pareció observar cómo salía el señor X y acto seguido bajó de su taburete y empezó a caminar a lo largo de la barra, justo por detrás de los clientes que estaban en taburetes. Al pasar al lado de Roulet, ella pareció arrastrar los dedos de su mano izquierda por los hombros de mi cliente, casi como si le hiciera cosquillas. Eso hizo que Roulet se volviera y la observara mientras ella seguía caminando.

—Sólo flirtea un poco —dijo Levin—. Va al cuarto de baño.

—No es como Roulet dice que ocurrió —dije—. Él aseguró que ella había venido a él y le había dado su...

—Cálmate —dijo Levin—. Ha de volver del baño, ¿sabes?

Esperé y observé a Roulet en el bar. Miré mi reloj. De momento iba bien de tiempo, pero no podía perderme la comparecencia de calendario. Ya había abusado al máximo de la paciencia de la jueza al no presentarme el día anterior.

—Aquí viene —anunció Levin.

Inclinándome hacia la pantalla observé que Reggie Campo volvía por la línea de la barra. Esta vez cuando llegó a Roulet se apretó a la barra entre él y el hombre que estaba en el taburete de la derecha. Tuvo que moverse en el espacio lateralmente y sus pechos se apretaron claramente contra el brazo derecho de Roulet. Era algo más que una insinuación. Ella dijo algo y Roulet se inclinó más cerca de sus labios para oír. Después de unos momentos él asintió y entonces vio que ella ponía lo que parecía una servilleta de cóctel arrugada en su mano. No tuvieron más intercambio verbal y entonces Reggie Campo besó a Louis Roulet en la mejilla y se echó hacia atrás para separarse de la barra. Campo se dirigió a su taburete.

—Eres un cielo, Mish —dije, usando el nombre que le había dado cuando me habló de su mezcolanza de descendencia judía y mexicana—. ¿Y dices que los polis no lo tienen?

—No sabían nada la semana pasada cuando estuve allí y todavía tengo la cinta. Así que no, no la tienen, y probablemente todavía no conozcan su existencia.

Según las reglas de hallazgos, debería entregarlo a la fiscalía después de que Roulet compareciera formalmente. Pero disponía de un poco de margen. Técnicamente no tenía que entregar nada hasta que estuviera seguro de que planeaba usarlo en el juicio. Eso me daba mucha libertad de acción y tiempo.

Sabía que lo que había en el DVD era importante y sin lugar a dudas lo usaría en el juicio. Por sí solo podía ser causa de duda razonable. Parecía mostrar una familiaridad entre la víctima y el supuesto agresor que no estaba incluida en la acusación de la fiscalía. Lo que era más importante, también capturaba a la víctima en una posición en que su comportamiento podía ser interpretado como al menos parcialmente responsable de atraer la acción que siguió. Eso no significaba sugerir que lo que siguió fuera aceptable o no criminal, pero los jurados siempre están interesados en las relaciones causales de un crimen y de los individuos involucrados. Lo que el vídeo hacía era mover un crimen que podía ser visto a través de un prisma blanco y negro a una zona gris. Como abogado defensor, vivía en las zonas grises.

La parte negativa era que el DVD era tan bueno que podía ser demasiado bueno. Contradecía directamente la declaración de la víctima ante la policía de que no conocía al hombre que la había agredido. La ponía en tela de juicio, la pillaba en una mentira. Sólo hace falta una mentira para echar abajo un caso. La cinta era una prueba definitiva. Terminaría con el caso antes incluso de que fuera a juicio. Mi cliente simplemente quedaría en libertad.

Y con él se iría la gran paga del filón.

Levin estaba volviendo a pasar la imagen a velocidad rápida.

—Ahora mira esto —dijo—. Ella y el señor X se van a las nueve. Pero observa cuando él se levanta.

Levin había cambiado el encuadre para enfocar a Campo y al hombre desconocido. Cuando el reloj marcaba las 20.59 puso la reproducción en cámara lenta.

—Vale, se están preparando para marcharse —dijo—. Observa las manos del tipo.

Observé. El hombre daba un último trago a su copa, echando la cabeza para atrás y vaciando el vaso. Acto seguido bajó del taburete, ayudó a Campo a bajar del suyo y salieron del encuadre de la cámara por la derecha.

—¿Qué? —dije—. ¿Qué me he perdido?

Levin retrocedió la imagen hasta que llegó al momento en que el desconocido se acababa la copa. Entonces congeló la imagen y señaló la pantalla. El hombre tenía la mano izquierda en la barra para equilibrarse mientras se echaba atrás para beber.

—Bebe con su mano derecha —dijo—. Y en la izquierda ves un reloj en su muñeca. Así que parece que el tipo es diestro, ¿no?

—Sí, ¿y entonces? ¿Adónde nos lleva eso? Las heridas de la víctima se produjeron por golpes desde la izquierda.

—Piensa en lo que te he dicho.

Lo hice. Y al cabo de un momento lo entendí.

—El espejo. Todo está al revés. Es zurdo.

Levin asintió con la cabeza e hizo amago de dar un puñetazo con su puño izquierdo.

—Aquí podría estar todo el caso —dije, inseguro de si era algo bueno.

—Feliz día de San Patricio, amigo —dijo Levin otra vez con acento irlandés, sin darse cuenta de que no tenía ninguna gracia.

Di un largo trago de café caliente y traté de pensar en una estrategia para el vídeo. No veía forma alguna de mantenerlo para el juicio. Los polis finalmente se pondrían con las investigaciones de seguimiento y lo descubrirían. Si me lo guardaba, podía estallarme en la cara.

—No sé cómo voy a usarlo —dije—, pero lo que es seguro es que el señor Roulet y su madre y Cecil Dobbs van a estar contentos contigo.

—Diles que siempre pueden expresar su agradecimiento económicamente.

—Muy bien, ¿algo más de la cinta?

Levin empezó a reproducirla a cámara rápida.

—Casi no. Roulet lee la servilleta y memoriza la dirección. Después se queda otros veinte minutos y se va, dejando una copa entera en la barra.

Puso en cámara lenta la imagen en el punto en que Roulet se iba. Roulet dio un trago del martini recién servido y lo dejó en la barra. Cogió la servilleta que le había dado Reggie Campo, la arrugó en su mano y después la tiró en el suelo al levantarse. Salió del bar dejando la bebida en la barra.

Levin extrajo el DVD y volvió a colocarlo en su funda de plástico. Apagó el reproductor y empezó a apartarlo.

—Eso es todo en cuanto a las imágenes que puedo enseñarte aquí.

Me estiré y le di un golpecito en el hombro a Earl. Tenía los auriculares puestos. Se sacó uno de los auriculares y me miró.

—Vamos al tribunal —dije—. Déjate los auriculares puestos.

Earl hizo lo que le pedí.

—¿Qué más? —le dije a Levin.

—Está Reggie Campo —dijo—. No es Blancanieves.

—¿Qué has encontrado?

—No es tanto lo que he encontrado como lo que pienso. Ya has visto cómo era en la cinta. Un tipo se va y ella está dejando notas de amor a otro en la barra. Además, he comprobado algunas cosas. Es actriz, pero actualmente no está trabajando como actriz. Salvo en representaciones privadas, podríamos decir.

Me entregó un fotomontaje profesional que mostraba a Reggie Campo en diferentes poses y personajes. Era el tipo de hojas de fotos que se envían a directores de casting de toda la ciudad. La foto más grande de la hoja era una imagen del rostro. Era la primera vez que veía su cara de cerca sin los desagradables moratones e hinchazones. Reggie Campo era una mujer muy atractiva y algo en su cara me resultaba familiar aunque no podía fijarlo. Me pregunté si la habría visto en algún programa de televisión o algún anuncio. Di la vuelta al retrato y leí las referencias. Eran de programas que nunca había visto y de anuncios que no recordaba.

—En los informes de la policía ella dice que su último empleador fue Topsail Telemarketing. Están en el puerto deportivo. Atienden llamadas de un montón de cosas que vendían en tele nocturna. Máquinas de ejercicios y cosas así. El caso es que es trabajo de día. Trabajas cuando quieres. La cuestión es que Reggie no ha trabajado allí desde hace cinco meses.

—Entonces ¿qué me estás diciendo, que ha estado haciendo trampas?

—La he vigilado las tres últimas noches y...

—¿Que has hecho qué?

Me volví y lo miré. Si un detective privado que trabaja para un abogado defensor era pillado siguiendo a la víctima de un crimen violento, podía haber mucho que pagar y sería yo quien tendría que hacerlo. Lo único que tendría que hacer la fiscalía sería ir a ver a un juez y alegar acoso e intimidación, y me acusarían de desacato en menos que canta un gallo. Como víctima de un crimen, Reggie Campo era sacrosanta hasta que estuviera en el estrado. Sólo entonces sería mía.

—No te preocupes, no te preocupes —dijo Levin—. Era una vigilancia muy suelta. Muy suelta. Y me alegro de haberlo hecho. Los hematomas y la hinchazón y todo eso o bien ha desaparecido o ella está usando mucho maquillaje, porque esta señorita está teniendo muchos visitantes. Todos hombres, todos solos, todos a diferentes horas de la noche. Parece que trata de encajar al menos dos cada noche en su cuaderno de baile.

—¿Los recoge en bares?

—No, se queda en su casa. Esos tipos deben de ser regulares o algo, porque saben el camino a su puerta. Tengo algunas placas de matrícula. Si es necesario puedo visitarles y tratar de conseguir algunas respuestas. También grabé un poco de vídeo con infrarrojos, pero todavía no lo he transferido al disco.

—No, dejemos lo de visitar a algunos de estos tipos por ahora. Podría enterarse ella. Hemos de ser muy cuidadosos a su alrededor. No me importa que esté recibiendo clientes o no.

Tomé un poco más de café y traté de decidir cómo moverme con esto.

—¿Comprobaste su historial? ¿Sin antecedentes?

—Exacto, está limpia. Mi suposición es que ella es nueva en el juego. Ya sabes, estas mujeres que quieren ser actrices... Es un trabajo difícil. Te agota. Ella probablemente empezó aceptando un poco de ayuda de estos tipos y se convirtió en un negocio. Pasó de amateur a profesional.

—¿Y nada de esto estaba en los informes que conseguiste antes?

—No. Como te he dicho, los polis no han hecho mucho seguimiento. Al menos hasta ahora.

—Si ella se graduó de amateur a profesional, puede haberse graduado en poner trampas a un tipo como Roulet. Él conduce un coche bonito, lleva ropa buena... ¿has visto su reloj?

—Sí, un Rolex. Si es auténtico, lleva diez de los grandes sólo en la muñeca. Ella podría haberlo visto desde el otro lado de la barra. Quizá por eso lo eligió entre todos.

Estábamos otra vez en el tribunal. Tenía que poner rumbo hacia el centro. Pregunté a Levin dónde había aparcado y dirigí a Earl al aparcamiento.

—Está todo muy bien —comenté—. Pero significa que Louis mintió en algo más que en la UCLA.

—Sí —coincidió Levin—. Sabía que iba a una cita de pago. Debería habértelo dicho.

—Sí, y ahora voy a hablar de eso con él.

Aparcamos al lado de un bordillo en el exterior de un estacionamiento de pago en Acacia. Levin sacó una carpeta del maletín. Tenía una banda de goma en torno a ella que sostenía un trozo de papel a la cubierta exterior. Me lo entregó y vi que se trataba de una factura por casi seis mil dólares por ocho días de servicios de investigación y gastos. Considerando lo que había oído en la última media hora, el precio era una ganga.

—Esta carpeta contiene todo lo que acabamos de hablar, más una copia del vídeo de Morgan's en disco —dijo Levin.

Cogí la carpeta con vacilación. Al aceptarla estaba accediendo al reino del descubrimiento. No aceptarla y mantenerlo todo con Levin me habría puesto en apuros en una disputa con el fiscal.

Di unos golpecitos en la factura con el dedo.

—Se lo pasaré a Lorna y te mandaremos un cheque —dije.

—¿Cómo está Lorna? Echo de menos verla.

Cuando estábamos casados, Lorna solía acompañarme al tribunal como espectadora. A veces cuando no tenía chófer ella se ponía al volante. Levin la veía con más frecuencia entonces.

—Le va muy bien. Sigue siendo la Lorna de siempre.

Levin entreabrió su puerta, pero no salió.

—¿Quieres que siga con Reggie?

Ésa era la cuestión. Si lo aprobaba perdería todo derecho de negarlo si algo iba mal. Porque ahora sabía lo que estaba haciendo. Vacilé pero asentí.

—Muy suelto. Y no lo derives. Sólo me fío de ti en esto.

—No te preocupes. Lo haré yo. ¿Qué más?

—El hombre zurdo. Hemos de descubrir quién es el señor X y si forma parte de este asunto o es sólo otro cliente.

Levin asintió con la cabeza y golpeó otra vez con su puño izquierdo.

—Estoy en ello.

Se puso las gafas de sol, abrió la puerta y salió. Volvió a meter la mano para sacar su maletín y su botella de agua sin abrir, luego dijo adiós y cerró la puerta. Observé que él empezaba a caminar a través del aparcamiento en busca de su coche. Yo tendría que haberme sentido en éxtasis por todo lo que acababa de conocer. La información que había conseguido Levin inclinaba claramente la balanza del lado de mi cliente, pero todavía me sentía inquieto acerca de algo que no alcanzaba a determinar.

Earl había apagado la música y estaba esperando órdenes.

—Llévame al centro, Earl —dije.

—Entendido —replicó—. ¿Al tribunal central?

—Sí, y eh, ¿qué estabas escuchando en el iPod? Podría escucharlo.

—Era Snoop. Ha de escucharlo alto.

Asentí con la cabeza. También de Los Ángeles. Y un antiguo acusado que se enfrentó a la maquinaria por una acusación de homicidio y salió en libertad. No había mejor historia de inspiración en la calle.

—¿Earl? —dije—. Coge la siete diez. Se está haciendo tarde.

12

Sam Scales era un timador de Hollywood. Se había especializado en estafas diseñadas en Internet para acumular números de tarjetas de crédito y datos de verificación que después podía vender en el mundo de la economía fraudulenta. La primera vez que había trabajado para él fue tras su detención por vender seiscientos números de tarjetas de crédito y la información de verificación que los acompañaba —fechas de vencimiento y las direcciones, números de la seguridad social y contraseñas de los auténticos propietarios de las tarjetas— a un agente del sheriff encubierto.

Scales había obtenido los números y la información enviando mensajes de correo electrónico a cinco mil personas que estaban en la lista de clientes de una empresa con sede en Delaware que vendía un producto para adelgazar llamado TrimSlim6 en Internet. La lista había sido robada del ordenador de la empresa por un *hacker* que hacía trabajos de *freelance* para Scales. Usando un ordenador alquilado por horas en un Kinko's y una dirección de correo temporal, Scales se identificó a sí mismo como abogado de la Food and Drug Administration y explicó a los receptores de los mensajes que en sus tarjetas de crédito se reintegraría el importe total de sus compras de TrimSlim6 tras la retirada del producto por parte de la FDA. Aseguraba que las pruebas del producto realizadas por la FDA demostraban que era ineficaz en promover la pérdida de peso y argumentaba que los fabricantes del producto habían accedido a devolver todo lo cobrado en un intento por evitar denuncias por fraude. Concluía el mensaje de correo con instrucciones para confirmar la devolución. Estas instrucciones incluían proporcionar el número de la tarjeta de crédito, la fecha de vencimiento y el resto de los datos pertinentes.

De los cinco mil receptores del mensaje, hubo seiscientos que picaron. Scales estableció entonces un contacto en los bajos fondos de Internet y preparó una venta en mano: seiscientos números de tarjetas de crédito con su información correspondiente a cambio de diez mil dólares en efectivo. Eso significaba que en cuestión de días los números se estamparían en tarjetas en blanco y se pondrían a funcionar. Era un fraude que podía causar pérdidas por valor de millones de dólares.

Sin embargo, el plan se truncó en una cafetería de West Hollywood donde Scales entregó una lista impresa a su comprador y recibió a cambio un grueso sobre que contenía el efectivo. Cuando salió con el sobre y un descafeinado con leche congelado lo recibieron los ayudantes del sheriff. Había vendido sus números a un agente encubierto.

Scales me contrató para hacer un trato. Contaba entonces treinta y tres años y no tenía antecedentes, a pesar de que había indicaciones y pruebas de que nunca había desempeñado un trabajo legal. Al conseguir que el fiscal asignado al caso se centrara en el robo de números de tarjetas de crédito en lugar de en las potenciales pérdidas del fraude, logré conseguirle a Scales una disposición a su gusto. Se declaró culpable de un delito grave de robo de identidad y lo condenaron a un año de sentencia suspendida, sesenta días de trabajo en CalTrans y cuatro años de libertad condicional.

Ésa fue la primera vez. Habían pasado tres años. Sam Scales no aprovechó la oportunidad de no haber sido condenado a una sentencia que no contemplaba su ingreso en prisión y volvía a estar detenido, y yo iba a defenderlo en un caso de fraude tan censurable que desde el principio quedó claro que estaría más allá de mis posibilidades mantenerlo fuera de la prisión.

El 28 de diciembre del año anterior Scales se había servido de una empresa tapadera para registrar un dominio con el nombre SunamiHelp.com en la World Wide Web. En la página de inicio del sitio web puso fotografías de la destrucción y muerte causados dos días antes cuando un tsunami en el océano Índico devastó partes de Indonesia, Sri Lanka, la India y Tailandia. El sitio pedía a quienes vieran las imágenes que por favor hicieran donaciones a SunamiHelp, que a su vez las distribuiría entre las numerosas agencias que respondían al desastre. En el sitio también figuraba la fotografía de un atractivo hombre blanco identificado como el reverendo Charles, que estaba consagrado a llevar el cristianismo a Indonesia. Una nota personal del reverendo Charles colgada en el sitio pedía a quienes la leyeran que dieran desde el corazón.

Scales era timador, pero no tanto. No quería robar las donaciones hechas al sitio. Sólo quería robar la información de las tarjetas de crédito utilizadas para realizarlas. La investigación subsiguiente a su detención reveló que todas las contribuciones realizadas a través del sitio web fueron enviadas a la Cruz Roja de Estados Unidos y se utilizaron para ayudar a las víctimas del devastador tsunami.

No obstante, los números y la información de las tarjetas de crédito usadas para realizar las donaciones también fueron enviadas al mundo financiero subterráneo. Scales fue detenido cuando un detective de la unidad de fraude del Departamento de Policía de Los Ángeles llamado Roy Wunderlich encontró el sitio. Sabiendo que los desastres siempre atraen a oleadas de artistas de la estafa, Wunderlich había empezado a buscar posibles nombres de sitios web en los que la palabra «tsunami» estuviera mal escrita. Había diversos sitios legítimos de donaciones para las víctimas del tsunami y Wunderlich tecleó variaciones de esas direcciones. Su idea era que los artistas del fraude escribirían mal la palabra en los sitios fraudulentos para atraer potenciales víctimas que probablemente tendrían un nivel de educación más bajo. SunamiHelp.com estaba entre varios sitios cuestionables que encontró el detective. La mayoría de ellos fueron remitidos a la fuerza operativa del FBI que se encargaba del problema a escala nacional. Pero cuando Wunderlich comprobó el registro de dominio de SunamiHelp.com descubrió un apartado de correos de una oficina postal de Los Ángeles. Eso le daba jurisdicción y se quedó Sunami-Help.com para él.

El apartado de correos resultó ser una dirección falsa, pero Wunderlich no se desilusionó. Lanzó un globo sonda, es decir, hizo una compra controlada, o en este caso una donación controlada.

El número de tarjeta de crédito que el detective proporcionó al hacer una donación de veinte dólares sería monitorizado veinticuatro horas al día por la unidad de fraude de Visa, y él sería informado al instante si se realizaba alguna compra en la cuenta. Al cabo de tres días de la donación, la tarjeta de crédito fue usada para pagar un almuerzo de once dólares en el restaurante Gumbo Pot del Farmers Market, en Fairfax y la Tercera. Wunderlich supo que sólo había sido una compra de prueba. Algo pequeño y que fácilmente podía cubrirse con efectivo si el usuario de la tarjeta de crédito falsificada se topaba con un problema en el punto de adquisición.

La compra del restaurante fue aceptada y Wunderlich y otros cuatro detectives de la unidad de estafas fueron enviados al Farmers Market, un conjunto de restaurantes y tiendas viejas y nuevas que siempre estaban repletas, y que por tanto eran el lugar idóneo para que actuaran los artistas de la estafa. Los investigadores se desplegaron en el complejo y esperaron mientras Wunderlich continuaba monitorizando el uso de la tarjeta de crédito por teléfono.

Dos horas después de la primera compra, el número de control se utilizó otra vez para adquirir una cazadora de cuero de seiscientos dólares en el mercado de Nordstrom. Los detectives entraron y detuvieron a una mujer joven cuando estaba completando la compra de la cazadora. El caso se convirtió entonces en lo que se conoce como «cadena de chivatazos», con la policía siguiendo a un sospechoso tras otro a medida que se iban delatando y las detenciones subían los peldaños de la trama.

Finalmente llegaron al hombre sentado en el escalón más alto, Sam Scales. Cuando la historia saltó a la prensa, Wunderlich se refirió a él como el «Mentor del Tsunami», porque muchas de las víctimas resultaron ser mujeres que habían querido ayudar al atractivo ministro cuya foto aparecía en el sitio web. El apodo irritó a Scales, y en mis discusiones con él empezó a referirse al detective que lo había detenido como Wunder Boy.

Llegué al Departamento 124 en la planta trece del edificio de los juzgados de lo penal a las 10.45, pero la sala estaba vacía a excepción de Marianne, la secretaria de la jueza. Pasé por la portezuela y me acerqué a su puesto.

—¿Aún no tienen el horario? —pregunté.

—Le estábamos esperando. Llamaré a todo el mundo y se lo diré a la jueza.

—¿Está furiosa conmigo?

Marianne se encogió de hombros. No iba a responder por la magistrada. Y menos ante un abogado defensor. Pero en cierto modo me estaba diciendo que la jueza no estaba contenta.

—¿Sigue ahí Scales?

—Debería. No sé adónde ha ido Joe.

Me volví y me acerqué a la mesa de la defensa. Me senté

a esperar. Finalmente, la puerta del calabozo se abrió y salió Joe Frey, el alguacil asignado al 124.

—¿Aún tiene a mi chico ahí?

—Por los pelos. Pensábamos que otra vez no se iba a presentar. ¿Quiere pasar?

Me sostuvo la puerta de acero y yo entré en una pequeña sala con una escalera que subía al calabozo del tribunal en la planta catorce y dos puertas que conducían a las pequeñas salas de detención de la 124. Una de las puertas tenía un panel de cristal para reuniones entre abogado y cliente y vi a Sam Scales sentado solo a la mesa, detrás del cristal. Llevaba un mono naranja y tenía esposas de acero en las muñecas. Lo estaban reteniendo sin posibilidad de fianza porque su última detención violaba la libertad condicional de su condena del caso TrimSlim6. El dulce trato que le había conseguido en aquel caso iba a irse por el retrete.

—Por fin —dijo Scales cuando yo entré.

—Como si fueras a ir a algún sitio. ¿Estás preparado para esto?

—Si no tengo elección.

Me senté enfrente de él.

—Sam, siempre tienes opción. Pero deja que te lo explique otra vez. Te han pillado bien con esto, ¿vale? Te pillaron desplumando a la gente que quería ayudar a las víctimas de uno de los peores desastres naturales de la historia. Tienen a tres cómplices que aceptaron tratos para declarar contra ti. Tienen la lista de números de tarjetas de crédito en tu posesión. Lo que estoy diciendo es que al final del día, el juez y el jurado van a tener tanta compasión de ti (si se la puede llamar así) como de un violador de niños. Quizá todavía menos.

—Todo eso ya lo sé, pero soy un valor útil para la sociedad. Podría educar a gente. Que me pongan en las escuelas. En clubes de campo. Que me pongan en libertad condicional y le diré a la gente de qué tiene que tener cuidado.

—La gente ha de tener cuidado de ti. Has estropeado tu

oportunidad de la otra vez y el fiscal dice que es su última oferta en esto. La única cosa que te garantizo es que no tendrán compasión.

Muchos de mis clientes son como Sam Scales. Creen hasta la desesperanza que hay una luz detrás de la puerta. Y yo soy el que ha de decirles que la puerta está cerrada y que la bombilla hace mucho que se fundió.

—Entonces supongo que he de hacerlo —dijo Scales, mirándome con ojos que me culpaban por no encontrarle una vía de escape.

—Es tu elección. Si quieres un juicio, vamos a juicio. Tu riesgo es a diez años más el que te queda de la condicional. Si les cabreas mucho, pueden enviarte el FBI para que los federales te acusen de fraude interestatal, si quieren.

—Deja que te pregunte algo. Si vamos a juicio, ¿podemos ganar?

Casi me reí, pero todavía sentía cierta simpatía por él.

—No, Sam, no podemos ganar. ¿No has estado escuchando lo que te he estado diciendo estos dos meses? Te tienen. No puedes ganar. Pero estoy aquí para hacer lo que tú quieras. Como he dicho, si quieres un juicio, iremos a juicio. Pero he de decirte que si vamos, tendrás que pedirle a tu madre que me vuelva a pagar. Sólo me ha pagado hasta hoy.

—¿Cuánto te ha pagado ya?

—Ocho mil.

—¡Ocho de los grandes! ¡Eso es el dinero de su jubilación!

—Me sorprende que aún le quede algo en la cuenta con un hijo como tú.

Me miró con agudeza.

—Lo siento, Sam. No debería haber dicho eso. Por lo que me ha dicho, eres un buen hijo.

—Joder, tendría que haber ido a la facultad de Derecho. Tú eres un estafador como yo. ¿Lo sabes, Haller? Sólo que ese papel que te dan te hace legal en la calle, nada más.

Siempre culpan al abogado por ganarse la vida. Como si fuera un crimen cobrar por ganarse la vida. Lo que Scales acababa de decirme habría provocado una reacción casi violenta cuando hacía uno o dos años que había salido de la facultad de Derecho. Pero ya había oído el mismo insulto muchas veces para hacer otra cosa que soportarlo.

—¿Qué quieres que te diga, Sam? Ya hemos tenido esta conversación.

Él asintió y no dijo nada. Lo interpreté como una aceptación tácita de la oferta de la fiscalía. Cuatro años en el sistema penal estatal y una multa de diez mil dólares, seguido por cinco años de condicional. Saldría en dos años y medio, pero la condicional sería una pesada losa para que un timador nato la superara ileso. Al cabo de unos minutos me levanté para irme. Llamé a la puerta exterior y el ayudante Frey me dejó entrar de nuevo en la sala del tribunal.

—Está preparado —dije.

Ocupé mi asiento en la mesa de la defensa y Frey enseguida trajo a Scales, que se sentó a mi lado. Todavía llevaba las esposas. No me dijo nada. Al cabo de unos pocos minutos más, Glenn Bernasconi, el fiscal que trabajaba en el 124, bajó desde su despacho en la planta quince y yo le dije que estábamos preparados para aceptar la disposición sobre el caso.

A las once de la mañana, la jueza Judith Champagne salió de su despacho y ocupó su lugar, y Frey llamó al orden en la sala. La jueza era una rubia menuda y atractiva que había sido fiscal y que llevaba en el cargo al menos desde que yo tenía licencia. Era de la vieja escuela en todo, justa pero dura, y gobernaba su sala como un feudo. A veces incluso traía a su perro, un pastor alemán que se llamaba *Justicia*, al trabajo. Si la jueza hubiera tenido algún tipo de intervención en la sentencia cuando Sam Scales se enfrentó a ella, no habría sido misericordiosa. Eso es lo que hice por Sam Scales, tanto si éste lo sabía como si no. Con el trato le había salvado de Champagne.

—Buenos días —dijo la jueza—. Me alegro de ver que ha podido llegar hoy, señor Haller.

—Pido disculpas, señoría. Estaba atrapado en el tribunal del juez Flynn en Compton.

Era cuanto tenía que decir. La jueza conocía a Flynn. Todos lo conocían.

—Y en el día de San Patricio, nada menos —dijo ella.

—Sí, señoría.

—Entiendo que tenemos una disposición en el asunto del Mentor del Tsunami. —Inmediatamente miró a la estenógrafa—. Michelle, tache eso.

Miró de nuevo a los abogados.

—Entiendo que tenemos una disposición en el caso Scales. ¿Es así?

—Así es —dije—. Estamos listos para proceder.

—Bien.

Bernasconi medio leyó, medio repitió de memoria la jerga legal necesaria para aceptar un trato con el acusado. Scales renunció a sus derechos y se declaró culpable de los cargos. No dijo nada más que esa palabra. La jueza aceptó el acuerdo de disposición y lo sentenció en los términos establecidos.

—Es usted un hombre afortunado, señor Scales —dijo cuando hubo terminado—. Creo que el señor Bernasconi ha sido muy generoso con usted. Yo no lo habría sido.

—Yo no me siento tan afortunado, señoría —dijo Scales.

El ayudante Frey le dio un golpecito en el hombro desde atrás. Scales se levantó y se volvió hacia mí.

—Supongo que ya está —dijo.

—Buena suerte, Sam —dije.

Lo sacaron de la sala por la puerta de acero y yo observé cómo ésta se cerraba tras él. No le había estrechado la mano.

13

El complejo municipal de Van Nuys es una gran explanada de hormigón rodeada por edificios gubernamentales. Anclada en un extremo, está la División de Van Nuys del Departamento de Policía de Los Ángeles. En uno de los lados hay dos tribunales dispuestos enfrente de una biblioteca pública y el edificio administrativo de la ciudad. En la otra punta del paseo de hormigón y cristal se alzan un edificio de administración federal y una oficina de correos.

Esperé a Louis Roulet en uno de los bancos de hormigón cercanos a la biblioteca. La plaza estaba prácticamente desierta a pesar de que hacía un tiempo espléndido. No como el día anterior, cuando el lugar estaba a rebosar de cámaras, medios y criticones, todos acumulándose en torno a Robert Blake y sus abogados mientras éstos trataban de convertir en inocencia un veredicto de no culpable.

Era una tarde bonita, y a mí normalmente me gusta estar al aire libre. La mayor parte de mi trabajo se desarrolla en tribunales sin ventanas o en el asiento de atrás de mi Town Car, así que me lo llevo fuera siempre que tengo ocasión. Pero esta vez no estaba sintiendo la brisa ni fijándome en el aire fresco. Estaba molesto porque Louis Roulet llegaba tarde y porque lo que me había dicho Sam Scales respecto a que era un timador con permiso de circulación estaba creciendo como un cáncer en mi mente.

Cuando finalmente vi a Roulet cruzando la plaza hacia mí, me levanté para reunirme con él.

—¿Dónde ha estado? —dije abruptamente.

—Le dije que llegaría lo antes posible. Estaba enseñando una casa cuando ha llamado.

—Demos un paseo.

Me dirigí al edificio federal porque sería el trayecto más largo antes de que tuviéramos que dar media vuelta. Mi reunión con Minton, el nuevo fiscal asignado al caso, iba a celebrarse al cabo de veinticinco minutos, en el más viejo de los dos tribunales. Me di cuenta de que no parecíamos un abogado y su cliente discutiendo un caso. Quizás un abogado y su asesor inmobiliario discutiendo la adquisición de un terreno. Yo llevaba mi Hugo Boss y Roulet un traje color habano encima de un polo de cuello alto. Llevaba mocasines con pequeñas hebillas plateadas.

—No va a enseñar ninguna casa en Pelican Bay —le dije.

—¿Qué se supone que significa eso? ¿Dónde está eso?

—Es un bonito nombre para una prisión de máxima seguridad adonde mandan a los violadores violentos. Va a encajar muy bien con su cuello alto y sus mocasines.

—Oiga, ¿qué pasa? ¿De qué va esto?

—Va de un abogado que no puede tener a un cliente que le miente. Dentro de veinte minutos voy a ir a ver al tipo que quiere mandarle a Pelican Bay. Necesito toda la información posible para tratar de evitar que vaya, y no me ayuda descubrir que ha estado mintiéndome.

Roulet se detuvo y se volvió hacia mí. Levantó las manos, con las palmas abiertas.

—¡No le he mentido! Yo no hice esto. No sé qué quiere esa mujer, pero yo...

—Deje que le pregunte algo, Louis. Usted y Dobbs dijeron que había pasado un año en la facultad de Derecho de la UCLA, ¿no? ¿No le enseñaron nada acerca del vínculo de confianza abogado-cliente?

—No lo sé. No lo recuerdo. No estuve lo suficiente.

Di un paso hacia él, invadiendo su espacio.

—¿Ve? Es un puto mentiroso. No fue a la UCLA un año. Ni siquiera fue un puto día.

Él bajó las manos y se golpeó en los costados.

—¿De eso se trata, Mickey?

—Sí, de eso se trata, y de ahora en adelante no me llame Mickey. Mis amigos me llaman así. No mis clientes mentirosos.

—¿Qué tiene que ver con este caso si fui o no fui a la facultad de Derecho hace diez años? No...

—Porque si me miente en esto, entonces puede mentirme en cualquier cosa, y si ocurre eso no voy a poder defenderle.

Lo dije demasiado alto. Me fijé en que nos miraban un par de mujeres sentadas en un banco cercano. Llevaban insignias de jurados en las blusas.

—Vamos. Por aquí.

Di media vuelta y empecé a andar hacia la comisaría de policía.

—Mire —dijo Roulet con voz débil—, mentí por mi madre, ¿vale?

—No, no vale. Explíquemelo.

—Mi madre y Cecil creen que fui a la facultad de Derecho un año. Quiero que continúen creyéndolo. Él sacó el tema y yo no le llevé la contraria. ¡Pero fue hace diez años! ¿Qué mal había?

—El mal es mentirme —dije—. Puede mentirle a su madre, a Dobbs, a su sacerdote y a la policía. Pero cuando le pregunte algo directamente, no me mienta. He de trabajar con la ventaja de tener datos fiables de usted. Datos incontrovertibles. Así que si le hago una pregunta, dígame la verdad. Todo el resto del tiempo puede decir lo que quiera y lo que le haga sentir bien.

—Vale, vale.

—Si no estuvo en la facultad de Derecho, ¿dónde estuvo?

Roulet negó con la cabeza.

—En ningún sitio. Simplemente no hice nada durante un año. La mayor parte del tiempo estuve en mi apartamento cercano al campus, leyendo y pensando en lo que realmente quería hacer con mi vida. La única cosa que sabía seguro era que no quería ser abogado. Sin faltarle.

—No se preocupe. Así que se quedó allí un año y decidió que iba a vender propiedades inmobiliarias a la gente rica.

—No, eso vino después. —Se rió de manera autodespreciativa—. En realidad decidí ser escritor (había estudiado literatura inglesa) y traté de escribir una novela. No tardé mucho en darme cuenta de que no podría. Al final fui a trabajar con mi madre. Ella quería que lo hiciera.

Me calmé. La mayor parte de mi rabia había sido un número, de todos modos. Estaba tratando de prepararlo para el interrogatorio más importante. Pensé que ahora ya estaba listo para eso.

—Bueno, ahora que está limpio y confesándolo todo, Louis, hábleme de Reggie Campo.

—¿Qué pasa con ella?

—Iba a pagar por el sexo, ¿no?

—¿Qué le hace decir...?

Se calló cuando me detuve otra vez y lo agarré por una de sus caras solapas. Era más alto y más grande que yo, pero yo contaba con la posición de poder en la conversación. Lo estaba presionando.

—Responda la pregunta, joder.

—Muy bien, sí, iba a pagar. Pero ¿cómo lo sabe?

—Porque soy un abogado de puta madre. ¿Por qué no me dijo eso el primer día? ¿No se da cuenta de cómo cambia el caso?

—Mi madre. No quería que mi madre supiera... ya sabe.

—Louis, vamos a sentarnos.

Lo llevé hasta uno de los bancos largos que había junto a la comisaría de policía. Había mucho espacio y nadie podía oírnos. Me senté en medio del banco y él se sentó a mi derecha.

—Su madre no estaba en la sala cuando estábamos hablando del caso. Ni siquiera creo que estuviera allí cuando hablamos de la facultad de Derecho.

—Pero estaba Cecil, y él se lo cuenta todo.

Asentí y tomé mentalmente nota para apartar por completo a Dobbs de las cuestiones relacionadas con el caso a partir de ese momento.

—Vale, creo que lo entiendo. Pero ¿cuánto tiempo iba a dejar pasar sin contármelo? ¿No se da cuenta de cómo eso lo cambia todo?

—No soy abogado.

—Louis, deje que le explique un poco cómo funciona esto. ¿Sabe lo que soy yo? Soy un neutralizador. Mi trabajo consiste en neutralizar los argumentos de la fiscalía. Coger cada uno de los indicios o pruebas y encontrar una forma de eliminarlos de la discusión. Piense en esos malabaristas del paseo de Venice. ¿Ha ido allí alguna vez? ¿No ha visto al tipo que va haciendo girar esos platos en esos palitos?

—Creo que sí. Hace mucho tiempo que no paso por ahí.

—No importa. El tipo tiene esos palitos delgados y pone un plato encima de cada uno y lo hace girar de manera que permanezca en equilibrio. Tiene muchos girando al mismo tiempo y se mueve de plato a plato y de palito a palito para asegurarse de que todo está girando y en equilibrio, de que todo se sostiene. ¿Me sigue?

—Sí, entiendo.

—Bueno, eso son los argumentos de la fiscalía, Louis. Un puñado de platos que giran. Y cada uno de esos platos es una prueba contra usted. Mi trabajo consiste en coger cada uno de los platos y detener su giro para que caiga al suelo con tanta fuerza que se haga añicos y no se pueda volver a utilizar. Si el plato azul contiene la sangre de la víctima en sus manos, entonces necesito encontrar una forma de hacerlo caer. Si el plato amarillo tiene una navaja con sus huellas dactilares ensangrentadas en el mango, entonces una vez más he de derribarlo. Neutralizarlo. ¿Me sigue?

—Sí, le sigo. Le...

—Ahora, en medio de este campo de platos hay uno muy grande. Es una puta fuente de ensalada, Louis, y si ése cae va a arrastrar a todos los demás en su caída. Si cae, caen todos los platos. Todo el caso se derrumba. ¿Sabe cuál es esa fuente, Louis?

Negó con la cabeza.

—Esa gran fuente es la víctima, el principal testigo de la acusación. Si podemos derribar ese plato, entonces el número ha terminado y la multitud se va.

Esperé un momento para ver si iba a reaccionar. No dijo nada.

—Louis, durante casi dos semanas me ha negado el método por el cual puedo hacer caer la gran fuente. Plantea la pregunta de por qué. ¿Por qué un tipo con dinero a su disposición, con un Rolex en la muñeca, un Porsche en el aparcamiento y domicilio en Holmby Hills necesita usar una navaja para conseguir sexo de una mujer que lo vende? Cuando todo se reduce a esa pregunta, el caso empieza a derrumbarse, Louis, porque la respuesta es simple. No lo haría. El sentido común dice que no lo haría. Y cuando uno llega a esa conclusión, todos los platos dejan de girar. Se ve el montaje, se ve la trampa, y es el acusado el que empieza a aparecer como la víctima.

Lo miré y él asintió.

—Lo siento —dijo.

—Y tanto —dije—. El caso habría empezado a derrumbarse hace dos semanas y probablemente no estaríamos aquí sentados ahora mismo si hubiera sido franco conmigo desde el principio.

En ese momento me di cuenta de cuál era el origen de mi rabia y no era el hecho de que Roulet hubiera llegado tarde o que me hubiera mentido o que Sam Scales me hubiera tratado de estafador con permiso de circulación. Sentía rabia porque veía que el cliente filón se me escapaba. No habría juicio en ese caso, no habría minuta de seis cifras. Tendría suerte si podía quedarme el depósito que había cobrado al principio. El caso iba a terminar ese día cuando entrara en la oficina del fiscal y le dijera a Ted Minton lo que sabía y lo que tenía.

—Lo siento —dijo otra vez Roulet con voz lastimera—. No quería complicar las cosas.

Yo estaba mirando el suelo que había entre nuestros pies. Sin mirarlo me acerqué y le puse la mano en el hombro.

—Siento haberle gritado antes, Louis.

—¿Qué hacemos ahora?

—Tengo que hacerle unas pocas preguntas más acerca de esa noche y luego voy a subir a ese edificio y me reuniré con el fiscal para derribar todos sus platos. Creo que cuando salga de allí esto podría haber terminado y estará libre para volver a enseñar mansiones a los ricos.

—¿Así de fácil?

—Bueno, formalmente puede que él quiera ir a un tribunal y pedirle al juez que desestime el caso.

Roulet abrió la boca, impresionado.

—Señor Haller, no puedo expresarle cómo...

—Puede llamarme Mickey. Lamento lo de antes.

—No se preocupe. Gracias. ¿Qué preguntas quiere que responda?

Pensé un momento. En realidad no necesitaba nada más para ir a mi reunión con Minton. Iba bien cargado. Tenía pruebas para que mi cliente saliera en libertad.

—¿Qué ponía en la nota? —pregunté.

—¿Qué nota?

—La que le dio ella en la barra de Morgan's.

—Oh, ponía su dirección y luego escribió «cuatrocientos dólares», y debajo de eso escribió «después de las diez».

—Lástima que no la tengamos. Pero creo que no nos hará falta.

Miré mi reloj. Todavía tenía quince minutos hasta la reunión, pero había terminado con Roulet.

—Ahora puede irse, Louis. Le llamaré cuando esto haya terminado.

—¿Está seguro? Puedo esperar aquí si quiere.

—No sé cuánto tardará. Voy a tener que explicárselo todo. Probablemente tendrá que llevárselo a su jefe. Puede tardar bastante.

—Muy bien, entonces supongo que me voy. Pero llámeme, ¿sí?

—Sí, lo haré. Probablemente iremos a ver al juez el lunes o el martes, y todo habrá terminado.

Me tendió la mano y yo se la estreché.

—Gracias, Mick. Es el mejor. Sabía que tenía al mejor abogado cuando lo contraté.

Observé que volvía caminando por la plaza y se metía entre dos tribunales en dirección al garaje público.

—Sí, soy el mejor —me dije a mí mismo.

Sentí la presencia de alguien y me volví para ver a un hombre sentado a mi lado en el banco. Él se volvió y me miró. Nos reconocimos al mismo tiempo. Era Howard Kurlen, un detective de homicidios de la División de Van Nuys. Nos habíamos encontrado en unos pocos casos a lo largo de los años.

—Bueno, bueno, bueno —dijo Kurlen—. El orgullo de la judicatura de California. No habla solo, ¿no?

—Quizá.

—Eso puede ser malo para un abogado si se corre la voz.

—No me preocupa. ¿Cómo le va, detective?

Kurlen estaba desenvolviendo un sándwich que había sacado de una bolsa marrón.

—Un día complicado. Almuerzo tarde.

Sacó del envoltorio un sándwich de mantequilla de cacahuete. Había una capa de algo más además de la mantequilla de cacahuete, pero no era jalea. No supe identificarlo. Miré mi reloj. Todavía tenía unos minutos antes de que tuviera que ponerme en la cola del detector de metales en la entrada del tribunal, pero no estaba seguro de que quisiera pasarlos con Kurlen y su sándwich de aspecto horrible. Pensé en sacar a colación el veredicto del caso Blake, echárselo en cara un poco al Departamento de Policía de Los Ángeles, pero Kurlen golpeó primero.

—¿Cómo le va a mi niño Jesús? —preguntó el detective.

Kurlen había sido el detective jefe del caso Menéndez. Lo había cerrado tan bien que a Menéndez no le quedó otra alternativa que declararse culpable y cruzar los dedos. Aun así le cayó perpetua.

—No lo sé —respondí—. Ya no hablo con Jesús.

—Sí, supongo que una vez que se declaran culpables y van a prisión ya no son de utilidad para usted. No hay apelación, no hay nada.

Asentí con la cabeza. Todos los polis tenían cierta dosis de cinismo con los abogados defensores. Era como si creyeran que sus propias acciones e investigaciones estaban más allá de todo cuestionamiento o reproche. No creían en un sistema judicial basado en los mecanismos de control y equilibrios de poder.

—Como usted, supongo —dije—. Al siguiente caso. Espero que su día complicado suponga que está trabajando para conseguirme otro cliente.

—No lo miro de ese modo. Pero me estaba preguntando si puede dormir bien por la noche.

—¿Sabe lo que me estaba preguntando yo? ¿Qué demonios hay en ese sándwich?

Me mostró lo que quedaba del sándwich.

—Mantequilla de cacahuete y sardinas. Mucha buena proteína para que pueda pasar otro día persiguiendo cerdos. No ha contestado mi pregunta.

—Duermo bien, detective. ¿Sabe por qué? Porque desempeño un papel importante en el sistema. Una parte necesaria, igual que la suya. Cuando alguien es acusado de un crimen, tiene la oportunidad de poner a prueba el sistema. Si quieren hacerlo, acuden a mí. De eso se trata. Cuando uno entiende eso, no tiene problemas para dormir.

—Buena historia. Espero que se la crea cuando cierre los ojos.

—¿Y usted, detective? ¿Nunca ha puesto la cabeza en la almohada y se ha preguntado si no ha metido en la cárcel a gente inocente?

—No —dijo con rapidez, con la boca llena de sándwich—. Nunca me ha pasado, ni me pasará.

—Ha de ser bonito estar tan seguro.

—Un tipo me dijo una vez que cuando llegas al final de tu camino has de mirar al montón de leña de la comunidad y decidir si has añadido leña o sólo has quitado. Bueno, yo añado leña al montón, Haller. Duermo bien por la noche. Pero me pregunto por usted y los de su clase. Ustedes los abogados son todos de los que retiran leña del montón.

—Gracias por el sermón. Lo recordaré la próxima vez que esté cortando leña.

—Si no le gusta éste, tengo un chiste para usted. ¿Cuál es la diferencia entre un bagro y un abogado defensor?

—Hum, no lo sé, detective.

—Uno se alimenta de la porquería del fondo y el otro es un pez.

Se rió a carcajadas. Me levanté. Era hora de irse.

—Espero que se lave los dientes después de comerse algo así —dije—. Si no, compadezco a su compañero.

Me alejé, pensando en lo que me había dicho del montón de leña y en el comentario de Sam Scales de que yo era un estafador con permiso de circulación. Estaba recibiendo por todos lados.

—Gracias por el consejo —gritó Kurlen a mi espalda.

14

Ted Minton había dispuesto que nos reuniéramos para discutir el caso Roulet en privado, y por ese motivo había programado la cita en un horario en que sabía que el ayudante del fiscal del distrito con el que compartía espacio estaría en el tribunal. Minton me recibió en la zona de espera y me acompañó. No aparentaba más de treinta años, pero hacía gala de un porte de seguridad. Probablemente yo contaba con diez años y un centenar de juicios más que él, pero aun así no me mostró signo alguno de deferencia o respeto. Actuó como si la reunión fuera una molestia que estaba obligado a soportar. Estaba bien. Era lo habitual. De hecho, puso más gasolina en mi depósito.

Cuando llegamos a su pequeño despacho sin ventanas, me ofreció la silla de su compañero y cerró la puerta. Nos sentamos y nos miramos el uno al otro. Dejé que comenzara él.

—Bueno —dijo—. Para empezar, quería conocerle. Soy nuevo aquí en el valle de San Fernando y no he conocido a muchos miembros del sector de la defensa. Sé que es uno de esos tipos que cubren todo el condado, pero no nos hemos encontrado antes.

—Puede que sea porque no ha trabajado en muchos casos de delitos graves antes.

Sonrió y asintió como si yo me hubiera apuntado algún tipo de tanto.

—Puede que tenga razón —dijo—. El caso es que he de decirle que cuando estuve en la facultad de Derecho de la Universidad del Sur de California leí un libro de su padre y sus casos. Creo que se llamaba *Haller por la defensa*. Algo así. Un hombre interesante y una época interesante.

Asentí con la cabeza.

—Murió antes de que llegara a conocerlo de verdad, pero se publicaron algunos libros sobre él y los he leído todos más de unas cuantas veces. Probablemente por eso terminé haciendo lo que hago.

—Ha de ser duro, conocer a un padre a través de los libros.

Me encogí de hombros. No creía que Minton y yo tuviéramos necesidad de conocernos tan bien el uno al otro, particularmente a la luz de lo que estaba a punto de hacerle.

—Son cosas que pasan —dije.

—Sí.

Minton juntó las manos en un gesto de ponerse en faena.

—Muy bien, estamos aquí para hablar del caso Roulet, ¿no?

—Louis Ross Roulet, sí.

—Veamos, tengo algunas cosas aquí.

Hizo girar la silla para volverse hacia su escritorio, cogió una fina carpeta y se volvió para dármela.

—Quiero jugar limpio. Éstos son los hallazgos que tenemos hasta este momento. Sé que no he de dárselo hasta el día de la lectura oficial de cargos, pero, qué demonios, seamos cordiales.

Sé por experiencia que cuando los fiscales te dicen que están jugando limpio es mejor no darles la espalda. Hojeé el expediente de hallazgos, pero no estaba leyendo nada realmente. La carpeta que Levin había recopilado para mí era al menos cuatro veces más gruesa. No estaba entusiasmado porque Minton tuviera tan poco. Sospechaba que se guardaba cosas. La mayoría de los fiscales te hacen sudar para conseguir las pruebas. Has de pedirlas reiteradamente hasta el punto de ir al tribunal a quejarte ante el juez de ello. Pero Minton me había entregado al menos parte de ellas como si tal cosa. O bien tenía que aprender más de lo que imaginaba acerca de la acusación en casos de delitos graves o me la estaba jugando de algún modo.

—¿Esto es todo? —pregunté.

—Todo lo que yo tengo.

Así era siempre. Si el fiscal no lo tenía, entonces podía demorar su entrega a la defensa. Sabía a ciencia cierta —como si hubiera estado casado con una fiscal— que no era nada extraordinario que un fiscal pidiera a los investigadores de la policía que se tomaran su tiempo para entregar toda la documentación. De este modo podían darse la vuelta y decir al abogado defensor que querían jugar limpio y no entregar prácticamente nada. Los abogados profesionales normalmente se referían a las reglas de hallazgos como reglas de la deshonestidad. Esto, por supuesto, era válido para ambas partes. En teoría, los hallazgos eran una calle de doble sentido.

—¿Y va a ir a juicio con esto?

Agité la carpeta en el aire como para subrayar que el peso de las pruebas era tan escaso como el de la carpeta.

—No me preocupa. Pero si quiere hablar de una disposición, le escucharé.

—No, ninguna disposición en esto. Vamos a por todas. Vamos a renunciar al preliminar e iremos directamente a juicio. Sin retrasos.

—¿No va a renunciar al juicio rápido?

—No. Tiene sesenta días desde el lunes para dar la cara o callar.

Minton frunció los labios como si lo que yo acababa de decirle fuera sólo un inconveniente menor y una sorpresa. Por más que disimulara, sabía que le había asestado un golpe sólido.

—Bueno, entonces, supongo que deberíamos hablar de hallazgo unilateral. ¿Qué tiene para mí?

Había abandonado el tono amable.

—Todavía lo estoy componiendo —dije—, pero lo tendré para la vista del lunes. Aunque la mayor parte de lo que tengo probablemente ya está en este archivo que me ha dado, ¿no cree?

—Seguramente.

—Sabe que la supuesta víctima es una prostituta que se había ofrecido a mi cliente allí mismo, ¿no? Y que ha continuado en esa línea de trabajo desde el incidente alegado, ¿no?

La boca de Minton se abrió quizás un centímetro y luego se cerró. La reacción fue suficientemente reveladora. Le había asestado un mazazo. Sin embargo, se recuperó con rapidez.

—De hecho —dijo—, soy consciente de su ocupación. Pero lo que me sorprende es que usted ya lo sepa. Espero que no haya estado siguiendo a mi víctima, señor Haller.

—Llámeme Mickey. Y lo que estoy haciendo es el menor de sus problemas. Será mejor que estudie a fondo este caso, Ted. Sé que es nuevo en delitos graves y no querrá estrenarse con un caso perdedor como éste. Especialmente después del fiasco Blake. Pero no ha tenido suerte esta vez.

—¿De verdad? ¿Y cómo es eso?

Miré por encima de su hombro al ordenador que había en la mesa.

—¿Ese trasto tiene reproductor de DVD?

Minton miró el equipo. Parecía viejo.

—Supongo. ¿Qué tiene?

Me di cuenta de que mostrarle el vídeo de vigilancia de la barra de Morgan's equivalía a mostrarle el mejor as que tenía, pero estaba confiado en que una vez que lo viera no habría lectura de cargos el lunes, no habría caso. Mi trabajo era neutralizar el caso y liberar a mi cliente de la maquinaria de la fiscalía. Ésa era la forma de hacerlo.

—No tengo el conjunto de mis hallazgos, pero tengo esto —dije.

Le pasé a Minton el DVD que me había dado Levin. El fiscal lo introdujo en su ordenador.

—Es de la barra de Morgan's —le expliqué cuando él intentaba reproducirlo—. Vuestros chicos nunca fueron allí, pero el mío sí. Es del domingo por la noche del supuesto ataque.

—Y podría haber sido manipulado.

—Podría, pero no lo ha sido. Puede comprobarlo. Mi investigador tiene el original y le pediré que lo tenga disponible después de la lectura de cargos.

Superadas algunas dificultades, Minton puso en funcionamiento el DVD. Lo observé en silencio mientras yo señalaba el tiempo y los mismos detalles que Levin me había hecho notar, sin olvidar al señor X y el hecho de que fuera zurdo. Minton lo pasó deprisa como yo le ordené y luego lo ralentizó para ver el momento en que Reggie Campo se acercaba a mi cliente en la barra. Tenía una mueca de concentración en el rostro. Cuando terminó, sacó el disco y lo sostuvo.

—¿Puedo quedármelo hasta que tenga el original?

—Claro.

Minton volvió a guardar el disco en su estuche y lo colocó en lo alto de una pila de carpetas que tenía sobre la mesa.

—Vale, ¿qué más? —preguntó.

En esta ocasión fue mi boca la que dejó entrar un poco de luz.

—¿Cómo que qué más? ¿No es suficiente?

—¿Suficiente para qué?

—Mire, Ted, ¿por qué no nos dejamos de chorradas?

—Hágalo, por favor.

—¿De qué estamos hablando aquí? Ese disco hace añicos el caso. Olvidémonos de la lectura de cargos y del juicio y hablemos de ir al tribunal la semana que viene con una moción conjunta para que se retiren los cargos. Quiero que retire esta mierda con perjuicio, Ted. Que no vuelvan sobre mi cliente si alguien aquí decide cambiar de opinión.

Minton sonrió y negó con la cabeza.

—No puedo hacer eso, Mickey. Esta mujer resultó mal herida. Fue agredida por un animal y no voy a retirar nada contra...

—¿Mal herida? Ha estado recibiendo clientes otra vez toda la semana. Usted...

—¿Cómo sabe eso?

Negué con la cabeza.

—Joder, estoy tratando de ayudarle, de ahorrarle un bochorno, y lo único que le preocupa es si he cruzado algún tipo de línea con la víctima. Bueno, tengo noticias para usted. Ella no es la víctima. ¿No ve lo que tiene aquí? Si este asunto llega a un jurado y ellos ven el disco, todos los platos caen, Ted. Su caso habrá terminado y tendrá que volver aquí y explicarle a su jefe Smithson cómo es que no lo vio venir. A Smithson no le gusta perder. Y después de lo que ocurrió ayer, diría que se siente un poco más apremiado al respecto.

—Las prostitutas también pueden ser víctimas. Incluso las aficionadas.

Negué con la cabeza. Decidí mostrar todas mis bazas.

—Ella le engañó —dije—. Sabía que tenía dinero y le tendió una trampa. Quiere demandarlo y cobrar. O bien se golpeó ella misma o le pidió a su amigo del bar, el zurdo, que lo hiciera. Ningún jurado en el mundo se va a tragar lo que está vendiendo. Sangre en la mano o huellas en la navaja... lo prepararon todo después de que lo noquearan.

Minton asintió como si siguiera la lógica de mi discurso, pero de repente salió con algo que no venía a cuento.

—Me preocupa que esté tratando de intimidar a mi víctima siguiéndola y acosándola.

—¿Qué?

—Conoce las reglas. Deje en paz a la víctima o iremos a hablar con un juez.

Negué con la cabeza y extendí las manos.

—¿Está escuchando algo de lo que le estoy diciendo aquí?

—Sí, he escuchado todo y no cambia mi determinación. Aunque tengo una oferta para usted, y será buena sólo hasta la lectura de cargos del lunes. Después, se cierran las apuestas. Su cliente corre sus riesgos con un juez y un jurado. No me intimida usted ni los sesenta días. Estaré listo y esperando.

Me sentía como si estuviera bajo el agua, como si todo lo que había dicho estuviera atrapado en burbujas que se elevaban y eran arrastradas por la corriente. Nadie podía oírme correctamente. En ese momento me di cuenta de que se me había escapado algo. Algo importante. No importaba lo novato que fuera Minton. No era estúpido y por error yo había pensado que estaba actuando como un estúpido. La oficina del fiscal del distrito del condado de Los Ángeles reclutaba a los mejores de las mejores facultades de Derecho. Ya había mencionado la Universidad del Sur de California y sabía que de su facultad de Derecho salían abogados de primer orden. Era sólo cuestión de experiencia. A Minton podía faltarle experiencia, pero eso no significaba que anduviera corto de inteligencia legal. Entendí que tendría que mirarme a mí mismo y no a Minton para comprender.

—¿Qué me he perdido? —pregunté.

—No lo sé —dijo Minton—. Usted es el que tiene la defensa de alto voltaje. ¿Qué se le puede haber pasado?

Lo miré un segundo y lo comprendí. Había algo en esa fina carpeta que no estaba en la gruesa que había preparado Levin. Algo que llevaba a la fiscalía a superar el hecho de que Reggie Campo vendía su cuerpo. Minton ya me lo había dicho: «Las prostitutas también pueden ser víctimas.»

Quería detenerlo todo y mirar el archivo de hallazgos de la fiscalía para compararlo con todo lo que yo sabía del caso. Pero no podía hacerlo delante de él.

—Muy bien —dije—. ¿Cuál es su oferta? No la aceptará, pero se la presentaré.

—Bueno, tendrá que cumplir pena de prisión. Eso no se discute. Estamos dispuestos a dejarlo todo en asalto con arma mortal e intento de agresión sexual. Iremos a la parte media de la horquilla, lo cual lo pondría en alrededor de siete años.

Hice un gesto de asentimiento. Asalto con arma mortal e intento de agresión sexual. Una sentencia de siete años probablemente significaría cuatro años reales. No era una mala oferta, pero sólo desde el punto de vista de que Roulet hubiera cometido el crimen. Si era inocente, no era aceptable.

Me encogí de hombros.

—Se la trasladaré —dije.

—Recuerde que es sólo hasta la lectura de cargos. Así que, si quiere aceptarlo, será mejor que me llame el lunes a primera hora.

—Bien.

Cerré el maletín y me levanté. Estaba pensando en que Roulet probablemente estaría esperando una llamada mía diciéndole que su pesadilla había terminado y en cambio iba a llamarle para hablarle de una oferta de siete años de cárcel.

Minton y yo nos estrechamos las manos. Le dije que le llamaría y me dirigí a la salida. En el pasillo que conducía a la zona de recepción me encontré con Maggie McPherson.

—Hayley lo pasó bien el sábado —me contó hablando de nuestra hija—. Todavía está hablando de eso. Me dijo que también ibas a verla este fin de semana.

—Sí, si te parece bien.

—¿Estás bien? Pareces aturdido.

—Está siendo una semana muy larga. Me alegro de tener la agenda vacía mañana. ¿Qué le va mejor a Hayley, el sábado o el domingo?

—Cualquier día. ¿Acabas de reunirte con Ted por el caso Roulet?

—Sí, he recibido su oferta.

Levanté el maletín para mostrar que me llevaba la oferta de pacto de la fiscalía.

—Ahora voy a tener que intentar venderlo —añadí—. Va a ser duro. El tipo dice que no lo hizo.

—Pensaba que siempre decían eso.

—No como este hombre.

—En fin, buena suerte.

—Gracias.

Nos dirigimos en sentidos opuestos en el pasillo, pero recordé algo y la llamé.

—Eh, feliz San Patricio.

—Ah.

Maggie se volvió y se me acercó otra vez.

—Stacey va a quedarse un par de horas más con Hayley y unos cuantos vamos a ir a Four Green Fields después de trabajar. ¿Te apetece una pinta de cerveza verde?

Four Green Fields era un pub irlandés relativamente cercano al complejo municipal. Lo frecuentaban abogados de ambos lados de la judicatura. Las animosidades perdían fuerza con el gusto de la Guinness a temperatura ambiente.

—No lo sé —dije—. Ahora he de ir al otro lado de la colina para ver a mi cliente, pero nunca se sabe, podría volver.

—Bueno, yo sólo tengo hasta las ocho y luego he de ir a relevar a Stacey.

—Vale.

Nos separamos otra vez, y yo salí del juzgado. El banco en el que me había sentado con Roulet y luego con Kurlen estaba vacío. Me senté, abrí mi maletín y saqué el archivo de hallazgos que me había dado Minton. Pasé los informes de los cuales ya había recibido copia a través de Levin. No parecía haber nada nuevo hasta que llegué a un informe de análisis comparativo de huellas dactilares que confirmaba lo que habíamos pensado todo el tiempo; las huellas dactilares de la navaja pertenecían a mi cliente, Louis Roulet.

Aun así, no era suficiente para justificar la actitud de Minton. Continué buscando y me encontré con el informe del análisis del arma. El informe que había recibido de Levin era completamente diferente, como si correspondiera a otro caso y a otra arma. Mientras lo leía rápidamente sentí el sudor en mi cuero cabelludo. Me habían tendido una trampa. Me había abochornado en la reunión con Minton y, peor aún, le había advertido pronto de todo mi juego. El fiscal ya tenía el vídeo de Morgan's y contaba con todo el tiempo que necesitaba a fin de prepararse para neutralizar su efecto en el juicio.

Finalmente, cerré de golpe la carpeta y saqué el teléfono móvil. Levin respondió después de dos tonos.

—¿Cómo ha ido? —preguntó—. ¿Prima doble para todos?

—No. ¿Sabes dónde está la oficina de Roulet?

—Sí, en Canon, en Beverly Hills. Tengo la dirección exacta en la carpeta.

—Nos vemos allí.

—¿Ahora?

—Estaré allí dentro de media hora.

Apreté el botón y puse fin a la llamada sin más discusión. A continuación llamé a Earl. Debía de llevar puestos los auriculares de su iPod, porque no respondió hasta el séptimo tono.

—Ven a buscarme —dije—. Vamos al otro lado de la colina.

Cerré el teléfono y me levanté del banco. Al caminar hacia el hueco entre los dos tribunales y el sitio donde Earl iba a recogerme, me sentí enfadado. Enfadado con Roulet, con Levin, y más que nada conmigo mismo. Pero también era consciente del lado positivo de la situación. La única cosa que estaba clara era que el cliente filón —y la gran paga que lo acompañaba— no se había perdido. El caso iba a llegar a juicio a no ser que Roulet aceptara la oferta del estado. Y pensaba que las posibilidades de que lo hiciera eran como las posibilidades de que nieve en Los Ángeles. Puede ocurrir, pero no lo creería hasta que lo viera.

15

Cuando los ricos de Beverly Hills quieren dejarse pequeñas fortunas en ropa y joyas van a Rodeo Drive. Cuando
quieren dejarse fortunas más grandes en casas y mansiones,
caminan unas cuantas manzanas hasta Canon Drive, donde
se asientan las empresas inmobiliarias de alto *standing*, que
exponen en sus escaparates fotografías de sus ofertas multi-
millonarias en caballetes dorados, como si fueran lienzos de
Picasso o Van Gogh. Allí es donde encontré Windsor Residential Estates y a Louis Roulet el jueves por la tarde.

Cuando llegué, Raul Levin ya estaba esperando, y quiero
decir esperando. Lo habían dejado en la sala de espera con
una botella de agua mientras Louis hablaba por teléfono en
su oficina privada. La recepcionista, una rubia extremada-
mente bronceada con un corte de pelo que le colgaba por un
lado de la cara como una guadaña, me dijo que aguardásemos
sólo unos minutos más y que luego podíamos entrar los dos.
Asentí con la cabeza y me alejé de su escritorio.

—¿Quieres decirme qué está pasando? —preguntó Levin.

—Sí, cuando entremos allí con él.

El local estaba flanqueado a ambos lados por cables de
acero del suelo al techo que sostenían marcos de 20 × 25 cm
con fotos e información de las propiedades en venta. Actuando como si estuviera examinando las filas de casas que no po-

dría permitirme en un siglo, avancé hacia el fondo del pasillo, que conducía a las oficinas. Cuando llegué allí reparé en una puerta abierta y oí la voz de Louis Roulet. Sonaba como si estuviera concertando la visita de una mansión de Mulholland Drive con un cliente que quería que su nombre se mantuviera confidencial. Miré de nuevo a Levin, que todavía estaba cerca de las fotos.

—Esto es una farsa —dije, y le señalé a él.

Caminé por el pasillo hasta la lujosa oficina de Roulet. No faltaba el escritorio de rigor lleno de pilas de papeles y una gruesa lista de catálogos múltiples. Roulet, sin embargo, no estaba sentado tras el escritorio, sino en una zona de asientos situada a la derecha de éste. Estaba recostado en un sofá con un cigarrillo en una mano y el teléfono en la otra. Pareció sorprendido de verme y pensé que quizá la recepcionista no le había dicho que tenía visitantes.

Levin entró en la oficina detrás de mí, seguido por la recepcionista, con su guadaña de cabello moviéndose adelante y atrás mientras trataba de atrapar a mi investigador. Me preocupaba que el filo le cortara la nariz.

—Señor Roulet, lo siento, acaban de llegar.

—Lisa, he de colgar —dijo Roulet al teléfono—. Volveré a llamarla.

Dejó el teléfono en su lugar sobre la mesa baja de cristal.

—Está bien, Robin —dijo—. Puedes retirarte.

Hizo un ademán con el dorso de la mano. Robin me miró como si yo fuera una espiga de trigo que ella quisiera segar con ese filo dorado y salió. Yo cerré la puerta y miré a Roulet.

—¿Qué ha ocurrido? —dijo—. ¿Ha terminado?

—Ni mucho menos —dije.

Llevaba la carpeta de hallazgos de la fiscalía. El informe del arma estaba delante y en el centro. Me acerqué y lo dejé caer en la mesa de café.

—Sólo conseguí avergonzarme en la oficina del fiscal.

El caso contra usted se sostiene y probablemente iremos a juicio.

Roulet se quedó abatido.

—No lo entiendo —dijo—. Dijo que iba a dejarlo en ridículo.

—Resulta que el único que ha quedado en ridículo he sido yo. Porque me ha mentido otra vez. —Y volviéndome a mirar a Levin, agregué—: Y porque dejaste que nos tendieran una trampa.

Roulet abrió la carpeta. La página de encima era una fotografía en color de una navaja con sangre en el mango negro y en el extremo del filo. No era la misma navaja que aparecía fotocopiada en los registros que Levin había conseguido de sus fuentes policiales y que nos había mostrado en la reunión celebrada en la oficina de Dobbs el primer día del caso.

—¿Qué demonios es eso? —dijo Levin, mirando la foto.

—Es una navaja. La buena, la que Roulet llevaba consigo cuando entró en el apartamento de Reggie Campo. La que tiene la sangre de ella y las iniciales de él.

Levin se sentó en el sofá en el lado opuesto al de Roulet. Yo me quedé de pie y ambos me miraron. Empecé con Levin.

—Fui a ver al fiscal para pegarle una patada en el culo y al final me la ha pegado él a mí. ¿Quién es tu fuente, Raul? Porque te dio una baraja marcada.

—Espera un momento, espera un momento. Ésa no...

—No, tú espera un momento. El informe que tenías de que el origen de la navaja no se podía rastrear era falso. Lo pusieron allí para jodernos. Para engañarnos, y funcionó perfectamente porque yo entré allí creyendo que hoy no podía perder y simplemente le di el vídeo de la barra de Morgan's. Lo saqué como si fuera la mejor baza. Sólo que no lo era, maldita sea.

—Fue el corredor —dijo Levin.

—¿Qué?

—El corredor. El tipo que lleva los informes entre la comisaría de policía y la oficina del fiscal. Le digo en qué casos estoy interesado y hace copias extra para mí.

—Pues lo tienen clichado y lo han usado perfectamente. Será mejor que lo llames y le digas que si necesita un buen abogado defensor yo no estoy disponible.

Me di cuenta de que estaba caminando delante de ellos en el sofá, pero no me detuve.

—¿Y usted? —le dije a Roulet—. Ahora tengo el informe real del arma y descubro que no sólo su navaja es artesanal, sino que puede relacionarse directamente con usted porque tienen sus putas iniciales. ¡Me ha mentido otra vez!

—No mentí —gritó Roulet a su vez—. Intenté decírselo. Dije que no era mi navaja. Lo dije dos veces, pero nadie me escuchó.

—Entonces tendría que haber aclarado lo que quería decir. Sólo decir que la navaja no era suya era cómo decir que no lo hizo. Debería haber dicho: «Eh, Mick, podría haber un problema con la navaja porque tengo una navaja, pero no es la de esta foto.» ¿Qué creía, que simplemente iba a desaparecer?

—Por favor, ¿puede hablar bajo? —protestó Roulet—. Podría haber clientes fuera.

—¡Me da igual! A la mierda sus clientes. No va a necesitar más clientes en el sitio al que lo van a mandar. ¿No se da cuenta de que esa navaja supera todo lo que habíamos conseguido? Llevó un arma homicida a una cita con una prostituta. La navaja no la colocaron. Era suya. Y eso quiere decir que ya no hay espacio para la trampa. ¿Cómo vamos a argumentar que ella le tendió una trampa cuando el fiscal puede probar que usted llevaba esa navaja cuando entró por la puerta?

No respondió, pero yo tampoco le di demasiado tiempo para hacerlo.

—Lo hizo usted y ellos le tienen —dije, señalándolo—. No es de extrañar que no se molestaran en hacer ninguna investigación de seguimiento en el bar. No se necesita ninguna investigación de seguimiento cuando tienen su navaja y sus huellas dactilares ensangrentadas en ella.

—¡Yo no lo hice! Es una trampa. ¡Se lo estoy diciendo! Era...

—¿Quién está gritando ahora? Mire, no me importa lo que me diga. No puedo tratar con un cliente que miente, que no ve la ventaja de decirle a su propio abogado lo que está pasando. Así que el fiscal del distrito le ha hecho una oferta y creo que será mejor que la acepte.

Roulet se sentó más erguido y cogió el paquete de cigarrillos de la mesa. Sacó uno y lo encendió con el que ya se estaba fumando.

—No voy a declararme culpable de algo que no hice —declaró, con la voz repentinamente calmada después de una calada del nuevo cigarrillo.

—Siete años. Saldrá en cuatro. Tiene hasta la vista del lunes y luego se acaba. Piénselo y luego dígame que lo va a aceptar.

—No lo voy a aceptar. Yo no lo hice y si usted no va a llevarlo a juicio, encontraré a alguien que lo haga.

Levin sostenía la carpeta de hallazgos. Me agaché y se la quité con rudeza de las manos para poder leer personalmente el informe del arma.

—¿No lo hizo? —dije a Roulet—. Muy bien, si no lo hizo, entonces ¿le importaría decirme por qué fue a ver a esa prostituta con su navaja Black Ninja hecha por encargo con un filo de doce centímetros, con sus iniciales grabadas en ambos lados de la hoja?

Una vez terminado de leer el informe, se lo lancé a Levin. La carpeta pasó entre sus manos y le golpeó en el pecho.

—¡Porque la llevo siempre!

La fuerza de la respuesta de Roulet acalló la sala. Caminé adelante y atrás otra vez, mirándolo.

—Siempre la lleva —afirmé.

—Exacto. Soy agente inmobiliario. Conduzco coches caros. Llevo joyas caras. Y con frecuencia me encuentro con desconocidos en casas vacías.

Otra vez me dio que pensar. Por indignado que estuviera, todavía reconozco un brillo cuando lo veo. Levin se inclinó hacia delante y miró a Roulet y luego a mí. Él también lo vio.

—¿De qué está hablando? —dije—. Vende casas a gente rica.

—¿Cómo sabe que son ricos cuando le llaman y le dicen que quieren ver una casa?

Extendí las manos, confundido.

—Tendrá algún tipo de sistema para controlarlos.

—Claro, podemos pedir un informe de crédito y referencias. Pero aun así se reduce a lo que nos dan y a esa clase de gente no le gusta esperar. Cuando quieren ver una propiedad, quieren verla. Hay muchos agentes inmobiliarios. Si no actuamos con rapidez, algún otro lo hará.

Asentí con la cabeza. El brillo cobraba fuerza. Quizás había algo con lo que podría trabajar.

—Ha habido asesinatos, ¿sabe? —dijo Roulet—. A lo largo de los años. Todos los agentes inmobiliarios conocen el peligro que existe cuando vas solo a uno de esos sitios. Durante un tiempo hubo un hombre llamado el Violador Inmobiliario. Atacaba y robaba a mujeres en casas vacías. Mi madre...

No terminó. Yo esperé. Nada.

—Su madre ¿qué?

Roulet vaciló antes de responder.

—Una vez estaba enseñando una casa en Bel-Air. Estaba sola y creía que estaba segura porque era Bel-Air. El hombre la violó. La dejó atada. Al ver que no volvía a la oficina, fui a la casa y la encontré.

Los ojos de Roulet estaban perdidos en el recuerdo.

—¿Cuánto tiempo hace de eso? —pregunté.

—Unos cuatro años. Dejó de vender propiedades después de que ocurrió eso. Se quedó en la oficina y nunca volvió a mostrar una propiedad. Yo hacía las ventas. Fue entonces y por ese motivo que compré la navaja. La tengo desde hace cuatro años y la llevo a todas partes, salvo en los aviones. Estaba en mi bolsillo cuando fui al apartamento. No pensé en eso.

Me dejé caer en la silla que estaba al otro lado de la mesa, enfrente del sofá. Mi mente estaba trabajando. Estaba viendo cómo podía funcionar. Todavía era una defensa que se basaba en la coincidencia. Campo le tendió una trampa a Roulet y se aprovechó de las circunstancias cuando encontró la navaja después de dejarlo inconsciente. Podía funcionar.

—¿Su madre presentó una denuncia a la policía? —preguntó Levin—. ¿Hubo una investigación?

Roulet negó con la cabeza al tiempo que aplastaba la colilla del cigarrillo en el cenicero.

—No, estaba demasiado avergonzada. Temía que saliera en los periódicos.

—¿Quién más lo sabe? —pregunté.

—Eh, yo... y estoy seguro de que lo sabe Cecil. Probablemente nadie más. No puede usar esto. Ella...

—No lo usaré sin su permiso —dije—, pero podría ser importante. Hablaré con ella.

—No, no quiero que...

—Su vida y su sustento están en juego, Louis. Si le envían a prisión, no lo superará. No se preocupe por su madre. Una madre haría lo que hiciera falta para proteger a su pequeño.

Roulet bajó la mirada y negó con la cabeza.

—No lo sé... —dijo.

Exhalé, tratando de liberar la tensión con la respiración. Quizá podría evitar el desastre.

—Sé una cosa —dije—. Voy a volver a la fiscalía y a decirles que pasamos del trato. Iremos a juicio y correremos el riesgo.

16

Continué encajando golpes. El segundo directo de la fiscalía no lo recibí hasta después de que dejé a Earl en el gran estacionamiento de las afueras donde aparcaba su propio coche todas las mañanas y yo mismo conduje el Lincoln hasta Van Nuys y el Four Green Fields. Era un bar de taburetes en Victory Boulevard —quizá por eso les gustaba a los abogados—, con la barra en el lado izquierdo y una fila de reservados de madera rallada a la derecha. Estaba lleno como sólo puede estarlo un bar irlandés en la noche de San Patricio. Supuse que la multitud era aún mayor que en años anteriores por el hecho de que esa fiesta de los bebedores caía en jueves, y muchos de los juerguistas iban a empezar un fin de semana largo. Yo mismo me había asegurado de tener la agenda vacía el viernes. Siempre hago fiesta el día después de San Patricio.

Al empezar a abrirme paso a través de la masa en busca de Maggie McPherson, el *Danny Boy* de rigor empezó a sonar en una máquina de discos situada en la parte de atrás. En esta ocasión era una versión punk rock de principios de los ochenta y su ritmo privaba de toda oportunidad de oír algo cuando veía caras familiares y decía hola o preguntaba si habían visto a mi ex mujer. Los pequeños fragmentos de conversación que escuché al avanzar parecían monopolizados por Robert Blake y el asombroso veredicto del día anterior.

Me encontré con Robert Gillen en la multitud. El cámara buscó en su bolsillo, sacó cuatro billetes nuevos de cien dólares y me los dio. Los billetes probablemente eran cuatro de los diez originales que le había pagado dos semanas antes en el tribunal de Van Nuys cuando trataba de impresionar a Cecil Dobbs con mis habilidades de manipulación de los medios. Ya le había cobrado los mil a Roulet. Los cuatrocientos eran beneficio.

—Pensé que te encontraría aquí —me gritó en el oído.

—Gracias, Patas —le repliqué—. Me dará para unas copas.

Rió. Miré por encima de él a la multitud en busca de mi ex mujer.

—Cuando quieras, tío —dijo.

Me dio un golpecito en el hombro cuando yo me escurrí a su lado y seguí empujando para abrirme paso. Finalmente encontré a Maggie en el último reservado del fondo. Estaba ocupado por seis mujeres, todas ellas fiscales o secretarias de la oficina de Van Nuys. A la mayoría las conocía al menos de vista, pero la escena resultaba extraña porque tenía que quedarme de pie y gritar por encima del bullicio de la música y la multitud. Por no mencionar el hecho de que eran fiscales y me veían como un aliado del diablo. Tenían dos jarras de Guinness en la mesa y una estaba llena. Mis oportunidades de abrirme paso entre la multitud hasta la barra para conseguir un vaso eran ínfimas. Maggie se fijó en mi situación difícil y me ofreció compartir su vaso.

—No pasa nada —gritó—. Hemos intercambiado saliva antes.

Sonreí y supe que las dos jarras de la mesa no habían sido las dos primeras. Eché un largo trago. Me cayó bien. La Guinness siempre me da un centro sólido.

Maggie estaba en medio del lado izquierdo del reservado, entre dos fiscales jóvenes que había tomado bajo su tutela. En la oficina de Van Nuys, muchas de las fiscales jóvenes gravitaban hacia mi ex mujer porque el hombre al mando, Smithson, se rodeaba de fiscales como Minton.

Aún de pie en el lado del reservado, levanté el vaso para brindar con ella. Maggie no pudo responder porque yo tenía su vaso, así que se estiró y levantó la jarra.

—¡Salud!

No llegó tan lejos como para beber de la jarra. La dejó en la mesa y le susurró algo a la mujer que estaba en el extremo del reservado. Ésta se levantó para dejar pasar a Maggie. Mi ex mujer se levantó, me besó en la mejilla y dijo:

—Siempre es más fácil para una dama conseguir vaso en este tipo de situaciones.

—Especialmente para una dama hermosa —dije.

Maggie me dedicó una de sus miradas y se volvió hacia la multitud compuesta por cinco filas de personas entre nosotros y la barra. Silbó estridentemente y captó la atención de uno de los irlandeses de pura cepa que estaban sirviendo la cerveza y que podían dibujar un arpa o un ángel o una señora desnuda en la espuma del vaso.

—Necesito una pinta —gritó Maggie.

El camarero tuvo que leerle los labios. Y como un adolescente transportado por encima de las cabezas de la multitud en un concierto de los Pearl Jam, un vaso limpio llegó hasta nosotros de mano en mano. Ella lo llenó de la última jarra de la mesa del reservado y entrechocamos los vasos.

—Bueno —dijo ella—. ¿Te sientes un poco mejor que cuando te he visto antes?

Asentí con la cabeza.

—Un poco.

—¿Minton te ha engañado?

Asentí otra vez.

—Él y los polis, sí.

—¿Con ese tipo Corliss? Les dije que era un mentiroso. Todos lo son.

No respondí y traté de actuar como si lo que acababa de

decirme no fuera una noticia para mí, y ese Corliss fuera un nombre que ya conociera. Di un trago largo y lento de mi vaso.

—Supongo que no debería decirlo —dijo ella—. Pero mi opinión no cuenta. Si Minton es lo bastante tonto para usar a ese tipo, le cortarás la cabeza, estoy segura.

Supuse que estaba hablando de un testigo. Pero no había visto nada en mi carpeta de hallazgos que mencionara a un testigo llamado Corliss. El hecho de que fuera un testigo del que ella no se fiaba me condujo a pensar que Corliss era un soplón. Más concretamente un soplón de calabozo.

—¿Cómo es que lo conoces? —pregunté al fin—. ¿Minton te habló de él?

—No, fui yo quien se lo mandó a Minton. No importa lo que pensara de lo que el tipo decía, era mi deber dárselo al fiscal correspondiente y era cosa de Minton evaluarlo.

—¿O sea que acudió a ti?

Frunció el entrecejo, porque la respuesta era obvia.

—Porque yo llevé la primera comparecencia. Estaba allí en el corral. Creía que el caso todavía era mío.

Lo entendí. Corliss era una C. Roulet fue sacado del orden alfabético y llamado antes. Corliss debía de haber estado en el grupo de internos llevados al tribunal con mi cliente. Nos había visto a Maggie y a mí discutir sobre la fianza de Roulet. Por consiguiente pensó que Maggie seguía en el caso. Debió de darle el soplo a ella.

—¿Cuándo te llamó? —pregunté.

—Te estoy diciendo demasiado, Haller. No...

—Sólo dime cuándo te llamo. Esa vista fue un lunes, así que fue ese mismo día.

El caso no apareció en los periódicos ni en la tele, así que tenía curiosidad por saber de dónde había sacado Corliss la información que trataba de intercambiar con los fiscales. Tenía que suponer que no venía de Roulet. Estaba convencido de que le había asustado lo bastante para que guardara silencio. Sin información de los medios, Corliss habría estado limitado a la información recogida en el tribunal cuando se leyeron los cargos y Maggie y yo pactamos la fianza.

Me di cuenta de que con eso bastaba. Maggie había sido específica al señalar las heridas de Regina Campo cuando trataba de impresionar al juez para que retuviera a Roulet sin posibilidad de fianza. Si Corliss había estado en el tribunal, había tenido acceso a todos los detalles que necesitaba para inventar una confesión en el calabozo de mi cliente. Si a eso se añade la proximidad a Roulet nace una confidencia de calabozo.

—Sí, me llamó ese mismo lunes —respondió finalmente Maggie.

—¿Por qué pensaste que era un mentiroso? Lo ha hecho antes, ¿no? El tipo es un soplón profesional, ¿verdad?

Estaba pescando información y Maggie se dio cuenta. Negó con la cabeza.

—Estoy segura de que averiguarás todo lo que necesitas saber en el proceso de hallazgos. ¿Podemos tomarnos una Guinness en plan amistoso? Tengo que irme dentro de una hora.

Asentí, pero quería saber más.

—¿Sabes qué? —dije—. Probablemente ya has tomado bastante Guinness para un día de San Patricio. ¿Qué te parece si nos vamos de aquí y cenamos algo?

—¿Para que puedas seguir haciéndome preguntas del caso?

—No, para que podamos hablar de nuestra hija.

Entrecerró los ojos.

—¿Ocurre algo? —preguntó.

—No que yo sepa. Pero quiero hablar de ella.

—¿Adónde me vas a llevar a cenar?

Mencioné un caro restaurante italiano en Ventura y Sherman Oaks, y sus ojos brillaron. Era un sitio al que habíamos ido a celebrar cumpleaños y también su embarazo. Nuestro apartamento, que ella conservaba, estaba en Dickens, a unas pocas manzanas de allí.

—¿Crees que podemos cenar allí en una hora? —preguntó.

—Si nos vamos ahora, y pedimos sin mirar...

—Acepto. Deja que me despida en plan rápido.

—Yo conduciré.

Y fue buena idea que condujera yo, porque ella no se aguantaba en equilibrio. Tuvimos que caminar cadera contra cadera hasta el Lincoln y hube de ayudarla a subir.

Tomé por Van Nuys en dirección sur hasta Ventura. Al cabo de unos momentos, Maggie sintió que le molestaba algo. Buscó debajo de las piernas y sacó un estuche de cedés sobre el que se había sentado. Era de Earl. Uno de los cedés que escuchaba en el equipo del coche cuando yo estaba en el tribunal. Así ahorraba pila en el iPod. El cedé era de un intérprete de *dirty south* llamado Ludacris.

—No me extraña que estuviera incómoda —dijo Maggie—. ¿Es esto lo que escuchas cuando vas al tribunal?

—La verdad es que no. Es de Earl. Últimamente conduce él. Ludacris no me gusta mucho. Soy más de la vieja escuela. Tupac, Dr. Dre y gente así.

Maggie se rió porque pensó que estaba bromeando. Al cabo de unos minutos nos metimos por el estrecho callejón que conducía a la puerta del restaurante. Un aparcacoches se ocupó del Lincoln y nosotros entramos. La camarera nos reconoció y actuó como si sólo hubieran pasado un par de semanas desde que habíamos estado allí. Lo cierto era que probablemente ambos habíamos estado recientemente, aunque cada uno con parejas diferentes.

Pedí una botella de Singe Shiraz y los dos nos decidimos por platos de pasta sin mirar los menús. Nos saltamos las ensaladas y los aperitivos y le dijimos al camarero que no tardara en sacar la comida. Después de que él se fue miré el reloj y vi que todavía teníamos cuarenta y cinco minutos. Mucho tiempo.

La Guinness estaba haciendo efecto en Maggie. Sonrió de esa manera fracturada que evidenciaba que estaba borracha. Hermosamente borracha. Maggie nunca se ponía desagradable con el alcohol. Siempre se ponía más dulce. Probablemente por eso terminamos teniendo un hijo juntos.

—Creo que deberías pasar del vino —le dije—. O te dolerá la cabeza mañana.

—No te preocupes por mí. Tomaré lo que quiera y dormiré lo que quiera.

Ella sonrió y yo le devolví la sonrisa.

—Bueno, ¿cómo estás, Haller? Lo digo en serio.

—Bien. ¿Tú? Y lo digo en serio.

—Nunca he estado mejor. ¿Ya has superado lo de Lorna?

—Sí, ahora hasta somos amigos.

—¿Y nosotros qué somos?

—No lo sé. A veces adversarios, supongo.

Ella negó con la cabeza.

—No podemos ser adversarios si no podemos estar en el mismo caso. Además, siempre te estoy cuidando. Como con esa basura de Corliss.

—Gracias por intentarlo, pero aun así ha hecho daño.

—Simplemente no tengo respeto por un fiscal que usa a un soplón de calabozo. No importa que tu cliente sea más basura todavía.

—No me ha revelado exactamente lo que dijo Corliss que le contó mi cliente.

—¿De qué estás hablando?

—Sólo dijo que tenía un soplo. No reveló lo que había dicho.

—Eso no es justo.

—Es lo que dije. Es una cuestión de hallazgos, pero no tendremos a un juez asignado hasta después de la conciliación del lunes. Así que no tengo a quién quejarme todavía. Minton lo sabe. Es como me advertiste. No juega limpio.

Maggie se ruborizó. Había pulsado los botones adecuados y ella estaba enfadada. Para Maggie, ganar de manera justa era la única manera de ganar. Por eso era tan buena fiscal.

Nos habíamos sentado en un extremo del banco que recorría la pared del fondo del restaurante. Estábamos a ambos lados de una esquina. Maggie se inclinó hacia mí, pero bajó demasiado y nos golpeamos cabeza contra cabeza. Ella se rió, pero luego volvió a intentarlo. Habló en voz baja.

—Dijo que había preguntado a tu cliente por qué estaba dentro y el tipo dijo: «Por darle a una puta exactamente lo que se merece.» Dijo que tu cliente le contó que le dio un puñetazo en cuanto abrió la puerta.

Ella se inclinó y me di cuenta de que se había movido demasiado deprisa y eso le había provocado vértigo.

—¿Estás bien?

—Sí, pero ¿podemos cambiar de tema? No quiero hablar más de trabajo. Hay demasiados capullos y es frustrante.

—Claro.

Justo entonces el camarero nos trajo el vino y los platos al mismo tiempo. El vino era bueno y la comida te hacía sentir como en casa. Empezamos a comer en silencio. Entonces Maggie me golpeó de improviso.

—No sabías nada de Corliss, ¿verdad? Hasta que yo he abierto mi bocaza.

—Sabía que Minton ocultaba algo. Pensé que era un soplo...

—Mentira. Me has emborrachado para averiguar lo que sabía.

—Eh, creo que ya estabas borracha cuando he ligado contigo esta noche.

Maggie estaba detenida con el tenedor encima del plato,

con una larga ristra de *linguine* con salsa de pesto colgando de él. Me señaló con el tenedor.

—Cierto. ¿Entonces qué hay de nuestra hija?

No estaba esperando que se acordara de eso. Me encogí de hombros.

—Creo que lo que dijiste la semana pasada es cierto. Necesita que su padre esté más presente en su vida.

—¿Y?

—Y yo quiero desempeñar un papel más importante. Me gusta estar con ella. Como cuando la llevé a ver esa peli el sábado. Estaba sentado de lado para poder verla a ella viendo la peli. Mirando sus ojos, ¿sabes?

—Bienvenido al club.

—Así que no sé. Estaba pensando que tal vez podríamos establecer un horario. Hacerlo una cosa regular. Ella incluso podría quedarse a dormir a veces, bueno, si quiere.

—¿Estás seguro de todo eso? Es nuevo en ti.

—Es nuevo porque antes no lo sabía. Cuando era más pequeña no podía comunicarme de verdad con ella, no sabía qué hacer. Me sentía extraño. Ahora no. Me gusta hablar con ella. Estar con ella. Aprendo más de ella que ella de mí, eso seguro.

De repente sentí la mano de Maggie en mi pierna, bajo la mesa.

—Es genial —dijo—. Me alegra mucho oírte decir eso. Pero vamos despacio. No has estado cerca en cuatro años y no voy a dejar que Hayley se entusiasme sólo para que luego hagas un acto de desaparición.

—Entiendo. Podemos hacerlo como tú quieras. Sólo te estoy diciendo que voy a estar ahí. Te lo prometo.

Mi ex mujer sonrió, queriendo creer. Y yo me hice a mí mismo la misma promesa que acababa de hacerle a ella.

—Bueno, perfecto —dijo Maggie—. Estoy encantada de que quieras hacer esto. Preparemos un calendario y probemos a ver cómo va.

Maggie apartó la mano y continuamos comiendo en silencio hasta que ambos casi hubimos terminado. Entonces me sorprendió otra vez.

—No creo que pueda conducir esta noche —dijo.

Asentí con la cabeza.

—Estaba pensando lo mismo.

—Tú estás bien. Sólo has tomado medio vaso en...

—No, digo que estaba pensando lo mismo de ti. Pero no te preocupes, te llevaré a casa.

—Gracias.

Se estiró por encima de la mesa y puso una mano en mi muñeca.

—¿Y me llevarás a buscar mi coche por la mañana?

Me sonrió con dulzura. La miré, tratando de interpretar a esa mujer que me había puesto en la calle cuatro años antes. La mujer a la que no había podido dejar atrás o superar, cuyo rechazo me envió trastabillando a una relación de la cual sabía desde el principio que no iba a llegar muy lejos.

—Claro —dije—. Te llevaré.

17

Me desperté por la mañana con mi hija de ocho años durmiendo entre mi ex mujer y yo. La luz se filtraba por la claraboya situada en lo alto de la pared. Cuando vivía en aquel apartamento siempre me molestaba porque dejaba entrar demasiada luz demasiado temprano por la mañana. Al mirar el patrón que dibujaba en el techo inclinado, revisé lo que había ocurrido la noche anterior y recordé que había terminado bebiéndome toda la botella de vino menos una copa en el restaurante. Recordé haber llevado a Maggie al apartamento y haber entrado para descubrir que nuestra hija ya estaba durmiendo... en su propia cama.

Después de que la niñera se fuera, Maggie abrió otra botella de vino. Cuando la terminamos me llevó de la mano hasta el dormitorio que habíamos compartido durante cuatro años, pero que no habíamos vuelto a compartir en otros tantos. Lo que me molestaba en ese momento era que mi memoria había absorbido tanto vino que no podía recordar si mi regreso al dormitorio había sido un triunfo o un fracaso. Tampoco podía recordar qué palabras se habían dicho o qué promesas podíamos habernos hecho.

—No es justo para ella.

Giré el cuello en la almohada. Maggie estaba despierta, mirando el rostro dormido y angelical de nuestra hija.

—¿Qué es lo que no es justo?

—Que se despierte y te encuentre aquí. Podría hacerse ilusiones o confundirse.

—¿Cómo es que está aquí?

—La traje yo. Tenía una pesadilla.

—¿Con qué frecuencia tiene pesadillas?

—Normalmente cuando duerme sola, en su habitación.

—¿O sea que duerme siempre aquí?

Algo en mi tono la molestó.

—No empieces. No tienes ni idea de lo que es educar a una hija sola.

—Ya lo sé. No estoy diciendo nada. Entonces ¿qué quieres que haga? ¿Que me vaya antes de que se despierte? Podría vestirme y hacer ver que acabo de llegar a recogerte y llevarte a tu coche.

—No sé. Por ahora, vístete. Trata de no despertarla.

Me escurrí de la cama, cogí mi ropa y recorrí el pasillo hasta el cuarto de baño de invitados. Estaba perplejo por lo mucho que había cambiado la actitud de Maggie hacia mí desde la noche anterior. Concluí que era por el alcohol. O quizá se debía a algo que había dicho o hecho después de que llegáramos al apartamento. Me vestí deprisa, volví por el pasillo y me asomé al dormitorio.

Hayley seguía dormida. Con los brazos extendidos en dos almohadas, parecía un ángel. Maggie se estaba poniendo una camiseta de manga larga encima y unas zapatillas que tenía desde que estábamos casados. Yo entré y me acerqué a ella.

—Me voy y vuelvo —susurré.

—¿Qué? —dijo ella enfadada—. Pensaba que íbamos a ir a buscar el coche.

—Pero pensaba que no querías que se despertara y me viera. Así que déjame que vaya y compre un poco de café o algo y vuelva dentro de una hora. Luego podemos ir todos juntos a buscar tu coche y puedo llevar a Hayley a la escuela. Incluso puedo recogerla después si quieres. Hoy tengo el día libre.

—¿Así de fácil? ¿Vas a empezar a llevarla a la escuela?

—Es mi hija. ¿No recuerdas algo que te dije anoche?

Ella movió el mentón y yo sabía por experiencia que ésa era la señal de que venía la artillería pesada. Me estaba perdiendo algo. Maggie había cambiado de marcha.

—Bueno, sí, pero pensaba que lo decías por decir —dijo.

—¿Qué quieres decir?

—Sólo pensaba que estabas tratando de convencerme para que te hablara del caso o simplemente para llevarme a la cama. No lo sé.

Me reí y negué con la cabeza. Todas las fantasías respecto a nosotros dos que tenía la noche anterior se estaban desvaneciendo rápidamente.

—No fui yo quien condujo al otro por la escalera al dormitorio —dije.

—Ah, o sea que sólo se trataba del caso. Querías saber lo que yo sabía del caso.

Me limité a mirarla un buen rato.

—No puedo ganar contigo, ¿no?

—No cuando no juegas limpio, cuando actúas como un abogado defensor.

Maggie siempre me superaba cuando se trataba de lanzarse cuchillos verbales. Lo cierto era que estaba agradecido de que tuviéramos un conflicto de intereses intrínseco y que no tuviera que enfrentarme a ella en un juicio. A lo largo de los años alguna gente —sobre todo profesionales de la defensa que habían sufrido a manos de Maggie— había llegado a decir que ésa era la razón por la cual me había casado con ella. Para evitarla profesionalmente.

—Mira —dije—, volveré dentro de una hora. Si quieres que te lleve al coche que ayer estabas demasiado borracha para conducir, estate preparada y tenla preparada a ella.

—No te preocupes. Cogeremos un taxi.

—Os llevaré.

—No, cogeremos un taxi. Y no levantes la voz.

Miré a mi hija, todavía durmiendo a pesar del enfrentamiento verbal de sus padres.

—¿Y ella? ¿Quieres que me la lleve mañana o el domingo?

—No lo sé. Llámame mañana.

—Como quieras. Adiós.

La dejé en el dormitorio. En el exterior del edificio de apartamentos caminé una manzana y media por Dickens antes de encontrar el Lincoln aparcado de manera poco ortodoxa junto al bordillo. Tenía una multa en el parabrisas que me citaba por aparcar al lado de una boca de incendios. Me metí en el coche y la arrojé al asiento de atrás. Me ocuparía de ella la próxima vez que fuera en el asiento trasero. No haría como Louis Roulet que dejaba que sus multas terminaran en un auto judicial. El condado estaba lleno de polis a los que les encantaría detenerme por un auto judicial.

Batallar siempre me daba hambre y me di cuenta de que estaba famélico. Regresé a Ventura y me dirigí hacia Studio City. Era temprano, especialmente para ser el día siguiente de San Patricio, y llegué a DuPar's de Laurel Canyon Boulevard antes de que se llenara. Conseguí un reservado en la parte de atrás y pedí una pila pequeña de creps y café. Traté de olvidarme de Maggie McFiera abriendo mi maletín y sacando un bloc de notas y el expediente de Roulet.

Antes de sumergirme en los archivos hice una llamada a Raul Levin y lo desperté en su casa de Glendale.

—Tengo trabajo para ti —dije.

—¿No puede esperar hasta el lunes? Acabo de llegar a casa hace un par de horas. Iba a empezar el fin de semana hoy.

—No, no puede esperar y me debes una después de lo de ayer. Además, ni siquiera eres irlandés. Necesito el historial de alguien.

—Vale, espera un minuto.

Oí que dejaba el teléfono mientras probablemente cogía un bolígrafo y papel para tomar notas.

—Venga, adelante.

—Hay un tipo llamado Corliss que tenía que ir después de Roulet el día siete. Estaba en el primer grupo que salió y estuvieron juntos en el corral. Ahora está tratando de dar el soplo sobre Roulet y quiero saber todo lo posible sobre ese tipo para poder crucificarlo.

—¿Conoces el nombre?

—No.

—¿Sabes por qué lo detuvieron?

—No, y ni siquiera sé si sigue allí.

—Gracias por la ayuda. ¿Qué va a decir que le dijo Roulet?

—Que apalizó a una puta que se lo merecía. Algo así.

—Vale, ¿qué más tienes?

—Nada más, salvo que me han contado que es un soplón habitual. Descubre a quién ha delatado en el pasado y si puede haber algo que pueda usar. Remóntate todo lo que puedas con este tipo. La gente de la fiscalía normalmente no lo hace. Les da miedo lo que podrían descubrir y prefieren ser ignorantes.

—Vale, me pondré con eso.

—Infórmame en cuanto sepas algo.

Cerré el teléfono cuando llegaron mis creps. Las rocié abundantemente con jarabe de arce y empecé a comer mientras revisaba el archivo que contenía los hallazgos de la fiscalía.

El informe sobre el arma continuaba siendo la única sorpresa. El resto del contenido de la carpeta, salvo las fotos en color, ya lo había visto en el archivo de Levin.

Avancé en eso. Como era de esperar con un investigador a sueldo, Levin había engrosado el archivo con todo lo que había encontrado en la red que había tejido. Incluso tenía copias de las multas de aparcamiento y exceso de velocidad que Roulet había acumulado y no había pagado en años recientes. Al principio me molestó porque había mucho entre lo que espigar para llegar a lo que iba a ser relevante para la defensa de Roulet.

Casi lo había revisado todo cuando la camarera pasó junto a mi reservado con una jarra de café para llenarme la taza. Retrocedió al ver el rostro apaleado de Reggie Campo en una de las fotos en color que había puesto a un lado de las carpetas.

—Lo siento —dije.

Tapé la foto con una de las carpetas y volví a llamarla. La camarera retornó vacilantemente y me sirvió café.

—Es trabajo —dije a modo de débil explicación—. No pensaba hacerle esto a usted.

—Lo único que puedo decir es que espero que coja al cabrón que le hizo eso.

Asentí. Me había tomado por un poli. Probablemente porque no me había afeitado en veinticuatro horas.

—Estoy trabajando en ello —dije.

La camarera se alejó y yo volví a concentrarme en la carpeta. Al deslizar la foto de Reggie Campo de debajo vi en primer lugar la parte no herida de su rostro. La parte izquierda. Algo me impactó y sostuve la carpeta en posición de manera que me quedé mirando sólo la mitad intacta de su rostro. La ola de familiaridad me invadió de nuevo. Pero de nuevo no pude situar su origen. Sabía que esa mujer se parecía a otra mujer a la que conocía o al menos con la que estaba familiarizado. Pero ¿a quién?

También sabía que esa impresión iba a inquietarme hasta que lo descubriera. Pensé en ello mucho tiempo, dando sorbos al café y tamborileando con los dedos en la mesa hasta que decidí intentar algo. Cogí el retrato del rostro de Campo y lo doblé en vertical por la mitad, de manera que a un lado del pliegue estaba el lado derecho herido de su rostro y el otro mostraba el izquierdo perfecto. Me guardé la foto doblada en el bolsillo interior de mi chaqueta y me levanté del reservado.

No había nadie en el cuarto de baño. Rápidamente fui al lavabo y saqué la foto doblada. Me incliné sobre la pila y apoyé el pliegue de la foto contra el espejo, con el lado intacto del rostro de Reggie Campo expuesto. El espejo reflejó la imagen, creando una cara completa y sin heridas. La miré un buen rato hasta que finalmente me di cuenta de por qué la cara me resultaba familiar.

—Martha Rentería —dije.

La puerta del lavabo se abrió de repente y entraron dos adolescentes con las manos ya en la cremallera. Rápidamente retiré la foto del espejo y me la guardé en la chaqueta. Me volví y caminé hacia la puerta. Oí que estallaban en carcajadas en cuanto yo salí. No pude imaginar qué era lo que habían pensado que estaba haciendo.

De nuevo en el reservado recogí mis archivos y fotos y lo metí todo en mi maletín. Dejé una más que adecuada cantidad de efectivo en la mesa para la cuenta y la propina y salí apresuradamente del restaurante. Me sentía como si estuviera experimentando una extraña reacción alérgica. Tenía la cara colorada y sentía calor debajo del cuello de la camisa. Podía oír los latidos de mi corazón debajo de la ropa.

Quince minutos después había aparcado delante de mi almacén en Oxnard Avenue, en North Hollywood. Tenía un espacio de ciento cincuenta metros cuadrados detrás de unas puertas de garaje de doble ancho. El dueño era un hombre a cuyo hijo defendí en un caso de posesión, y al que le conseguí un programa de rehabilitación para impedir que entrara en prisión. Como pago de mi minuta, el padre me cedió el almacén por un año. Pero el hijo era un drogadicto que no paraba de meterse en problemas y yo no paraba de conseguir años de alquiler gratuito del almacén.

En el almacén guardaba la información de casos archivados junto con dos Lincoln Town Car. El año anterior, cuando iba bien de dinero, compré cuatro Lincoln de golpe para obtener una tarifa de flota. El plan era usar cada Lincoln hasta los cien mil kilómetros y luego dejarlo en un servicio de limusinas para que lo usaran para trasladar pasajeros del aeropuerto. De momento estaba funcionando. Iba por el segundo Lincoln y pronto llegaría el momento para el tercero.

Una vez que levanté una de las puertas del garaje fui a la zona de archivos, donde las cajas estaban ordenadas por años en una estantería industrial. Encontré la sección de los estantes correspondiente a dos años antes y pasé el dedo por la lista de clientes escrita en el lado de cada caja hasta que encontré la de Jesús Menéndez.

Saqué la caja del estante, me agaché y la abrí en el suelo. El caso Menéndez había sido corto. Aceptó un acuerdo pronto, antes de que el fiscal lo retirara. Así que sólo había cuatro carpetas y éstas en su mayoría contenían copias de documentos relacionados con la investigación policial. Hojeé los archivos buscando fotografías y finalmente vi la que estaba buscando en la tercera carpeta.

Martha Rentería era la mujer de cuyo homicidio se había declarado culpable Jesús Menéndez. Era una bailarina de veinticuatro años con una belleza oscura y una sonrisa de dientes grandes y blancos. La habían apuñalado en su apartamento de Panorama City. La habían golpeado antes de acuchillarla y sus heridas faciales estaban en el lado izquierdo del rostro, el opuesto a Reggie Campo. Miré el primer plano de su rostro que contenía el informe de la autopsia. Una vez más doblé la foto en vertical, con un lado de la cara intacto y el otro herido.

En el suelo cogí las dos fotografías dobladas, una de Reggie y una de Martha, y las encajé a lo largo de la línea de pliegue. Dejando aparte el hecho de que una mujer estaba muerta y la otra no, los medios rostros encajaban casi a la perfección. Las dos mujeres se parecían tanto que habrían pasado por hermanas.

18

Jesús Menéndez estaba cumpliendo cadena perpetua en San Quintín porque se había limpiado el pene con la toalla del cuarto de baño. No importa cómo uno lo mirara, el caso se reducía a eso. Esa toalla había sido su mayor error.

Sentado con las piernas abiertas en el suelo de hormigón de mi almacén, con el contenido de los archivos del caso Menéndez esparcidos delante de mí, me estaba familiarizando otra vez con los hechos del caso en el que había trabajado dos años antes. Menéndez fue condenado por matar a Martha Rentería en Panorama City, después de seguirla a su casa desde un club de estriptis de East Hollywood llamado The Cobra Room. La violó y luego la acuchilló más de cincuenta veces. Salió tanta sangre del cadáver que ésta se filtró desde la cama y formó un charco en el suelo de madera que había debajo. Un día más tarde se había filtrado por las rendijas del suelo y había empezado a gotear desde el techo del piso de abajo. Fue entonces cuando llamaron a la policía.

Las pruebas contra Menéndez eran formidables pero circunstanciales. El acusado también se había causado daño a sí mismo al admitir ante la policía —antes de que yo me hiciera cargo del caso— que había estado en el apartamento la noche del asesinato. Pero fue el ADN en la toallita rosa del cuarto de baño de la víctima lo que en última instancia lo condenó. No se podía neutralizar. Era un plato que giraba y que era imposible de detener. Los profesionales de la defensa llaman «iceberg» a una prueba así, porque es la prueba que hunde el barco.

Había aceptado el caso de asesinato de Menéndez pensando que era una gran causa perdida. Menéndez no tenía dinero para pagar el tiempo y esfuerzo que costaría montar una defensa concienzuda, sin embargo, el caso había atraído no poca atención de los medios, y yo estaba dispuesto a cambiar mi tiempo y mi trabajo por la publicidad gratuita. Menéndez había acudido a mí porque unos meses antes de su detención yo había defendido con éxito a su hermano mayor, Fernando, en un caso de drogas. Al menos en mi opinión había tenido éxito. Había conseguido que una acusación de posesión y venta de heroína se redujera a simple posesión. Lo condenaron a libertad vigilada en lugar de prisión.

Ese buen trabajo resultó en que Fernando me llamara la noche en que Jesús fue detenido por el asesinato de Martha Rentería. Jesús había ido a la División de Van Nuys para hablar voluntariamente con los detectives. Los canales de televisión de la ciudad habían mostrado su retrato robot y éste aparecía con mucha frecuencia, en particular en los canales hispanos. Menéndez le dijo a su familia que iría a ver a los detectives para aclarar las cosas y volvería. Pero nunca volvió, así que su hermano me llamó. Le dije al hermano que la lección que tenía que aprender es que uno nunca va a ver a los detectives para aclarar las cosas antes de consultar con un abogado.

Antes de que el hermano me llamara, yo ya había visto numerosas noticias en televisión sobre el asesinato de la bailarina exótica, como habían bautizado a Rentería. En las noticias se mostraba el retrato robot del varón latino que se creía que había seguido a la víctima desde el club. Sabía que el interés de los medios previo a la detención significaba que el caso probablemente seguiría siendo llevado a la conciencia pública por las noticias de televisión y yo podría sacar provecho. Acepté hacerme cargo del caso gratis. *Pro bono*. Por el bien del sistema. Además, los casos de asesinato son pocos y espaciados. Los cojo cuando puedo. Menéndez era el duodécimo acusado de asesinato al que había defendido. Los once primeros continuaban en prisión, pero ninguno de ellos estaba en el corredor de la muerte. Consideraba que eso era un buen registro.

Cuando vi por primera vez a Menéndez en el calabozo de la División de Van Nuys él ya había hecho una declaración ante la policía que lo implicaba. Había dicho a los detectives Howard Kurlen y Don Crafton que no había seguido a Rentería a su casa como sugerían las noticias, sino que ella lo había invitado a su apartamento. Explicó que ese mismo día había ganado mil cien dólares en la lotería de California y que quería gastar parte de ese dinero a cambio de ciertas atenciones de Rentería. Dijo que en el apartamento de ésta hubo sexo consentido —aunque él no usó estas palabras— y que cuando se fue estaba viva y era quinientos dólares en efectivo más rica.

Los agujeros que Kurlen y Crafton hicieron en la declaración de Menéndez eran numerosos. En primer lugar, no había habido sorteo de lotería del estado el día del asesinato ni el día anterior, y el minimercado del barrio donde el acusado declaró que había cobrado su boleto ganador no tenía registro de haber pagado mil cien dólares a Menéndez ni a nadie. Además, en el apartamento de la víctima sólo se encontraron ochenta dólares en efectivo. Y por último, el informe de la autopsia indicaba que hematomas y otras heridas en el interior de la vagina de la víctima descartaban lo que podía considerarse relaciones sexuales consentidas. El forense concluyó que había sido brutalmente violada.

No había otras huellas dactilares que las de la víctima en el apartamento. El lugar había sido limpiado. No se encontró semen en el cuerpo de la víctima, lo cual indicaba que el violador había usado un condón o no había eyaculado durante la agresión. Sin embargo, en el cuarto de baño del dormitorio donde se había desarrollado la agresión y asesinato, un investigador de la escena del crimen encontró, usando una luz negra, una pequeña cantidad de semen en una toallita rosa colgada junto al lavabo. La teoría era que después de la violación y asesinato, el criminal había entrado en el cuarto de baño, se había quitado el condón y lo había tirado al váter. Después se había limpiado el pene en la toalla cercana y a continuación había vuelto a colgar la toalla en su sitio. Cuando limpió después del crimen las superficies que podría haber tocado se olvidó de la toalla.

Los investigadores se guardaron el descubrimiento del ADN y la teoría que lo acompañaba en secreto. Nunca salió en los medios. Sería la carta tapada de Kurlen y Crafton.

Basándose en las mentiras de Menéndez y en su reconocimiento de que había estado en el apartamento de la víctima, éste fue detenido como sospechoso de asesinato y retenido sin posibilidad de fianza. Los detectives consiguieron una orden de registro y raspados orales de Menéndez fueron enviados al laboratorio para realizar una comparación entre su ADN y el recogido en la toalla del cuarto de baño.

Así estaban las cosas cuando yo entré en el caso. Como dicen en mi profesión, para entonces el *Titanic* ya había salido del muelle. El iceberg estaba aguardando. Menéndez se había causado mucho daño al hablar —y mentir— a los detectives. Inconsciente todavía de la comparación de ADN que estaba en camino, vi un rayo de esperanza para Jesús Menéndez. Había que preparar una estrategia que neutralizara su interrogatorio con los detectives, el cual, por cierto, se convirtió en una confesión total cuando lo anunciaron los medios. Menéndez había nacido en México y había venido a Estados Unidos a los ocho años. Su familia hablaba únicamente español en casa y él había asistido a una escuela para castellanohablantes hasta que la dejó a los catorce años. Hablaba un inglés sólo rudimentario, y su nivel de comprensión del lenguaje me pareció inferior incluso a su nivel al hablarlo. Kurlen y Crafton no hicieron ningún esfuerzo para conseguirle un traductor y, según la cinta del interrogatorio, nunca le preguntaron a Menéndez si deseaba uno.

Ésa era la rendija por la que quería meterme. El interrogatorio era la base de la acusación contra Menéndez. Era el plato que giraba. Si podía hacerlo caer, la mayoría de los otros platos caerían con él. Mi plan consistía en alegar que el interrogatorio era una violación de los derechos constitucionales de Menéndez, porque éste no había entendido los derechos que le había leído Kurlen ni el documento que enumeraba esos derechos en inglés y que el acusado había firmado a petición del detective.

Ahí era donde estaba el caso hasta que dos semanas después de la detención de Menéndez llegaron los resultados del laboratorio, según los cuales su ADN coincidía con el encontrado en la toalla del cuarto de baño de la víctima. Después de eso, el fiscal no necesitaba el interrogatorio ni sus admisiones. El ADN ponía a Menéndez directamente en la escena de una brutal violación y asesinato. Podía intentar una defensa al estilo de la de O. J. Simpson, es decir, atacar la credibilidad de una coincidencia de ADN. Sin embargo, los fiscales y los técnicos de laboratorio habían aprendido demasiado en los años transcurridos desde aquella debacle y sabía que era improbable imponerse a un jurado. El ADN era el iceberg y la inercia del barco impedía esquivarlo a tiempo.

El mismo fiscal del distrito reveló el hallazgo del ADN en una conferencia de prensa y anunció que su oficina buscaría la pena de muerte para Menéndez. Añadió que los detectives también habían localizado a tres testigos que habían visto a Menéndez arrojar una navaja al río Los Ángeles. El fiscal dijo que se había buscado la navaja en el río, pero que no se había encontrado. Aun así, calificó los relatos de los testigos de sólidos, porque eran los tres compañeros de habitación de Menéndez.

Basándome en las pruebas con que contaba la fiscalía y en la amenaza de la pena capital, decidí que la defensa al estilo de O. J. sería demasiado arriesgada. Utilizando a Fernando Menéndez como traductor, fui a la prisión de Van Nuys y expliqué a Jesús que su única esperanza era un acuerdo que el fiscal me había hecho llegar. Si Menéndez se declaraba culpable del asesinato le conseguiría una cadena perpetua con la posibilidad de condicional. Le dije que saldría en quince años. Le aseguré que era el único camino.

Fue una discusión entre lágrimas. Ambos hermanos lloraron y me imploraron que encontrara otro camino. Jesús insistió en que no había matado a Martha Rentería. Dijo que había mentido a los detectives para proteger a Fernando, que le había dado el dinero procedente de un buen mes de vender heroína cortada. Jesús pensó que revelar la generosidad de su hermano habría conducido a otra investigación de Fernando y a su posible detención.

Los hermanos me instaron a investigar el caso. Jesús me dijo que Rentería había tenido otros interesados esa noche en The Cobra Room. La razón de que le pagara tanto dinero era porque había rechazado otra oferta por sus servicios.

Por último, Jesús me dijo que era cierto que había arrojado una navaja al río, pero que lo había hecho porque estaba asustado. No era el arma homicida. Era sólo una navaja que usaba en trabajos de un día que cogía en Pacoima. Se parecía a la que estaban describiendo en el canal hispano y se deshizo de ella antes de acudir a la policía para aclarar las cosas.

Yo escuché y luego les dije que ninguna de sus explicaciones importaba. Lo único que importaba era el ADN. Jesús tenía elección. Podía cumplir quince años, o bien ir a juicio y arriesgarse a la pena de muerte o a la cadena perpetua sin posibilidad de condicional. Le recordé a Jesús que era un hombre joven. Podía salir a los cuarenta. Todavía podría disfrutar de una nueva vida.

Cuando salí de la reunión en el calabozo, contaba con el consentimiento de Jesús Menéndez para cerrar el trato. Sólo lo vi una vez más después de eso. En su vista para el acuerdo y sentencia, cuando me puse a su lado delante del juez y lo preparé para la declaración de culpabilidad. Fue enviado a Pelican Bay inicialmente y después a San Quintín. Había oído a través de radio macuto que habían vuelto a detener a su hermano, esta vez por consumir heroína. Pero no me llamó. Fue con un abogado diferente y a mí no me costó mucho imaginar el porqué.

En el suelo del almacén abrí el informe de la autopsia de Martha Rentería. Estaba buscando dos cosas específicas que probablemente nadie había mirado de cerca antes. El caso estaba cerrado. Nadie se preocupaba más por ese archivo.

La primera parte del informe trataba de las cincuenta y tres puñaladas asestadas a Rentería durante la agresión sufrida en su cama. Debajo de la cabecera «perfil de las heridas», el arma desconocida era descrita como una hoja no más larga de doce centímetros y no más ancha de dos. Su grosor se situaba alrededor de tres milímetros. También se hacía notar en el informe que la existencia de piel desgarrada en la parte superior de las heridas de la víctima indicaba que la parte superior de la hoja tenía una línea irregular, a saber, que estaba diseñada como un arma que podría infligir daño tanto al entrar como al salir. La escasa longitud de la hoja apuntaba que el arma podía ser una navaja plegable.

Había un torpe dibujo en el informe que describía la silueta de la hoja sin el mango. Me parecía familiar. Puse el maletín en el suelo de donde lo había dejado y lo abrí. Saqué de la carpeta de hallazgos la foto de la navaja plegable en cuyo filo Louis Roulet había hecho grabar sus iniciales. Comparé la hoja con la silueta dibujada en la página del informe de la autopsia. No era una coincidencia exacta, pero se parecía mucho.

Saqué a continuación el informe del análisis del arma recuperada y leí el mismo párrafo que había leído durante la reunión en la oficina de Roulet el día anterior. La navaja era descrita como una Black Ninja plegable hecha por encargo con una hoja que medía doce centímetros, tenía una anchura de dos centímetros y tres milímetros de grosor: las mismas medidas que el arma desconocida utilizada para matar a Martha Rentería. La navaja que Jesús Menéndez supuestamente lanzó al río Los Ángeles.

Sabía que una navaja de doce centímetros no era única. Nada era concluyente, pero mi instinto me decía que me estaba moviendo hacia algo. Traté de no dejar que el ardor que me subía por mi pecho y la garganta me distrajera. Traté de seguir enfocado. Seguí adelante. Necesitaba comprobar una herida específica, pero no quería mirar las fotos contenidas en la parte de atrás de la carpeta, las fotos que fríamente documentaban el horriblemente violado cuerpo de Martha Rentería. Busqué la página que describía los perfiles corporales genéricos, el anterior y el posterior. Uno de los médicos forenses había marcado las heridas y las había numerado. Sólo se había usado el perfil frontal. Puntos y números del 1 al 53. Parecía un macabro pasatiempo de conectar los puntos y no tenía dudas de que Kurlen, o algún otro de los detectives que buscaban algo en los días anteriores a la detención de Menéndez, los habría conectado, esperando que el asesino hubiera dejado sus iniciales o algún tipo de estrambótica pista.

Estudié el perfil del cuello y vi dos puntos en ambos lados. Llevaban los números 1 y 2. Volví la página y miré la lista de descripciones de las heridas individuales.

La descripción de la herida número 1 decía: «Punción superficial en la parte inferior derecha del cuello con niveles de histamina ante mórtem, indicativa de herida coercitiva.»

La descripción de la herida número 2 decía: «Punción superficial en la parte inferior izquierda del cuello con niveles de histamina ante mórtem, indicativa de herida coercitiva. Esta punción mide 1 cm, es más grande que la herida número 1.»

Las descripciones significaban que las heridas habían sido infligidas cuando Martha Rentería continuaba con vida. Y probablemente por eso habían sido las primeras heridas enumeradas y descritas. El forense había sugerido que probablemente esas heridas eran resultado de un cuchillo sostenido contra el cuello de la víctima a modo de coerción. Era el método de controlarla del asesino.

Me centré de nuevo en el archivo de hallazgos del caso Campo. Saqué las fotografías de Reggie Campo y el informe de su examen físico en el Holy Cross Medical Center. Campo presentaba una pequeña herida de punción en la parte inferior izquierda del cuello y ninguna herida en el lado derecho. Después examiné su declaración ante la policía hasta que encontré la parte en la que describía cómo la hirieron. Ella declaró que su agresor la levantó del suelo para llevarla a la sala de estar y le dijo que lo llevara al dormitorio. La controló desde atrás agarrando el tirante de su sujetador en su espalda con la mano derecha y sosteniendo la punta de la navaja en el lado izquierdo de su cuello con su mano izquierda. Al sentir que el agresor descansaba momentáneamente la muñeca en su hombro, Campo pasó a la acción, pivotando de repente y empujándolo hacia atrás. Consiguió derribar a su agresor sobre un gran jarrón que había en el suelo, y huyó a continuación.

Pensé que había entendido por qué Reggie Campo sólo tenía una herida en el cuello, a diferencia de las dos que presentaba Martha Rentería. Si el agresor de Campo hubiera llegado a su dormitorio y la hubiera tumbado en la cama, se habría encontrado de cara a la víctima al colocarse encima de ella. Si hubiera mantenido la navaja en la misma mano —la izquierda— el filo habría quedado al otro lado del cuello. Cuando la hubieran encontrado muerta en la cama, la víctima habría presentado punciones coercitivas en ambos lados del cuello.

Dejé a un lado los archivos y me senté con las piernas cruzadas sin moverme durante un buen rato. Mis pensamientos eran susurros en la oscuridad interior. En mi mente mantuve la imagen del rostro surcado por las lágrimas de Jesús Menéndez cuando me había dicho que era inocente, cuando me había rogado que le creyera y yo le había dicho que debía declararse culpable. Había dispensado algo más que consejo legal. Él no tenía dinero, ni defensa ni oportunidad —en ese orden— y yo le había dicho que no tenía elección. Y aunque en última instancia fue decisión suya y la palabra «culpable» salió de su boca delante del juez, sentía que había sido yo, su propio abogado, sosteniendo el cuchillo del sistema contra su cuello, quien le había obligado a decirlo.

19

Salí del enorme complejo nuevo de alquiler de vehículos del aeropuerto internacional de San Francisco a la una en punto y me dirigí hacia el norte, hacia la ciudad. El Lincoln que me dieron olía como si su último usuario hubiera sido un fumador, quizás el que lo había alquilado o bien el tipo que lo había limpiado para entregármelo a mí.

No sé cómo llegar a ninguna parte en San Francisco. Sólo sé atravesarlo. Tres o cuatro veces al año he de ir a la prisión de la bahía, San Quintín, para hablar con clientes o testigos. Podría decirles cómo llegar allí sin ningún problema. Pero si me preguntan cómo ir a la Coit Tower o al Muelle del Pescador me pondrían en apuros.

Cuando había atravesado la ciudad y cruzado por el Golden Gate, eran casi las dos. Iba bien de tiempo. Sabía por experiencia que el horario de visita de abogados terminaba a las cuatro.

San Quintín tiene más de un siglo y da la sensación de que las almas de todos los prisioneros que vivieron y murieron allí están grabadas en sus paredes oscuras. Era una prisión tan deprimente como cualquiera de las que había visitado, y en un momento u otro había estado en todas las de California.

Registraron mi maletín y me hicieron pasar por un detector de metales. Después, me pasaron un detector de mano

por encima para asegurarse todavía más. Ni siquiera entonces me permitieron un contacto directo con Menéndez, porque no había programado la entrevista con los cinco días de
antelación que se requerían. Así que me pusieron en una sala
que impedía el contacto, con una pared de plexiglás entre
nosotros con agujeros del tamaño de monedas para hablar.
Le mostré al vigilante el conjunto de seis fotos que quería
darle a Menéndez y él me dijo que tendría que mostrárselas
a través del plexiglás. Me senté, aparté las fotos y no tuve que
esperar demasiado hasta que llevaron a Menéndez al otro
lado del cristal.

Dos años antes, cuando lo enviaron a prisión, Jesús Menéndez era un hombre joven. Ahora ya aparentaba los cuarenta, la edad a la que le había dicho que saldría si se declaraba culpable. Me miró con ojos tan muertos como las piedras
de gravilla del aparcamiento. Me vio y se sentó a regañadientes. Yo ya no le servía de nada.

No se molestó en saludar, y yo fui directo al grano.

—Mira, Jesús, no he de preguntarte cómo has estado.
Lo sé. Pero ha surgido algo que puede afectar a tu caso. He
de hacerte unas pocas preguntas. ¿Me entiendes?

—¿Por qué pregunta ahora? Antes no tenía preguntas.

Asentí.

—Tienes razón. Debería haberte hecho más preguntas entonces y no lo hice. No sabía lo que sé ahora. O al menos lo que creo que sé ahora. Estoy tratando de arreglar las
cosas.

—¿Qué quiere?

—Quiero que me hables de esa noche en The Cobra
Room.

Él se encogió de hombros.

—La chica estaba allí y le hablé. Me dijo que la siguiera
a casa. —Se encogió de hombros otra vez—. Fui a su casa,
pero yo no la maté así.

—Vuelve al club. Me dijiste que tuviste que impresionar

a la chica, que tuviste que mostrarle el dinero y que gastaste más de lo que querías. ¿Recuerdas?

—Es así.

—Dijiste que había otro tipo que quería llegar a ella. ¿Te acuerdas de eso?

—Sí, estaba allí hablando. Ella fue a él, pero volvió a mí.

—Tuviste que pagarle más, ¿verdad?

—Eso.

—Vale, ¿recuerdas a ese tipo? Si vieras una foto de él ¿lo recordarías?

—¿El tipo que habló? Creo que lo recuerdo.

—Vale.

Abrí mi maletín y saqué las fotos de ficha policial. Había seis fotos que incluían la foto de la detención de Louis Roulet y las de otros cinco hombres cuyos retratos había sacado de mis cajas de archivos. Me levanté y uno por uno empecé a colocarlas en el cristal.

Pensaba que si extendía los dedos podría aguantar las seis contra el cristal. Menéndez se levantó y miró de cerca las fotos.

Casi inmediatamente una voz atronó a través del altavoz del techo.

—Apártese del cristal. Los dos apártense del cristal y permanezcan sentados o la entrevista se acabará.

Negué con la cabeza y maldije. Recogí las fotos y me senté. Menéndez también volvió a sentarse.

—¡Guardia! —dije en voz alta.

Miré a Menéndez y esperé. El guardia no entró en la sala.

—¡Guardia! —lo llamé otra vez, en voz más alta.

Finalmente, la puerta se abrió y el guardia entró a mi lado en la sala de entrevistas.

—¿Ha terminado?

—No. Necesito que mire estas fotos.

Levanté la pila.

—Enséñeselas a través del cristal. No está autorizado a recibir nada de usted.

—Pero voy a llevármelas otra vez enseguida.

—No importa. No puede darle nada.

—Pero si no le deja acercarse al cristal, ¿cómo va a verlas?

—No es mi problema.

Levanté las manos en ademán de rendición.

—Muy bien, de acuerdo. ¿Entonces puede quedarse un minuto?

—¿Para qué?

—Quiero que vea esto. Le voy a mostrar las fotos y si identifica a alguien quiero que sea testigo de ello.

—No me meta en sus gilipolleces.

Caminó hacia la puerta y salió.

—Maldita sea —dije.

Miré a Menéndez.

—Muy bien, Jesús, te las voy a enseñar de todos modos. Mira si reconoces a alguien desde donde estás sentado.

Una a una fui levantando las fotos a unos treinta centímetros del cristal. Menéndez se inclinó hacia delante. Cuando le enseñé las cinco primeras miró y reflexionó un momento, pero luego negó con la cabeza. En cambio en la sexta foto sus ojos se encendieron.

Parecía que aún quedaba algo de vida en ellos.

—Ése —dijo—. Es él.

Giré la foto hacia mí para asegurarme. Era Roulet.

—Lo recuerdo —dijo Menéndez—. Es él.

—¿Estás seguro?

Menéndez asintió con la cabeza.

—¿Por qué estás tan seguro?

—Porque lo sé. Aquí dentro pienso siempre en esa noche.

Asentí con la cabeza.

—¿Quién es? —preguntó.

—No puedo decírtelo ahora mismo. Sólo quiero que sepas que voy a intentar sacarte de aquí.

—¿Qué hago?

—Lo que has estado haciendo. Quédate en calma, ten cuidado y mantente a salvo.

—¿A salvo?

—Lo sé. Pero en cuanto tenga algo, te lo diré. Voy a intentar sacarte de aquí, Jesús, pero podría tardar un poco.

—Usted me dijo que viniera aquí.

—En aquel momento no pensé que hubiera elección.

—¿Cómo es que nunca me preguntó si maté a esa chica? Usted era mi abogado, joder. No le importó. No escuchó.

Me levanté y llamé al guardia en voz alta. Entonces respondí a su pregunta.

—Para defenderte legalmente no necesitaba conocer la respuesta a esa pregunta. Si le preguntara a mis clientes si son culpables de los delitos de que los acusan, muy pocos me dirían la verdad. Y si lo hicieran, no podría defenderlos con lo mejor de mi habilidad.

El guardia abrió la puerta y me miró.

—Estoy listo para salir —dije.

Miré el reloj y calculé que si tenía suerte con el tráfico podría coger el puente aéreo de las cinco en punto a Burbank. O el de las seis como muy tarde. Dejé las fotos en mi maletín y lo cerré. Miré de nuevo a Menéndez, que continuaba en la silla, al otro lado del cristal.

—¿Puedo poner mi mano en el cristal? —le pregunté al guardia.

—Dese prisa.

Me incliné por encima del mostrador y puse mi mano en el cristal, con los dedos separados. Esperé que Menéndez hiciera lo mismo, creando un apretón de manos carcelario.

Menéndez se levantó, se inclinó hacia delante y escupió en el cristal, donde estaba mi mano.

—Nunca me dio la mano —dijo—. No se la daré ahora.

Asentí. Pensé que lo entendía.

El guardia esbozó una sonrisita y me dijo que saliera. Al

cabo de diez minutos estaba fuera de la prisión, caminando por el suelo de gravilla hacia mi coche de alquiler.

Había recorrido seiscientos kilómetros para cinco minutos, pero esos minutos habían sido devastadores. Creo que el punto más bajo de mi vida y de mi carrera profesional llegó una hora después, cuando estaba en el servicio de tren del alquiler de coches, de camino a la terminal de United. Ya no me concentraba en la conducción ni en llegar a tiempo y sólo tenía el caso en que pensar. Los casos, mejor dicho.

Me incliné, clavé los codos en las rodillas y hundí la cara entre mis manos. Mi mayor temor se había hecho realidad, se había hecho realidad dos años antes y no me había enterado. Hasta ese momento. Se me había presentado la inocencia, pero yo no la había podido asir, sino que la había arrojado a las fauces de la maquinaria del sistema, como todo lo demás. Ahora era una inocencia fría, gris, tan muerta como la gravilla y encerrada en una fortaleza de piedra y acero. Y yo tenía que vivir con eso.

No había solaz en la alternativa, en la certeza de que si hubiera echado los dados e ido a juicio, probablemente Jesús estaría en ese momento en el corredor de la muerte. No podía haber consuelo en saber que se había evitado ese destino, porque yo sabía tan bien como podía saber cualquier otra cosa en el mundo que Jesús Menéndez era inocente. Algo tan raro como un verdadero milagro —un hombre inocente— había acudido a mí y yo no lo había reconocido. Le había dado la espalda.

—¿Un mal día?

Levanté la mirada. Un poco más lejos en el vagón había un hombre sentado de cara a mí. Éramos los únicos en ese enlace. Parecía diez años mayor que yo y su calvicie le hacía parecer más sabio. Quizás incluso era abogado, pero no me interesaba.

—Estoy bien —dije—. Sólo cansado.

Y levanté una mano con la palma hacia fuera, una señal de que no quería conversación. Normalmente viajo con unos auriculares como los de Earl. Me los pongo y el cable va a un bolsillo de la chaqueta. No están conectados con nada, pero evitan que la gente me hable. Había tenido demasiada prisa esa mañana para pensar en ellos. Demasiada prisa para alcanzar ese punto de desolación.

El hombre del tren captó el mensaje y no dijo nada más. Yo volví a mis oscuros pensamientos acerca de Jesús Menéndez. El resumen era que creía que tenía un cliente que era culpable del asesinato por el cual otro cliente cumplía cadena perpetua. No podía ayudar a uno sin perjudicar al otro. Necesitaba una respuesta. Necesitaba un plan. Necesitaba pruebas. Pero por el momento, en el tren, sólo podía pensar en los ojos apagados de Jesús Menéndez, porque sabía que era yo quien les había robado la vida.

20

En cuanto bajé del puente aéreo en Burbank encendí el móvil. No había trazado un plan, pero sí había pensado en mi siguiente paso y éste era llamar a Raul Levin. El teléfono vibró en mi mano, lo que significaba que tenía mensajes. Decidí que los escucharía después de poner en marcha a Levin.

Respondió a mi llamada y lo primero que me preguntó era si había recibido su mensaje.

—Acabo de bajar de un avión —dije—. Me lo he perdido.

—¿Un avión? ¿Adónde has ido?

—Al norte. ¿Cuál era el mensaje?

—Sólo una actualización sobre Corliss. Si no llamabas por eso, ¿por qué llamabas?

—¿Qué haces esta noche?

—Me quedo por aquí. No me gusta salir los viernes y sábados. Demasiada gente, demasiados borrachos en la carretera.

—Bueno, quiero que nos veamos. He de hablar con alguien. Están ocurriendo cosas malas.

Levin aparentemente percibió algo en mi voz, porque inmediatamente cambió su política de quedarse en casa el viernes por la noche y quedamos en el Smoke House, al lado de los estudios de la Warner. No estaba lejos de donde yo me encontraba ni tampoco de la casa de Levin.

En la ventanilla del aeropuerto le di mi tíquet a un hombre con chaqueta roja y comprobé los mensajes mientras esperaba el Lincoln. Había recibido tres mensajes, todos durante el vuelo de un ahora desde San Francisco. El primero era de Maggie McPherson.

«Michael, sólo quería llamarte y disculparme por cómo te he tratado esta mañana. A decir verdad, estaba enfadada conmigo misma por algunas de las cosas que dije anoche y por las decisiones que tomé. Te lo cargué a ti y no debería haberlo hecho. Hum, si quieres llevarte a Hayley mañana o el domingo a ella le encantará y, quién sabe, quizá pueda ir yo también. Bueno, dime algo.»

Ella no me llamaba «Michael» con mucha frecuencia, ni siquiera cuando estábamos casados. Era una de esas mujeres que podía llamarte por el apellido y hacer que sonara cariñoso. Cuando quería, claro. Siempre me había llamado «Haller». Desde el día que nos conocimos en la cola para pasar un detector de metales en el tribunal central. Ella iba a orientación en la oficina del fiscal y yo iba al tribunal de faltas por un caso de conducción bajo los efectos del alcohol.

Guardé el mensaje para oírlo otra vez en algún momento y pasé al siguiente. Estaba esperando que fuera de Levin, pero la voz automática dijo que la llamada era de un número con el código de área 310. La siguiente voz que oí fue la de Louis Roulet.

«Soy yo, Louis. Sólo pasando revista. Me estaba preguntando dónde estaban las cosas después de lo de ayer. También hay algo que quiero contarle.»

Pulsé el botón de borrado y pasé al tercer y último mensaje. Era el de Levin.

«Eh, jefe, llámame. Tengo material de Corliss. Por cierto, el nombre es Dwayne Jeffery Corliss. Es un yonqui y ha dado un par de soplos más aquí en Los Ángeles. Nada nuevo, ¿eh? La cuestión es que lo detuvieron por robar una moto que probablemente pensaba cambiar por un poco de alquitrán mexicano. Ha cambiado el soplo de Roulet por un programa de internamiento de noventa días en County-USC. Así que no podremos acceder a él ni hablar con él a no ser que lo disponga un juez. Un movimiento muy hábil del fiscal. Bueno, lo sigo investigando. Ha salido algo en Internet en Phoenix que tiene buena pinta si es el mismo tipo. Algo que le estallaría en la cara. Así que esto es todo por ahora. Llámame el fin de semana. Estaré por casa.»

Borré el mensaje y cerré el teléfono.

—Ya no —me dije a mí mismo.

Una vez que oí que Corliss era yonqui no necesitaba saber nada más. Entendí por qué Maggie no se había fiado de ese tipo. Los adictos a la heroína eran la gente más desesperada y poco fiable con la que uno puede cruzarse en la maquinaria del sistema. Si tuvieran la oportunidad delatarían a sus propias madres a cambio de la siguiente dosis o del siguiente programa de metadona. Todos eran unos mentirosos y todos ellos podían ser mostrados como tales en un tribunal.

—No obstante, estaba desconcertado por lo que pretendía el fiscal. El nombre de Dwayne Corliss no figuraba en el material de hallazgos que Minton me había dado. Aun así, el fiscal estaba tomando las precauciones que tomaría con un testigo. Había puesto a Corliss en un programa de noventa días para mantenerlo a salvo. El juicio a Roulet empezaría y terminaría en ese tiempo. ¿Estaba ocultando a Corliss? ¿O simplemente estaba poniendo al soplón en un armario para saber exactamente dónde estaba y dónde estaría en caso de que su testimonio se necesitara en el juicio? Obviamente trabajaba desde la creencia de que yo no sabía nada de Corliss. Y de no haber sido por un resbalón de Maggie McPherson así sería. Sin embargo, seguía siendo un movimiento peligroso. A los jueces no les gustan nada los fiscales que rompen tan abiertamente las reglas de los hallazgos.

Eso me llevó a pensar en una posible estrategia para la defensa. Si Minton era lo bastante tonto para presentar a Corliss en un juicio, yo podría no objetar a las reglas de hallazgos. Podría dejar que pusiera al adicto a la heroína en el estrado para tener la ocasión de hacerlo trizas delante del jurado como un recibo de tarjeta de crédito. Todo dependería de lo que encontrara Levin.

Planeaba decirle que continuara hurgando en Dwayne Jeffery Corliss. Que no se dejara nada.

También pensé en el hecho de que Corliss estuviera en un programa cerrado en County-USC. Levin se equivocaba, lo mismo que Minton, al creer que no podría acceder a ese testigo encerrado. Por coincidencia, mi cliente Gloria Dayton había sido puesta en un programa cerrado en County-USC después de que delatara a su cliente traficante de drogas. Aunque había varios de esos programas en County, era probable que compartiera sesiones de terapia o incluso turnos de comida con Corliss. Quizá no pudiera acceder directamente a Corliss, pero como abogado de Dayton podía acceder a ella, y ella a su vez podía hacerle llegar un mensaje a Corliss.

Me trajeron el Lincoln y le di al hombre de la chaqueta roja un par de dólares. Salí del aeropuerto y me dirigí por Hollywood Way hacia el centro de Burbank, donde estaban todos los estudios.

Llegué al Smoke House antes que Levin y pedí un martini en la barra. En la tele colgada pasaban las últimas noticias del inicio del torneo universitario de baloncesto. Florida había vencido a Ohio en primera ronda. El titular al pie de la pantalla decía «Locura de marzo» en referencia al nombre popular del torneo universitario de veinte días. Levanté mi vaso para brindar. Yo había empezado a experimentar mi propia locura de marzo.

Levin entró y pidió una cerveza antes de sentarse a cenar. Todavía era verde, resto de la noche anterior. Debió de ser una noche tranquila. Quizá todo el mundo había ido al Four Green Fields.

—Al palo, palo, siempre que sea un palo verde —dijo con ese acento irlandés que ya empezaba a hacerse viejo.

Bebió hasta bajar el nivel del vaso lo suficiente para poder caminar con él y nos acercamos a la señorita que asignaba las mesas. Ella nos condujo a un reservado con acolchado rojo en forma de U. Nos sentamos uno enfrente del otro y puse el maletín a mi lado. Cuando la camarera llegó para que pidiéramos el cóctel, pedimos todo: ensaladas, bistecs y patatas. Yo también pedí una ración del pan de ajo y queso especialidad de la casa.

—Está muy bien que no te guste salir en fin de semana —le dije a Levin después de que se alejara la camarera—. Si comes pan de ajo tu aliento puede matar a cualquiera que se te acerque después.

—Correré mis riesgos.

Estuvimos un largo momento en silencio después de eso. Sentía que el vodka se abría camino en mi sentimiento de culpa. Me aseguraría de pedir otro cuando llegaran las ensaladas.

—Bueno —dijo finalmente Levin—. Tú me has llamado.

Asentí.

—Quiero contarte una historia. No conozco ni están establecidos todos los detalles. Pero te la contaré de la forma en que creo que va y me cuentas qué opinas y qué crees que debería hacer. ¿Vale?

—Me gustan las historias. Adelante.

—No creo que te guste ésta. Empieza hace dos años con...

Me detuve y esperé mientras la camarera dejaba nuestras ensaladas y el pan de queso y ajo. Pedí otro martini de vodka aunque sólo me había tomado la mitad del primero. Quería asegurarme de que no hubiera huecos.

—Decía —continué después de que ella se hubo ido— que toda esta historia empieza hace dos años con Jesús Menéndez. Lo recuerdas, ¿verdad?

—Sí, lo mencionamos el otro día. El ADN. Es el cliente del que dices que está en prisión por limpiarse la polla en una toalla rosa.

Levin sonrió porque era verdad que yo con frecuencia había reducido el caso Menéndez a semejante hecho absurdo y vulgar. Lo había usado con frecuencia para echar unas risas al contar batallitas en el Four Green Fields con otros abogados. Eso era antes de saber lo que ahora sabía.

No le devolví la sonrisa.

—Sí, bueno, resulta que Jesús no lo hizo.

—¿Qué quieres decir? ¿Otra persona le limpió la polla en la toalla?

Esta vez Levin se rió en voz alta.

—No, no lo entiendes. Te estoy diciendo que Jesús Menéndez es inocente.

El rostro de Levin se puso serio. Asintió, comprendiendo algo.

—Está en San Quintín. Has ido allí hoy.

Le dije que sí con la cabeza.

—Deja que retroceda y te cuente la historia —dije—. No trabajaste mucho para mí en el caso Menéndez porque no había nada que hacer. Tenían su ADN, su propia declaración inculpatoria y tres testigos que lo vieron tirar una navaja al río. Nunca encontraron la navaja, pero tenían testigos, sus propios compañeros de habitación. Era un caso sin esperanza. La verdad es que lo acepté por su valor publicitario. Así que básicamente lo único que hice fue conseguirle un acuerdo. No le gustó, dijo que no lo había hecho, pero no tenía elección. El fiscal iba a buscar la pena capital. Le habría caído eso o perpetua sin condicional. Yo le conseguí perpetua con condicional e hice que el cabrón aceptara. Yo lo hice.

Miré la ensalada que no había tocado y me di cuenta de que no tenía ganas de comer. Sólo las tenía de beber y de arrancar la parte de mi corteza cerebral que contenía las células culpables.

Levin me esperó. Él tampoco estaba comiendo.

—Por si no lo recuerdas, el caso era por el asesinato de una mujer llamada Martha Rentería. Era bailarina en The Cobra Room, en East Sunset. No fuiste al local por el caso, ¿verdad?

Levin negó con la cabeza.

—No tienen escenario —dije—. Hay una especie de pozo en el centro y en cada número esos tipos vestidos como de Aladino salen llevando una gran canasta con la cobra entre dos palos de bambú. La ponen en el suelo y empieza la música. Entonces la parte superior de la canasta se levanta y la chica sale bailando. Luego ella también se saca la parte superior. Es una especie de versión de la bailarina que sale del pastel.

—Es Hollywood, chico —dijo Levin—. Has de tener un *show*.

—Bueno, a Jesús Menéndez le gustó el *show*. Tenía mil cien dólares que le había dado su hermano el camello y quedó prendado de Martha Rentería. Quizá porque era la única bailarina que era más bajita que él. Quizá porque le habló en español. La cuestión es que después del número se sentaron y hablaron. Luego ella circuló un poco y volvió, y Jesús enseguida supo que estaba en competición con otro tipo del club. Le ganó al otro tipo al ofrecerle a la chica quinientos dólares si se lo llevaba a casa.

—Pero no la mató cuando llegó allí.

—Ajá. Siguió el coche de ella con el suyo. Llegó allí, tuvieron relaciones, tiró el condón al inodoro, se limpió la polla en la toalla y se fue a casa. La historia empieza después de que él se fuera.

—El verdadero asesino.

—El verdadero asesino llama a la puerta, quizás hace

ver que es Jesús y que ha olvidado algo. Ella le abre la puerta. O quizás era una cita. Ella estaba esperando la llamada y le abrió la puerta.

—¿El tipo del club? El que competía con Menéndez.

Asentí.

—Exactamente. Él llega, la golpea varias veces para asustarla y luego saca la navaja y se la pone en el cuello mientras la lleva a su habitación. ¿Te suena familiar? Sólo que ella no tiene la suerte que tendría Reggie Campo dos años después. Él la tumba en la cama, se pone un condón y se sube encima. Ahora la navaja está en el otro lado del cuello y la mantiene allí mientras la viola. Y cuando termina la mata. La apuñala con esa navaja una y otra vez. Es un caso de ensañamiento como hay pocos. Está elaborando algo en su puta mente enferma mientras lo hace.

Llegó mi segundo martini y yo lo cogí directamente de la mano de la camarera y me bebí la mitad de un trago. Ella preguntó si habíamos terminado con las ensaladas y ambos las devolvimos sin haberlas tocado.

—Los bistecs ya salen —dijo—. ¿O prefieren que los tire a la basura directamente y se ahorran tiempo?

La miré. Ella estaba sonriendo, pero yo estaba tan absorto en la historia que estaba contando que me había perdido sus palabras.

—No importa —dijo ella—. Ya salen.

Yo retomé la historia. Levin no dijo nada.

—Después de que ella está muerta, el asesino limpia. Se toma su tiempo porque ¿qué prisa hay? Ella no va a ir a ninguna parte ni va a llamar a nadie. Limpia el apartamento para ocuparse de cualquier huella dactilar que pudiera haber dejado. Y al hacerlo limpia las de Menéndez. Esto tendrá mal aspecto para Menéndez cuando después acuda a la policía para explicar que él es el tipo del retrato robot, pero que no mató a Martha. Lo mirarán y dirán: «Entonces, ¿por qué llevó guantes cuando estuvo allí?»

Levin negó con la cabeza.

—Oh, tío, si esto es verdad...

—Pierde cuidado, es verdad. Menéndez consigue un abogado que una vez hizo un buen trabajo para su hermano, pero su abogado no iba a ver a un hombre inocente aunque le diera una patada en las pelotas. El abogado ni siquiera pregunta al chico si lo hizo. Supone que lo hizo, porque su puto ADN está en la toalla y hay testigos que lo vieron deshacerse de la navaja. El abogado se pone a trabajar y consigue el mejor acuerdo que podía conseguir. En realidad se siente muy satisfecho al respecto, porque sabe que mantendrá a Menéndez fuera del corredor de la muerte y algún día tendrá la posibilidad de salir en libertad condicional. Así que acude a Menéndez y da el golpe de mazo. Le hace que acepte el trato y que se presente ante el tribunal y diga «culpable». Jesús va entonces a prisión y todo el mundo contento. La fiscalía está satisfecha porque ahorra el dinero del juicio y la familia de Martha Rentería está contenta porque no ha de enfrentarse a un juicio con todas esas fotos de las autopsias e historias de su hija bailando desnuda y acostándose con hombres por dinero. Y el abogado contento porque sale en la tele con el caso al menos seis veces, y además mantiene a otro cliente fuera del corredor de la muerte.

Me tragué el resto del martini y miré a mi alrededor en busca de nuestra camarera. Quería otro.

—Jesús Menéndez fue a prisión siendo un hombre joven. Acabo de verlo y tiene veintiséis con pinta de cuarenta. Es un tipo pequeño. Ya sabes lo que les pasa a los pequeños allí arriba.

Estaba mirando fijamente la superficie vacía de la mesa cuando me sirvieron un bistec chisporroteante y una patata hervida. Levanté la mirada a la camarera y le pedí que me trajera otro martini. No dije por favor.

—Más vale que te calmes —dijo Levin después de que ella se hubo ido—. Probablemente no hay un solo poli en este condado que no esté deseando detenerte por conducir borracho, llevarte al calabozo y meterte la linterna por el culo.

—Lo sé, lo sé. Será el último. Y si es demasiado no conduciré. Siempre hay taxis aquí delante.

Decidiendo que la comida podría ayudarme, corté el bistec y me comí un bocado. Después aparté la servilleta que envolvía el pan de queso y ajo y arranqué un trozo, pero ya no estaba caliente. Lo dejé en el plato y puse el tenedor encima.

—Mira, sé que te estás machacando con esto, pero estás olvidando algo —dijo Levin.

—¿Sí? ¿Qué?

—Su riesgo. Se enfrentaba a la aguja, tío, y el caso estaba perdido. No lo trabajé para ti porque no había nada que trabajar. Lo tenían y tú lo salvaste de la aguja. Es tu trabajo y lo hiciste bien. Así que ahora crees que sabes lo que de verdad ocurrió. No puedes machacarte por no haberlo sabido entonces.

Levanté la mano para pedirle que parara.

—El tipo era inocente. Tendría que haberlo visto. Tendría que haber hecho algo al respecto. En cambio, sólo hice lo habitual y fui pasando fases con los ojos cerrados.

—Mentira.

—No, no es mentira.

—Vale, vuelve a la historia. ¿Quién era el segundo tipo que llamó a su puerta?

Abrí el maletín que tenía al lado y busqué en él.

—He ido hoy a San Quintín y le he enseñado a Menéndez seis fotos. Todo fotos de fichas policiales de mis clientes. Casi todo antiguos clientes. Menéndez eligió una en menos de diez segundos.

Tiré la foto de ficha policial de Louis Roulet en la mesa. Aterrizó boca abajo. Levin la levantó y la miró unos segundos, luego volvió a ponerla boca abajo en la mesa.

—Deja que te enseñe otra cosa —dije.

Volví a meter la mano en el maletín y saqué las dos fotografías plegadas de Martha Rentería y Reggie Campo. Miré a mi alrededor para asegurarme de que la camarera no iba a traerme mi martini justo entonces y se las pasé a Levin a través de la mesa.

—Es como un puzle —dije—. Júntalas y verás.

Levin formó una cara con las dos mitades y asintió como si comprendiera el significado. El asesino —Roulet— se concentraba en mujeres que encajaban en un modelo o perfil que él deseaba. A continuación le enseñé el esbozo del cuchillo dibujado por el forense de la autopsia de Rentería y le leí la descripción de las dos heridas coercitivas halladas en su cuello.

—¿Sabes el vídeo que sacaste del bar? —pregunté—. Lo que muestra es a un asesino en acción. Igual que tú, él ve que el señor X es zurdo. Cuando ataca a Reggie Campo la golpea con la izquierda y luego empuña la navaja con la izquierda. Este tipo sabe lo que está haciendo. Ve una oportunidad y la aprovecha. Reggie Campo es la mujer más afortunada del mundo.

—¿Crees que hay más? Más asesinatos, quiero decir.

—Quizás. Eso es lo que quiero que investigues. Comprueba todos los asesinatos de mujeres con arma blanca de los últimos años. Después consigue fotos de las víctimas y mira si encajan en el perfil físico. Y no mires sólo casos sin resolver. Martha Rentería supuestamente estaba entre los casos cerrados.

Levin se inclinó hacia delante.

—Mira, tío, no voy a echar una red sobre esto tan bien como puede hacerlo la policía. Has de meter a los polis en esto. O acude al FBI. Ellos tienen especialistas en asesinos en serie.

Negué con la cabeza.

—No puedo. Es mi cliente.

—Menéndez también es tu cliente, y tienes que sacarlo.

—Estoy trabajando en eso. Y por eso quiero que hagas esto por mí, Mish.

Ambos sabíamos que lo llamaba Mish cuando necesitaba algo que cruzaba la frontera de nuestra relación profesional y llegaba al terreno de la amistad subyacente.

—¿Y un francotirador? —dijo Levin—. Eso solucionaría tus problemas.

Asentí, sabiendo que hablaba en broma.

—Sí, eso funcionaría —dije—. También haría del mundo un lugar mejor, pero probablemente no liberaría a Menéndez.

Levin se inclinó de nuevo hacia delante. Se había puesto serio.

—Haré lo que pueda, Mick, pero no creo que éste sea el camino a seguir. Puedes declarar conflicto de intereses y dejar a Roulet. Y luego puedes trabajar en sacar a Menéndez de San Quintín.

—¿Sacarlo con qué?

—La identificación que ha hecho de las seis fotos. Eso fue sólido. No conocía a Roulet de nada y va y lo elige entre el grupo.

—¿Quién va a creer eso? ¡Soy su abogado! Nadie ni entre los polis ni en la junta de clemencia va a creer que yo no lo preparé. Es pura teoría, Raul. Tú y yo sabemos que es cierto, pero no podemos probar nada.

—¿Y las heridas? Podrían hacer coincidir la navaja del caso Campo con las heridas de Martha Rentería.

Negué con la cabeza.

—La incineraron. Lo único que tienen son las descripciones y las fotos de la autopsia, y eso no sería concluyente. No es suficiente. Además, no puedo ser el tipo que tire todo esto contra mi propio cliente. Si me vuelvo contra un cliente, me vuelvo contra todos mis clientes. No puede verse así o los perderé a todos. He de imaginar alguna otra forma.

—Creo que te equivocas. Creo...

—Por ahora, sigo adelante como si no supiera nada de

esto, ¿entiendes? Pero tú investiga. Todo. Mantenlo separado de Roulet para que no haya un problema de hallazgos. Archívalo todo en Jesús Menendez y factúrame el tiempo en ese caso. ¿Entendido?

Antes de que Levin pudiera contestar, la camarera trajo mi tercer martini. Yo lo rechacé con un gesto.

—No lo quiero, sólo la cuenta.

—Bueno, no puedo volver a echarlo en la botella —dijo.

—No se preocupe, lo pagaré. Simplemente no quiero bebérmelo. Déselo al tipo que hace el pan de queso y tráigame la cuenta.

Ella se volvió y se alejó, probablemente molesta porque no le hubiera ofrecido la bebida a ella. Miré de nuevo a Levin. Parecía dolorido por todo lo que le había revelado. Sabía perfectamente cómo se sentía.

—Menudo filón, ¿eh? —dije.

—Sí. ¿Cómo vas a poder actuar con rectitud con este tipo cuando has de tratar con él y al mismo tiempo estás desenterrando esta mierda?

—¿Con Roulet? Planeo verlo lo menos posible. Sólo cuando sea necesario. Me ha dejado un mensaje hoy, tiene algo que decirme. Pero no le voy a devolver la llamada.

—¿Por qué te eligió a ti? O sea, ¿por qué elegir al único abogado que podría resolver esto?

Negué con la cabeza.

—No lo sé. He pensado en eso durante todo el vuelo de vuelta. Creo que quizás estaba preocupado de que pudiera oír del caso y descubrirlo de todos modos. Pero si era mi cliente, entonces sabía que éticamente estaba atado para protegerle. Al menos al principio. Además está el dinero.

—¿Qué dinero?

—El dinero de la madre. El filón. Sabe que es una paga muy grande para mí. La más grande que he tenido. Quizá pensaba que miraría para el otro lado con tal de conservar el dinero.

Levin asintió.

—Quizá debería, ¿eh? —dije.

Fue un intento de humor alimentado por el vodka, pero Levin no sonrió, y entonces recordé la cara de Jesús Menéndez detrás del plexiglás en la prisión y yo tampoco pude sonreír.

—Escucha, hay otra cosa que necesito que hagas —dije—. Quiero que lo investigues también a él. A Roulet. Descubre todo lo que puedas sin acercarte demasiado. Y comprueba esa historia de la madre, de que la violaron en una casa que ella estaba vendiendo en Bel-Air.

Levin asintió con la cabeza.

—Estoy en ello.

—Y no lo derives.

Era una broma recurrente entre nosotros. Igual que yo, Levin trabajaba solo. No tenía a quien derivarlo.

—No lo haré. Me ocuparé yo mismo.

Era su respuesta habitual, pero esta vez carecía de la falsa sinceridad y humor que normalmente le daba. Había respondido por hábito.

La camarera se acercó a la mesa y dejó la cuenta sin decir gracias. Yo puse mi tarjeta de crédito encima sin mirar siquiera el gasto. Sólo quería irme.

—¿Quieres que te envuelvan el bistec? —pregunté.

—No importa —dijo Levin—. De momento he perdido el apetito.

—¿Y ese perro de presa que tienes en casa?

—*Buena idea. Me había olvidado de* Bruno.

Miró a la camarera para pedir una caja.

—Llévate también el mío —dije—. Yo no tengo perro.

21

A pesar de la mirada vidriada del vodka, superé el eslalon de Laurel Canyon sin romper el Lincoln ni ser parado por ningún poli. Mi casa está en Fareholm Drive, que asciende desde la boca sur del cañón. Todas las casas están construidas hasta la línea de la calle, y el único problema que tuve en llegar a la mía fue que encontré que algún imbécil había aparcado su gran todoterreno delante del garaje y no podía entrar. Aparcar en la calle estrecha siempre es difícil y el vado de mi garaje normalmente resultaba demasiado goloso, especialmente en una noche de fin de semana, cuando invariablemente algún vecino organizaba una fiesta.

Pasé de largo la casa y encontré un hueco lo bastante grande para el Lincoln a aproximadamente una manzana y media. Cuanto más me alejaba de la casa, más me cabreaba con el todoterreno. La fantasía fue subiendo de nivel, desde escupir en el parabrisas hasta romperle el retrovisor, pincharle las ruedas y darle una patada en los paneles laterales. Sin embargo, me limité a escribir una nota sosegada en una hoja amarilla: «Esto no es un sitio para aparcar. La próxima vez llamaré a la grúa.» Al fin y al cabo, uno nunca sabe quién puede conducir un SUV en Los Ángeles, y si amenazas a alguien por aparcar delante de tu garaje, entonces ya sabe dónde vives.

Volví caminando y estaba poniendo la nota debajo del

limpiaparabrisas del infractor cuando me fijé en que el SUV era un Range Rover. Puse la mano en el capó y lo noté frío al tacto. Levanté la mirada a las ventanas de encima del garaje, pero estaban a oscuras. Puse la nota doblada debajo del limpiaparabrisas y empecé a subir la escalera que conducía a la terraza delantera y la puerta de la vivienda. Casi esperaba que Louis Roulet estuviera sentado en una de las sillas altas de director de cine, asimilando la centelleante vista de la ciudad, pero no estaba allí.

Caminé hasta la esquina del porche y contemplé la ciudad. Era esa vista la que me había convencido de comprar la casa. Todo lo que había en la vivienda una vez que entrabas por la puerta era ordinario y desfasado, pero el porche delantero y la vista, justo encima de Hollywood Boulevard, podía propulsar un millón de sueños. Había usado dinero de mi último caso filón para hacer el pago inicial. Pero una vez que estuve dentro y no hubo otro filón, tuve que pedir una segunda hipoteca. Lo cierto era que cada mes me costaba mucho sólo pagar los gastos generales. Necesitaba sacarme de encima semejante losa, pero la vista que se ofrecía desde la terraza delantera me paralizaba. Probablemente estaría mirando la ciudad cuando vinieran a llevarse la llave y ejecutar la hipoteca.

Conocía la pregunta que planteaba mi casa. Incluso con mis luchas para no hundirme con ella, no podía dejar de preguntarme qué había de justo en que tras el divorcio entre una fiscal y un abogado defensor, el abogado defensor se trasladara a la casa en la colina con la vista del millón de dólares mientras que la fiscal y la hija se quedaban en un apartamento de dos habitaciones en el valle de San Fernando. La respuesta era que Maggie McPherson podía comprarse una casa de su elección y que yo la ayudaría en la medida máxima de mis posibilidades. Pero ella había renunciado a trasladarse mientras esperaba que le ofrecieran un ascenso a la oficina del centro. Comprarse una casa en Sherman Oaks o en cualquier otro sitio supondría enviar el mensaje equivocado, uno de satisfacción sedentaria. Ella no estaba satisfecha con ser Maggie McFiera de la División de Van Nuys. No estaba satisfecha con que le pasara por delante John Smithson o alguno de sus jóvenes acólitos. Era ambiciosa y quería llegar al centro, donde supuestamente los mejores y más brillantes se encargaban de la acusación en los crímenes más importantes. Maggie rechazaba aceptar el sencillo hecho de que cuanto mejor es uno, mayor amenaza supone para el que está arriba, especialmente si se trata de cargos electos. Sabía que a Maggie nunca la invitarían al centro. Era demasiado buena.

De cuando en cuando esta percepción se filtraba y ella respondía de maneras inesperadas. Hacía un comentario agudo en una conferencia de prensa o se negaba a cooperar en una investigación de la fiscalía central. O estando borracha revelaba a un abogado defensor y ex marido algo que no debería contar acerca de un caso.

El teléfono empezó a sonar en el interior de la casa. Fui a la puerta delantera y pugné con mis llaves para abrir y llegar a tiempo. Mis números de teléfono y quién los conocía formaban parte de un esquema piramidal. En la base de la pirámide estaba el número que figuraba en las páginas amarillas y que todo el mundo tenía o podía tener. A continuación estaba mi teléfono móvil, que había sido repartido entre mis colegas clave, investigadores, agentes de fianzas, clientes y otros engranajes de la maquinaria. El número de mi casa era el vértice de la pirámide. Muy pocos tenían ese número. Ni clientes ni otros abogados, excepto uno.

Entré y cogí el teléfono de la cocina antes de que saltara el contestador. La llamada era del único abogado que tenía el número. Maggie McPherson.

—¿Has recibido mis mensajes?

—El del móvil. ¿Qué pasa?

—No pasa nada. Te dejé un mensaje en este número mucho antes.

—Ah. He estado todo el día fuera. Acabo de entrar.

—¿Dónde has estado?

—Bueno, he ido a San Francisco y he vuelto, y ahora mismo llego de cenar con Raul Levin. ¿Algo que objetar?

—Sólo curiosidad. ¿Qué había en San Francisco?

—Un cliente.

—O sea que has ido a San Quintín y has vuelto.

—Siempre has sido demasiado lista para mí, Maggie. Nunca puedo engañarte. ¿Hay alguna razón para esta llamada?

—Sólo quería ver si habías recibido mi disculpa y también quería averiguar si pensabas hacer algo con Hayley mañana.

—Sí y sí. Pero Maggie, no hace falta que te disculpes y deberías saberlo. Lamento la forma en que me comporté antes de irme. Y si mi hija quiere estar conmigo mañana, entonces yo quiero estar con ella. Dile que podemos ir al muelle y a ver una peli si le apetece. Lo que quiera.

—Bueno, de hecho quiere ir al centro comercial.

Lo dijo como si estuviera pisando cristal.

—¿Al centro comercial? Está bien. La llevaré. ¿Qué hay de malo en el centro comercial? ¿Quiere alguna cosa en particular?

De repente reconocí un olor extraño en la casa. El olor a humo. De pie en medio de la cocina comprobé el horno y la cocina. Estaban apagados. Estaba amarrado a la cocina porque el teléfono no era inalámbrico. Estiré el cable hasta la puerta y encendí la luz del comedor. Estaba vacío y su luz se proyectaba en la siguiente habitación, la sala de estar que había atravesado al entrar. También parecía vacía.

—Tienen un sitio allí donde haces tu propio osito de peluche y eliges el estilo y la caja de voz y pones un corazoncito con el relleno. Es todo muy mono.

Quería terminar con la llamada y explorar la casa.

—Bueno. La llevaré. ¿A qué hora te va bien?

—Estaba pensando en el mediodía. Quizá podamos comer antes.

—¿Podamos?

—¿Te molestaría?

—No, Maggie, en absoluto. ¿Qué te parece si me paso yo a mediodía?

—Genial.

—Hasta mañana, pues.

Colgué el teléfono antes de que ella pudiera despedirse. Poseía un arma, pero era una pieza de coleccionista que no había sido disparada desde que estoy en este mundo y estaba guardada en una caja en el armario de mi dormitorio, en la parte posterior de la casa. Así que abrí silenciosamente un cajón de la cocina y saqué un cuchillo de carne, corto pero afilado. A continuación atravesé la sala de estar hacia el pasillo que conducía a la parte posterior de la casa. Había tres puertas en el pasillo. Daban a mi dormitorio, un cuarto de baño y otro dormitorio que había convertido en mi despacho en casa: la única oficina verdadera que tenía.

La luz del escritorio de la oficina estaba encendida. No se veía desde el ángulo en el que me hallaba en el pasillo, pero sabía que estaba encendida. No había pasado por casa en dos días, pero no recordaba haberla dejado encendida. Me acerqué despacio a la puerta abierta de la habitación, consciente de que probablemente era lo que se pretendía que hiciera: concentrarme en la luz de una de las habitaciones mientras el intruso esperaba en la oscuridad del dormitorio o el cuarto de baño.

—Venga aquí atrás, Mick. Soy yo.

Reconocí la voz, aunque eso no me tranquilizó. Louis Roulet me estaba esperando en la habitación. Yo me detuve en el umbral. Roulet estaba sentado en el sillón de cuero negro. Lo giró de manera que se quedó mirándome y cruzó las piernas. Al subírsele la pernera izquierda vi el brazalete de seguimiento que Fernando Valenzuela le había obligado a llevar. Sabía que si Roulet había venido a matarme, al menos dejaría una pista. Claro que eso no era demasiado reconfortante. Me apoyé en el marco de la puerta de manera que podía sostener el cuchillo detrás de mi cadera sin resultar demasiado obvio al respecto.

—¿Así que es aquí donde hace su gran trabajo legal? —preguntó Roulet.

—Parte de él. ¿Qué está haciendo aquí, Louis?

—He venido a verle. No contestó mi llamada y quería asegurarme de que todavía éramos un equipo.

—He estado fuera de la ciudad. Acabo de volver.

—¿Y la cena con Raul? ¿No ha dicho eso al teléfono?

—Es un amigo. He cenado de camino del aeropuerto de Burbank. ¿Cómo ha descubierto dónde vivo, Louis?

Se aclaró la garganta y sonrió.

—Trabajo en el sector inmobiliario, Mick. Puedo descubrir dónde vive cualquiera. De hecho, antes era una fuente del *National Enquirer*. ¿Lo sabía? Podía decirles dónde vivía cualquier celebridad, no importa detrás de cuántos testaferros o corporaciones ocultaran sus compras. Pero lo dejé al cabo de un tiempo. Era buen dinero, pero resultaba demasiado... de mal gusto. ¿Sabe qué quiero decir, Mick? La cuestión es que lo dejé. Pero todavía puedo descubrir dónde vive alguien. También puedo descubrir si han maximizado el valor de la hipoteca e incluso si están haciendo sus pagos a tiempo.

Me miró con una sonrisa de superioridad. Me estaba diciendo que sabía que la casa era una burbuja financiera, que no tenía nada en ella y que normalmente llevaba un retraso de uno o dos meses en el pago de la hipoteca. Fernando Valenzuela probablemente no habría aceptado la casa como garantía en una fianza de cinco mil dólares.

—¿Cómo ha entrado? —pregunté.

—Bueno, eso es lo más curioso. Resulta que tenía una llave. De cuando este sitio estaba en venta, ¿cuándo fue eso, hace dieciocho meses? La cuestión es que quise verla porque pensé que tenía un cliente que podría estar interesado por la vista. Así que vine y cogí la llave de la inmobiliaria. Entré, eché un vistazo y me di cuenta inmediatamente de que no era adecuada para mi cliente, porque él quería algo más bonito. Así que me fui. Y olvidé devolver la llave. Es un vicio que tengo. ¿No es extraño que después de tanto tiempo mi abogado viva en esta casa? Y por cierto, he visto que no ha hecho nada con ella. Tiene la vista, por supuesto, pero realmente necesita unas reformas.

Supe entonces que me había estado controlando desde el caso Menéndez. Y que probablemente sabía que acababa de volver de visitarle en San Quintín. Pensé en el hombre del tren del alquiler de coches. «¿Un mal día?» Después lo había visto en el puente aéreo a Burbank. ¿Me había estado siguiendo? ¿Trabajaba para Roulet? ¿Era el investigador que Cecil Dobbs había intentado meter en el caso?

No conocía todas las respuestas, pero sabía que la única razón de que Roulet estuviera esperándome en mi casa era que sabía lo que yo sabía.

—¿Qué quiere en realidad, Louis? ¿Está intentando asustarme?

—No, no, soy yo el que debería estar asustado. Supongo que tiene algún tipo de arma a su espalda. ¿Qué es, una pistola?

Agarré el cuchillo con más fuerza, pero no se lo mostré.

—¿Qué quiere? —repetí.

—Quiero hacerle una oferta. No sobre la casa. Sobre sus servicios.

—Ya tiene mis servicios.

Él se meció en la silla antes de responder. Yo examiné el escritorio, comprobando si faltaba algo. Me fijé en que había usado como cenicero un platito de arcilla que había hecho mi hija. Se suponía que era para clips de papeles.

—Estaba pensando en sus honorarios y en las dificultades que presenta el caso —dijo—. Francamente, Mick, creo que cobra poco. Así que quiero proponerle un nuevo plan de pago. Le pagaré la suma ya acordada antes y se la pagaré por completo antes de que empiece el juicio. Pero ahora voy a añadir una prima por actuación. Cuando un jurado me declare inocente de este horrible crimen, su minuta automáticamente se doblará. Le extenderé el cheque en su Lincoln cuando salgamos del juzgado.

—Eso está muy bien, Louis, pero la judicatura de California prohíbe que los abogados acepten primas en función de los resultados. No podría aceptarlo. Es más que generoso, pero no puedo.

—Pero la judicatura de California no está aquí, Mick. Y no hemos de tratarlo como una prima por actuación. Es sólo parte del programa de tarifas. Porque, después de todo, tendrá éxito en mi defensa, ¿no?

Me miró con intensidad y yo interpreté la amenaza.

—No hay garantías en un tribunal. Las cosas siempre pueden ir mal. Pero todavía pienso que pinta bien.

El rostro de Roulet lentamente se rompió en una sonrisa.

—¿Qué puedo hacer para que pinte todavía mejor?

Pensé en Reggie Campo. Todavía con vida y dispuesta para ir a juicio. No tenía ni idea de contra quién iba a testificar.

—Nada —respondí—. Sólo quédese tranquilo y espere. No tenga ideas. No haga nada. La defensa está cuajando y todo saldrá bien.

No respondió. Quería separarlo de las ideas acerca de la amenaza que representaba Reggie Campo.

—Aunque ha surgido una cosa —dije.

—¿En serio? ¿Qué?

—No dispongo de los detalles. Lo que sé, lo sé sólo por una fuente que no puede decirme nada más. Pero parece que la oficina del fiscal tiene un soplo de calabozo. No habló con nadie del caso cuando estuvo allí, ¿no? Recuerde que le dije que no hablara con nadie.

—Y no lo hice. Tengan a quien tengan es un mentiroso.

—La mayoría lo son. Sólo quería estar seguro. Me ocuparé de él si sube al estrado.

—Bien.

—Otra cosa. ¿Ha hablado con su madre acerca de declarar sobre la agresión en la casa vacía? Necesitamos montar una defensa para el hecho de que llevara la navaja.

Roulet frunció los labios, pero no respondió.

—Tiene que convencerla —dije—. Podría ser muy importante establecer eso sólidamente ante el jurado. Además, podría atraer simpatía hacia usted.

Roulet asintió. Vio la luz.

—¿Puede hacer el favor de pedírselo? —pregunté.

—Lo haré. Pero ella será dura. Nunca lo denunció. Nunca se lo dijo a nadie más que a Cecil.

—Necesitamos que testifique y luego puede que llamemos a Cecil para que la respalde. No es tan bueno como una denuncia ante la policía, pero servirá. La necesitamos, Louis. Creo que si testifica puede convencerlos. A los jurados les encantan las señoras mayores.

—Vale.

—¿Alguna vez le dijo qué aspecto tenía el tipo o su edad o algún otro dato?

Roulet negó con la cabeza.

—No podía decirlo. Llevaba pasamontañas y gafas. Saltó sobre mi madre en cuanto ella entró. Estaba escondido detrás. Fue muy rápido y muy brutal.

Su voz tembló al describirlo. Me quedé desconcertado.

—Pensé que había dicho que el agresor era un posible comprador con el que ella debía encontrarse —dije—. ¿Ya estaba en la casa?

Levantó la cabeza y me miró a los ojos.

—Sí. De algún modo ya había entrado y la estaba esperando. Fue terrible.

Asentí. No quería seguir por el momento. Quería que se fuera de mi casa.

—Escuche, gracias por su oferta, Louis. Ahora, si me disculpa, quiero ir a acostarme. Ha sido un día muy largo.

Hice un gesto con mi mano libre hacia el pasillo que conducía a la puerta de la casa. Roulet se levantó de la silla del escritorio y vino hacia mí. Yo retrocedí en el pasillo y me metí por la puerta abierta de mi dormitorio. Mantuve el cuchillo a mi espalda y preparado. Pero Roulet pasó a mi lado sin causar ningún incidente.

—Y mañana tiene que entretener a su hija —dijo.

Eso me dejó helado. Había escuchado la llamada de Maggie. Yo no dije nada. Él sí.

—No sabía que tenía una hija, Mick. Ha de ser bonito. —Me miró, sonriendo mientras avanzaba por el pasillo—. Es muy guapa.

Mi inercia se convirtió en impulso. Salí al pasillo y empecé a seguirle, con la rabia subiendo con cada paso. Empuñé el cuchillo con fuerza.

—¿Cómo sabe qué aspecto tiene? —pregunté.

Él se detuvo y yo me detuve. Él miró el cuchillo que tenía en la mano y luego me miró a la cara. Habló con calma.

—Tiene su foto en el escritorio.

Había olvidado la foto. Un pequeño retrato enmarcado en el que mi hija aparecía en el interior de una taza de té en Disneylandia.

—Ah —dije.

Roulet sonrió, sabiendo lo que había estado pensando.

—Buenas noches, Mick. Disfrute de su hija mañana. Probablemente no la ve lo suficiente.

Se volvió, cruzó la sala de estar y abrió la puerta. Finalmente me volvió a mirar antes de salir.

—Lo que necesita es un buen abogado —dijo—. Uno que le consiga la custodia.

—No. Ella está mejor con su madre.

—Buenas noches, Mick. Gracias por la charla.

—Buenas noches, Louis.

Me adelanté y cerré la puerta.

—Bonita vista —dijo desde el porche delantero.

—Sí —dije al cerrar la puerta con llave.

Me quedé allí, con la mano en el pomo, esperando oír sus pasos por los escalones y hacia la calle, pero al cabo de unos segundos llamó a la puerta. Cerré los ojos, mantuve el cuchillo preparado y abrí. Roulet estiró la mano. Yo retrocedí un paso.

—Su llave —dijo—. Creo que debería tenerla.

Cogí la llave de su palma extendida.

—Gracias.

—No hay de qué.

Cerré la puerta y pasé la llave otra vez.

22

El día empezó mejor de lo que un abogado defensor podía soñar. No tenía que ir a ningún tribunal ni reunirme con ningún cliente. Dormí hasta tarde, pasé la mañana leyendo el periódico de punta a cabo y tenía una entrada para el partido inaugural de la temporada de béisbol de los Dodgers de Los Ángeles. Era un partido diurno y entre los abogados defensores era una tradición acudir. Mi entrada me la había regalado Raul Levin, que iba a llevar a cinco de los abogados defensores para los que trabajaba al partido como forma de agradecimiento por su relación laboral. Estaba seguro de que los demás se quejarían y refunfuñarían antes del encuentro por la forma en que yo estaba monopolizando a Levin mientras me preparaba para el juicio de Roulet. Pero no iba a permitir que eso me molestara.

Estábamos en el periodo de aparente calma antes del juicio, cuando la máquina se mueve con un impulso constante y tranquilo. El proceso de Louis Roulet debía comenzar al cabo de un mes. A medida que se acercaba, yo iba aceptando cada vez menos clientes. Necesitaba tiempo para preparar la estrategia. Aunque faltaban semanas para el juicio, éste se ganaría o se perdería en función de la información recopilada ahora. Necesitaba mantener la agenda limpia por ese motivo. Sólo aceptaba casos de clientes anteriores, y sólo si tenían el dinero listo y pagaban por adelantado.

Un juicio era un tirachinas. La clave era la preparación. En la fase anterior a la vista de la causa es cuando se carga el tirachinas con la piedra adecuada y lentamente se va estirando la goma hasta el límite. Finalmente, en el tribunal, se suelta la goma y el proyectil sale disparado de modo certero hacia el objetivo. El objetivo es el veredicto. Inocente. Sólo alcanzas ese objetivo si has elegido adecuadamente la piedra y has estirado cuidadosamente del tirachinas, tensando la goma lo más posible.

Levin era el que más estaba estirando. Había seguido hurgando en las vidas de los implicados, tanto del caso Menéndez como del caso Roulet. Habíamos tramado una estrategia y un plan que estábamos llamando del «doble tirachinas», porque tenía dos objetivos. No tenía duda de que cuando el juicio empezara en mayo habríamos estirado la goma al límite y estaríamos listos para soltarla.

La fiscalía también había cumplido con su parte para ayudarnos a cargar el tirachinas. En las semanas transcurridas desde la lectura oficial de cargos, el archivo de hallazgos del caso Roulet se había engrosado con la inclusión de los informes científicos. Asimismo, se habían desarrollado más investigaciones policiales y habían ocurrido nuevos sucesos

Entre los nuevos sucesos dignos de mención estaba la identificación del señor X, el hombre zurdo que había estado con Reggie Campo en Morgan's la noche de la agresión. Los detectives del Departamento de Policía de Los Ángeles, usando el vídeo del que yo había alertado a la fiscalía, lograron identificarlo tras mostrar un fotograma del vídeo a prostitutas conocidas cuando éstas eran detenidas por la brigada de antivicio. El señor X fue identificado como Charles Talbot. Era conocido por muchas de las proveedoras de sexo como un habitual. Algunas decían que era propietario, o bien trabajaba, en una tienda de Reseda Boulevard abierta las veinticuatro horas.

Los informes de la investigación que me enviaron a través de las solicitudes de hallazgos revelaron que los detectives interrogaron a Talbot y descubrieron que en la noche del 6 de marzo salió del apartamento de Reggie Campo poco antes de las diez y se dirigió a la previamente mencionada tienda abierta las veinticuatro horas. Talbot era el dueño del establecimiento. Fue a la tienda para supervisar la situación y abrir un armario donde guardaba los cigarrillos y del cual sólo él poseía la llave. Las cámaras de la cinta de vigilancia de la tienda confirmaron que estuvo allí entre las 22.09 y las 22.51, reponiendo cajetillas de cigarrillos debajo del mostrador. El informe de la investigación descartaba que Talbot hubiera participado en los acontecimientos que ocurrieron después de abandonar el apartamento de Campo. Sólo era uno de sus clientes.

En ninguna parte de los hallazgos de la fiscalía se mencionaba a Dwayne Jeffery Corliss, el soplón carcelario que había contactado con la acusación dispuesto a contar un cuento acerca de Louis Roulet. Minton o bien había decidido no usarlo como testigo o lo estaba manteniendo en secreto para un caso de emergencia. Me inclinaba a pensar en esta última opción. Minton lo había aislado en el programa cerrado. No se habría tomado la molestia a no ser que quisiera mantener a Corliss fuera de escena, pero preparado. Por mí no había problema. Lo que Minton no sabía era que Corliss era la piedra que yo iba a poner en mi tirachinas.

Y mientras que los hallazgos de la fiscalía contenían escasa información sobre la víctima del crimen, Raul Levin estaba investigando concienzudamente a Reggie Campo. Había localizado un sitio web llamado PinkMink.com, en el cual anunciaba sus servicios. Lo que era más importante del descubrimiento no era necesariamente que establecía todavía más su implicación en la prostitución, sino el anuncio en el que declaraba que tenía «una mentalidad muy abierta y le gustaba el lado salvaje» y que estaba «disponible para juegos sadomaso: "azótame tú o te azotaré yo"». Era buena munición. Era la clase de material que podía ayudar a colorear una víctima o un testigo ante los ojos de un jurado. Y ella era ambas cosas.

Levin también estaba hurgando más a fondo en la vida de Louis Roulet y había descubierto que había sido un mal estudiante, que había asistido al menos a cinco escuelas privadas diferentes de Beverly Hills y los alrededores en su juventud. Era cierto que había asistido a la UCLA y que se había graduado en literatura inglesa, pero Levin localizó a compañeros de clase que habían declarado que Roulet había comprado trabajos completos a otros estudiantes, respuestas de exámenes e incluso una tesis de noventa páginas sobre la vida y obra de John Fante.

Un perfil mucho más oscuro emergió del Roulet adulto. Levin encontró a numerosas amistades femeninas del acusado que dijeron que Roulet las había maltratado física o mentalmente, o ambas cosas. Dos mujeres que habían conocido a Roulet cuando eran estudiantes de la UCLA contaron a Levin que sospechaban que Roulet había echado droga en sus bebidas y que luego se había aprovechado sexualmente de ellas. Ninguna denunció sus sospechas a las autoridades, pero una mujer se sometió a un análisis de sangre después de la fiesta. Dijo que se encontraron rastros de hidroclorato de ketamina, un sedante de uso veterinario. Por fortuna para la defensa, ninguna de las mujeres había sido localizada hasta el momento por investigadores de la fiscalía.

Levin echó un vistazo a los llamados casos del Violador Inmobiliario de cinco años antes. Cuatro mujeres —todas ellas agentes inmobiliarias— denunciaron haber sido reducidas y violadas por un hombre que las estaba esperando cuando éstas entraron en casas que habían sido dejadas vacías por sus propietarios para que fueran mostradas. Las agresiones no se habían resuelto, pero se detuvieron once meses después de que se denunciara la primera. Levin habló con el experto del Departamento de Policía de Los Ángeles que había investigado los casos. Dijo que su instinto siempre había sido que el violador no era un *outsider*. El asaltante parecía saber cómo entrar en las casas y cómo atraer a las vendedoras femeninas para que fueran solas. El detective estaba convencido de que el violador formaba parte de la comunidad inmobiliaria, pero al no hacerse nunca ninguna detención, nunca pudo probar su teoría.

En esta rama de la investigación, Levin halló poco que confirmara que Mary Alice Windsor había sido una de las víctimas no declaradas del violador. Ella nos había concedido una entrevista y había accedido a testificar sobre su tragedia secreta, pero sólo si su testimonio se necesitaba de manera vital. La fecha del incidente que ella proporcionó encajaba entre las fechas de las agresiones documentadas atribuidas al Violador Inmobiliario, y Windsor facilitó un libro de citas y otra documentación que mostraba que ella era verdaderamente el agente inmobiliario registrado en relación con la venta de la casa de Bel-Air donde dijo haber sido atacada. Pero en última instancia sólo contábamos con su palabra. No había registros médicos u hospitalarios que indicaran tratamiento por agresión sexual. Ni denuncia ante la policía.

Aun así, cuando Mary Windsor recontó su historia, ésta coincidía con el relato de Roulet en casi todos los detalles. A posteriori, nos había resultado extraño tanto a Levin como a mí que Louis hubiera sabido tanto de la agresión a su madre. Si ésta había decidido mantenerlo en secreto y no denunciarlo, entonces ¿por qué había compartido con su hijo tantos detalles de su desgarradora experiencia? La cuestión llevó a Levin a postular una teoría que era tan repulsiva como intrigante.

—Creo que conoce todos los detalles porque estuvo allí —dijo Levin, después de la entrevista y cuando estuvimos solos.

—¿Quieres decir que lo observó sin hacer nada para impedirlo?

—No, quiero decir que él era el hombre con el pasamontañas y las gafas.

Me quedé en silencio, pensando que en un nivel subliminal podía haber estado pensando lo mismo, pero la idea era demasiado repulsiva para aflorar a la superficie.

—Oh, tío... —dije.

Levin, pensando que estaba en desacuerdo, insistió en su hipótesis.

—Es una mujer muy fuerte —dijo—. Ella construyó la empresa de la nada y el negocio inmobiliario en esta ciudad es feroz. Es una mujer dura, y no la veo sin denunciar esto, sin querer que detengan al tipo que le hizo algo así. Yo veo a la gente de dos maneras. O bien son gente de ojo por ojo o bien ponen la otra mejilla. Ella es sin duda una persona de ojo por ojo, y no entiendo que lo mantuviera en silencio a no ser que estuviera protegiendo a ese tipo. A no ser que ese tipo fuera nuestro tipo. Te lo estoy diciendo, tío, Roulet es la encarnación del mal. No sé de dónde le viene, pero cuanto más lo miro, más veo al diablo.

Todo este trasfondo era completamente confidencial. Obviamente no era el tipo de trasfondo que podía sacarse a relucir como medio de defensa. Tenía que quedar oculto de los hallazgos, así que poco de lo que Levin o yo descubríamos era puesto por escrito. No obstante, todavía era información que tenía que conocer al tomar mis decisiones y preparar el juicio y mi maniobra oculta.

A las once y cinco, el teléfono de casa empezó a sonar mientras estaba de pie delante de un espejo y probándome una gorra de los Dodgers. Comprobé el identificador antes de responder y vi que era Lorna Taylor.

—¿Por qué tienes el móvil apagado? —preguntó.

—Porque estoy *off*. Te he dicho que no quiero llamadas hoy. Voy al partido con Mish y tendría que ir saliendo porque he quedado antes con él.

—¿Quién es Mish?

—Me refiero a Raul. ¿Por qué me molestas? —dije afablemente.

—Porque creo que querrás que te moleste con esto. Ha llegado el correo temprano hoy y tiene una noticia del Segundo.

El Tribunal de Apelación del Distrito Segundo revisaba todos los casos emanados del condado de Los Ángeles. Era la primera instancia de apelación en el camino hacia el Tribunal Supremo. Pero no creía que Lorna me llamara para contarme que había perdido un recurso.

—¿Qué caso?

En cualquier momento, normalmente tengo cuatro o cinco casos en apelación en el Segundo.

—Uno de tus Road Saints. Harold Casey. ¡Has ganado!

Estaba asombrado. No por ganar, sino por las fechas. Había tratado de actuar con rapidez en la apelación. Había redactado el recurso antes de que se dictara el veredicto y había pagado extra para recibir las transcripciones diarias del proceso. Presenté la apelación al día siguiente del veredicto y pedí una revisión acelerada. Aun así, no esperaba tener noticias sobre Casey en otros dos meses.

Pedí a Lorna que leyera el veredicto y la sonrisa se ensanchó en mi rostro. La sentencia era literalmente un refrito de mi recurso. El tribunal de tres jueces coincidía conmigo en mi opinión de que el vuelo bajo del helicóptero de vigilancia del sheriff por encima del rancho de Casey constituía una invasión de su derecho a la intimidad. El tribunal anulaba la sentencia de Casey, argumentando que el registro que condujo al hallazgo del cultivo hidropónico de marihuana fue ilegal.

La fiscalía tendría que decidir si volvía a juzgar a Casey y, de manera realista, un nuevo juicio estaba descartado. La fiscalía no contaría con ninguna prueba una vez que el jurado de apelación decretara que todo lo recopilado durante el registro del rancho era inadmisible. La sentencia del Segundo era una clara victoria para la defensa, y eso no pasa a menudo.

—Caray, ¡menudo día para el desamparado!

—¿Dónde está, por cierto? —preguntó Lorna.

—Puede que aún esté en el condado, pero lo iban a trasladar a Corcoran. Escucha, quiero que hagas diez copias de la sentencia y se las mandes a Casey a Corcoran. Has de tener la dirección.

—Bueno, ¿no lo van a soltar?

—Todavía no. Violó la condicional después de su detención y la apelación no afecta a eso. No saldrá hasta que vaya al tribunal de la condicional y argumente que es fruto del árbol envenenado, o sea que violó la condicional a causa de un registro ilegal. Probablemente pasarán seis semanas antes de que todo eso se arregle.

—¿Seis semanas? Es increíble.

—No cometas el crimen si no vas a cumplir la condena.

Se lo canté como hacía Sammy Davis en ese viejo programa de televisión.

—Por favor, no me cantes, Mick.

—Perdón.

—¿Por qué le enviamos diez copias? ¿No basta con una?

—Porque se guardará una para él y repartirá las otras nueve en prisión, y tu teléfono empezará a sonar. Un abogado que puede ganar en apelación vale su peso en oro en prisión. Te llamarán y tendrás que elegirlos y encontrar a los que tienen familia y pueden pagar.

—Te las sabes todas, ¿eh?

—Lo intento. ¿Ocurrirá algo más?

—Sólo lo habitual. Las llamadas que dices que no quieres oír. ¿Conseguiste ver a Glory Days ayer en el condado?

—Es Gloria Dayton y, sí, la vi. Parece que ha pasado el bache. Aún le queda más de un mes allí.

La verdad era que Gloria Dayton tenía mejor aspecto que simplemente haber pasado el bache. No la había visto tan aguda y con ese brillo en los ojos en años. Yo había ido al centro médico County-USC para hablar con ella por un motivo, pero verla en la recta final de la recuperación era un bonito plus.

Como esperaba, Lorna hizo de ave de mal agüero.

—¿Y cuánto durará esta vez antes de que vuelva a llamar y diga: «Estoy detenida, necesito a Mickey»?

Ella recitó esta última parte con una imitación de la voz nasal y gimoteante de Gloria Dayton. Lo hacía bien, pero me molestó de todos modos. Entonces lo remató con una versión de la cancioncita del clásico de Disney.

—Mickey Mouth, Mickey Mouth, el abogado que todos...

—Por favor, no me cantes, Lorna.

Mi segunda ex mujer se rió al teléfono.

—Sólo quería recalcar algo.

Estaba sonriendo, pero traté de que no lo notara en mi voz.

—Bien. Lo entiendo. Ahora he de irme.

—Bueno, pásalo bien..., Mickey Mouth.

—Puedes cantar esa canción todo el día y los Dodgers pueden perder veinte a cero con los Giants y todavía será un buen día. Después de la noticia que me has dado, ¿qué puede ir mal?

Una vez que hube colgado el teléfono, fui a mi oficina doméstica y busqué el número de móvil de Teddy Vogel, el líder de los Saints fuera de prisión. Le di la buena noticia y le sugerí que probablemente podría hacerle llegar la noticia a Casey más deprisa que yo. Hay Road Saints en todas las cárceles y tienen un sistema de comunicación del que la CIA y el FBI podrían aprender algo. Vogel dijo que se ocuparía. Después me dijo que los diez mil que me había dado el mes anterior en el arcén de la carretera, cerca de Vasquez Rocks, habían sido una inversión valiosa.

—Gracias, Ted —dije—. Tenme en cuenta la próxima vez que necesites un abogado.

—Lo haré.

Colgó y yo colgué. Cogí entonces mi guante de béisbol del armario del pasillo y me dirigí a la puerta de la calle.

Como le había dado el día libre con paga a Earl, conduje yo mismo al centro y al Dodger Stadium. El tráfico era fluido hasta que me acerqué. Siempre se agotan las localidades para el partido de apertura, aunque es un encuentro diurno que se disputa en día laborable. El principio de la temporada de béisbol es un rito de la primavera que atrae al centro a miles de trabajadores. Es el único evento deportivo en Los Ángeles tranquilo y relajado donde se ve infinidad de hombres con camisas blancas almidonadas y corbatas. Todos se han escaqueado del trabajo. No hay nada como el inicio de la temporada, antes de todas las derrotas por una sola carrera y las oportunidades perdidas. Antes de que la realidad se asiente.

Yo fui el primero en llegar a las localidades. Estábamos a tres filas del campo, en asientos añadidos al estadio durante la pretemporada. Levin debía de haberse dejado un ojo de la cara. Al menos probablemente podría deducirlo como gastos de relaciones públicas.

El plan era que Levin también llegara temprano. Había llamado la noche anterior y me había dicho que quería verme un rato en privado. Además de observar la práctica de bateo y comprobar todas las mejoras que el nuevo propietario había hecho al estadio, discutiríamos mi visita a Gloria Dayton y Raul me pondría al día de sus diversas investigaciones relativas a Louis Roulet.

Sin embargo, Levin no llegó a la práctica de bateo. Los otros cuatro abogados aparecieron —tres de ellos con corbatas, recién salidos del tribunal— y nos perdimos la oportunidad de hablar en privado.

Conocía a los otros cuatro letrados de algunos de los «casos navales» que habíamos llevado a juicio juntos. De hecho, la tradición de los profesionales de la defensa que eran llevados a los partidos de los Dodgers empezó con los casos navales. Bajo un mandato amplio para detener la entrada de drogas en Estados Unidos, el servicio de guardacostas había empezado a detener embarcaciones sospechosas en cualquier océano. Cuando encontraban oro —o, en este caso, cocaína— incautaban la embarcación y detenían a la tripulación. Muchos de los casos se veían en el Tribunal Federal del Distrito de Los Ángeles. Esto resultaba en juicios con doce o más acusados simultáneamente. Cada acusado tenía su propio abogado, la mayoría de ellos nombrados por el tribunal y pagados por el Tío Pasta. Los casos eran lucrativos y se presentaban de manera asidua, y lo pasábamos bien. Alguien tuvo la idea de hacer reuniones de casos en el Dodger Stadium. En una ocasión compramos entre todos un palco privado para un partido contra los Cubs de Chicago. Lo cierto es que hablamos del caso unos minutos durante la séptima entrada.

Empezaron las ceremonias previas al partido y aún no había señal de Levin. Sacaron al campo unas canastas de las que salieron centenares de palomas que volaron en círculo alrededor del estadio antes de alejarse en medio de los vítores. Poco después, un bombardero furtivo B-2 sobrevoló el estadio entre aplausos aún más ruidosos. Eso era Los Ángeles. Algo para cada uno y un poco de ironía por si fuera poco.

El partido se inició y aún no se había presentado Levin. Encendí mi móvil e intenté llamarlo, aunque era casi imposible oír algo. La multitud estaba enfervorizada y bulliciosa, esperanzada en que la temporada no terminara de nuevo en decepción. La llamada fue al buzón de voz.

—Mish, ¿dónde estás, tío? Estamos en el partido y los asientos son fantásticos, pero tenemos uno vacío. Te estamos esperando.

Cerré el teléfono, miré a los demás y me encogí de hombros.

—No sé —dije—. No contesta al teléfono.

Dejé el teléfono encendido y me lo guardé en el cinturón.

Antes de que terminara la primera entrada ya estaba lamentando lo que le había dicho a Lorna acerca de que no me importaba que los Giants nos machacaran veinte a cero. Cobraron una ventaja de 5-0 antes de que los Dodgers batearan por primera vez en la temporada, y la multitud se frustró enseguida. Oí a gente quejándose de los precios, la renovación y la excesiva comercialización del estadio. Uno de los abogados, Roger Mills, examinó las superficies del estadio y señaló que estaba más lleno de logos empresariales que una carrera de la Nascar.

Los Dodgers consiguieron tomar la delantera, pero en la cuarta entrada las cosas se torcieron y los Giants batearon por encima del muro central el tercer lanzamiento de Jeff Weaver. Usé el tiempo muerto durante el cambio de bateo para fanfarronear acerca de lo rápido que había tenido noticias del Segundo en el caso de Harold Casey. Los otros abogados estaban impresionados, aunque uno de ellos, Dan Daly, insinuó que había recibido la rápida sentencia en la apelación porque los tres jueces estaban en mi lista de Navidad. Señalé a Daly que aparentemente se había perdido el memorándum en relación con que los jurados desconfiaban de los abogados con cola de caballo. La suya le llegaba a media espalda.

También fue durante ese tiempo muerto en el juego que oí sonar mi teléfono. Lo cogí de la cadera y lo abrí sin mirar la pantalla.

—¿Raul?

—No, señor, soy el detective Lankford, del Departamento de Policía de Glendale. ¿Es usted Michael Haller?

—Sí —dije.

—¿Tiene un momento?

—Tengo un momento, pero no sé si voy a poder oírle bien. Estoy en el partido de los Dodgers. ¿Puede esperar a que le llame más tarde?

—No, señor, no puedo esperar. ¿Conoce a un hombre llamado Raul Aaron Levin? Es...

—Sí, lo conozco. ¿Qué ocurre?

—Me temo que el señor Levin está muerto, señor. Ha sido víctima de un homicidio en su casa.

Mi cabeza cayó de tal manera que golpeé al hombre que tenía sentado delante de mí. Me eché hacia atrás y me tapé una oreja y apreté con fuerza el teléfono en la otra. Me aislé de todo lo que tenía alrededor.

—¿Qué ha ocurrido?

—No lo sabemos —dijo Lankford—. Por eso estamos aquí. Parece que ha estado trabajando para usted recientemente. ¿Hay alguna posibilidad de que venga aquí y conteste unas preguntas para ayudarnos?

Dejé escapar el aliento y traté de mantener la voz calmada y modulada.

—Voy en camino —dije.

23

El cadáver de Raul Levin estaba en la habitación de atrás de su casa, a unas pocas manzanas de Brand Boulevard. La habitación había sido probablemente diseñada como jardín de invierno o quizá como sala para ver la televisión, pero Raul la había convertido en su oficina privada. Igual que yo, no tenía necesidad de un espacio comercial. El suyo no era un trabajo con visitantes. Ni siquiera figuraba en las páginas amarillas. Trabajaba para abogados y conseguía los trabajos por el boca a boca. Los cinco abogados que iban a reunirse con él en el partido de béisbol eran testigos de su talento y su éxito.

Los policías de uniforme a los que habían ordenado que me esperaran me hicieron aguardar en la sala de estar hasta que los detectives pudieran salir de la parte de atrás y hablar conmigo. Un agente de uniforme se quedó de pie en el pasillo, por si acaso yo decidía salir corriendo hacia la parte de atrás o la puerta de la calle. Estaba situado para responder a cualquiera de las dos situaciones. Yo me quedé allí sentado, esperando y pensando en mi amigo.

En el trayecto desde el estadio había llegado a la conclusión de que sabía quién había matado a Raul Levin. No hacía falta que me llevaran a la habitación de atrás ni que viera u oyera las pruebas para saber quién era el asesino. En mi fuero interno sabía que Raul se había acercado demasiado a Louis Roulet. Y era yo quien lo había enviado. La única cuestión que me quedaba por resolver era qué iba a hacer yo al respecto.

Al cabo de veinte minutos salieron dos detectives de la parte de atrás de la casa y se dirigieron a la sala de estar. Yo me levanté y hablamos de pie. El hombre se identificó como Lankford, el detective que me había llamado. Era el mayor y el más veterano. Su compañera se llamaba Sobel y no tenía aspecto de llevar mucho tiempo investigando homicidios.

No nos estrechamos las manos, porque ellos llevaban guantes de látex. También llevaban botines de papel encima de los zapatos. Lankford estaba mascando chicle.

—Muy bien, esto es lo que tenemos —dijo con brusquedad—. Levin estaba en su oficina, sentado en la silla de su escritorio. La silla estaba girada de manera que la víctima estaba de cara al intruso. Le dispararon una vez en el pecho. Algo pequeño, creo que una veintidós, pero esperaremos las pruebas forenses.

Lankford se golpeó en el centro del pecho. Oí el ruido duro de un chaleco antibalas debajo de la camisa.

—La cuestión —continuó el detective— es que después del disparo trató de levantarse o simplemente cayó. Expiró boca abajo en el suelo. El intruso registró la oficina y ahora mismo estamos perdidos para determinar qué estaba buscando o qué podría haberse llevado.

—¿Quién lo encontró? —pregunté

—Una vecina que vio a su perro suelto. El intruso debió de soltar al perro antes o después de matarlo. La vecina lo encontró vagando, lo reconoció y lo trajo aquí. Vio que la puerta de la casa estaba abierta, entró y encontró el cadáver. No parecía un gran perro guardián si quiere que le diga. Es uno de esos perros de peluche.

—Un shih tzu —dije.

Había visto el perro antes y había oído hablar de él a

Levin, pero no podía recordar su nombre. Algo así como *Rex* o *Bronco*, un nombre engañoso teniendo en cuenta el pequeño tamaño del animal.

Sobel consultó sus notas antes de continuar el interrogatorio.

—No hemos encontrado nada que pueda llevarnos al familiar más próximo —dijo ella—. ¿Sabe si tenía familia?

—Creo que su madre vive en el este. Él nació en Detroit. Quizás ella viva allí. Creo que no tenían mucha relación.

La detective asintió.

—Hemos encontrado la agenda de la víctima. Su nombre figura en casi todos los días en el último mes. ¿Estaba trabajando en un caso específico para usted?

Asentí con la cabeza.

—Un par de casos diferentes. Sobre todo uno.

—¿Le importaría hablarnos de él?

—Tengo un caso que irá a juicio. El mes que viene. Es un intento de violación y de homicidio. Estaba investigando las pruebas y ayudándome a prepararme.

—Se refiere a que estaba ayudándole a echar tierra sobre la investigación, ¿eh? —dijo Lankford.

Me di cuenta de que la cortesía de Lankford al teléfono había sido simplemente un gancho para que fuera a la casa. Ahora sería diferente. Incluso parecía estar mascando el chicle con más agresividad que cuando había entrado en la sala.

—Como quiera llamarlo, detective. Todo el mundo tiene derecho a una defensa.

—Sí, claro, y todos son inocentes, sólo es culpa de sus madres por sacarles la teta demasiado pronto —dijo Lankford—. Como quiera. Este tipo, Levin, fue policía, ¿no?

—Sí, trabajó en la policía de Los Ángeles. Era detective en la brigada de crímenes contra personas, pero se retiró hace doce años. Creo que fue hace doce años. Tendrá que comprobarlo.

—Supongo que no podía sacar tajada trabajando para los buenos, ¿eh?

—Supongo que depende de cómo lo mire.

—¿Podemos volver a su caso? —preguntó Sobel—. ¿Cuál es el nombre del acusado?

—Louis Ross Roulet. El juicio es en el Superior de Van Nuys ante la jueza Fullbright.

—¿Está detenido?

—No, está en libertad bajo fianza.

—¿Alguna animosidad entre él y el señor Levin?

—No que yo sepa.

Había decidido que iba a enfrentarme a Roulet de la forma en que sabía hacerlo. Iba a ceñirme al plan que había urdido, con la ayuda de Raul Levin: soltar una carga de profundidad en el juicio y asegurarme de alejarme. Sentía que se lo debía a mi amigo Mish. Él lo habría querido de esta forma. No iba a delegar. Iba a ocuparme personalmente.

—¿Podría haber sido una cuestión gay? —preguntó Lankford.

—¿Qué? ¿Por qué dice eso?

—Un perro repipi y luego en toda la casa sólo tiene fotos de tíos y el perro. En todas partes. En las paredes, junto a la cama, encima del piano.

—Mírelo de cerca, detective. Probablemente sólo hay un tipo. Su compañero murió hace unos años. No creo que haya estado con nadie desde entonces.

—Apuesto a que murió de sida.

No se lo confirmé. Me limité a esperar. Por un lado, estaba enfadado con los modales de Lankford. Por otro lado, supuse que su método de investigación de tierra quemada le impediría vincular a Roulet con el caso. A mí me parecía bien. Sólo necesitaba demorarlo cinco o seis semanas y luego ya no me importaría que lo resolviera o no. Para entonces ya habría terminado mi propia actuación.

—¿Este tipo frecuentaba los antros gais? —preguntó Lankford.

Me encogí de hombros.

—No tengo ni idea. Pero si fue un asesinato relacionado con el hecho de que fuera gay, ¿por qué su oficina estaba patas arriba y no el resto de la casa?

Lankford asintió. Pareció momentáneamente pillado a contrapié por la lógica de mi pregunta. Pero entonces me golpeó con un puñetazo por sorpresa.

—Entonces, ¿dónde ha estado esta mañana, abogado?

—¿Qué?

—Es sólo rutina. La escena indica que la víctima conocía a su asesino. Dejó que entrara hasta la habitación del fondo. Como he dicho antes, probablemente estaba sentado en la silla del escritorio cuando le dispararon. Me da la sensación de que se sentía muy a gusto con su asesino. Vamos a tener que descartar a todos sus conocidos, profesionales y sociales.

—¿Está diciendo que soy sospechoso?

—No, sólo estoy tratando de aclarar cosas y centrar el foco de la investigación.

—He estado toda la mañana en casa. Me estaba preparando para reunirme con Raul en el Dodger Stadium. Salí hacia el estadio alrededor de las doce y allí estaba cuando me llamó.

—¿Y antes de eso?

—Como he dicho, estaba en casa. Estuve solo. Pero recibí una llamada a eso de las once que me sitúa en mi casa, y estoy al menos a media hora de aquí. Si lo mataron después de las once, entonces tengo coartada.

Lankford no mordió el anzuelo. No me dijo la hora de la muerte. Quizá se desconocía por el momento.

—¿Cuándo fue la última vez que habló con él? —preguntó en cambio.

—Anoche, por teléfono.

—¿Quién llamó a quién y por qué?

—Me llamó y me dijo que si podía llegar pronto al partido. Yo le dije que sí podía.

—¿Por qué?

—Le gusta... Le gustaba ver la práctica de bateo. Dijo que podríamos charlar un poco del caso Roulet. Nada específico, pero no me había puesto al día en aproximadamente una semana.

—Gracias por su cooperación —dijo Lankford, con voz cargada de sarcasmo.

—¿Se da cuenta de que acabo de hacer lo que le digo a todos mis clientes y a todo aquel que me escuche que no haga? He hablado con usted sin un abogado presente, le he dado mi coartada. Debo de estar trastornado.

—He dicho gracias.

Sobel tomó la palabra.

—¿Hay algo más que pueda contarnos, señor Haller? Acerca de Levin o de su trabajo.

—Sí, hay otra cosa. Algo que deberían verificar. Pero quiero que lo mantengan confidencial.

Miré más allá de ellos al agente de uniforme que todavía estaba en el pasillo. Sobel siguió mi mirada y comprendió que quería intimidad.

—Agente, puede esperar fuera, por favor.

El agente se fue, con gesto enfadado, probablemente porque lo había echado una mujer.

—De acuerdo —dijo Lankford—. ¿Qué tiene?

—He de mirar las fechas exactas, pero hace unas semanas, en marzo, Raul trabajó para mí en otro caso que implicaba a uno de mis clientes que delató a un traficante de drogas. Él hizo algunas llamadas y ayudó a identificar al tipo. Oí después que el tipo era colombiano y que estaba muy bien conectado. Podrían haber sido sus amigos quienes...

Dejé que ellos completaran los huecos.

—No lo sé —dijo Lankford—. Esto ha sido muy limpio. No parece un asunto de venganza. No le han cortado el cuello ni le han arrancado la lengua. Un disparo, y además desvalijaron la oficina. ¿Qué podría estar buscando la gente del camello?

Negué con la cabeza.

—Quizás el nombre de mi cliente. El trato que hice lo mantuvo fuera de circulación.

Lankford asintió pensativamente.

—¿Cuál es el nombre del cliente?

—No puedo decírselo todavía. Es un privilegio abogado-cliente.

—Vale, ya empezamos con las chorradas. ¿Cómo vamos a investigar esto si ni siquiera sabemos el nombre de su cliente? ¿No le importa que su amigo esté ahí en el suelo con un trozo de plomo en el corazón?

—Sí, me importa. Obviamente soy aquí el único a quien le importa. Pero también estoy atado por las normas de la ética legal.

—Su cliente podría estar en peligro.

—Mi cliente está a salvo. Mi cliente está en prisión.

—Es una mujer ¿no? —dijo Sobel—. No deja de decir cliente en lugar de él o ella.

—No voy a hablar con ustedes de mi cliente. Si quieren saber el nombre del traficante es Héctor Arrande Moya. Está bajo custodia federal. Creo que la acusación original surgió de un caso de la DEA en San Diego. Es todo lo que puedo decirles.

Sobel lo anotó todo. Pensaba que les había dado suficiente para que miraran más allá de Roulet o el ángulo gay.

—Señor Haller, ¿ha estado antes en la oficina del señor Levin? —preguntó Sobel.

—Algunas veces. Aunque no en los últimos dos meses, al menos.

—¿Le importaría acompañarnos de todos modos? Quizás encuentre algo fuera de lugar o se fije en que falta alguna cosa.

—¿Él sigue ahí?

—¿La víctima? Sí, todavía está como lo encontraron.

Asentí con la cabeza. No estaba seguro de querer ver el cadáver de Levin en el centro de una escena de crimen. Sin embargo, decidí de repente que tenía que verlo y que no debía olvidar esa imagen. La necesitaría para alimentar mi resolución y mi plan.

—Muy bien, iré.

—Entonces póngase esto y no toque nada mientras esté allí —dijo Lankford—. Todavía estamos procesando la escena.

Sacó del bolsillo un par de botines de papel doblados. Me senté en el sofá de Raul y me los puse. Después los seguí por el pasillo a la escena del crimen.

El cuerpo de Levin estaba in situ, como lo habían encontrado. Se hallaba boca abajo en el suelo, con la cara ligeramente levantada hacia su derecha y la boca y los ojos abiertos. Su cuerpo estaba en una postura extraña, con una cadera más alta que la otra y los brazos y las manos debajo del torso. Parecía claro que había caído de la silla de escritorio que había tras él.

Inmediatamente lamenté mi decisión de entrar en la sala. Comprendí que la expresión final del rostro de Raul se sobrepondría a todos los demás recuerdos visuales que tenía de él. Me vería obligado a tratar de olvidarle, para que no se me aparecieran otra vez esos ojos.

Me ocurría lo mismo con mi padre. Mi único recuerdo visual de él era el de un hombre en una cama. Pesaba cuarenta y cinco kilos a lo sumo y el cáncer lo había devorado desde dentro. El resto de recuerdos visuales que tenía de él eran falsos. Procedían de fotos que aparecían en libros que había leído.

Había varias personas trabajando en la sala: investigadores de la escena del crimen y personal de la oficina del forense. Mi rostro debió de mostrar el horror que estaba sintiendo.

—¿Sabe por qué no podemos cubrirlo? —me preguntó Lankford—. Por gente como usted. Por O. J. Es lo que llaman transferencia de pruebas. Algo sobre lo que ustedes los abogados saltarían como lobos. Ya no hay sábanas encima de nadie. Hasta que lo saquemos de aquí.

No dije nada, me limité a hacer un gesto de asentimiento. Tenía razón.

—¿Puede acercarse al escritorio y decirnos si ve algo inusual? —preguntó Sobel, que al parecer se había compadecido de mí.

Estuve agradecido de hacerlo porque eso me permitió dar la espalda al cadáver. Me acerqué al escritorio, que era un conjunto de tres mesas de trabajo que formaban una curva en la esquina de la habitación. Eran muebles que reconocí como procedentes de una tienda IKEA cercana de Burbank. No era elaborado. Sólo simple y útil. La mesa de centro situada en la esquina tenía un ordenador encima y una bandeja extraíble para el teclado. Las mesas de los lados parecían espacios gemelos de trabajo y posiblemente Levin las usaba para evitar que se mezclaran investigaciones separadas.

Mis ojos se entretuvieron en el ordenador mientras me preguntaba qué habría escrito Levin en archivos electrónicos sobre Roulet. Sobel reparó en mi mirada.

—No tenemos a un experto informático —dijo—. Es un departamento demasiado pequeño. Viene en camino un tipo de la oficina del sheriff, pero se han llevado el disco duro.

Ella señaló con su boli debajo de la mesa, donde la unidad de PC seguía de pie pero con un lateral de su carcasa de plástico retirada hacia atrás.

—Probablemente ahí no habrá nada para nosotros —dijo—. ¿Y en las mesas?

Mis ojos se movieron primero al escritorio que estaba a la izquierda del ordenador. Los papeles y archivos estaban esparcidos por encima de manera azarosa. Miré algunas de las etiquetas y reconocí los nombres.

—Algunos de éstos son clientes míos, pero son casos cerrados.

—Probablemente estaban en los archivadores del armario —dijo Sobel—. El asesino puede haberlos vaciado aquí para confundirnos. Para ocultar lo que verdaderamente estaba buscando o se llevó. ¿Y aquí?

Nos acercamos a la mesa que estaba a la derecha del ordenador. Ésta no estaba tan desordenada. Había un cartapacio calendario en el que quedaba claro que Levin mantenía un recuento de las horas y de para qué abogado estaba trabajando en ese momento. Lo examiné y vi mi nombre numerosas veces en las últimas cinco semanas. Tal y como me habían dicho los dos detectives, Levin había estado trabajando para mí prácticamente a tiempo completo.

—No lo sé —dije—. No sé qué buscar. No veo nada que pueda ayudar.

—Bueno, la mayoría de los abogados no son muy útiles —dijo Lankford desde detrás de mí.

No me molesté en volverme para defenderme. Él estaba al lado del cuerpo y no quería ver lo que estaba haciendo. Me estiré para girar el Rolodex que había en la mesa sólo para poder mirar los nombres de las tarjetas.

—No toque eso —dijo Sobel al instante.

Yo retiré la mano de golpe.

—Lo siento. Sólo iba a mirar los nombres. No...

No terminé. Estaba en terreno resbaladizo. Sólo quería irme y beber algo. Sentía que el perrito caliente del Dodger Stadium que tan bien me había sentado estaba a punto de subirme a la garganta.

—Eh, mira esto —dijo Lankford.

Me volví junto con Sobel y vi que el forense estaba lentamente dando la vuelta al cuerpo de Levin. La sangre había teñido la parte delantera de la camisa de los Dodgers que llevaba. Pero Lankford estaba señalando las manos del cadáver, que antes habían estado cubiertas por el cuerpo. Los dedos anular y corazón de su mano izquierda estaban doblados hacia la palma mientras que el meñique y el índice estaban completamente extendidos.

—¿Este tipo era fan de los Longhorns de Tejas o qué? —preguntó Lankford.

Nadie rió.

—¿Qué opina? —me dijo Sobel.

Miré el último gesto de mi amigo y negué con la cabeza.

—Ah, ya lo pillo —dijo Lankford—. Es una señal. Un código. Nos está diciendo que lo ha hecho el diablo.

Pensé en Raul llamando diablo a Roulet o diciendo que tenía pruebas de que era la encarnación del mal. Y supe lo que significaba el último mensaje de mi amigo. Al morir en el suelo de su oficina, trató de decírmelo. Trató de advertirme.

24

Fui al Four Green Fields y pedí una Guinness, pero enseguida pasé al vodka con hielo. No creía que tuviera ningún sentido retrasar las cosas. En la tele de encima del bar se veía el partido de los Dodgers, que estaba terminando. Los chicos de azul estaban recuperándose, y sólo perdían de dos con las bases llenas en la novena entrada. El camarero tenía los ojos enganchados en la pantalla, pero a mí ya no me preocupaban más los inicios de nuevas temporadas. No me importaban las remontadas en la novena entrada.

Después del segundo asalto de vodka, saqué el teléfono en la barra y empecé a hacer llamadas. Primero llamé a los otros cuatro abogados del partido. Todos nos habíamos marchado después de que yo recibiera la noticia. Ellos se habían ido a sus casas sabiendo que Levin había muerto, pero sin conocer ningún detalle.

A continuación llamé a Lorna y ella lloró al teléfono. Hablé con ella durante un rato y mi segunda ex mujer formuló la pregunta que estaba esperando evitar.

—¿Es por tu caso? ¿Es por Roulet?

—No lo sé —mentí—. Les he hablado de eso a los polis, pero ellos parecían más interesados en el hecho de que fuera gay que en ninguna otra cosa.

—¿Era gay?

Sabía que funcionaría como forma de desviar la atención.

—No lo anunciaba.

—¿Y tú lo sabías y no me lo dijiste?

—No había nada que decir. Era su vida. Supongo que si hubiera querido decírselo a la gente lo habría hecho.

—¿Los detectives dicen que fue eso lo que ocurrió?

—¿Qué?

—Ya sabes, que el hecho de ser gay le costó que lo mataran.

—No lo sé. No paraban de preguntarme sobre eso. No sé qué pensaban. Lo mirarán todo y con suerte conducirá a algo.

Hubo silencio. Levanté la mirada a la tele justo cuando los Dodgers conseguían la carrera ganadora y el estadio prorrumpía en una explosión de algarabía y felicidad. El camarero vitoreó y subió el volumen con el control remoto. Aparté la mirada y me tapé con la mano la oreja libre.

—¿Te hace pensar, verdad? —dijo Lorna.

—¿En qué?

—En lo que hacemos. Mickey, cuando cojan al cabrón que hizo eso, podría llamarme a mí para contratarte.

Requerí la atención del camarero agitando el hielo en mi vaso vacío. Quería que me lo rellenara. Lo que no quería decirle a Lorna era que creía que ya estaba trabajando para el cabrón que había matado a Raul.

—Lorna, cálmate. Te estás...

—¡Podría pasar!

—Mira, Raul era mi colega y también era mi amigo. Pero no voy a cambiar lo que hago ni aquello en lo que creo porque...

—Quizá deberías. Quizá todos deberíamos. Es lo único que estoy diciendo.

Lorna rompió a llorar otra vez. El camarero me trajo mi nueva bebida y me tomé un tercio de un solo trago.

—Lorna, ¿quieres que vaya?

—No, no quiero nada. No sé lo que quiero. Esto es espantoso.

—¿Puedo decirte algo?

—¿Qué? Por supuesto que puedes.

—¿Recuerdas a Jesús Menéndez? ¿Mi cliente?

—Sí, pero qué tiene que...

—Era inocente. Y Raul estaba trabajando en eso. Estábamos trabajando en eso. Íbamos a sacarlo.

—¿Por qué me cuentas esto?

—Te lo cuento porque no podemos coger lo que le ha pasado a Raul y limitarnos a no hacer nada. Lo que hacemos es importante. Es necesario.

Las palabras me sonaron huecas al decirlas. Lorna no respondió. Probablemente la había confundido, porque me había confundido a mí mismo.

—¿Vale? —pregunté.

—Vale.

—Bien. He de hacer algunas llamadas más, Lorna.

—¿Me avisarás cuando averigües cuándo será el funeral?

—Lo haré.

Después de cerrar el teléfono decidí tomarme un descanso antes de hacer otra llamada. Pensé en la última pregunta de Lorna y me di cuenta de que probablemente sería yo quien tendría que organizar el funeral por el que ella había preguntado. A no ser que una anciana de Detroit que había repudiado a Raul Levin veinticinco años antes subiera a escena.

Empujé mi vaso hasta el borde de la barra.

—Ponme una Guinness y sírvete tú otra —le dije al camarero.

Decidí que era hora de frenar y una forma era beber Guinness, porque tardaban mucho en llenar la jarra. Cuando el camarero me la trajo por fin vi que había dibujado un arpa en la espuma con el grifo. Alcé la jarra antes de beber.

—Dios bendiga a los muertos —dije.

—Dios bendiga a los muertos —repitió el camarero.

Di un largo trago de la espesa cerveza y fue como tragar hormigón para que los ladrillos de mi interior no se derrumbaran. De repente sentí ganas de llorar. Pero entonces sonó mi teléfono. Lo cogí sin mirar la pantalla y dije hola. El alcohol había doblado mi voz en una forma irreconocible.

—¿Es Mick? —preguntó una voz.

—Sí, ¿quién es?

—Soy Louis. Acabo de enterarme de la noticia de Raul. Lo siento mucho, tío.

Aparté el teléfono de mi oreja como si fuera una serpiente a punto de morderme. Retiré el brazo, preparado para lanzar el móvil al espejo de detrás de la barra, donde vi mi propio reflejo. Me detuve.

—Sí, hijoputa, ¿cómo ha...?

—Disculpe —dijo Roulet—. ¿Está bebiendo?

—Tiene razón, estoy bebiendo —dije—. ¿Cómo coño sabe ya lo que le ha pasado a Mish?

—Si por Mish se refiere al señor Levin, acabo de recibir una llamada de la policía de Glendale. Una detective dijo que quería hablar conmigo de él.

La respuesta me sacó al menos dos vodkas del hígado. Me enderecé en el taburete.

—¿Sobel? ¿Le ha llamado ella?

—Sí, eso creo. Dijo que usted le había dado mi nombre y que serían unas preguntas de rutina. Va a venir aquí.

—¿Adónde?

—A la oficina.

Pensé en ello por un momento, pero no sentí que Sobel estuviera en peligro, ni siquiera si acudía sin Lankford. Roulet no intentaría nada con una agente de policía, y menos en su propia oficina. Mi mayor preocupación era que de algún modo Sobel y Lankford ya estaban encima de Roulet y me arrebatarían mi oportunidad de vengarme personalmente por Raul Levin y Jesús Menéndez. ¿Había dejado Roulet alguna huella? ¿Un vecino lo había visto en la casa de Levin?

—¿Es lo único que dijo?

—Sí. Dijo que iban a hablar con todos sus clientes recientes. Y yo era el más reciente.

—No hable con ellos.

—¿Está seguro?

—No si no está presente su abogado.

—¿No sospecharán si no hablo con ellos, si no les doy una coartada o algo?

—No importa. No hablarán con usted si no doy yo mi permiso. Y no se lo voy a dar.

Cerré mi mano libre en un puño. No podía soportar la idea de darle asesoramiento legal al hombre del que estaba seguro que había matado a mi amigo esa misma mañana.

—De acuerdo —dijo Roulet—. Los enviaré a paseo.

—¿Dónde ha estado esta mañana?

—¿Yo? Aquí en mi oficina. ¿Por qué?

—¿Alguien le vio?

—Bueno, Robin vino a las diez. Nadie antes de eso.

Recordé a la mujer con el pelo cortado como una guadaña. No sabía qué decirle a Roulet, porque no sabía cuál había sido la hora de la muerte. No quería mencionar nada acerca del brazalete de seguimiento que supuestamente llevaba en el tobillo.

—Llámeme después de que la detective Sobel se vaya. Y recuerde, no importa lo que ella o su compañero le digan, no hable con ellos. Pueden mentirle todo lo que quieran. Y todos lo hacen. Tome todo lo que le digan como una mentira. Sólo intentan engañarle para que hable con ellos. Si dicen que yo les he dicho que puede hablar, es mentira. Coja el teléfono y llámeme, yo les diré que se pierdan.

—Muy bien, Mick. Así lo haré. Gracias.

Roulet colgó. Yo cerré el teléfono y lo dejé en la barra como si fuera algo sucio y descartable.

—Sí, de nada —dije.

Me bebí de un trago una cuarta parte de mi pinta y levanté otra vez el teléfono. Usando la tecla de marcado rápido llamé al móvil de Fernando Valenzuela. Estaba en casa, pues acababa de volver del partido de los Dodgers. Eso significaba que había salido antes de hora para evitar el tráfico. Típico aficionado de Los Ángeles.

—¿Roulet todavía lleva tu brazalete de seguimiento?

—Sí, lo lleva.

—¿Cómo funciona? ¿Puedes rastrear dónde ha estado, o sólo dónde está ahora?

—Es posicionamiento global. Envía una señal. Puedes rastrearla hacia atrás para saber dónde ha estado alguien.

—¿Lo tienes ahí en tu oficina?

—Está en mi portátil, tío. ¿Qué pasa?

—Quiero saber dónde ha estado hoy.

—Bueno, deja que lo arranque. Espera.

Esperé, me terminé la Guinness y le pedí al camarero que empezara a servirme otra antes de que Valenzuela hubiera arrancado su portátil.

—¿Dónde estás, Mick?

—En el Four Green Fields.

—¿Pasa algo?

—Sí, pasa algo. ¿Lo tienes encendido o qué?

—Sí, lo estoy mirando ahora mismo. ¿Cuánto te quieres remontar?

—Empieza por esta mañana.

—Vale. Roulet, eh..., no ha hecho gran cosa hoy. Ha salido de su casa para ir a la oficina a las ocho. Parece que ha hecho un trayecto corto (un par de manzanas, probablemente para comer) y luego ha vuelto a su oficina. Sigue allí.

Pensé en eso unos momentos. El camarero me trajo la siguiente pinta.

—Val, ¿cómo te sacas ese trasto del tobillo?

—¿Si tú fueras él? No. No puedes. Se atornilla y la llave que usa es única. La tengo yo.

—¿Estás seguro?

—Estoy seguro. La tengo aquí mismo en mi llavero, tío.

—¿No hay copias, del fabricante, por ejemplo?

—Se supone que no. Además, no importa. Si la anilla se rompe, aunque lo abra, tengo una alarma en el sistema. También tiene lo que se llama un «detector de masa». Una vez que le pongo ese chisme alrededor del tobillo, tengo una alarma en el ordenador en el momento en que lee que no hay nada allí. Eso no ha ocurrido, Mick. Así que estamos hablando de que la única forma es una sierra. Cortas la pierna y dejas el brazalete en el tobillo. Es la única forma.

Me bebí la parte superior de mi nueva cerveza. Esta vez el camarero no se había molestado en hacer ningún dibujo.

—¿Y la batería? Y si se acaba la batería, ¿pierdes la señal?

—No, Mick. Eso también está previsto. Tiene un cargador y una batería en el brazalete. Cada pocos días ha de conectarlo unas horas para alimentarlo. Mientras está sentado en el despacho o echando la siesta. Si la batería baja del veinte por ciento tengo una alarma en mi ordenador y yo lo llamo y le digo que lo conecte. Si no lo hace, tengo otra en el quince por ciento, y luego en el diez por ciento empieza a pitar y no hay manera de que se lo quite o lo apague. Eso no le ayuda a fugarse. Y ese último diez por ciento todavía me proporciona cinco horas de seguimiento. Puedo encontrarlo en cinco horas, descuida.

—Vale, vale.

Estaba convencido por la ciencia.

—¿Qué está pasando?

Le hablé de Levin y le dije que la policía probablemente querría investigar a Roulet, y el brazalete del tobillo y el sistema de seguimiento seguramente serían la coartada de nuestro cliente. Valenzuela estaba aturdido por la noticia. No tenía tanta relación con Levin como yo, pero lo conocía desde hacía mucho tiempo.

—¿Qué crees que ha pasado, Mick? —me preguntó.

Sabía que estaba preguntando si pensaba que Roulet era el asesino o alguien que estaba detrás del crimen. Valenzuela no sabía todo lo que yo sabía ni lo que Levin había descubierto.

—No sé qué pensar —dije—. Pero deberías tener cuidado con este tío.

—Tú también ten cuidado.

—Lo tendré.

Cerré el teléfono, preguntándome si había algo que Valenzuela no supiera. Si Roulet había encontrado una forma de quitarse el brazalete del tobillo para burlar el sistema de seguimiento. Estaba convencido por la ciencia, pero no por el factor humano de ésta. Siempre hay errores humanos.

El camarero se acercó al lugar en el que yo estaba en la barra.

—Eh, socio, ¿ha perdido las llaves del coche? —dijo.

Yo miré a mi alrededor para asegurarme de que estaba hablando conmigo y negué con la cabeza.

—No —dije.

—¿Está seguro? Alguien ha encontrado unas llaves en el aparcamiento. Mejor que lo compruebe.

Busqué en el bolsillo de mi traje, entonces saqué la mano y la extendí con la palma hacia fuera. Mi llavero estaba en mi mano.

—Ve, le di...

En un rápido y experto movimiento, el camarero me cogió las llaves y sonrió.

—Caer en esto debería ser un test de sobriedad —dijo—. Bueno, socio, no va a conducir... en un rato. Cuando quiera irse, le pediré un taxi.

Se retiró de la barra por si iba a presentar una objeción violenta. Pero simplemente asentí con la cabeza.

—Tú ganas —dije.

Arrojó mis llaves al mostrador de atrás, donde estaban alineadas las botellas. Miré mi reloj. Ni siquiera eran las cinco. La vergüenza me quemaba a través del acolchado de alcohol. Había tomado la salida fácil. La vía del cobarde, emborracharse a la vista de un terrible suceso.

—Puedes llevártela —dije, señalando mi jarra de Guinness.

Cogí el teléfono y pulsé una tecla de marcado rápido. Maggie McPherson contestó de inmediato. Los tribunales cerraban a las cuatro y media. Los fiscales normalmente estaban en su escritorio durante la última hora o dos horas antes de irse a casa.

—¿Aún no es hora de irse?

—¿Haller?

—Sí.

—¿Qué pasa? ¿Estás bebiendo? Tienes la voz cambiada.

—Creo que voy a necesitar que tú me lleves a casa esta vez.

—¿Dónde estás?

—En Four Green Fields. Llevo un rato aquí.

—Michael, ¿qué...?

—Raul Levin está muerto.

—Oh, Dios mío, ¿qué...?

—Asesinado. Así que esta vez ¿me llevas tú a casa? He tenido demasiado.

—Deja que llame a Stacey y le pida que se quede con Hayley, luego voy en camino. ¿No trates de irte, vale? No te vayas.

—No te preocupes, el camarero no me va a dejar.

25

Después de cerrar el teléfono le dije al camarero que había cambiado de idea y que me tomaría otra pinta mientras esperaba a mi chófer.

Saqué la cartera y puse una tarjeta de crédito en la barra. Primero me cobró, después me sirvió la Guinness. Tardó tanto en llenar la jarra vaciando la espuma por el costado que apenas la había probado cuando llegó Maggie.

—Has venido muy deprisa —dije—. ¿Quieres tomar algo?

—No, es demasiado temprano. Vamos, te llevaré a casa.

—Vale.

Bajé del taburete, me acordé de recoger mi tarjeta de crédito y mi teléfono, y salí del bar con mi brazo en torno a sus hombros y sintiéndome fatal.

—¿Cuánto has bebido, Haller? —preguntó Maggie.

—Entre demasiado y un montón.

—No vomites en mi coche.

—Te lo prometo.

Llegamos al coche, uno de los modelos de Jaguar baratos. Era el primer vehículo que se había comprado sin que yo le sostuviera la mano y estuviera implicado en la elección. Había elegido el Jag porque tenía estilo, pero cualquiera que entendiera un poco de coches sabía que era un Ford disfrazado. No le estropeé la ilusión.

Lo que la hiciera feliz a ella, me hacía feliz a mí, salvo la vez que decidió que divorciarse de mí haría que su vida fuera más feliz. Eso no me gustó mucho.

Maggie me ayudó a subir y se puso en marcha.

—Tampoco te desmayes —dijo al salir del aparcamiento—. No conozco el camino.

—Coge Laurel Canyon hasta pasar la colina. Después sólo has de girar a la izquierda al llegar abajo.

Aunque supuestamente el tráfico iba en sentido contrario, tardamos cuarenta y cinco minutos en llegar a Fareholm Drive. Por el camino le hablé de Raul Levin y de lo que le había ocurrido. Ella no reaccionó como Lorna porque nunca había visto a Levin. Aunque yo lo conocía y lo usaba como investigador desde hacía años, no se había convertido en un amigo hasta después de mi divorcio. De hecho, fue Raul quien me había llevado a casa más de una noche desde el Four Green Fields cuando yo estaba tratando de superar el final de mi matrimonio.

El mando de mi garaje estaba en el Lincoln, en el bar, así que le pedí que simplemente aparcara delante del garaje. También me di cuenta de que mi llave de la calle estaba en el llavero que contenía la llave del Lincoln y que había sido confiscada por el camarero. Tuvimos que ir por el lateral de la casa hasta la terraza de atrás y coger la llave de sobra —la que me había dado Roulet— de debajo de un cenicero que había en la mesa de pícnic. Entramos por la puerta trasera, que conducía directamente a mi oficina. Fue una suerte porque en mi estado de embriaguez prefería evitar subir por la escalera hasta la puerta principal. No sólo me habría agotado, sino que ella habría admirado la vista y eso le habría recordado las desigualdades entre la vida de un fiscal y la de un cabrón avaricioso.

—¡Qué dulce! —dijo ella—. Nuestro pequeño tesoro.

Seguí su mirada y vi que estaba mirando la foto de nuestra hija que tenía en el escritorio. Me entusiasmó la idea de haberme anotado inadvertidamente algún tipo de punto con ella.

—Sí —dije, buscando a tientas alguna forma de capitalizarlo.

—¿Por dónde está el dormitorio? —preguntó Maggie.

—Bueno, ¿no vas muy deprisa? A la derecha.

—Lo siento, Haller. No voy a quedarme mucho. Sólo tengo un par de horas extra con Stacey, y con este tráfico será mejor que salga pronto.

Maggie entró en el dormitorio y nos sentamos uno al lado del otro en la cama.

—Gracias por hacer esto —dije.

—Favor con favor se paga, supongo —dijo ella.

—Pensaba que me habías hecho un favor esa noche que te llevé a casa.

Ella me puso la mano en la mejilla y me volvió la cara hacia la suya. Me besó. Lo tomé como una confirmación de que efectivamente habíamos hecho el amor aquella noche. Me sentía vulnerable en extremo por no recordarlo.

—Guinness —dijo ella, saboreando sus labios al tiempo que se retiraba.

—Y algo de vodka.

—Buena combinación. Por la mañana te arrepentirás.

—Es tan temprano que me arrepentiré esta noche. Oye, ¿por qué no cenamos en Dan Tana's?

—No, Mick. He de ir a casa con Hayley. Y tú has de ir a dormir.

Hice un ademán de rendición.

—Vale, vale.

—Llámame por la mañana. Quiero hablar contigo cuando estés sobrio.

—Vale.

—¿Quieres que te desnude y te meta debajo de las sábanas?

—No, estoy bien. Sólo...

Me recosté en la cama y me quité los zapatos de una patada. A continuación rodé hasta el borde y abrí un cajón de la mesilla de noche. Saqué un frasco de paracetamol y un cedé que me había dado un cliente llamado Demetrius Folks. Era un bala perdida de Norwalk conocido en la calle como Lil'Demon. Me había dicho una vez que una noche tuvo una visión de que estaba destinado a morir joven y de manera violenta. Me dio el cedé y me dijo que lo pusiera cuando estuviera muerto. Y lo hice. La profecía de Demetrius se hizo realidad. Lo mataron en un tiroteo desde un coche unos seis meses después de que me diera el disco. Con un rotulador permanente había escrito *Wreckrium for Lil'Demon*. Era una selección de baladas que había copiado de distintos cedés de Tupac.

Puse el compacto en el reproductor Bose de la mesilla de noche y enseguida el ritmo de *God Bless the Dead* empezó a sonar. La canción era un homenaje a sus compañeros caídos.

—¿Tú escuchas esto? —preguntó Maggie, entrecerrando los ojos de incredulidad.

Me encogí de hombros lo mejor que supe mientras me apoyaba en un codo.

—A veces. Me ayuda a comprender mejor a muchos de mis clientes.

—Ésta es la gente que debería estar en prisión.

—Quizás algunos de ellos. Pero muchos otros tienen algo que decir. Algunos son auténticos poetas, y este tipo era el mejor de todos.

—¿Era? ¿Quién es, al que le dispararon en la puerta del museo del automóvil en Wilshire?

—No, ése era Biggie Smalls. Éste es el difunto gran Tupac Shakur.

—No puedo creer que escuches esto.

—Ya te he dicho que me ayuda.

—Hazme un favor. No lo escuches delante de Hayley.

—No te preocupes por eso. No lo haré.

—He de irme.

—Quédate un poquito.

Ella me hizo caso, pero se sentó rígida en el borde de la cama. Sabía que estaba intentando entender las letras. Hace falta tener el oído educado para eso, y requiere cierto tiempo. La siguiente canción era *Life Goes On*, y yo observé que tensaba el cuello y los hombros al entender parte de la letra.

—¿Puedo irme, por favor? —preguntó.

—Maggie, sólo quédate unos minutos.

Estiré el brazo y bajé un poco el volumen.

—Eh, lo apagaré si me cantas como solías cantarme.

—Esta noche no, Haller.

—Nadie conoce a Maggie McFiera como yo.

Ella sonrió un poco y yo me quedé un momento en silencio mientras recordaba aquellos tiempos.

—Maggie, ¿por qué te quedas conmigo?

—Te he dicho que no puedo quedarme.

—No, no me refiero a esta noche. Estoy hablando de la forma en que estás presente, de cómo no me traicionas con Hayley y de cómo estás ahí cuando te necesito. Como esta noche. No conozco a mucha gente que tenga ex esposas que todavía le quieran.

Ella pensó un momento antes de responder.

—No lo sé. Supongo que es porque veo a un buen hombre y a un buen padre ahí dentro esperando para aflorar algún día.

Asentí, y deseé que tuviera razón.

—Dime una cosa. ¿Qué harías si no pudieras ser fiscal?

—¿Hablas en serio?

—Sí, ¿qué harías?

—Nunca he pensado en eso realmente. Ahora mismo puedo hacer lo que siempre he querido hacer. Soy afortunada. ¿Por qué iba a querer cambiar?

Abrí el frasco de paracetamol y me tragué dos pastillas

sin bebida. La siguiente canción era *So Many Tears*, otra balada dedicada a los caídos. Me pareció apropiada.

—Creo que sería maestra —dijo ella finalmente—. De primaria. De niñas pequeñas como Hayley.

Sonreí.

—Señorita McFiera, señorita McFiera, mi perro se ha comido mis deberes.

Ella me dio un golpe en el brazo.

—De hecho, es bonito —dije—. Serías una buena maestra... salvo cuando mandaras a los niños al despacho del director sin fianza.

—Qué gracioso. ¿Y tú?

Negué con la cabeza.

—Yo no sería un buen maestro.

—Me refiero a qué te gustaría ser si no fueras abogado.

—No lo sé. Pero tengo tres Town Car. Supongo que podría poner en marcha un servicio de limusinas, llevar a la gente al aeropuerto.

Ahora ella me sonrió a mí.

—Yo te contrataría.

—Bien. Ya tengo un cliente. Dame un dólar y lo pegaré en la pared.

Pero la charla no estaba funcionando. Me eché hacia atrás, puse las palmas de las manos sobre los ojos y traté de apartar los sucesos del día, de apartar la imagen de Raul Levin en el suelo de su casa, con los ojos mirando un cielo permanentemente negro.

—¿Sabes de qué he tenido miedo siempre? —pregunté.

—¿De qué?

—De que no reconocería la inocencia. De que estaría delante de mí y no la vería. No estoy hablando de ser culpable o no culpable. Me refiero a la inocencia. Simplemente inocencia.

Ella no dijo nada.

—Pero ¿sabes de qué debería haber tenido miedo?

—¿De qué, Haller?

—Del mal. Simplemente del mal.

—¿A qué te refieres?

—Me refiero a que la mayoría de la gente que defiendo no es mala, Mags. Son culpables, sí, pero no son malvados. ¿Sabes qué quiero decir? Hay diferencia. Los escuchas a ellos y escuchas estas canciones y sabes por qué toman las decisiones que toman. La gente sólo intenta pasar, sólo intenta vivir con lo que tiene, y para empezar algunos no tienen absolutamente nada. Pero el mal es otra cosa. Es diferente. Es como... No lo sé. Está ahí fuera y cuando se muestra... No lo sé. No puedo explicarlo.

—Estás borracho, por eso.

—Lo único que sé es que debería haber temido una cosa, pero temía justamente la contraria.

Ella se estiró y me frotó el hombro. La última canción era *to live & die in l.a.*, y era mi favorita de la selección musical casera. Empecé a tararearla suavemente y luego canté el estribillo cuando la pista llegó a esa parte.

> *vivir y morir en l.a.*
> *es el lugar donde hay que estar*
> *has de estar allí para saberlo*
> *todo el mundo lo verá*

Enseguida paré de cantar y aparté las manos de la cara. Me quedé dormido con la ropa puesta. No oí salir de mi casa a la mujer a la que había amado más que a nada en el mundo. Ella me dijo después que la última cosa que murmuré antes de quedarme dormido fue «no puedo seguir haciendo esto».

Y no estaba hablando de cantar.

26

Dormí casi diez horas, pero aun así me desperté a oscuras. En el Bose decía que eran las 5.18. Traté de volver al sueño, pero la puerta estaba cerrada. A las 5.30 me levanté de la cama y traté mantener el equilibrio. Me duché. Me quedé debajo del grifo hasta que se enfrió el agua del depósito. Salí de la ducha y me vestí para afrontar otro día de pelearme con el sistema.

Todavía era demasiado temprano para llamar a Lorna y verificar mi agenda, pero tengo una agenda que normalmente está actualizada. Fui a la oficina de casa a comprobarlo y la primera cosa en la que me fijé fue en un billete de un dólar pegado a la pared encima del escritorio.

Mi adrenalina subió un par de peldaños al tiempo que mi mente corría pensando en el intruso que me había dejado el dinero en la pared como algún tipo de amenaza o mensaje. Entonces lo recordé.

—Maggie —dije en voz alta.

Sonreí y decidí dejar el billete de un dólar pegado a la pared.

Saqué la agenda del maletín para ver cómo se presentaba el día. En principio tenía la mañana libre hasta las once, en que tenía una vista en el Tribunal Superior de San Fernando. El caso era de un cliente recurrente acusado de posesión de utensilios relacionados con las drogas. Era una acusación de mierda, que apenas merecía el tiempo y el dinero, pero Melissa Menkoff ya estaba en libertad condicional por diversos delitos de drogas. Si la condenaban, aunque fuera por algo tan menor como posesión de utensilios relacionados con las drogas, su sentencia suspendida se ejecutaría y ella terminaría tras una puerta de acero entre seis y nueve meses como mínimo.

Era todo lo que tenía en la agenda. Después de San Fernando mi jornada estaba libre y me felicité en silencio por la previsión que había mostrado en mantener libre el día después del primer partido de la temporada. Por supuesto, al preparar la agenda no sabía que la muerte de Raul Levin me enviaría a Four Green Fields tan temprano, pero era una buena planificación de todos modos.

La vista del asunto Menkoff implicaba mi moción de suprimir la pipa de *crack* encontrada durante el registro de su vehículo después de haber sido parada por conducir descontroladamente en Northridge. La pipa se encontró en la consola central cerrada de su coche. Ella me había dicho que no había dado su permiso a la policía para registrar el vehículo, pero los agentes lo hicieron de todos modos. Mi argumento era que no había registro consentido ni causa probable para realizarlo. Si habían hecho parar a Menkoff por conducir erráticamente, entonces no había razón para registrar los compartimentos cerrados de su coche.

Era un argumento perdedor y lo sabía, pero el padre de Menkoff me pagaba bien y yo hacía todo lo que estaba en mi mano por su problemática hija. Y eso era exactamente lo que iba a hacer a las once en punto en el Tribunal de San Fernando.

Para desayunar me tomé dos paracetamoles y los bajé con huevos fritos, tostadas y café. Sazoné en abundancia los huevos con pimienta y salsa. Todo dio en los puntos adecuados y me proporcionó el combustible necesario para afrontar la batalla. Fui pasando las páginas del Times mientras comía, buscando un artículo sobre el asesinato de Raul Levin. Inexplicablemente, no había historia. Al principio no lo entendí. ¿Por qué Glendale mantenía un velo sobre el caso? Luego recordé que el *Times* publicaba diversas ediciones regionales del periódico cada mañana. Yo vivía en el Westside, y Glendale se consideraba parte del valle de San Fernando. Un asesinato en el valle podía ser considerado por los editores del *Times* como una noticia sin importancia para los lectores del Westside, que tenían sus propios asesinatos regionales de los que preocuparse. No encontré ningún artículo sobre Levin.

Decidí que tendría que comprar un segundo ejemplar del *Times* en otro quiosco de camino al tribunal de San Fernando. Pensar en a qué nuevo quiosco dirigiría a Earl Briggs me recordó que no tenía coche. El Lincoln estaba en el aparcamiento del Four Green Fields —a no ser que lo hubieran robado durante la noche—, y no podía conseguir mis llaves hasta que el bar abriera a las once para servir comidas. Tenía un problema. Había visto el coche de Earl en el aparcamiento de las afueras donde lo recogía cada mañana. Era un Toyota tuneado con tapacubos de cromo. Supuse que tendría un permanente olor de marihuana. No quería circular en él. En el condado del norte era una invitación a que la policía te parara. En el condado del sur era una invitación a que te tirotearan. Tampoco quería que Earl me recogiera en casa. Nunca dejo que mis chóferes sepan donde vivo.

El plan que se me ocurrió consistía en coger un taxi hasta mi almacén de North Hollywood y usar uno de los Town Car nuevos. El Lincoln de Four Green Fields tenía más de setenta mil kilómetros, en cualquier caso. Quizás estrenar coche me ayudaría a superar la depresión que sin duda sentiría por la muerte de Raul Levin.

Después de haber limpiado la sartén y el plato en el lavabo decidí que era lo bastante tarde para arriesgarme a despertar a Lorna con una llamada para confirmar mi agenda del día. Volví a la oficina de casa y cuando cogí el teléfono para hacer la llamada oí el tono interrumpido que me informaba de que tenía un mensaje.

Llamé al número de recuperación de mensajes y una voz informática me informó de que me había perdido una llamada a las 11.07 el día anterior. Cuando la voz recitó el número del que había recibido el mensaje me quedé helado. Era el del teléfono móvil de Raul Levin. Me había perdido su última llamada.

«Eh, soy yo. Probablemente ya estás de camino al partido y supongo que tendrás el móvil apagado. Si no escuchas esto te veré allí. Pero tengo otro as para ti. Creo que... —se interrumpió un momento por el sonido de fondo de un perro que ladraba—, bueno, podría decirse que tengo la receta para sacar a Jesús de San Quintín. He de colgar, socio.»

Eso era todo. Colgó sin decir adiós y había usado ese estúpido acento irlandés al final. El acento irlandés que siempre me había molestado me sonó enternecedor. Ya lo echaba de menos.

Pulsé el botón de reproducir el mensaje y volví a escucharlo, e hice lo mismo otras tres veces antes de guardarlo y colgar finalmente. Me senté en mi silla de escritorio y traté de aplicar el mensaje a lo que ya sabía. El primer dato desconcertante era la hora de la llamada. Yo no salí para el partido hasta las 11.30, y aun así de algún modo me había perdido la llamada de Levin, que se había recibido más de veinte minutos antes.

Eso carecía de sentido hasta que recordé la llamada de Lorna. A las 11.07 estaba hablando por teléfono con Lorna. El teléfono de mi casa se usaba con tan poca frecuencia que no me había molestado en tener llamada en espera instalada en la línea. Eso significaba que la última llamada de Levin había sido enviada al sistema de buzón de voz y no me enteré de ella mientras hablaba con Lorna.

Eso explicaba las circunstancias de la llamada, pero no su contenido.

Obviamente, Levin había encontrado algo. No era abogado, pero ciertamente conocía el peso de las pruebas y sabía cómo evaluarlas. Había encontrado algo que podía ayudarme a sacar a Menéndez de prisión. Había encontrado la receta para sacar a Jesús.

La última cosa a considerar era la interrupción del ladrido del perro, y eso era fácil. Había estado antes en casa de Levin y sabía que el perro tenía un ladrido agudo. Siempre que había ido a la casa, había oído que el perro empezaba a ladrar antes de que llamara a la puerta. Los ladridos en el fondo del mensaje y la forma precipitada en que Levin puso fin a la llamada me decían que alguien estaba llamando a su puerta. Tenía un visitante, y muy bien podría haber sido su asesino.

Pensé en ello un momento y concluí que la hora de la llamada era algo que en conciencia no podía ocultarle a la policía. El contenido del mensaje plantearía preguntas que tendría dificultades en responder, pero eso se veía superado por el valor de la hora de la llamada. Fui al dormitorio y busqué en los tejanos que había llevado el día anterior durante el partido. En uno de los bolsillos de atrás encontré el resguardo de la entrada y las tarjetas que Lankford y Sobel me habían dado al final de mi visita a la casa de Levin.

Cogí la tarjeta de visita de Sobel y me fijé en que sólo decía en ella «Detective Sobel». Sin nombre. Me pregunté por el motivo al hacer la llamada. Quizás era como yo y tenía dos tarjetas distintas en bolsillos alternos. Una con su nombre completo y la otra con un nombre más formal.

Respondió a la llamada de inmediato y traté de ver qué podía sacarle antes de darle yo mi información.

—¿Alguna novedad en la investigación? —pregunté.

—No mucho. No mucho que pueda compartir con usted. Estamos organizando las pruebas aquí. Tenemos algo de balística y...

—¿Ya han hecho la autopsia? —dije—. Qué rápido.

—No, la autopsia no la harán hasta mañana.

—Entonces ¿cómo tienen balística?

Sobel no respondió, pero lo adiviné.

—Han encontrado un casquillo. Lo mataron con una automática que escupe el casquillo.

—Es usted bueno, señor Haller. Sí, encontramos un casquillo.

—He trabajado en muchos juicios. Y llámeme Mickey. Es curioso, el asesino desvalijó el sitio, pero no recogió el casquillo.

—Quizá fue porque rodó por el suelo y cayó en un conducto de la ventilación. El asesino habría necesitado un destornillador y un montón de tiempo.

Asentí. Era un golpe de fortuna. No podía contar las veces que clientes míos habían sido condenados porque los polis habían tenido un golpe de fortuna. Y también un montón de clientes que salieron en libertad porque tuvieron ellos el golpe de suerte. Al final todo se equilibraba.

—Entonces, ¿su compañero tenía razón en que era una veintidós?

Sobel hizo una pausa antes de responder, decidiendo si iba a traspasar algún tipo de umbral al revelar información relativa al caso a mí, una parte implicada en el caso pero también el enemigo, nada menos que un abogado defensor.

—Tenía razón. Y gracias a las marcas en el cartucho, sabemos la pistola exacta que estamos buscando.

Sabía, por interrogar a expertos en balística y armas de fuego en juicios celebrados a lo largo de los años, que las marcas dejadas en los casquillos al disparar podían identificar el arma incluso sin tener el arma en la mano. Con una automática, las piezas de choque y eyección dejaban marcas singulares en el casquillo en la fracción de segundo en que el arma se disparaba. Analizar el conjunto de las huellas de rozadura podía conducir a una marca y modelo específico e identificar el arma.

—Resulta que el señor Levin poseía una veintidós —dijo Sobel—. Pero la encontramos en un armario de seguridad en la casa y no es una Woodsman. La única cosa que no hemos encontrado es su teléfono móvil. Sabemos que tenía uno, pero...

—Estaba llamándome desde el móvil justo antes de que lo mataran.

Hubo un momento de silencio.

—Ayer nos dijo que la última vez que le habló fue el viernes por la noche.

—Exacto. Pero por eso la he llamado. Raul me telefoneó ayer por la mañana a las once y siete minutos y me dejó un mensaje. No lo he escuchado hasta hoy porque después de dejarles ayer me fui a emborrachar. Luego me fui a dormir y no me he dado cuenta de que tenía un mensaje hasta ahora mismo. Llamó para informarme de uno de los casos en que estaba trabajando para mí un poco en segundo plano. Es una apelación de un cliente que está en prisión. Una cosa sin prisa. En cualquier caso, el contenido del mensaje no es importante, pero la llamada ayuda con el tiempo. Y escuche esto, cuando él está dejando el mensaje, se oye al perro que empieza a ladrar. Siempre lo hacía cuando alguien se acercaba a la puerta. Lo sé porque había estado allí antes y el perro siempre ladraba.

Otra vez ella me golpeó con un poco de silencio antes de responder.

—Hay una cosa que no entiendo, señor Haller.

—¿Qué?

—Ayer nos dijo que estuvo en casa hasta alrededor del mediodía, antes de irse al partido. Y ahora dice que el señor Levin le dejó un mensaje a las once y siete. ¿Por qué no contestó el teléfono?

—Porque estaba al teléfono cuando él llamó. Puede comprobar mis registros, verá que tengo una llamada de la directora de mi oficina, Lorna Taylor. Estaba hablando con ella cuando llamó Raul. No lo supe porque no tengo llamada en espera. Y por supuesto él pensó que ya había salido hacia el estadio, así que simplemente dejó el mensaje.

—Muy bien, lo entiendo. Probablemente le pediremos su permiso por escrito para acceder a esos registros.

—No hay problema.

—¿Dónde está usted ahora?

—En casa.

Le di la dirección y ella dijo que iba a venir con su compañero.

—Dense prisa. He de salir a un tribunal en aproximadamente una hora.

—Vamos ahora mismo.

Cerré el teléfono con intranquilidad. Había defendido a una docena de asesinos a lo largo de los años, y eso me había puesto en contacto con investigadores de homicidios. Pero nunca me habían cuestionado a mí acerca de un asesinato. Lankford y Sobel parecían sospechar de todas las respuestas que les daba. Me hizo preguntarme qué sabían ellos que yo no supiera.

Ordené las cosas en el escritorio y cerré mi maletín. No quería que vieran nada que yo no quisiera que vieran. Luego caminé por mi casa y comprobé todas las habitaciones. Mi última parada fue en el dormitorio. Hice la cama y volví a poner la caja del cedé de *Wreckrium for Lil'Demon* en el cajón de la mesilla de noche. Y entonces lo entendí. Me senté en la cama mientras recordaba algo que me había dicho Sobel. Se le había escapado algo y al principio se me había pasado por alto. Había dicho que habían encontrado la pistola del calibre 22 de Raul Levin pero que no era el arma homicida. Ella dijo que no era una Woodsman.

Inadvertidamente Sobel me había revelado la marca y el modelo del arma homicida. Sabía que la Woodsman era una pistola automática fabricada por Colt. Lo sabía porque yo poseía una Colt Woodsman Sport Model. Me la había dejado en herencia mi padre muchos años antes. Al morir. Una vez que fui lo bastante mayor para manejarla no la había sacado nunca de su caja de madera.

Me levanté de la cama y fui al vestidor. Avancé como si estuviera entre una niebla espesa. Mis pasos eran vacilantes. Estiré la mano a la pared y luego al marco de la puerta, como si necesitara apoyarme. La caja pulida estaba en el estante en el que se suponía que debía estar. Estiré ambos brazos para bajarla y salí al dormitorio.

Puse la caja en la cama y abrí el pestillo de latón. Levanté la tapa y retiré el trapo aceitado.

La pistola no estaba.

SEGUNDA PARTE

UN MUNDO SIN VERDAD

27

El cheque de Roulet tenía fondos. El primer día del juicio yo tenía más dinero en mi cuenta bancaria que jamás en mi vida. Si quería, podía olvidarme de las paradas de autobús y alquilar vallas publicitarias. También podía anunciarme en la contracubierta de las páginas amarillas en lugar de en la media página que tenía en su interior. Podía costeármelo. Finalmente tenía un caso filón que había dado beneficios. En términos pecuniarios, claro. La pérdida de Raul Levin siempre haría de ese filón una propuesta perdedora.

Habíamos pasado por tres días de selección de jurado y ya estábamos listos para empezar la función. Estaba previsto que el juicio durara otros tres días a lo sumo, dos días para la acusación y uno para la defensa. Le había dicho a la jueza que necesitaría un día para exponer mi caso ante el jurado, aunque lo cierto era que la mayor parte de mi trabajo se llevaría a cabo durante la presentación de la acusación.

El inicio de un juicio siempre es electrizante. Sientes un nerviosismo que te afecta las entrañas. Hay mucho en juego: reputación, libertad personal, la integridad del sistema en sí. Algo en el hecho de tener a esos doce extraños juzgando tu vida y tu trabajo siempre te conmueve. Y me estoy refiriendo a mí, al abogado defensor, el juicio del acusado es algo completamente diferente. Nunca me había acostumbrado a esa sensación, y lo cierto es que nunca quise hacerlo. Sólo puedo compararlo con la ansiedad y la tensión de estar ante el altar de una iglesia el día de tu boda. He tenido dos veces esa experiencia y la recordaba cada vez que un juez llamaba al orden en un juicio.

Aunque mi experiencia en procesos penales superaba con creces a la de mi oponente, no cabía duda de cuál era mi posición. Yo era un hombre solo ante las gigantescas fauces del sistema. Sin ninguna duda, el desamparado era yo. Sí, era cierto que me enfrentaba a un fiscal en su primer juicio por un delito grave. Pero esa ventaja se nivelaba e incluso quedaba empequeñecida por el poder y la voluntad del estado. El fiscal mandaba sobre todas las fuerzas del sistema judicial. Y en contra de todo eso me alzaba yo. Y un cliente culpable.

Estaba sentado junto a Louis Roulet ante la mesa de la defensa. Estábamos solos. No tenía segundo ni investigador detrás de mí, porque por alguna extraña lealtad hacia Raul Levin no había contratado a ningún sustituto. En realidad, tampoco lo precisaba. Levin me había dado todo lo que necesitaba. El juicio y su desarrollo servirían de testamento de su capacidad como investigador.

En la primera fila de la galería estaban sentados C. C. Dobbs y Mary Alice Windsor. En cumplimiento de una disposición previa al juicio, la jueza únicamente iba a permitir la presencia de la madre de Roulet durante la exposición inicial. Puesto que figuraba en la lista de testigos de la defensa, no se le permitiría escuchar ninguno de los testimonios que siguieran. Se quedaría en el pasillo, con su leal perrito faldero Dobbs, hasta que la llamaran al estrado.

También en primera fila, aunque no sentada junto a ellos, estaba mi propia sección de apoyo: mi ex mujer Lorna Taylor. Se había vestido con un traje azul marino y una blusa blanca. Estaba preciosa y habría podido mezclarse fácilmente con el ejército de mujeres abogadas que acudían al tribunal cada día. Pero ella estaba allí por mí, y yo la amaba por eso.

El resto de las filas de la galería estarían ocupadas de manera esporádica. Había unos pocos periodistas allí para tomar citas de las exposiciones iniciales y unos cuantos abogados y ciudadanos de público. No había aparecido ninguna televisión. El juicio todavía no había atraído más que una atención secundaria de la opinión pública. Y eso era bueno. Significaba que nuestra estrategia de contención de la publicidad había funcionado bien.

Roulet y yo permanecimos en silencio mientras esperábamos que la jueza ocupara su lugar e hiciera pasar al jurado para que pudiéramos empezar. Yo estaba tratando de calmarme, repasando mentalmente lo que quería decirle al jurado. Roulet tenía la mirada fija en el escudo del estado de California fijado en la parte frontal del banco de la jueza.

El alguacil de la sala recibió una llamada telefónica, pronunció unas palabras y colgó.

—Dos minutos, señores —dijo en voz alta—. Dos minutos.

Cuando un juez llamaba a una sala por adelantado, eso significaba que todo el mundo debía ocupar su lugar y estar preparado para empezar. Nosotros lo estábamos. Miré por encima del hombro a Ted Minton y vi que él estaba haciendo lo mismo que yo en la mesa de la acusación. Calmarse mediante el ensayo. Me incliné hacia delante y estudié las notas de mi bloc. Entonces Roulet, de manera inesperada, se inclinó hacia delante y casi se pegó a mí. Habló en un susurro, pese a que todavía no era necesario.

—Es la hora, Mick.

—Lo sé.

Desde la muerte de Raul Levin, mi relación con Roulet había sido de fría entereza. Lo soportaba porque tenía que hacerlo. No obstante, lo vi lo menos posible en los días y semanas previas al juicio, y hablé con él lo imprescindible desde que éste empezó. Sabía que la única debilidad de mi plan era mi propia debilidad. Temía que cualquier interacción con Roulet pudiera conducirme a actuar movido por la rabia y el deseo de vengar a mi amigo personal y físicamente. Los tres días de selección del jurado habían sido una tortura. Día tras día tenía que sentarme justo al lado de él y escuchar sus comentarios condescendientes acerca de los posibles jurados. La única manera de superarlo era hacer como si no estuviera allí.

—¿Está preparado? —me preguntó.

—Lo intento —dije—. ¿Y usted?

—Estoy preparado, pero quería decirle algo antes de empezar.

Lo miré. Estaba demasiado cerca de mí. Habría resultado invasivo incluso si lo que sintiese por él fuera amor y no odio. Me recosté.

—¿Qué?

Me siguió, recostándose a mi lado.

—Es usted mi abogado, ¿no?

Me incliné hacia delante, tratando de escaparme.

—Louis, ¿qué está diciendo? Llevamos más de dos meses juntos en esto y ahora estamos aquí con un jurado elegido y listo para el juicio. ¿Me ha pagado más de ciento cincuenta mil dólares y ha de preguntarme si soy su abogado? Por supuesto que soy su abogado. ¿De qué se trata? ¿Qué pasa?

—No pasa nada. —Se inclinó hacia delante y continuó—. O sea, si es mi abogado, puedo decirle cosas y usted tendría que mantenerlas como un secreto, aunque le contara un crimen. Más de un crimen. Está cubierto por la relación abogado-cliente, ¿no?

Sentí el estruendo de la inquietud en el estómago.

—Sí, Louis, tiene razón, a no ser que vaya a hablarme de un crimen a punto de cometerse. En ese caso, yo estaría liberado del código ético y podría informar a la policía para que pudiera impedirlo. De hecho, estaría en la obligación de informar. Un abogado es un agente de la judicatura. O sea, ¿qué es lo que quiere decirme? Acaba de oír la advertencia de los dos minutos. Estamos a punto de empezar.

—He matado a gente, Mick.

Lo miré un momento.

—¿Qué?

—Ya me ha oído.

Tenía razón. Lo había oído. Y no debería haberme sorprendido. Ya sabía que había matado a gente. Raul Levin era uno de ellos, e incluso había usado mi pistola para hacerlo, aunque todavía no había averiguado cómo lo había hecho con el brazalete GPS del tobillo. Simplemente estaba sorprendido de que hubiera decidido confiármelo como si tal cosa dos minutos antes de que empezara su juicio.

—¿Por qué me está diciendo esto? —pregunté—. Estoy a punto de intentar defenderle en esto y...

—Porque sé que ya lo sabe. Y porque sé cuál es su plan.

—¿Mi plan? ¿Qué plan?

Sonrió con perfidia.

—Vamos, Mick. Es sencillo. Usted me defiende en este caso. Se esfuerza, cobra una buena pasta, gana y yo salgo libre. Pero entonces, una vez que tiene su dinero en el banco, se vuelve contra mí porque ya no soy su cliente. Me arroja a los polis para poder liberar a Jesús Menéndez y redimirse.

No respondí.

—Bueno, no puedo dejar que ocurra —dijo con calma—. Ahora, soy suyo para siempre, Mick. Le estoy diciendo que he matado gente y, ¿sabe qué? Maté a Martha Rentería. Le di lo que merecía, y si usted acude a la poli o usa lo que le he dicho contra mí, entonces no va a ejercer la abogacía mucho tiempo más. Sí, puede que tenga éxito en resucitar a Jesús de entre los muertos. Pero yo nunca seré acusado de ello por su mala conducta. Creo que lo llaman «fruto del árbol envenenado», y usted es el árbol, Mick.

Todavía no pude responder. Me limité a asentir con la cabeza otra vez. Roulet ciertamente lo había pensado todo. Me pregunté cuánta ayuda habría recibido de Cecil Dobbs. Obviamente alguien le había asesorado en cuestiones legales.

Me incliné hacia él y le susurré:

—Sígame.

Me levanté, crucé con rapidez la portezuela y me dirigí a la puerta trasera de la sala. Desde atrás oí la voz del alguacil.

—¿Señor Haller? Estamos a punto de empezar. La jueza...

—Un minuto —respondí sin volverme.

También levanté un dedo. Empujé las puertas que daban paso a un vestíbulo escasamente iluminado, diseñado como una barrera para que el sonido del pasillo no se oyera en la sala. En el otro extremo del vestíbulo había unas puertas de doble batiente que conducían al pasillo. Me coloqué a un lado y esperé a que Roulet entrara en el reducido espacio.

En cuanto franqueó la puerta, lo agarré y lo empujé contra la pared. Lo sujeté con las dos manos en su pecho para impedir que se moviera.

—¿Qué coño cree que está haciendo?

—Calma, Mick. Sólo creí que deberíamos saber dónde estamos...

—Hijo de puta. Mató a Raul y lo único que hacía era trabajar para usted. Estaba tratando de ayudarle.

Quería agarrarlo por el cuello y estrangularlo allí mismo.

—Tiene razón en una cosa. Soy un hijo de puta. Pero se equivoca en todo lo demás, Mick. Levin no estaba tratando de ayudarme. Estaba tratando de enterrarme y se estaba acercando. Recibió lo que merecía por eso.

Pensé en el último mensaje de Levin en el teléfono de mi casa: «Tengo la receta para sacar a Jesús de San Quintín.» Lo que fuera que hubiera encontrado, le había costado la vida. Y lo habían matado antes de que pudiera comunicar la información.

—¿Cómo lo hizo? Si me lo está confesando todo aquí, quiero saber cómo lo hizo. ¿Cómo burló al GPS? Su brazalete muestra que no estuvo cerca de Glendale.

Me sonrió, como un niño con un juguete que no estaba dispuesto a compartir.

—Digamos simplemente que es información confidencial, y dejémoslo ahí. Nunca se sabe, a lo mejor he de volver a repetir el viejo truco de Houdini.

En sus palabras percibí la amenaza y en su sonrisa vi la maldad que había visto Raul Levin.

—No se le ocurra, Mick —dijo—. Como probablemente sabe, tengo una póliza de seguros.

Le presioné con más fuerza y me incliné más cerca de él.

—Escuche, capullo. Quiero mi pistola. ¿Cree que tiene esto atado? No tiene una mierda. Yo lo tengo atado. Y no va a superar airoso esta semana si no recupero la pistola. ¿Entendido?

Roulet lentamente estiró el brazo, me agarró por las muñecas y apartó mis manos de su pecho. Empezó a arreglarse la camisa y la corbata.

—Podría proponer un acuerdo —dijo él con calma—. Al final de este juicio salgo de este tribunal como un hombre libre. Continúo manteniendo mi libertad y, a cambio de eso, la pistola no cae nunca, digamos, en las manos equivocadas.

Es decir, Lankford y Sobel.

—Porque no me gustaría nada que pasara eso, Mick. Un montón de gente depende de usted. Un montón de clientes. Y a usted, por supuesto, no le gustaría ir a donde van ellos.

Retrocedí, usando toda mi voluntad para no levantar los

puños y agredirle. Me conformé con una voz que, aunque calmada, hervía con toda mi rabia y mi odio.

—Le prometo —dije— que si me jode nunca se librará de mí. ¿Está claro?

Roulet empezó a sonreír, pero antes de que pudiera responder se abrió la puerta de la sala y se asomó el ayudante del sheriff Meehan, el alguacil.

—La jueza está en el banco —dijo con voz severa—. Quiere que entren. Ahora.

Volví a mirar a Roulet.

—¡He dicho que si está claro!

—Sí, Mick —dijo afablemente—. Como el agua.

Me alejé de él y entré en la sala, caminando por el pasillo hasta la portezuela. La jueza Constance Fullbright me fulminó con la mirada durante todo mi recorrido.

—Es muy amable por su parte que se una a nosotros esta mañana, señor Haller.

¿Dónde había oído eso antes?

—Lo lamento, señoría —dije al tiempo que franqueaba la entrada—. Era una situación de emergencia con mi cliente. Teníamos que hablar.

—Se puede hablar con el cliente en la mesa de la defensa —respondió la jueza.

—Sí, señoría.

—Creo que no estamos empezando con buen pie, señor Haller. Cuando mi alguacil anuncia que la sesión empezará en dos minutos, espero que todo el mundo (incluidos el abogado defensor y su cliente) esté en su lugar y preparado para empezar.

—Pido disculpas, señoría.

—Eso no basta, señor Haller. Antes del final de la jornada de sesiones quiero que haga una visita a mi alguacil con su talonario de cheques. Le impongo una multa de quinientos dólares por desacato al tribunal. Soy yo quien está a cargo de esta sala, letrado, no usted.

—Señoría...

—Ahora, podemos hacer entrar al jurado —ordenó la jueza, cortando mi protesta.

El alguacil abrió la puerta a los doce miembros y dos suplentes y éstos empezaron a situarse en la tribuna del jurado. Me incliné hacia Roulet, que acababa de sentarse.

—Me debe quinientos dólares —le susurré.

28

La exposición inicial de Ted Minton se ciñó al modelo establecido de la exageración fiscal. Más que decirle al jurado qué pruebas iba a presentar y qué se disponía a probar, el fiscal trató de decirles lo que todo ello significaba. Buscaba un plano general, y eso casi siempre es un error. El plano general implica inferencias y teorías. Extrapola los hechos a la categoría de sospechas. Cualquier fiscal con experiencia en una docena de juicios por delitos graves sabe que es mejor quedarse corto. Quieres que los miembros del jurado condenen, no necesariamente que comprendan.

—De lo que trata este caso es de un depredador —les dijo—. Louis Ross Roulet es un hombre que en la noche del seis de marzo estaba al acecho de una presa. Y de no haber sido por la firme determinación de una mujer para sobrevivir, ahora estaríamos juzgando un caso de asesinato.

Me había fijado antes en que Minton había elegido a un «encargado del marcador». Así es como llamo a un miembro del jurado que toma notas de manera incesante durante el juicio. Una exposición inicial no es una oferta de pruebas y la jueza Fullbright había advertido de ello al jurado, aun así, la mujer de la primera silla de la fila delantera había estado escribiendo desde el inicio de la intervención de Minton. Eso era bueno. Me gustan los encargados del marcador porque documentan lo que los abogados dicen que será presentado y probado en el juicio, y al final vuelven a comprobarlo y verifican el tanteo.

Miré el gráfico del jurado que había rellenado la semana anterior y vi que la encargada del marcador era Linda Truluck, un ama de casa de Reseda. Era una de las únicas tres mujeres del jurado. Minton se había esforzado en reducir a un mínimo la representación femenina, porque temía que, una vez que se estableciera en el juicio que Regina Campo había ofrecido servicios sexuales a cambio de dinero, podría perder la simpatía de las mujeres y en última instancia sus votos en un veredicto. Creía que probablemente tenía razón en la suposición y yo trabajé con la misma diligencia en poner mujeres en la tribuna del jurado. Ambos habíamos terminado agotando nuestros veinte vetos y ésa era probablemente la principal razón de que el proceso de selección se prolongara durante tres días. Al final, tenía tres mujeres en el jurado y sólo necesitaba a una para evitar una condena.

—Oirán el testimonio de la propia víctima acerca de que su estilo de vida era uno que no aprobaríamos —dijo Minton a los miembros del jurado—. El resumen es que estaba vendiendo sexo a hombres a los que invitaba a su casa. Pero quiero que recuerden que este juicio no trata de lo que la víctima de este caso hacía para ganarse la vida. Cualquiera puede ser víctima de un crimen violento. Cualquiera. No importa lo que haga uno para ganarse la vida, la ley no permite que se le golpee, que se le amenace a punta de cuchillo o que se le haga temer por su vida. No importa lo que uno haga para ganar dinero. Disfruta de las mismas protecciones que todos nosotros.

Estaba muy claro que Minton no quería usar las palabras «prostitución» o «prostituta» por miedo a que eso dañara su tesis. Anoté la palabra en un bloc que me llevaría al estrado cuando hiciera mi declaración. Planeaba corregir las omisiones de la acusación.

Minton ofreció una visión general de las pruebas. Habló de la navaja con las iniciales del acusado grabadas en el filo. Habló de la sangre que se encontró en su mano izquierda. Y advirtió a los miembros del jurado que no se dejaran engañar por los intentos de la defensa de confundir las pruebas.

—Es un caso muy claro y sencillo —dijo para concluir—. Tienen a un hombre que agredió a una mujer en su casa. Su plan era violarla y luego matarla. Sólo por la gracia de Dios estará ella aquí para contarles la historia.

Dicho esto, Minton agradeció al jurado su atención y ocupó su lugar en la mesa de la acusación. La jueza Fullbright miró su reloj y luego me miró a mí. Eran las 11.40, y probablemente estaba sopesando si decretar un receso o permitirme proceder con mi exposición de apertura. Una de las principales tareas de un juez durante un proceso es el control del jurado. Es responsabilidad del magistrado asegurarse de que el jurado se siente cómodo y atento. Normalmente la solución consiste en hacer muchas pausas, cortas y largas.

Conocía a Connie Fullbright desde hacía al menos doce años, desde mucho antes de que fuera jueza. Había sido tanto fiscal como abogada defensora, de manera que conocía ambas caras de la moneda. Aparte de su exagerada disposición a las multas por desacato, era una jueza buena y justa... hasta que llegaba la hora de la sentencia. Ibas al tribunal de Fullbright sabiendo que estabas al mismo nivel que la fiscalía. Pero si un jurado condenaba a tu cliente, tenías que prepararte para lo peor. Fullbright era uno de los jueces que imponía sentencias más duras en el condado. Era como si te estuviera castigando a ti y a tu cliente por hacerle perder el tiempo con un juicio. Si había margen de maniobra en la sentencia, ella siempre iba al máximo, tanto si se trataba de prisión como si se trataba de condicional.

—Señor Haller —dijo—. ¿Piensa reservar su exposición?

—No, señoría, pero creo que voy a ser muy rápido.

—Muy bien —dijo la jueza—. Entonces le escucharemos y luego iremos a comer.

La verdad era que no sabía cuánto tiempo iba a extenderme. Minton había utilizado cuarenta minutos, y sabía que yo estaría próximo a ese tiempo. No obstante, le había dicho a la jueza que sería rápido sencillamente porque no me gustaba la idea de que el jurado se fuera a almorzar sólo con la parte del fiscal de la historia. Quería que tuvieran algo más en que pensar mientras se comían sus hamburguesas y sus ensaladas de atún.

Me levanté y me acerqué al estrado situado entre las mesas de la defensa y de la acusación. La sala era uno de los espacios recientemente rehabilitados en el viejo tribunal. Tenía dos tribunas idénticas para el jurado a ambos lados del banco del magistrado. La puerta que daba al despacho del juez estaba casi oculta en la pared, con sus líneas camufladas entre las líneas y los nudos de la madera. El pomo era lo único que la delataba.

Fullbright dirigía sus juicios como un juez federal. Los abogados no estaban autorizados a acercarse a los testigos sin su permiso y nunca les permitía aproximarse a la tribuna del jurado. Sólo podían hablar desde el estrado.

De pie en el estrado, tenía la tribuna del jurado a mi derecha y estaba más cerca de la mesa de la fiscalía que de la destinada al equipo de la defensa. Para mí estaba bien. No quería que vieran de cerca a Roulet. Quería que mi cliente les resultara un poco misterioso.

—Damas y caballeros del jurado —empecé—, me llamo Michael Haller y represento al señor Roulet en este juicio. Me alegro de decirles que este juicio será probablemente un juicio rápido. Sólo les robaremos unos pocos días más de su tiempo. Al final, probablemente se darán cuenta de que hemos tardado más tiempo en elegirles del que se tardará en presentar ambas caras del caso. El fiscal, el señor Minton, ha empleado su tiempo esta mañana hablándoles de lo que cree que significan todas las pruebas y quién es realmente el señor Roulet. Yo les aconsejaré que se sienten, escuchen las pruebas y dejen que su sentido común les diga lo que significa todo ello y quién es el señor Roulet.

Fui paseando mi mirada de un miembro del jurado a otro. Apenas miré el bloc de notas que había puesto en el atril. Quería que pensaran que estaba simplemente charlando con ellos.

—Normalmente, lo que me gusta hacer es reservar mi exposición inicial. En un caso penal, la defensa tiene la opción de realizar su exposición inicial al principio del juicio, como acaba de hacer el señor Minton, o justo antes de presentar la tesis de la defensa. Por lo general, me inclino por la segunda opción. Espero y hago mi exposición antes de que desfilen todos los testigos y las pruebas de la defensa. Sin embargo, este juicio es diferente. Es diferente porque el turno de la acusación también va a ser el turno de la defensa. Sin duda oirán a varios testimonios de la defensa, pero el corazón y el alma de este juicio serán las pruebas y testigos de la acusación y cómo decidan ustedes interpretarlas. Les garantizo que emergerá una versión de los hechos y las pruebas muy diferente de la que el señor Minton acaba de exponer en esta sala. Y cuando llegue el momento de presentar la tesis de la defensa, probablemente no será necesario.

Miré a la encargada del marcador y vi que su lápiz corría por la página del cuaderno.

—Creo que lo que van a descubrir aquí esta semana es que todo este juicio se reducirá a las acciones y motivaciones de una persona. Una prostituta que vio a un hombre con signos externos de riqueza y lo eligió como objetivo. Las pruebas lo mostrarán con claridad e incluso quedará revelado por los propios testimonios de la acusación.

Minton se levantó y protestó, argumentando que me estaba extralimitando al verter sobre la principal testigo de la defensa acusaciones infundadas. No había base legal para la protesta. Sólo era un intento propio de un aficionado de enviar un mensaje al jurado. La jueza respondió llamándonos a un aparte.

Nos acercamos a un lado del banco y Fullbright pulsó el botón de un neutralizador de sonido que enviaba ruido blanco desde un altavoz situado en el banco hacia la tribuna del jurado, impidiendo de esta manera que los doce oyeran lo que se susurraba en el aparte. La jueza fue rápida con Minton, como un asesino.

—Señor Minton, sé que es usted nuevo en los juicios penales, así que ya veo que tendré que enseñarle sobre la marcha. Pero no proteste nunca durante una exposición inicial en mi sala. El abogado no está presentando pruebas. No me importa que diga que su propia madre es la testigo de coartada del acusado, usted no protesta delante de mi jurado.

—Seño...

—Es todo. Retírense.

La jueza Fullbright hizo rodar el sillón hasta el centro de la mesa y apagó el ruido blanco. Minton y yo regresamos a nuestras posiciones sin decir una palabra más.

—Protesta denegada —dijo la jueza—. Continúe, señor Haller, y permítame recordarle que ha dicho que sería breve.

—Gracias, señoría. Sigue siendo mi plan.

Consulté mis notas y volví a mirar al jurado. Sabiendo que Minton había sido intimidado por la jueza para que guardara silencio, decidí elevar un punto la retórica, dejar las notas e ir directamente a la conclusión.

—Damas y caballeros, en esencia, lo que decidirán aquí es quién es el auténtico depredador en este caso: el señor Roulet, un hombre de negocios de éxito sin ningún tipo de antecedentes, o una prostituta reconocida con un negocio boyante que consiste en cobrar dinero a los hombres a cambio de sexo. Oirán testimonios de que la supuesta víctima de este caso estaba envuelta en un acto de prostitución con otro hombre momentos antes de que se produjera la supuesta agresión. Y oirán testimonios de que al cabo de unos días de este asalto, que supuestamente amenazó su vida, ella estaba de nuevo trabajando, cambiando sexo por dinero.

Miré a Minton y vi que estaba montando en cólera. Tenía la mirada baja en la mesa y lentamente negaba con la cabeza. Miré a la jueza.

—Señoría, ¿puede pedir al fiscal que se contenga de hacer demostraciones al jurado? Yo no he protestado ni he intentado en modo alguno distraer al jurado durante su exposición inicial.

—Señor Minton —entonó la jueza—, haga el favor de quedarse quieto y extender a la defensa la cortesía que se le ha extendido a usted.

—Sí, señoría —dijo Minton mansamente.

El jurado había visto al fiscal amonestado en dos ocasiones y todavía estábamos en las exposiciones iniciales. Lo tomé como una buena señal y alimentó mi inercia. Miré de nuevo al jurado y me fijé en que la encargada del marcador continuaba escribiendo.

—Finalmente, oirán el testimonio de muchos de los propios testigos de la fiscalía que proporcionarán una explicación perfectamente plausible de muchas de las pruebas físicas de este caso. Me refiero a la sangre y a la navaja que ha mencionado el señor Minton. Tomados individualmente o como conjunto, los argumentos de la fiscalía les proporcionarán dudas más que razonables acerca de la culpabilidad de mi cliente. Pueden marcarlo en sus libretas. Les garantizo que descubrirán que sólo tienen una opción al final de este caso. Y ésa es declarar al señor Roulet inocente de estas acusaciones. Gracias.

Al caminar de nuevo hacia mi asiento le guiñé el ojo a Lorna Taylor. Ella asintió con la cabeza para darme a entender que lo había hecho bien. Mi atención se vio atraída entonces por dos figuras sentadas dos filas detrás de ella. Lankford y Sobel. Habían entrado después de que examinara la galería por primera vez.

Ocupé mi asiento y no hice caso del gesto de pulgares hacia arriba que me dio mi cliente. Mi mente estaba concentrada en los dos detectives de Glendale. Me pregunté qué estaban haciendo en la sala. ¿Vigilándome? ¿Esperándome?

La jueza hizo salir al jurado para la pausa del almuerzo y todos se levantaron mientras la encargada del marcador y sus colegas desfilaban. Después de que todos se hubieran ido, Minton pidió a la jueza otro aparte. Quería intentar explicar su protesta y reparar el daño, pero no en juicio abierto. La jueza no se lo concedió.

—Tengo hambre, señor Minton. Y ya hemos pasado eso. Váyase a almorzar.

Fullbright abandonó la sala, y ésta, que tan silenciosa había estado salvo por las voces de los abogados, entró en erupción con la charla de la galería del público y los trabajadores del tribunal. Guardé el bloc en mi maletín.

—Ha estado muy bien —dijo Roulet—. Creo que ya vamos por delante en la partida.

Lo miré con ojos muertos.

—No es una partida.

—Ya lo sé. Es sólo una expresión. Oiga, voy a comer con Cecil y mi madre. Nos gustaría que se uniera a nosotros.

Negué con la cabeza.

—He de defenderle, Louis, pero no he de comer con usted.

Cogí el talonario de mi maletín y lo dejé allí. Rodeé la mesa hasta la posición del alguacil para poder extender un cheque por quinientos dólares. La multa no me dolía tanto como lo haría el examen de la judicatura que sigue a toda citación por desacato.

Cuando hube terminado, me volví y me encontré con Lorna, que me estaba esperando en la portezuela con una sonrisa. Pensábamos ir a comer juntos y luego ella volvería a ocuparse del teléfono en su casa. Al cabo de tres días volvería al trabajo habitual y necesitaba clientes. Dependía de que ella empezara a llenar mi agenda.

—Parece que será mejor que hoy te invite yo a comer —dijo ella.

Eché mi talonario de cheques en el maletín y lo cerré.

—Eso estaría bien —dije.

Empujé la portezuela y me fijé en el banco en el que había visto a Lankford y Sobel unos momentos antes.

Se habían ido.

29

La fiscalía empezó a exponer su tesis al jurado en la sesión de tarde y enseguida me quedó clara la estrategia de Ted Minton. Los primeros cuatro testigos fueron una operadora del teléfono de emergencias 911, los dos agentes de patrulla que respondieron a la llamada de auxilio de Regina Campo y el auxiliar médico que la trató antes de que la transportaran al hospital. Estaba claro que Minton, previendo la estrategia de la defensa, quería establecer firmemente que Campo había sido brutalmente agredida y que era de hecho la víctima en este crimen. No era una mala estrategia. En la mayoría de los casos le habría bastado con eso.

La operadora del 911 fue básicamente utilizada como la persona de carne y hueso que se necesitaba para presentar una grabación de la llamada de auxilio de Campo. Se entregaron transcripciones de la llamada a los miembros del jurado, de manera que pudieran leer al tiempo que se reproducía la grabación deficiente de audio. Protesté argumentando que era innecesario reproducir la grabación de audio cuando la transcripción bastaría, pero la jueza rápidamente denegó la protesta antes de que Minton tuviera necesidad de contraatacar. La grabación se reprodujo y no había duda de que Minton había empezado con fuerza, porque los miembros del jurado se quedaron absortos al escuchar a Campo gritando y suplicando ayuda. Sonaba genuinamente angustiada y asustada. Era precisamente lo que Minton quería que oyera el jurado y ciertamente lo consiguió. No me atreví a cuestionar a la operadora en el contrainterrogatorio, porque sabía que eso le habría dado a Minton la oportunidad de reproducir otra vez la grabación en su turno.

Los dos agentes de patrulla que subieron al estrado a continuación ofrecieron diferentes testimonios porque hicieron cosas distintas al llegar al complejo de apartamentos de Tarzana en respuesta a la llamada al 911. Una básicamente se quedó con la víctima mientras que el otro subió al apartamento y esposó al hombre sobre el que estaban sentados los vecinos de Campo: Louis Ross Roulet.

La agente Vivian Maxwell describió a Campo como despeinada, herida y atemorizada. Declaró que Campo no paraba de preguntar si estaba a salvo y si habían detenido al intruso. Incluso después de que la tranquilizaran en ambas cuestiones, Campo continuó asustada e inquieta, y en un momento le dijo a la agente que desenfundara su arma y la tuviera preparada por si el agresor escapaba. Cuando Minton terminó con su testigo, me levanté para llevar a cabo mi primer contrainterrogatorio del juicio.

—Agente Maxwell —empecé—, ¿en algún momento le preguntó a la señorita Campo qué le había ocurrido?

—Sí, lo hice.

—¿Qué fue exactamente lo que le preguntó?

—Le pregunté qué le había ocurrido y quién le había hecho eso. O sea, quién le había herido.

—¿Qué le dijo ella?

—Dijo que un hombre había llamado a la puerta de su apartamento y que, cuando ella le abrió, la golpeó. Declaró que la golpeó varias veces y después sacó una navaja.

—¿Dijo que sacó un navaja después de golpearla?

—Eso es lo que dijo. Estaba nerviosa y herida en ese momento.

—Entiendo. ¿Le dijo quién era el hombre?

—No, dijo que no lo conocía.

—¿Le preguntó específicamente si conocía al hombre?

—Sí. Ella dijo que no.

—O sea que simplemente abrió la puerta a un extraño a las diez de la noche.

—Ella no lo dijo así.

—Pero ha declarado que le dijo que no lo conocía, ¿es así?

—Es correcto. Así es cómo lo dijo. Dijo: «No sé quién es.»

—¿Y usted puso eso en su informe?

—Sí, lo hice.

Presenté el informe de la agente de patrulla como prueba de la defensa y pedí a Maxwell que leyera fragmentos de éste al jurado. Estas partes se referían a lo que Campo había dicho de que la agresión no había sido provocada y que la sufrió a manos de un desconocido.

—«La víctima no conoce al hombre que la agredió y no sabe por qué fue atacada» —leyó la agente de su propio informe.

El compañero de Maxwell, John Santos, fue el siguiente en testificar. Explicó a los miembros del jurado que Campo lo dirigió a su apartamento, donde encontró a un hombre en el suelo, junto a la entrada. El hombre estaba aturdido y los dos vecinos de Campo, Edward Turner y Ronald Atkins, lo retenían en el suelo. Un hombre estaba a horcajadas sobre el pecho del acusado y el otro estaba sentado sobre sus piernas.

Santos identificó al hombre retenido en el suelo como el acusado, Louis Ross Roulet. Santos declaró que mi cliente tenía sangre en la ropa y en la mano izquierda. Dijo que aparentemente Roulet sufría una conmoción o algún tipo de herida en la cabeza y que inicialmente no obedeció sus órdenes. Santos le dio la vuelta y le esposó las manos a la espalda. A continuación, el agente sacó de un compartimento de su cinturón una bolsa para pruebas y envolvió con ésta la mano ensangrentada de Roulet.

Santos declaró que uno de los hombres que habían retenido a Roulet le entregó una navaja plegable que estaba abierta y que tenía sangre en la empuñadura y en la hoja. El agente de patrulla dijo al jurado que también metió este elemento en una bolsa y se lo entregó al detective Martin Booker en cuanto éste llegó al escenario.

En el contrainterrogatorio planteé sólo dos preguntas a Santos.

—Agente, ¿había sangre en la mano derecha del acusado?

—No, no había sangre en su mano derecha o se la habría embolsado también.

—Entiendo. Así que tiene sangre sólo en la mano izquierda y una navaja con sangre en su empuñadura. ¿Cree usted que si el acusado hubiese sostenido esa navaja la habría sostenido con su mano izquierda?

Minton protestó, alegando que Santos era un agente de patrulla y que la pregunta iba más allá del ámbito de su experiencia. Yo argumenté que la cuestión sólo requería una respuesta de sentido común, no la de un experto. La jueza denegó la protesta y la secretaria del tribunal leyó otra vez la pregunta al testigo.

—Eso me parecería —respondió Santos.

Arthur Metz era el auxiliar médico que declaró a continuación. Habló al jurado de la conducta de Campo y de la extensión de sus heridas cuando la trató menos de treinta minutos después de la agresión. Dijo que le pareció que había sufrido al menos tres impactos importantes en el rostro. También describió una pequeña herida de punción en el cuello. Describió todas las heridas como superficiales pero dolorosas. Exhibieron en un caballete, delante del jurado, una ampliación del mismo retrato en primer plano del rostro de Campo que yo había visto el primer día que participé en el caso. Protesté, argumentando que la foto era engañosa porque había sido ampliada a un tamaño más grande que el natural, pero la jueza Fullbright denegó mi protesta.

En mi contrainterrogatorio de Metz, utilicé la foto acerca de la cual acababa de protestar.

—Cuando nos ha dicho que aparentemente había sufrido tres impactos en el rostro, ¿a qué se refería con «impacto»? —pregunté.

—La golpearon con algo. O un puño o un objeto desafilado.

—Así que básicamente alguien la golpeó tres veces. ¿Puede hacer el favor de utilizar este puntero láser y mostrarle al jurado en la fotografía dónde ocurrieron esos impactos?

Saqué un puntero láser del bolsillo de mi camisa y lo sostuve para que lo viera la jueza. Ella dio su permiso para que se lo entregara a Metz. Lo encendí y se lo entregué al testigo. Éste puso el haz de luz roja del láser en la foto del rostro magullado de Campo y trazó círculos en las tres zonas donde creía que ella había sido golpeada. Trazó círculos en torno al ojo derecho, la mejilla derecha y una zona que abarcaba la parte derecha de su boca y nariz.

—Gracias —dije, cogiendo el láser y volviendo al estrado—. Así que, si le dieron tres veces en el lado derecho de la cara, los impactos habrían procedido del lado izquierdo de su atacante, ¿correcto?

Minton protestó, argumentando una vez más que la pregunta iba más allá del ámbito de su experiencia. Una vez más yo argumenté sentido común y una vez más la jueza denegó la protesta.

—Si el agresor estaba frente a ella, la habría golpeado desde la izquierda, a no ser que lo hiciera con el dorso de la mano —dijo Metz—. En ese caso podría haber sido desde la derecha.

Asintió y pareció complacido consigo mismo. Obviamente pensó que estaba ayudando a la acusación, pero su esfuerzo fue tan falso que probablemente había ayudado a la defensa.

—¿Está insinuando que el agresor de la señorita Campo la golpeó tres veces con el dorso de la mano y causó este grado de heridas?

Señalé la foto del caballete. Metz se encogió de hombros, dándose cuenta de que probablemente no había resultado tan útil a la acusación.

—Todo es posible —dijo.

—Todo es posible —repetí—. Bueno, ¿hay alguna otra posibilidad que se le ocurra que pudiera explicar estas heridas que no provengan de puñetazos con la izquierda?

Metz se encogió de hombros otra vez. No era un testigo que causara gran impresión, especialmente viniendo después de dos policías y una operadora que habían sido muy precisos en sus testimonios.

—¿Y si la señorita Campo se hubiera golpeado el rostro con su propio puño? ¿No habría usado su derecha...?

Minton saltó de inmediato y protestó.

—Señoría, ¡esto es indignante! Insinuar que la víctima se hizo esto a sí misma no sólo es una afrenta a esta sala, sino a todas las víctimas de delitos violentos. El señor Haller se ha hundido en...

—El testigo ha dicho que todo es posible —argumenté, tratando de derribar a Minton de la tarima de orador—. Estoy tratando de explorar...

—Aceptada —dijo Fullbright, zanjando la discusión—. Señor Haller, no vaya por ese camino a no ser que esté haciendo algo más que un barrido de exploración de las posibilidades.

—Sí, señoría —dije—. No hay más preguntas.

Me senté y miré al jurado, y supe por sus caras que había cometido un error. Había convertido un contrainterrogatorio positivo en uno negativo. La cuestión que había establecido acerca de un agresor zurdo había quedado oscurecida por el punto que había perdido al insinuar que las heridas de la víctima eran autoinfligidas. Las tres mujeres del jurado parecían particularmente molestas conmigo.

Aun así, traté de concentrarme en un aspecto positivo. Era bueno conocer los sentimientos del jurado respecto a este punto en ese momento, antes de que Campo estuviera en la tribuna y le preguntara lo mismo.

Roulet se inclinó hacia mí y me susurró:

—¿Qué coño ha sido eso?

Sin responder, le di la espalda y examiné la sala. Estaba casi vacía. Lankford y Sobel no habían vuelto a la sala y los periodistas también se habían ido. Sólo había unos pocos mirones. Parecía una dispar colección de jubilados, estudiantes de derecho y abogados descansando hasta que empezaran sus propias vistas en el tribunal. No obstante, contaba con que uno de esos mirones fuera un infiltrado de la oficina del fiscal. Ted Minton podía estar volando solo, pero mi apuesta era que su jefe tendría algún medio de estar al corriente de cómo lo hacía y del desarrollo del caso. Yo sabía que estaba actuando para ese infiltrado tanto como para el jurado. Al final del caso necesitaba enviar una nota de pánico a la segunda planta que luego rebotara a Minton. Tenía que empujar al joven fiscal a adoptar una medida desesperada.

La sesión de tarde fue perdiendo interés. Minton todavía tenía mucho que aprender acerca del ritmo y el control del jurado, un conocimiento que sólo procede de la experiencia en la sala. Mantuve la mirada en la tribuna del jurado —donde se sentaban los verdaderos jueces— y vi que los doce se estaban aburriendo a medida que testigo tras testigo ofrecían declaraciones que llenaban pequeños detalles en la presentación lineal de los sucesos del 6 de marzo. Formulé pocas preguntas en mi turno y traté de mantener una expresión en el rostro que hacía espejo de las que vi en la tribuna del jurado.

Minton obviamente quería guardarse su material más valioso para el segundo día. Tendría al investigador jefe, el detective Martin Booker, para que aportara los detalles y luego a la víctima, Regina Campo, para que recapitulara el caso para el jurado. Terminar con fuerza y emoción era una fórmula ensayada y que funcionaba en el noventa por ciento de las veces, pero hacía que el primer día avanzara con la lentitud de un glaciar.

Las cosas finalmente empezaron a animarse con el último testigo que Minton trajo a la sala: Charles Talbot, el hombre que Regina Campo había elegido en Morgan's y que la había acompañado a su apartamento la noche del día seis. Lo que Talbot tenía para ofrecer a la tesis de la acusación era insignificante. Básicamente fue convocado para testificar que Campo estaba en estado de buena salud y sin heridas cuando él se fue de la casa de la víctima. Eso era todo. Pero lo que causó que su llegada rescatara el juicio del aburrimiento era que Talbot era un hombre firmemente convencido de su particular estilo de vida, y a los miembros del jurado siempre les gusta visitar el otro lado de las vías.

Talbot tenía cincuenta y cinco años, pelo rubio teñido que no engañaba a nadie. Lucía tatuajes de la Armada desdibujados en ambos antebrazos. Llevaba veinte años divorciado y poseía una tienda abierta las veinticuatro horas llamada Kwik Kwik. El negocio le permitía disfrutar de un estilo de vida acomodado, con un apartamento en Warner Center, un Corvette último modelo y una vida nocturna en la que tenía cabida un amplio muestrario de las proveedoras de sexo de la ciudad.

Minton estableció todo ello en las primeras fases de su interrogatorio. Casi podía sentirse que el aire se detenía en la sala cuando los miembros del jurado conectaban con Talbot. El fiscal lo llevó entonces con rapidez a la noche del 6 de marzo, y el testigo describió que había contactado con Reggie Campo en Morgan's, en Ventura Boulevard.

—¿Conocía a la señorita Campo antes de encontrarse con ella en el bar esa noche?

—No, no la conocía.

—¿Cómo fue que se encontraron allí?

—La llamé y dije que quería estar con ella, y ella propuso que nos encontrásemos en Morgan's. Yo conocía el sitio, así que me pareció bien.

—¿Y cómo la llamó?

—Con el teléfono.

Muchos miembros del jurado rieron.

—Disculpe. Ya entiendo que utilizó un teléfono para llamarla. Quería decir que cómo sabía la forma de contactar con ella.

—Vi su anuncio en su sitio web y me gustó lo que vi, así que seguí adelante y la llamé y establecimos una cita. Es tan sencillo como eso. Su número está en su anuncio de Internet.

—Y se encontraron en Morgan's.

—Sí, me dijo que es allí donde se encuentra con sus citas. Así que fui al bar, tomamos un par de copas y hablamos, y como nos gustamos, eso fue todo. La seguí a su apartamento.

—¿Cuando llegaron a su apartamento mantuvieron relaciones sexuales?

—Por supuesto. Para eso estaba allí.

—¿Y le pagó?

—Cuatrocientos pavos. Valió la pena.

Vi que un miembro del jurado se ponía colorado y supe que lo había calado a la perfección en la selección de la semana anterior. Me había gustado porque llevaba consigo una Biblia para leer mientras cuestionaban a los otros candidatos al jurado. Minton, que estaba concentrado en los candidatos a los que interrogaba, lo había pasado por alto, pero yo había visto la Biblia e hice pocas preguntas al hombre cuando llegó su turno. Minton lo aceptó en el jurado y yo también. Supuse que sería fácil que se volviera contra la víctima por su ocupación. Su cara ruborizada me lo confirmó.

—¿A qué hora se fue del apartamento? —preguntó Minton.

—A eso de las diez menos cinco —respondió Talbot.

—¿Dijo que estaba esperando otra cita en su apartamento?

—No, no me dijo nada de eso. De hecho, ella actuaba como si hubiera terminado por esa noche.

Me levanté y protesté.

—No creo que el señor Talbot esté cualificado para interpretar lo que la señorita Campo estaba pensando o planeando a partir de sus acciones.

—Aceptada —dijo la jueza antes de que Minton pudiera argumentar nada.

El fiscal siguió adelante.

—Señor Talbot, ¿podría describir el estado físico de la señorita Campo cuando la dejó poco antes de las diez en punto de la noche del seis de marzo?

—Completamente satisfecha.

Hubo un estallido de carcajadas en la sala y Talbot sonrió con orgullo. Me fijé en el hombre de la Biblia y vi que tenía la mandíbula fuertemente apretada.

—Señor Talbot —dijo Minton—, me refiero a su estado físico. ¿Estaba herida o sangrando cuando usted se fue?

—No, estaba bien. Estaba perfectamente. Cuando me fui estaba fina como un violín y lo sé porque lo había tocado.

Sonrió, orgulloso de su uso del lenguaje. Esta vez no hubo más risas y la jueza finalmente se cansó de los dobles sentidos del testigo. Le ordenó que se abstuviera de hacer comentarios subidos de tono.

—Disculpe, jueza —dijo.

—Señor Talbot —dijo Minton—, ¿la señorita Campo no estaba herida en ninguna medida cuando usted se fue?

—No. En ninguna medida.

—¿Estaba sangrando?

—No.

—¿Y usted no la golpeó ni abusó físicamente de ella en modo alguno?

—Otra vez no. Lo que hicimos fue consensuado y placentero. Sin dolor.

—Gracias, señor Talbot.

Consulté mis notas unos segundos antes de levantarme. Quería un receso para marcar con claridad la frontera entre el interrogatorio directo y el contrainterrogatorio.

—¿Señor Haller? —me instó la jueza—. ¿Quiere ejercer su turno con el testigo?

Me levanté y me acerqué al estrado.

—Sí, señoría, sí quiero.

Dejé mi bloc y miré directamente a Talbot. Estaba sonriendo complacido, pero sabía que no le caería bien durante mucho tiempo más.

—Señor Talbot, ¿es usted diestro o zurdo?

—Soy zurdo.

—Zurdo —repetí pensativamente—. ¿Y no es cierto que la noche del seis de marzo antes de irse del apartamento de Regina Campo ella le pidió que la golpeara repetidamente en el rostro?

Minton se levantó.

—Señoría, no hay base para esta clase de interrogatorio. El señor Haller simplemente está tratando de enturbiar el agua haciendo declaraciones indignantes y convirtiéndolas en preguntas.

La jueza me miró y esperó una respuesta.

—Señoría, forma parte de la teoría de la defensa, como describí en mi exposición inicial.

—Voy a permitirlo. Vaya al grano, señor Haller.

Le leyeron la pregunta a Talbot y éste hizo una mueca y negó con la cabeza.

—No, no es verdad. Nunca he hecho daño a una mujer en mi vida.

—¿La golpeó con el puño tres veces, no es cierto, señor Talbot?

—No, no lo hice. Eso es mentira.

—Ha dicho que nunca ha hecho daño a una mujer en su vida.

—Eso es. Nunca.

—¿Conoce a una prostituta llamada Shaquilla Barton?

Talbot tuvo que pensar antes de responder.

—No me suena.

—En la web en la que anuncia sus servicios utiliza el nombre de Shaquilla Shackles. ¿Le suena ahora, señor Talbot?

—Ah, sí, creo que sí.

—¿Ha participado en actos de prostitución con ella?

—Una vez, sí.

—¿Cuándo fue eso?

—Debió de ser hace al menos un año. Quizá más.

—¿Y le hizo daño en esa ocasión?

—No.

—Y si ella viniera a esta sala y declarara que usted le hizo daño al golpearla con su mano izquierda, ¿estaría mintiendo?

—Y tanto que sí. Probé con ella y no me gustó ese estilo duro. Soy estrictamente un misionero. No la toqué.

—¿No la tocó?

—Quiero decir que no la golpeé ni la herí en modo alguno.

—Gracias, señor Talbot.

Me senté. Minton no se molestó con una contrarréplica. Se despidió a Talbot y Minton le dijo a la jueza que sólo tenía dos testigos más en el caso, pero que su testimonio sería largo. La jueza Fullbright miró el reloj y levantó la sesión hasta el día siguiente.

Quedaban dos testigos. Sabía que tenían que ser el detective Booker y Reggie Campo. Parecía que Minton iba a arriesgarse sin el testimonio del soplón carcelario al que había metido en el programa de desintoxicación en County-USC. El nombre de Dwayne Corliss nunca había aparecido en ninguna lista de testigos ni en ningún otro documento de hallazgos relacionado con la tesis de la acusación. Pensé que tal vez Minton había descubierto lo mismo que Raul Levin había descubierto de Corliss antes de morir. En cualquier caso, parecía evidente que la fiscalía había renunciado a Corliss. Y eso era lo que necesitaba cambiar.

Mientras guardaba mis papeles y documentos en mi maletín, también me armé de valor para hablar con Roulet. Lo miré. Continuaba sentado, esperando a que me despidiera de él.

—¿Qué opina? —pregunté.

—Creo que lo ha hecho muy bien. Ha habido más que unos pocos momentos de duda razonable.

Cerré las hebillas de mi maletín.

—Hoy sólo he plantado las semillas. Mañana brotarán y el miércoles florecerán. Todavía no ha visto nada.

Me levanté y cogí el maletín de la mesa. Estaba pesado con los documentos del caso y mi ordenador.

—Hasta mañana.

Abrí la portezuela y salí. Cecil Dobbs y Mary Windsor estaban esperando a Roulet en el pasillo junto a la puerta de la sala del tribunal. Al salir se volvieron para hablar conmigo, pero yo seguí caminando.

—Hasta mañana —dije.

—Espere un momento, espere un momento —me llamó Dobbs a mi espalda.

Me volví.

—Estamos atascados aquí —dijo al tiempo que él y Windsor se me acercaban—. ¿Cómo está yendo ahí dentro?

Me encogí de hombros.

—Ahora mismo es el turno de la acusación —respondí—. Lo único que estoy haciendo es amagar y agacharme, tratar de protegerme. Creo que mañana será nuestro asalto. Y el miércoles iremos a por el K.O. He de ir a prepararme.

Al dirigirme al ascensor vi que varios miembros del jurado del caso se me habían adelantado y estaban esperando para bajar. La encargada del marcador estaba entre ellos. Fui al lavabo que había junto a los ascensores para no tener que bajar con el jurado. Puse el maletín entre los lavabos y me lavé la cara y las manos. Al mirarme en el espejo busqué señales de tensión del caso y de todo lo relacionado con éste. Tenía un aspecto razonablemente sano y calmado para ser un abogado defensor que estaba jugando al mismo tiempo contra su cliente y contra el fiscal.

El agua fría me sentó bien y me sentí refrescado cuando salí del lavabo con la esperanza de que los miembros del jurado ya se hubieran marchado.

Los miembros del jurado se habían ido, pero Lankford y Sobel estaban junto al ascensor. Lankford llevaba un fajo de documentos doblados en una mano.

—Aquí está —dijo—. Hemos estado buscándole.

30

El documento que me entregó Lankford era una orden
que autorizaba a la policía a registrar mi casa, oficina y coche
en busca de una pistola Colt Woodsman Sport del calibre 22
y con el número de serie 656300081–52. La autorización es-
pecificaba que se creía que la pistola era el arma homicida del
asesinato de Raul A. Levin, cometido el 12 de abril. Lankford me había entregado la orden con una sonrisita petulan-
te. Yo hice lo posible por actuar como si fuera un asunto de
negocios, algo con lo que trataba un día sí y otro no y dos
veces los viernes. Pero lo cierto es que casi me fallaron las
rodillas.

—¿Cómo ha conseguido esto? —pregunté.

Era una reacción sin sentido a un momento sin sentido.

—Está firmado, sellado y entregado —dijo Lankford—.
Así que, ¿por dónde quiere empezar? Tiene aquí su coche,
¿verdad? Ese Lincoln en el que le pasea el chófer como si
fuera una puta de lujo.

Verifiqué la firma del juez en la última página y vi que se
trataba de un magistrado municipal de Glendale del que
nunca había oído hablar. Habían acudido a un juez local,
que probablemente sabía que necesitaría el apoyo de la policía cuando llegara el momento de las elecciones. Empecé a
recuperarme del shock. Quizás el registro era un farol.

—Esto es una chorrada —dije—. No tienen causa probable para esto. Podría aplastar este asunto en diez minutos.

—A la jueza Fullbright le pareció bien —dijo Lankford.

—¿Fullbright? ¿Qué tiene que ver ella con esto?

—Bueno, sabíamos que estaba usted en juicio, así que supusimos que debíamos preguntarle a ella si estaba bien entregarle la orden. No queremos que una mujer como ella se enfade. La jueza dijo que una vez que terminara la sesión no tenía problema, y no habló de causas probables ni nada por el estilo.

Debían de haber acudido a Fullbright en el receso del almuerzo, justo después de que los viera en la sala. Supuse que había sido idea de Sobel consultar con la jueza antes. A un tipo como Lankford le habría encantado sacarme de la sala e interrumpir el juicio.

Tenía que pensar con rapidez. Miré a Sobel, la más simpática de los dos.

—Estoy en medio de un juicio de tres días —dije—. ¿Hay alguna posibilidad de que demoremos esto hasta el jueves?

—Ni hablar —respondió Lankford antes de que pudiera hacerlo su compañera—. No vamos a perderle de vista hasta que ejecutemos la orden. No vamos a darle tiempo de deshacerse de la pistola. Y ahora, ¿dónde está su coche, abogado del Lincoln?

Comprobé la autorización de la orden. Tenía que ser muy específica, y estaba de suerte. Autorizaba el registro de un Lincoln con una matrícula de California INCNT. Me di cuenta de que alguien debía de haber anotado la matrícula el día que me llamaron a casa de Raul Levin desde el estadio de los Dodgers. Porque ése era el Lincoln viejo, el que conducía aquel día.

—Está en casa. Como estoy en un juicio no uso al chófer. Me ha llevado mi cliente esta mañana y pensaba volver con él. Probablemente me está esperando.

Mentí. El Lincoln en el que me habían traído estaba en el aparcamiento del juzgado, pero no podía dejar que los polis lo registraran porque había una pistola en el compartimento del reposabrazos del asiento de atrás. No era la pistola que estaban buscando, pero era una de recambio. Después de que Raul Levin fuera asesinado y encontrara el estuche de mi pistola vacío, le pedí a Earl Briggs que me consiguiera un arma para protección. Sabía que con Earl no habría un periodo de espera de diez días; sin embargo, no conocía la historia del arma ni su registro, y no quería averiguarlo a través del Departamento de Policía de Glendale.

Por fortuna la pistola no estaba en el Lincoln que describía la orden. Ése estaba en el garaje de mi casa, esperando a que el comprador del servicio de limusinas pasara a echarle un vistazo. Y ése sería el Lincoln que iban a registrar.

Lankford me quitó la orden de la mano y se la guardó en el bolsillo interior de la chaqueta.

—No se preocupe por su viaje —dijo Lankford—. Nosotros le llevaremos. Vamos.

En el camino de salida del tribunal no nos encontramos con Roulet ni con las personas de su entorno. Y enseguida estuve circulando en la parte de atrás de un Grand Marquis, pensando que había elegido bien al optar por el Lincoln. En el Town Car había más espacio y se circulaba con mayor suavidad.

Lankford conducía y yo me senté tras él. Las ventanillas estaban subidas y podía oírle mascar chicle.

—Déjeme ver otra vez la orden —dije.

Lankford no hizo ningún movimiento.

—No voy a dejarle entrar en mi casa hasta que tenga ocasión de estudiar completamente la orden. Puedo hacerlo por el camino y ahorrarle tiempo. O...

Lankford metió la mano en su chaqueta y sacó la orden. Me la pasó por encima de su hombro. Sabía por qué estaba dudando. Normalmente los polis han de exponer la investigación completa en la solicitud de la orden para convencer al juez de la existencia de una causa probable. No les gusta que el objetivo la lea, porque delata su mano.

Miré por la ventanilla mientras estábamos pasando los aparcamientos de coches de Van Nuys Boulevard. Vi un nuevo modelo de Town Car encima de un pedestal enfrente del concesionario Lincoln. Volví a fijarme en la orden, la abrí por la sección de sumario y leí.

Lankford y Sobel habían empezado haciendo un buen trabajo. Debía concederles eso. Uno de ellos —supuse que era Sobel— había probado a poner mi nombre en el Sistema de Armas Automáticas y había tenido suerte. El ordenador reveló que yo era el propietario registrado de una pistola de la misma marca y modelo que el arma homicida.

Era una maniobra hábil, pero todavía no era bastante para conseguir causa probable. Colt fabricaba ese modelo desde hacía más de sesenta años. Eso significaba que probablemente había un millón de ellas y un millón de sospechosos que las poseían.

Tenían el humo. Después habían frotado otros palitos para provocar el fuego que se requería. En la solicitud se afirmaba que yo había ocultado a la investigación el hecho de que poseía la pistola en cuestión. Decía que también me había fabricado una coartada cuando me interrogaron inicialmente acerca de la muerte de Levin, y que luego había intentado confundir a los detectives al darles una pista falsa acerca del traficante de drogas Héctor Arrande Moya.

Aunque no se requería un móvil para obtener una orden de registro, la exposición de causa probable aludía a éste de todos modos, afirmando que la víctima —Raul Levin— había estado obteniendo de mí encargos de investigación y que yo me había negado a pagar por completo esos trabajos.

Dejando aparte la indignación que me provocó semejante aserto, la fabricación de la coartada era el punto clave de la causa probable. Se aseguraba que les había dicho a los detectives que estaba en casa en el momento del crimen, pero un mensaje en el teléfono de mi domicilio dejado justo antes de la presunta hora de la muerte indicaba que no estaba allí derrumbando por consiguiente mi coartada y demostrando al mismo tiempo que era un mentiroso.

Leí lentamente la exposición de la causa probable dos veces más, pero mi rabia no remitió. Arrojé la orden al asiento contiguo.

—En cierto sentido es una pena que no sea el asesino —dije.

—Sí, ¿cómo es eso? —dijo Lankford.

—Porque esta orden es una chorrada y ambos lo saben. No se sostendría. Le dije que ese mensaje llegó cuando yo ya estaba al teléfono y eso puede ser comprobado y demostrado, sólo que ustedes dos fueron perezosos o no quisieron comprobarlo porque les habría dificultado conseguir la orden, incluso con su juez de bolsillo de Glendale. Mintieron por omisión y comisión. Es una orden de mala fe.

Como estaba sentado detrás de Lankford tenía un mejor ángulo de Sobel. La observé en busca de señales de duda mientras hablaba.

—Y la insinuación de que Raul estaba obteniendo trabajo de mí y que yo no iba a pagarle es un chiste. ¿Me coaccionaba con qué? ¿Y qué es lo que no le pagué? Le pagué cada vez que recibí una factura. Miren, si es así como trabajan todos sus casos, voy a abrir una oficina en Glendale. Voy a meterle esta orden por el culo a su jefe de policía.

—Mintió acerca de la pistola —dijo Lankford—. Y le debía dinero a Levin. Está ahí en los libros de cuentas. Cuatro mil.

—No mentí en nada. Nunca me preguntaron si poseía una pistola.

—Mentira por omisión. Se la devuelvo.

—Chorradas.

—Cuatro mil.

—Ah, sí, los cuatro mil. Lo maté porque no quería pagarle cuatro mil dólares —dije con todo el sarcasmo que fui capaz de reunir—. En eso me ha pillado, detective. Móvil. Aunque supongo que ni siquiera se la ha ocurrido mirar si me había facturado esos cuatro mil, o comprobar si no acababa de pagarle una factura de seis mil dólares una semana antes de que lo asesinaran.

Lankford se quedó impertérrito. Pero vi que la duda empezaba a abrirse paso en el rostro de Sobel.

—No importa cuánto le pagara ni cuándo —dijo Lankford—. Un extorsionador nunca está satisfecho. Nunca dejas de pagar hasta que llegas a un punto de no retorno. De eso se trata. El punto de no retorno.

Negué con la cabeza.

—¿Y qué es exactamente lo que tenía Raul que me hacía darle trabajos y pagarle hasta que alcancé el punto de no retorno?

Lankford y Sobel cruzaron una mirada y Lankford asintió con la cabeza. Sobel se agachó y sacó una carpeta de un maletín que tenía en el suelo. Me lo pasó por encima del asiento.

—Eche un vistazo —dijo Lankford—. Se las dejó cuando estuvo registrando su casa. Las había escondido en un cajón del vestidor.

Abrí la carpeta y vi que contenía varias fotos en color de 20 × 25 cm. Estaban tomadas de lejos y yo aparecía en todas ellas. El fotógrafo había seguido mi Lincoln durante muchos días y muchos kilómetros. Cada imagen era un momento congelado en el tiempo. Las fotos me mostraban con diversos individuos que reconocí fácilmente como clientes. Eran prostitutas, camellos y Road Saints. Las imágenes podían interpretarse como sospechosas, porque mostraban una fracción de segundo. Una prostituta masculina con mini shorts apeándose desde el asiento trasero del Lincoln. Teddy Vogel entregándome un grueso rollo de billetes a través de la ventanilla trasera. Cerré la carpeta y la devolví arrojándola por encima del asiento.

—Están de broma, ¿no? ¿Me están diciendo que Raul vino a mí con esto? ¿Que me extorsionó con esto? Son mis clientes. ¿Es una broma o me estoy perdiendo algo?

—La judicatura de California podría pensar que no es una broma —dijo Lankford—. Hemos oído que está en terreno quebradizo con la judicatura. Levin lo sabía. Y lo explotó.

Negué con la cabeza.

—Es increíble —dije.

Sabía que tenía que dejar de hablar. Estaba haciéndolo todo mal con esa gente. Sabía que debería callar y dejar que me llevaran. Pero sentía una necesidad abrumadora de convencerlos. Empecé a entender por qué se resolvían tantos casos en las salas de interrogatorios de las comisarías de policía. La gente no sabe callarse.

Traté de situar las fotografías que contenía la carpeta. Vogel dándome un rollo de billetes en el aparcamiento exterior del club de estriptis de los Saints en Sepúlveda. Eso ocurrió después del juicio de Harold Casey y Vogel estaba pagándome por presentar la apelación. El travesti se llamaba Terry Jones y yo me había ocupado de una acusación por prostitución contra él la primera semana de abril. Había tenido que ir a buscarlo a Santa Monica Boulevard el día anterior a la vista para asegurarme de que iba a presentarse.

Estaba claro que todas las fotos habían sido tomadas entre la mañana que había aceptado el caso de Roulet y el día en que Raul Levin había sido asesinado. Después el asesino las había colocado en la escena del crimen: todo formaba parte del plan de Roulet de tenderme una trampa a fin de poder controlarme. La policía tendría todo lo que necesitaba para cargarme el asesinato de Levin, salvo el arma homicida. Mientras Roulet tuviera el arma, me tenía a mí.

No podía menos que admirar el ingenio del plan, al mismo tiempo que sentía el pánico de la desesperación. Traté de bajar la ventanilla, pero el botón no funcionaba. Le pedí a Sobel que bajará una ventanilla y lo hizo. Empezó a entrar aire fresco en el coche.

Al cabo de un rato, Lankford me miró por el espejo retrovisor y trató de reiniciar la conversación.

—Investigamos la historia de esa Woodsman —dijo—. ¿Sabe quién la tuvo antes?

—Mickey Cohen —contesté como si tal cosa, mirando por la ventanilla las empinadas colinas de Laurel Canyon.

—¿Cómo terminó con la pistola de Mickey Cohen?

Respondí sin apartar la mirada de la ventanilla.

—Mi padre era abogado. Mickey Cohen era su cliente.

Lankford silbó. Cohen fue uno de los gánsteres más famosos de Los Ángeles. Era de la época en que los gánsteres competían con las estrellas de cine en los titulares de los periódicos sensacionalistas.

—¿Y qué? ¿Simplemente le dio la pistola a su viejo?

—Cohen fue acusado de un tiroteo y mi padre lo defendió. Alegó defensa propia. Hubo un juicio y mi padre consiguió un veredicto de inocencia. Cuando le devolvieron la pistola, Mickey se la dio a mi padre. Se podría decir que es un recuerdo.

—¿Su viejo se preguntó alguna vez a cuánta gente mató Mick con el arma?

—No lo sé. En realidad no conocí a mi padre.

—¿Y a Cohen? ¿Lo vio alguna vez?

—Mi padre lo representó antes de que yo naciera. La pistola la recibí en su testamento. No sé por qué me eligió para que la tuviera. Yo sólo tenía cinco años cuando él murió.

—Y cuando creció se hizo abogado como su querido papá, y siendo un buen abogado registró el arma.

—Pensaba que me gustaría recuperarla si alguna vez la robaban. Gire aquí, en Fareholm.

Lankford siguió mis instrucciones y empezamos a subir por la colina que conducía a mi casa. Entonces les di la mala noticia.

—Gracias por el viaje —dije—. Pueden registrar mi casa, mi oficina y mi coche, pero están perdiendo el tiempo. No sólo no soy el asesino, sino que no van a encontrar la pistola.

Vi que Lankford levantaba la cabeza y me miraba por el retrovisor.

—Y ¿cómo es eso, abogado? ¿Ya se ha deshecho de ella?

—Me la robaron y no sé dónde está.

Lankford se echó a reír. Vi la alegría en sus ojos.

—Ajá. Robada. Qué adecuado. ¿Cuándo ocurrió eso?

—Es difícil de decir. No me había fijado en la pistola durante años.

—¿Hizo una denuncia ante la policía o para el seguro?

—No.

—Así que alguien entra y roba su pistola de Mickey Cohen y no lo denuncia. Ni siquiera después de que nos haya dicho que la registró precisamente por si ocurría esto. Siendo abogado y tal, ¿no le suena un poco disparatado?

—Sí, salvo que sé quién la robó. Es un cliente. Me dijo que la robó y si lo denunciara estaría violando la confidencialidad entre abogado y cliente porque conduciría a su detención. Es una especie de pez que se muerde la cola, detective.

Sobel se volvió y me miró. Creo que quizá pensó que me lo estaba inventando en ese momento, lo cual era cierto.

—Suena a jerga legal y chorradas —dijo Lankford.

—Pero es la verdad. Es aquí. Aparque en la puerta del garaje.

Lankford aparcó delante de la puerta del garaje y detuvo el motor. Se volvió para mirarme otra vez antes de salir.

—¿Qué cliente le robó la pistola?

—Ya le he dicho que no puedo decírselo.

—Bueno, Roulet es actualmente su único cliente, ¿no?

—Tengo un montón de clientes, pero ya le he dicho que no puedo decírselo.

—¿Cree que quizá deberíamos comprobar los informes de su brazalete de tobillo y ver si ha estado en su casa últimamente?

—Haga lo que quiera. De hecho, ha estado aquí. Tuvimos una reunión aquí. En mi despacho.

—Quizá fue entonces cuando se la llevó.

—No voy a decirle que se la llevó él, detective.

—Sí, bueno, en cualquier caso el brazalete exime a Roulet del caso Levin. Comprobamos el GPS. Así que supongo que queda usted, abogado.

—Y queda usted perdiendo el tiempo.

De repente caí en la cuenta de algo referente al brazalete de Roulet, pero traté de no revelarlo. Quizás era una pista sobre la trampilla que había usado en su actuación de Houdini. Era algo que tendría que comprobar después.

—¿Vamos a quedarnos aquí sentados?

Lankford se volvió y salió. Abrió la puerta de mi lado, porque la cerradura interior estaba inhabilitada para transportar detenidos y sospechosos. Miré a los dos detectives.

—¿Quieren que les muestre la caja de la pistola? Quizá cuando vean que está vacía puedan irse y ahorraremos tiempo todos.

—No creo, abogado —dijo Lankford—. Vamos a registrar toda la casa. Yo me ocuparé del coche y la detective Sobel empezará con la casa.

Negué con la cabeza.

—No creo, detective. No funciona así. No me fío de ustedes. Su orden es corrupta, y por lo que a mí respecta ustedes son corruptos. Permanecen juntos para que pueda vigilarlos a los dos o esperamos hasta que pueda traer aquí a un segundo observador. Mi directora de casos estaría aquí en diez minutos. Puedo pedirle que venga a vigilar y de paso pueden preguntarle si me llamó la mañana que mataron a Raul Levin.

El rostro de Lankford se oscureció por el insulto y una rabia que parecía tener dificultades en controlar. Decidí apretar. Saqué mi móvil y lo abrí.

—Voy a llamar a su juez ahora mismo para ver si él...

—Bien —dijo Lankford—. Empezaremos por el coche. Juntos. Después entraremos en la casa.

Cerré el teléfono y me lo guardé en el bolsillo.

—Bien.

Me acerqué a un teclado que había en la pared exterior del garaje. Marqué la combinación y la puerta del garaje empezó a levantarse, revelando el Lincoln azul marino que esperaba la inspección. Su matrícula decía INCNT. Lankford la miró y negó con la cabeza.

—Sí, claro.

Entró en el garaje con el rostro todavía tenso por la ira. Decidí calmar un poco la situación.

—Eh, detective —dije—. ¿Qué diferencia hay entre un bagre y un abogado defensor?

No respondió, se quedó mirando cabreado la matrícula de mi Lincoln.

—Uno se alimenta de la mierda que hay en el fondo —dije—. Y el otro es un pez.

Por un momento se quedó petrificado, pero enseguida esbozó una sonrisa y prorrumpió en una carcajada larga y estridente. Sobel entró en el garaje sin haber oído el chiste.

—¿Qué? —preguntó.

—Te lo contaré luego —dijo Lankford.

31

Tardaron media hora en registrar el Lincoln y a continuación pasaron a la casa, donde empezaron por mi oficina. Observé en todo momento y sólo hablé para ofrecer explicación cuando algo los detenía en su registro. No hablaron demasiado entre ellos y cada vez me iba quedando más claro que había una diferencia entre ambos compañeros acerca del rumbo que Lankford había impuesto en la investigación.

En un momento dado, Lankford recibió una llamada en el móvil y fue al porche para hablar con intimidad. Tenía las cortinas subidas y si me quedaba en el pasillo podía mirar a un lado y verlo a él, y mirar al otro y ver a Sobel en mi oficina.

—No está muy contenta con esto, ¿verdad? —le dije a Sobel cuando estaba seguro de que su compañero no podía oírlo.

—No importa cómo esté. Estamos investigando el caso y punto.

—¿Su compañero es siempre así, o sólo con los abogados?

—El año pasado se gastó cincuenta mil dólares en un abogado tratando de conseguir la custodia de sus hijos. Y no la consiguió. Antes perdimos un caso importante (un asesinato) por un tecnicismo legal.

Asentí con la cabeza.

—Y culpó al abogado. Pero ¿quién quebró las reglas?

Ella no respondió, lo cual confirmó mis sospechas de que había sido Lankford quien cometió el desliz técnico.

—Entiendo —dije.

Comprobé que Lankford seguía en el porche. Estaba gesticulando con impaciencia como si estuviera tratando de explicar algo a un imbécil. Debía de ser el abogado de la custodia. Decidí cambiar de tema con Sobel.

—¿Creen que están siendo manipulados en este caso?

—¿De qué está hablando?

—Los fotos escondidas en la cómoda, el casquillo de bala en el respiradero de la ventilación del suelo. Muy adecuado, ¿no le parece?

—¿Qué está diciendo?

—No estoy diciendo nada. Estoy formulando preguntas en las que su compañero no parece interesado.

Miré a Lankford. Estaba marcando números en su móvil y haciendo una nueva llamada. Me volví y entré en la oficina. Sobel estaba mirando detrás de las carpetas de un cajón. Al no encontrar ninguna pistola, cerró el cajón y se acercó al escritorio. Hablé en voz baja.

—¿Y el mensaje que me dejó Raul? —dije—. Acerca de que había encontrado la receta para sacar a Menéndez, ¿a qué cree que se refería?

—Aún no lo hemos averiguado.

—Lástima. Creo que es importante.

—Todo es importante hasta que deja de serlo.

Asentí con la cabeza, aunque no estaba seguro de qué había querido decir Sobel.

—¿Sabe?, el caso que estoy defendiendo en el juicio es muy interesante. Debería volver y observar. Podría aprender algo.

Me miró desde el escritorio. Nos sostuvimos mutuamente la mirada un momento. Ella entrecerró los ojos con sospecha, como si estuviera tratando de juzgar si un supuesto sospechoso de asesinato se le estaba insinuando.

—¿Habla en serio?

—Sí, ¿por qué no?

—Bueno, para empezar, usted podría tener problemas en ir al tribunal si está en el calabozo.

—Eh, no hay pistola, no hay caso. Por eso están aquí, ¿no?

Ella no respondió.

—Además es asunto de su compañero. Ya veo que no va en el mismo barco en esto.

—Típico de abogado. Cree que conoce todos los ángulos.

—No, yo no. Estoy descubriendo que no los conozco todos.

Ella cambió de tema.

—¿Es su hija?

Señaló la fotografía enmarcada del escritorio.

—Sí, Hayley.

—Bonita aliteración. Hayley Haller. ¿La llamó así por el cometa?

—Más o menos. Se escribe distinto. Se le ocurrió a mi ex mujer.

Lankford entró en ese momento y le habló a Sobel en voz alta acerca de la llamada que habían recibido. Era de un supervisor que les decía que volvían a estar en la rueda y que se ocuparían del siguiente homicidio de Glendale, tanto si el caso Levin estaba activo como si no. No dijo nada acerca de la llamada que había hecho él.

Sobel le dijo que había terminado de registrar la oficina. No había pistola.

—Les estoy diciendo que no está aquí —insistí—. Están perdiendo su tiempo. Y el mío. Tengo un juicio mañana y he de prepararme para los testigos.

—Sigamos por el dormitorio —dijo Lankford, sin hacer caso de mi protesta.

Yo retrocedí en el pasillo para dejarles sitio para salir de una habitación y meterse en la siguiente. Caminaron por sendos lados de la cama hasta las mesillas de noche idénticas. Lankford abrió el cajón superior de la mesilla que había elegido y levantó un cedé.

—*Wreckrium for Lil' Demon* —leyó—. Tiene que estar de broma.

No respondí. Sobel abrió rápidamente los dos cajones de su mesilla y los encontró vacíos, salvo por una tira de preservativos. Aparté la mirada.

—Me ocuparé del armario —dijo Lankford, después de que terminara con su mesilla de noche, dejando los cajones abiertos al estilo habitual de un registro policial.

Entró en el vestidor y enseguida habló desde dentro.

—Vaya, vaya.

Salió del vestidor con la caja de madera de la pistola en la mano.

—¡Premio! —dije—. Ha encontrado un estuche de pistola vacío. Debería ser detective.

Lankford sacudió la caja en sus manos antes de dejarla encima de la cama. O bien estaba tratando de jugar conmigo o la caja tenía un peso sólido. Sentí un escalofrío en la columna al darme cuenta de que Roulet podía haberse colado otra vez en mi casa con la misma facilidad para devolver la pistola. Habría sido el escondite perfecto para ella. El último lugar en el que habría pensado en mirar una vez determiné que el arma había desaparecido.

Recordé la extraña sonrisa en el rostro de Roulet cuando le dije que quería que me devolviera la pistola. ¿Estaba sonriendo porque ya me la había devuelto?

Lankford levantó el cierre de la caja y la tapa. Retiró el trapo aceitado con el que se cubría el arma. El troquelado que había contenido la pistola de Mickey Cohen continuaba vacío. Exhalé de un modo tan pesado que casi pareció un suspiro.

—¿Qué le había dicho? —dije rápidamente, tratando de camuflarme.

—Sí, ¿qué nos había dicho? —dijo Lankford—. Heidi, ¿tienes una bolsa? Vamos a llevarnos la caja.

Miré a Sobel. No me parecía ninguna Heidi. Me pregunté si sería algún apodo de la brigada. O quizás era el motivo por el cual no ponía su nombre en las tarjetas de visita. No sonaba a policía dura.

—En el coche —dijo ella.

—Ve a buscarlas —dijo Lankford.

—¿Va a llevarse una caja vacía? —pregunté—. ¿Para qué la quiere?

—Es parte de la cadena de pruebas, abogado. Debería saberlo. Además, nos vendrá bien, porque tengo la impresión de que nunca encontraremos la pistola.

Negué con la cabeza.

—Quizá le vendrá bien en sueños. La caja no es prueba de nada.

—Es prueba de que poseía la pistola de Mickey Cohen. Lo pone ahí en esa plaquita de latón que encargó su padre o alguien.

—¿Y qué coño importa?

—Bueno, acabo de hacer una llamada mientras estaba en el porche, Haller. Verá, tenemos a alguien verificando el caso de defensa propia de Mickey Cohen. Resulta que en el archivo de pruebas del Departamento de Policía de Los Ángeles todavía conservan las pruebas balísticas de ese caso. Es un golpe de suerte, teniendo en cuenta que el caso tiene, ¿cuánto, cincuenta años?

Lo entendí deprisa. Cogerían las balas y los casquillos del caso Cohen y los compararían con las mismas pruebas del caso Levin. Relacionarían el asesinato de Levin con el arma de Mickey Cohen, que a su vez relacionarían conmigo gracias a la caja de la pistola y al ordenador que registraba las armas de fuego del Estado. No creí que Roulet pudiera haberse dado cuenta de cómo la policía podría acusarme sin necesidad de tener la pistola cuando elaboró su plan para controlarme.

Me quedé allí de pie en silencio. Sobel salió de la habitación sin echarme una sola mirada y Lankford levantó la vista de la caja de la pistola y me fulminó con una sonrisa asesina.

—¿Qué pasa, abogado? —preguntó—. Las pruebas se le han comido la lengua.

Finalmente logré hablar.

—¿Cuánto tardarán las pruebas de balística? —conseguí preguntar.

—Eh, por usted vamos a darnos prisa. Así que váyase y disfrute mientras pueda. Pero no salga de la ciudad. —Se rió, casi atolondrado consigo mismo—. Tiene gracia, creía que sólo lo decían en las películas. Pero acabo de decirlo. Ojalá hubiera estado aquí mi compañera.

Sobel volvió con una gran bolsa marrón y un rollo de cinta roja para pruebas. Observé que ponía la caja de la pistola en la bolsa y a continuación la precintaba con la cinta. Me pregunté de cuánto tiempo disponía y si habían saltado las ruedas del tren que yo había puesto en movimiento. Empecé a sentirme tan vacío como la caja de madera que Sobel acababa de precintar en la bolsa de papel.

32

Fernando Valenzuela vivía en Valencia. Desde mi casa había fácilmente una hora de camino en dirección norte en los últimos coletazos de la hora punta. Valenzuela se había ido de Van Nuys unos años antes, porque sus tres hijas estaban a punto de entrar en el instituto y temía por su seguridad y su educación. Se mudó a un barrio lleno de gente que había huido de la ciudad y su trayecto al trabajo pasó de cinco a cuarenta y cinco minutos. Pero se sentía feliz. Su casa era más bonita y sus hijas estaban más seguras. Vivía en una casa de estilo colonial con un tejado de ladrillo rojo. Era más de lo que cualquier agente de fianzas podía soñar, pero iba acompañada de una implacable hipoteca mensual.

Eran casi las nueve cuando llegué. Aparqué en el garaje, que habían dejado abierto. Había un espacio ocupado por una furgoneta pequeña y el otro por una camioneta. En el suelo, entre la camioneta y un banco de trabajo plenamente equipado, había una caja de cartón con el nombre de Sony. Era grande y delgada. Miré más de cerca y vi que era un televisor de plasma de cincuenta pulgadas. Salí, me acerqué a la entrada de la casa y llamé a la puerta. Valenzuela respondió después de una larga espera.

—Mick, ¿qué estás haciendo aquí?

—¿Sabes que tienes la puerta del garaje abierta?

—Joder. Acaban de entregarme una tele de plasma.

Me apartó y cruzó el patio corriendo para mirar en el garaje. Yo cerré la puerta de la casa y lo seguí al garaje. Cuando llegué allí, estaba de pie junto a su televisor, sonriendo.

—Oh, tío, ya sabes lo que habría pasado en Van Nuys —dijo—. No habría durado ni cinco minutos. Ven, entraremos por aquí.

Se dirigió a una puerta que nos permitiría acceder a la casa desde el garaje. Accionó un interruptor y la puerta del garaje empezó a bajar.

—Eh, Val, espera un momento —dije—. Hablemos aquí, es más íntimo.

—Pero María probablemente querrá saludarte.

—Quizá la próxima vez.

Volvió hacia mí, con una mirada de preocupación.

—¿Qué ocurre, jefe?

—Lo que ocurre es que hoy he pasado un rato con los polis que investigan el asesinato de Raul. Dicen que han descartado a Roulet por el brazalete del tobillo.

Valenzuela asintió vigorosamente.

—Sí, sí, vinieron a verme a los pocos días de que ocurriera. Les mostré el sistema y cómo funcionaba y les enseñé los movimientos de Roulet de ese día. Vieron que estuvo en el trabajo. Y también les mostré el otro brazalete que tengo y les expliqué que no se podía manipular. Tiene un detector de masa. El resumen es que no te lo puedes quitar. Lo habría notado el detector y entonces lo habría sabido yo.

Me recosté en la furgoneta y crucé los brazos.

—¿Entonces esos dos polis te preguntaron dónde estuviste tú el sábado?

Valenzuela lo encajó como un puñetazo.

—¿Qué has dicho, Mick?

Mis ojos bajaron a la tele de plasma y luego volvieron a mirarle.

—De alguna manera él mató a Raul, Val. Ahora yo me juego el cuello y quiero saber cómo lo hizo.

—Mick, escúchame, él no fue. Te estoy diciendo que ese brazalete no salió de su tobillo. La máquina no miente.

—Sí, sé que la máquina no miente...

Al cabo de un momento, él lo captó.

—¿Qué estás diciendo, Mick?

Se colocó delante de mí, con una postura corporal más tensa y agresiva. Dejé de apoyarme en la camioneta y dejé caer las manos a mis costados.

—Estoy preguntando, Val. ¿Dónde estuviste el martes por la mañana?

—Eres un hijo de puta, ¿cómo puedes preguntarme eso?

Había adoptado una posición de lucha. Yo estaba momentáneamente con la guardia baja después de que él me llamara lo que yo le había llamado a Roulet ese mismo día.

Valenzuela de repente se abalanzó sobre mí y me empujó con fuerza contra su camioneta. Yo le empujé aún más fuerte y él cayó de espaldas sobre la caja de la tele. Ésta se volcó y golpeó el suelo con un ruido sordo. Valenzuela se incorporó hasta quedar sentado. Se oyó un sonido seco en el interior de la caja.

—¡Oh, joder! —gritó él—. Joder. ¡Has roto la tele!

—Me has empujado, Val. Yo te he devuelto el empujón.

—¡Joder!

Se puso de pie junto a un lado de la caja y trató de volver a levantarla, pero era demasiado pesada y difícil de manejar. Yo me acerqué al otro lado y le ayudé a enderezarla. Cuando la caja estuvo derecha, oí que caían trocitos de material en su interior. Sonó como el cristal.

—¡Hijoputa! —gritó Valenzuela.

La puerta que conducía a la casa se abrió y su mujer, María, se asomó a mirar.

—Hola, Mickey. Val, ¿qué ha sido ese ruido?

—Entra —le ordenó su marido.

—Bueno, ¿qué...?

—¡Cierra la boca y entra!

Ella se quedó un momento parada y luego cerró la puerta. Oí cómo la cerraba con llave. Al parecer Valenzuela iba a tener que dormir con la tele rota esa noche. Volví a mirarlo. Tenía la boca abierta por la impresión.

—Me ha costado ocho mil dólares —susurró.

—¿Hacen teles que cuestan ocho mil dólares?

Estaba impresionado. ¿Adónde iría a parar el mundo?

—Eso era con descuento.

—Val, ¿de dónde has sacado el dinero para una tele de ocho mil dólares?

Me miró y se enfureció de nuevo.

—¿De dónde coño crees? Negocios, tío. Gracias a Roulet estoy teniendo un año fantástico. Pero maldita sea, Mick, yo no le liberé del brazalete para que pudiera matar a Raul. Conozco a Raul desde hace tanto tiempo como tú. Yo no hice eso. Yo no me puse el brazalete y lo llevé mientras él iba a matar a Raul. Y yo no fui y maté a Raul por él por una puta tele. Si no puedes creerlo, entonces lárgate de aquí y sal de mi vida.

Lo dijo con la intensidad desesperada de un animal herido. En mi mente vi un flash de Jesús Menéndez. No había logrado ver la inocencia en sus ruegos. No quería que volviera a pasarme nunca más.

—De acuerdo, Val —dije.

Caminé hasta la puerta de la casa y pulsé el botón que levantaba la puerta del garaje. Cuando me volví, vi que Valenzuela había cogido un cúter del banco de herramientas y estaba cortando la cinta superior de la caja de la tele. Al parecer quería confirmar lo que ya sabíamos del plasma. Pasé por su lado y salí del garaje.

—Lo pagaremos a medias, Val —dije—. Le diré a Lorna que te mande un cheque por la mañana.

—No te molestes. Les diré que me lo entregaron así.

Llegué a la puerta de mi coche y lo miré.

—Entonces llámame cuando te detengan por fraude. Después de que pagues tu propia fianza.

Me metí en el Lincoln y salí marcha atrás por el sendero de entrada. Cuando volví a mirar al garaje, vi que Valenzuela había dejado de abrir la caja y estaba allí de pie, mirándome.

El tráfico de regreso a la ciudad era escaso y volví en poco tiempo.

Estaba entrando en casa cuando el teléfono fijo empezó a sonar. Lo cogí en la cocina, pensando que sería Valenzuela para decirme que iba a llevar su negocio a otro profesional de la defensa. En ese momento no me importaba.

Sin embargo, era Maggie McPherson.

—¿Todo bien? —pregunté. Normalmente no llamaba tan tarde.

—Bien.

—¿Dónde está Hayley?

—Dormida. No quería llamar hasta que se acostara.

—¿Qué ocurre?

—Había un extraño rumor sobre ti hoy en la oficina.

—¿Te refieres a uno que dice que soy el asesino de Raul Levin?

—Haller, ¿va en serio?

La cocina era demasiado pequeña para una mesa y sillas. No podía ir muy lejos con el cable del teléfono, así que me aupé en la encimera. Por la ventana que había encima del lavadero veía las luces del centro de la ciudad resplandeciendo en la distancia y un brillo en el horizonte que sabía que provenía del Dodger Stadium.

—Diría que sí, la situación es complicada. Me han tendido una trampa para que cargue con el homicidio de Raul.

—Oh, Dios mío, Michael, ¿cómo es posible?

—Hay un montón de ingredientes distintos: un cliente malvado, un poli con rencillas, un abogado estúpido, añade sal y pimienta y todo está bien.

—¿Es Roulet? ¿Es él?

—No puedo hablar de mis clientes contigo, Mags.

—Bueno, ¿qué piensas hacer?

—No te preocupes. Lo tengo pensado. No me pasará nada.

—¿Y Hayley?

Sabía lo que estaba diciendo. Me estaba advirtiendo que mantuviera a Hayley al margen. Que no permitiera que fuera a la escuela y oyera que los niños decían que su padre era sospechoso de homicidio y que su cara y su nombre salían en las noticias.

—A Hayley no le pasará nada. Nunca lo sabrá. Nadie lo sabrá nunca si actúo bien.

Maggie no dijo nada y no había nada más que yo pudiera decir para tranquilizarla. Cambié de asunto. Traté de sonar seguro, incluso alegre.

—¿Qué pinta tenía vuestro chico Minton después de la sesión de hoy?

Ella al principio no contestó, probablemente porque era reacia a cambiar de tema.

—No lo sé. Parecía bien. Pero Smithson envió un observador porque era su primer vuelo en solitario.

Asentí. Estaba contando con que Smithson, que dirigía la rama de Van Nuys de la oficina del fiscal, hubiera enviado a alguien a vigilar a Minton.

—¿Alguna noticia?

—No, todavía no. Nada que yo haya oído. Oye, Haller, estoy preocupada en serio por esto. El rumor es que te entregaron una orden de registro en el tribunal. ¿Es cierto?

—Sí, pero no te preocupes por eso. Te digo que tengo la situación controlada. Todo saldrá bien. Te lo prometo.

Sabía que no había disipado sus temores. Ella estaba pensando en nuestra hija y en un posible escándalo. Probablemente también estaba pensando en sí misma y en cómo podía afectar a sus posibilidades de ascenso el hecho de tener a un ex marido inhabilitado o acusado de homicidio.

—Además, si todo fracasa, todavía serás mi primera clienta, ¿no?

—¿De qué estás hablando?

—Del servicio de limusinas El Abogado del Lincoln. Estás conmigo, ¿verdad?

—Haller, me parece que no es momento de hacer bromas.

—No es ninguna broma, Maggie. He estado pensando en dejarlo. Incluso desde mucho antes de que surgiera toda esta basura. Es como te dije aquella noche. No puedo seguir haciendo esto.

Hubo un largo silencio antes de que ella respondiera.

—Lo que tú quieras hacer nos parecerá bien a Hayley y a mí.

—No sabes cuánto lo valoro.

Ella suspiró al teléfono.

—No sé cómo lo haces, Haller.

—¿El qué?

—Eres un sórdido abogado defensor con dos ex mujeres y una hija de ocho años. Y todas te seguimos queriendo.

Esta vez fui yo el que se quedó en silencio. A pesar de todo, sonreí.

—Gracias, Maggie McFiera —dije por fin—. Buenas noches.

Y colgué el teléfono.

33

El segundo día del juicio empezó con una llamada al despacho del juez para Minton y para mí. La jueza Fullbright sólo quería hablar conmigo, pero las normas de un proceso impedían que ella se reuniera conmigo en relación con cualquier asunto y que excluyera al fiscal. Su despacho era espacioso, con un escritorio y una zona de asientos separada rodeada por tres muros de estanterías que contenían libros de leyes. Nos pidió que nos sentáramos delante de su escritorio.

—Señor Minton —empezó ella—, no puedo decirle que no escuche, pero voy a tener una conversación con el señor Haller a la que espero que no se una ni interrumpa. No le implica a usted y, por lo que yo sé, tampoco al caso Roulet.

Minton, pillado por sorpresa, no supo cómo reaccionar salvo abriendo la mandíbula cinco centímetros y dejando entrar luz en su boca. La jueza giró su silla de escritorio hacia mí y juntó las manos encima de la mesa.

—Señor Haller, ¿hay algo que necesite comentar conmigo? Teniendo en cuenta que está sentado junto a un fiscal.

—No, señoría, no pasa nada. Lamento si la molestaron ayer.

Hice lo posible para poner una sonrisa compungida, como para mostrar que la orden de registro no había sido sino un inconveniente menor.

—No es precisamente una molestia, señor Haller. Hemos invertido mucho tiempo en este caso. El jurado, la fiscalía, todos nosotros. Espero que no sea en balde. No quiero repetir esto. Mi agenda está más que repleta.

—Disculpe, jueza Fullbright —dijo Minton—. ¿Puedo preguntar qué...?

—No, no puede —le cortó la jueza—. El asunto del que estamos hablando no afecta al juicio, salvo a su calendario. Si el señor Haller me asegura que no va a haber problema, aceptaré su palabra. Usted no necesita ninguna otra explicación. —Fullbright me miró fijamente—. ¿Tengo su palabra en esto, señor Haller?

Dudé antes de asentir con la cabeza. Lo que me estaba diciendo era que lo pagaría muy caro si rompía mi palabra y la investigación de Glendale causaba una interrupción o un juicio nulo en el caso Roulet.

—Tiene mi palabra —dije.

La jueza inmediatamente se levantó y se volvió hacia el sombrerero de la esquina. Su toga negra estaba en uno de los colgadores.

—En ese caso, caballeros, vamos. Tenemos un jurado esperando.

Minton y yo salimos del despacho de la magistrada y entramos en la sala a través del puesto del alguacil. Roulet estaba sentado en la silla del acusado y esperando.

—¿De qué iba todo eso? —me susurró Minton.

Estaba haciéndose el tonto. Por fuerza había tenido que oír los mismos rumores que mi ex mujer en la oficina del fiscal.

—Nada, Ted. Sólo una mentira relacionada con otro de mis casos. Va a terminar hoy, ¿verdad?

—Depende de usted. Cuanto más tiempo tarde, más tiempo tardaré yo en limpiar las mentiras que suelte.

—Mentiras, ¿eh? Se está desangrando y ni siquiera lo sabe.

Él me sonrió con seguridad.

—No lo creo.

—Llámelo muerte por un millar de cuchilladas, Ted. Con una no basta, pero la suma lo consigue. Bienvenido al derecho penal.

Me aparté de él y me dirigí a la mesa de la defensa. En cuanto me senté, Roulet me habló al oído.

—¿Qué pasaba con la jueza? —susurró.

—Nada. Sólo me estaba advirtiendo respecto a cómo manejar a la víctima en el contrainterrogatorio.

—¿A quién, a la mujer? ¿Ella la llamó víctima?

—Louis, para empezar, no levantes la voz. Y segundo, ella es la víctima. Puede que posea la rara capacidad de convencerse a usted mismo de prácticamente cualquier cosa, pero todavía necesitamos (digamos que yo necesito) convencer al jurado.

Él se tomó la réplica como si estuviera haciendo pompas de jabón en su cara y continuó.

—Bueno, ¿qué dijo?

—Dijo que no va a concederme mucha libertad en el contrainterrogatorio. Me recordó que Regina Campo es una víctima.

—Cuento con que la haga pedazos, por usar una cita suya del día que nos conocimos.

—Sí, bueno, las cosas son muy distintas que el día en que nos conocimos. Y su truquito con mi pistola está a punto de estallarme en la cara. Y le digo ahora mismo que no voy a pagar por eso. Si he de llevar gente al aeropuerto durante el resto de mi vida, lo haré y lo haré a gusto si es mi única forma de salir de esto. ¿Lo ha entendido, Louis?

—Entendido, Mick —dijo—. Estoy seguro de que se le ocurrirá algo. Es un tipo inteligente.

Me volví y lo miré. Por fortuna no tuve que decir nada más. El alguacil llamó al orden y la jueza Fullbright ocupó su lugar.

El primer testigo del día de Minton era el detective Martin Booker, del Departamento de Policía de Los Ángeles. Era un testimonio sólido para la acusación. Una roca. Sus respuestas eran claras y concisas y las ofrecía sin vacilar. Booker presentó la prueba clave, la navaja con las iniciales de mi cliente, y a preguntas de Minton explicó al jurado toda la investigación de la agresión a Regina Campo.

Testificó que en la noche del 6 de marzo había estado trabajando en turno de noche en la oficina del valle de Van Nuys. Fue llamado al apartamento de Regina Campo por el jefe de guardia de la División del West Valley, quien creía, después de haber sido informado por sus agentes de patrulla, que la agresión sufrida por Campo merecía la atención inmediata de un investigador. Booker explicó que las seis oficinas de detectives del valle de San Fernando sólo tenían personal en el horario diurno. Manifestó que el detective del turno de noche ocupaba una posición de respuesta rápida y que con frecuencia se le asignaban casos con mucha presión.

—¿Qué hacía que este caso tuviera presión, detective? —preguntó Minton.

—Las heridas a la víctima, la detención de un sospechoso y la convicción de que probablemente se había evitado un crimen mayor —respondió Booker.

—¿Qué crimen mayor?

—Asesinato. Daba la impresión de que el tipo iba a matarla.

Podía haber protestado, pero planeaba explotarlo en el turno de réplica, así que lo dejé estar.

Minton condujo a Booker a través de los pasos que siguió en la investigación en la escena del crimen y más tarde, mientras entrevistó a Campo cuando ésta estaba siendo tratada en un hospital.

—¿Antes de que llegara al hospital había sido informado por los agentes Maxwell y Santos acerca de las declaraciones de la víctima?

—Sí, me dieron una visión general.

—¿Le dijeron que la víctima vivía de vender sexo a hombres?

—No, no me lo dijeron.

—¿Cuándo lo descubrió?

—Bueno, tuve una impresión bastante clara al respecto cuando estuve en su apartamento y vi algunas de sus pertenencias.

—¿Qué pertenencias?

—Cosas que describiría como complementos sexuales y en uno de los dormitorios había un armario que sólo contenía negligés y ropa de naturaleza sexualmente provocativa. También había una televisión en aquella estancia y una colección de cintas pornográficas en los cajones que había debajo de ésta. Me habían dicho que no tenía compañera de piso, pero me pareció que las dos habitaciones se usaban de manera activa. Empecé a pensar que una habitación era suya, en la que dormía y la que utilizaba cuando estaba sola, y la otra era para sus actividades profesionales.

—¿Un picadero?

—Podría llamarlo así.

—¿Cambió eso su opinión de que la mujer había sido víctima de una agresión?

—No.

—¿Por qué no?

—Porque todo el mundo puede ser una víctima. No importa que sea una prostituta o el Papa, una víctima es una víctima.

Pensé que lo había dicho tal y como lo habían ensayado. Minton hizo una marca en su libreta y continuó.

—Veamos, cuando llegó al hospital, ¿preguntó a la víctima por su teoría respecto a las habitaciones y sobre cómo se ganaba la vida?

—Sí, lo hice.

—¿Qué le dijo ella?

—Admitió abiertamente que era una profesional. No trató de ocultarlo.

—¿Algo de lo que ella dijo difería de los relatos sobre la agresión que ya había recogido en la escena del crimen?

—No, en absoluto. Me contó que abrió la puerta al acusado y que él inmediatamente la golpeó en la cara y la empujó hacia el interior del apartamento. Siguió agrediéndola y sacó una navaja. Le dijo que iba a violarla y a matarla.

Minton continuó sondeando detalles de la investigación hasta el punto de aburrir al jurado. Cuando no estaba apuntando preguntas para hacerle a Booker en mi turno, observé a los miembros del jurado y vi que su atención decaía por el peso de un exceso de información.

Finalmente, tras noventa minutos de interrogatorio directo, era mi turno con el detective de la policía. Mi objetivo era entrar y salir. Mientras que Minton había llevado a cabo una autopsia completa del caso, yo sólo quería entrar y recoger cartílago de las rodillas.

—Detective Booker, ¿Regina Campo le explicó por qué mintió a la policía?

—A mí no me mintió.

—Quizá no le mintió a usted, pero en la escena les dijo a los primeros agentes, Maxwell y Santos, que no sabía por qué el sospechoso había ido a su apartamento, ¿no es así?

—Yo no estaba presente cuando hablaron con ella, de manera que no puedo testificar al respecto. Sé que estaba asustada, que acababan de golpearla y de amenazarla con violarla y matarla en el momento del primer interrogatorio.

—Entonces está diciendo que en esas circunstancias es aceptable mentir a la policía.

—No, yo no he dicho eso.

Comprobé mis notas y seguí adelante. No iba a seguir un curso de preguntas lineal. Estaba disparando al azar, tratando de desequilibrarlo.

—¿Catalogó la ropa que encontró en el dormitorio del que ha declarado que la señorita Campo usaba para su negocio de prostitución?

—No, no lo hice. Fue sólo una observación. No era importante para el caso.

—¿Parte de la indumentaria que vio en el armario habría sido apropiada para las actividades sexuales sadomasoquistas?

—No lo sé. No soy un experto en ese campo.

—¿Y los vídeos pornográficos? ¿Anotó los títulos?

—No, no lo hice. Repito que no creí que fuera pertinente para investigar quién había agredido brutalmente a esta mujer.

—¿Recuerda si el tema de alguno de esos vídeos implicaba sadomasoquismo o *bondage* o algo de esa naturaleza?

—No, no lo recuerdo.

—Veamos, ¿instruyó a la señorita Campo para que se deshiciera de esas cintas y de la ropa del armario antes de que miembros del equipo de la defensa del señor Roulet tuvieran acceso al apartamento?

—Desde luego que no.

Taché eso de mi lista y continué.

—¿Alguna vez habló con el señor Roulet acerca de lo que ocurrió esa noche en el apartamento de la señorita Campo?

—No, llamó a un abogado antes de que pudiera hablar con él.

—¿Quiere decir que ejerció su derecho constitucional de permanecer en silencio?

—Sí, es exactamente lo que hizo.

—Entonces, por lo que usted sabe, él nunca habló con la policía de lo ocurrido.

—Eso es.

—En su opinión, ¿la señorita Campo fue golpeada con mucha fuerza?

—Eso diría, sí. Su rostro tenía cortes y estaba hinchado.

—Entonces haga el favor de hablar al jurado de las heridas de impacto que encontró en las manos del señor Roulet.

—Se había envuelto el puño con un trapo para protegérselo. No había en sus manos heridas que yo pudiera ver.

—¿Documentó esa ausencia de heridas?

Booker pareció desconcertado por la pregunta.

—No —dijo.

—O sea que documentó mediante fotografías las heridas de la señorita Campo, pero no vio la necesidad de documentar la ausencia de heridas en el señor Roulet, ¿es así?

—No me pareció necesario fotografiar algo que no estaba.

—¿Cómo sabe que se envolvió el puño con un trapo para protegérselo?

—La señorita Campo me dijo que vio que tenía la mano envuelta justo antes de golpearla en la puerta.

—¿Encontró ese trapo con el que supuestamente se envolvió la mano?

—Sí, estaba en el apartamento. Era una servilleta, como de restaurante. Había sangre de la víctima en ella.

—¿Tenía sangre del señor Roulet?

—No.

—¿Había algo que la identificara como perteneciente al acusado?

—No.

—¿O sea que tenemos la palabra de la señorita Campo al respecto?

—Así es.

Dejé que transcurrieran unos segundos mientras garabateaba una nota en mi libreta antes de continuar con las preguntas.

—Detective, ¿cuándo descubrió que Louis Roulet negó haber agredido o amenazado a la señorita Campo y que iba a defenderse vigorosamente de esas acusaciones?

—Eso sería cuando le contrató a usted, supongo.

Hubo murmullos de risas en la sala.

—¿Buscó otras explicaciones a las lesiones de la señorita Campo?

—No, ella me dijo lo que había ocurrido. Yo la creí. Él la golpeó e iba a...

—Gracias, detective Booker. Intente limitarse a contestar la pregunta que le formulo.

—Lo estaba haciendo.

—Si no buscó otra explicación porque creyó la palabra de la señorita Campo, ¿es sensato decir que todo este caso se basa en la palabra de ella y en lo que ella dijo que ocurrió en su apartamento la noche del seis de marzo?

Booker pensó un momento. Sabía que iba a llevarlo a una trampa construida con sus propias palabras. Como suele decirse, no hay trampa peor que la que se tiende uno mismo.

—No era sólo su palabra —dijo después de pensar que había atisbado una salida—. Había pruebas físicas. La navaja. Las heridas. Había más que sus palabras. —Hizo un gesto de afirmación con la cabeza.

—Pero ¿acaso la explicación de la fiscalía de sus lesiones y las otras pruebas no empiezan con la declaración de ella de lo ocurrido?

—Podría decirse, sí —admitió a regañadientes.

—Ella es el árbol del que nacen todos estos frutos, ¿no?

—Probablemente yo no usaría esas palabras.

—Entonces, ¿qué palabras usaría, detective?

Ahora lo tenía. Booker estaba literalmente retorciéndose en el estrado. Minton se levantó y protestó, argumentando que estaba acosando al testigo. Debía de ser algo que había visto en la tele o en una película. La jueza le ordenó que se sentara.

—Puede responder la pregunta —dijo Fullbright.

—¿Cuál era la pregunta? —dijo Booker, tratando de ganar algo de tiempo.

—No ha estado de acuerdo conmigo cuando he caracterizado a la señorita Campo como el árbol del cual crecían todas las pruebas del caso —dije—. Si me equivoco, ¿cómo describiría su posición en este caso?

Booker levantó la mano en un gesto rápido de rendición.

—¡Ella es la víctima! Por supuesto que es importante porque nos contó lo que ocurrió. Tenemos que confiar en ella para establecer el curso de la investigación.

—Confía mucho en ella en este caso, ¿no? Víctima y principal testigo contra el acusado, ¿no?

—Es correcto.

—¿Quién más vio al acusado agredir a la señorita Campo?

—Nadie más.

Asentí para subrayarle al jurado la respuesta. Miré por encima del hombro e intercambié contacto visual con los de la primera fila.

—De acuerdo, detective —dije—. Ahora quiero hacerle unas preguntas acerca de Charles Talbot. ¿Cómo descubrió a ese hombre?

—Eh, el fiscal, el señor Minton, me dijo que lo buscara.

—¿Y sabe cómo supo de su existencia el señor Minton?

—Creo que fue usted quien le informó. Usted tenía una cinta de vídeo de un bar en el que aparecía con la víctima un par de horas antes de la agresión.

Sabía que ése podía ser el momento para presentar el vídeo, pero quería esperar. Quería a la víctima en el estrado cuando mostrara la cinta al jurado.

—¿Y hasta ese punto no consideró que fuera importante encontrar a este hombre?

—No, simplemente desconocía su existencia.

—Entonces, cuando finalmente supo de Talbot y lo localizó, ¿hizo que le examinaran la mano izquierda para determinar si tenía alguna herida que pudiera haberse provocado al golpear a alguien repetidamente en el rostro?

—No, no lo hice.

—¿Y eso porque estaba seguro de su elección del señor Roulet como la persona que golpeó a Regina Campo?

—No era una elección. Fue a donde condujo la investigación. No localicé a Charles Talbot hasta más de dos semanas después de que ocurriera el crimen.

—Así pues, ¿lo que está diciendo es que si hubiera tenido heridas, éstas ya se habrían curado?

—No soy experto en la materia, pero sí, eso fue lo que pensé.

—Entonces nunca le miró la mano, ¿no?

—No específicamente, no.

—¿Preguntó a compañeros de trabajo del señor Talbot si habían visto hematomas u otras heridas en su mano alrededor de la fecha del crimen?

—No, no lo hice.

—Entonces, nunca miró más allá del señor Roulet, ¿es así?

—Se equivoca. Yo abordo todos los casos con la mente abierta. Pero Roulet estaba allí bajo custodia desde el principio. La víctima lo identificó como su agresor. Obviamente era un foco.

—¿Era un foco o era el foco, detective Booker?

—Ambas cosas. Al principio era un foco y después (cuando encontramos sus iniciales en el arma que se había usado contra la garganta de Reggie Campo) se convirtió en el foco.

—¿Cómo sabe que esa navaja se empuñó contra la garganta de la señorita Campo?

—Porque ella nos lo dijo y tenía una punción que lo mostraba.

—¿Está diciendo que había algún tipo de análisis forense que relacionaba la navaja con la herida del cuello?

—No, eso era imposible.

—Entonces una vez más tenemos la palabra de la señorita Campo de que el señor Roulet sostuvo la navaja contra su garganta.

—No tenía razón para dudar de ella entonces, y no la tengo ahora.

—Por tanto, sin ninguna explicación para ello, supongo que consideraría que la navaja con las iniciales del acusado era una prueba de culpabilidad muy importante, ¿no?

—Sí, diría que incluso con explicación. Llevó la navaja con un propósito en mente.

—¿Lee usted la mente, detective?

—No, soy detective. Y sólo estoy diciendo lo que pienso.

—Énfasis en «pienso».

—Es lo que sé de las pruebas del caso.

—Me alegro de que sienta tanta seguridad, señor. No tengo más preguntas en este momento. Me reservo el derecho de llamar al detective Booker como testigo de la defensa.

No tenía ninguna intención de volver a llamar a Booker al estrado, pero en ese momento pensé que la amenaza podía sonar bien al jurado.

Regresé a mi silla mientras Minton trataba de vender a Booker en la contrarréplica. El daño estaba en las percepciones y no podía hacer gran cosa con eso. Booker había sido sólo un hombre trampa para la defensa. El daño real vendría después.

Una vez que Booker bajó del estrado, la jueza decretó el receso de media mañana. Pidió a los miembros del jurado que regresaran en quince minutos, pero yo sabía que el receso duraría más.

La jueza Fullbright era fumadora y ya se había enfrentado a acusaciones administrativas altamente publicitadas por fumar a hurtadillas en su despacho. Eso significaba que, a fin de satisfacer su hábito y evitar más escándalos, tenía que bajar en ascensor y salir del edificio para quedarse en la entrada donde llegaban los autobuses de la cárcel. Supuse que disponía de al menos media hora.

Salí al pasillo para hablar con Mary Alice Windsor y usar

mi móvil. Parecía que iba a tener que llamar testigos en la sesión de la tarde.

Primero me abordó Roulet, que quería hablar de mi contrainterrogatorio de Booker.

—Me ha parecido que nos ha ido muy bien —dijo él.

—¿Nos?

—Ya sabe qué quiero decir.

—No se puede saber si ha ido bien hasta que obtengamos el veredicto. Ahora déjeme solo, Louis. He de hacer unas llamadas. Y ¿dónde está su madre? Probablemente voy a necesitarla esta tarde. ¿Va a estar aquí?

—Tenía una reunión esta mañana, pero estará aquí. Sólo llame a Cecil y ella la traerá.

Después de alejarse, el detective Booker ocupó su lugar, acercándoseme y señalándome con un dedo.

—¿No va a volar, Haller? —dijo.

—¿Qué es lo que no va a volar? —pregunté.

—Toda su defensa mentirosa. Va a estallar y acabará en llamas.

—Ya veremos.

—Sí, ya veremos. ¿Sabe?, tiene pelotas para acusar a Talbot de esto. Pelotas. Necesitará un carrito para llevarlas.

—Sólo hago mi trabajo, detective.

—Y menudo trabajo. Ganarse la vida mintiendo. Impedir que la gente mire la verdad. Vivir en un mundo sin verdad. Deje que le pregunte algo. ¿Conoce la diferencia entre un bagre y un abogado?

—No, ¿cuál es la diferencia?

—Uno se alimenta de la mierda del fondo y el otro es un pez.

—Muy bueno, detective.

Se fue y yo me quedé sonriendo. No por el chiste ni por el hecho de que probablemente había sido Lankford el que había elevado el insulto de los abogados defensores a toda la abogacía cuando le había recontado el chiste a Booker. Sonreí porque el chiste era una confirmación de que Lankford y Booker se comunicaban. Estaban hablando, y eso significaba que las cosas estaban en marcha. Mi plan todavía se sostenía. Aún tenía una oportunidad.

34

Cada juicio tiene un acontecimiento principal. Un testigo o una prueba que se convierte en el fulcro sobre el cual la balanza se inclina hacia un lado o hacia el otro. En este caso Regina Campo, víctima y acusadora, se presentaba como el principal acontecimiento y el caso parecía depender de su actuación y testimonio. Sin embargo, un buen abogado defensor siempre tiene un suplente, y yo tenía el mío, un testigo que esperaba secretamente y sobre cuyas alas yo esperaba levantar el peso del juicio.

No obstante, en el momento en que Minton llamó a Regina Campo al estrado después del receso, sin duda alguna todos los ojos estaban puestos en ella cuando fue conducida a la sala y caminó hasta el estrado de los testigos. Era la primera vez que cualquier miembro del jurado la veía en persona. También era la primera vez que la veía yo. Me sorprendió, pero no de forma positiva. Era menuda y su modo de andar vacilante y su pose leve traicionaban la imagen de la mercenaria traicionera que yo había estado construyendo en la conciencia colectiva del jurado.

Minton decididamente estaba aprendiendo de la experiencia. Con Campo parecía haber llegado a la conclusión de que menos era más. La condujo para que presentara su testimonio de manera sobria. Empezó con una pequeña introducción biográfica antes de llegar a los acontecimientos del 6 de marzo.

El relato de Regina Campo era tristemente poco original, y Minton contaba con eso. Campo narró la historia de una mujer joven y atractiva que había llegado a Hollywood desde Indiana una década antes con esperanzas de alcanzar la gloria del celuloide. Una carrera con arranques y parones y alguna que otra aparición ocasional en series de televisión. Era un rostro nuevo y siempre había hombres dispuestos a darle pequeños papeles de escasa importancia. Cuando dejó de ser una cara nueva, encontró trabajo en una serie de películas que se estrenaban directamente en los canales de cable y que con frecuencia requerían que apareciera desnuda. Complementaba sus ingresos con trabajos en los que posaba desnuda y fácilmente se deslizó a un mundo de intercambiar sexo por favores. En última instancia, abandonó la fachada por completo y empezó a intercambiar sexo por dinero. Eso finalmente la llevó a la noche en que se encontró con Louis Roulet.

La versión que Regina Campo ofreció en la sala del tribunal de lo ocurrido esa noche no difería de los relatos brindados por todos los anteriores testigos del juicio. En lo que era abismalmente diferente era en la manera de transmitirlo. Campo, con el rostro enmarcado por un pelo oscuro y rizado, parecía una niñita perdida. Se mostró asustada y llorosa durante la última mitad de su testimonio. Le temblaron de miedo el dedo y el labio inferior al señalar al hombre al que identificó como su agresor. Roulet le devolvió la mirada, con rostro inexpresivo.

—Fue él —dijo con voz fuerte—. Es un animal al que habría que encerrar.

Dejé pasar el comentario sin protestar. Muy pronto tendría mi oportunidad con ella. Minton continuó con el interrogatorio para que Campo narrara su huida, y luego le preguntó por qué no había dicho a los agentes que respondieron la llamada la verdad sobre quién era el hombre que la había agredido y por qué estaba allí.

—Estaba asustada —dijo ella—. No estaba segura de que fueran a creerme si les decía por qué estaba allí. Quería asegurarme de que lo detenían porque tenía miedo de él.

—¿Se arrepiente ahora de esa decisión?

—Sí, me arrepiento porque sé que podría ayudarle a quedar libre y volver a hacer esto a alguien.

Protesté argumentando que la respuesta era prejuiciosa y la jueza la admitió. Minton formuló unas pocas preguntas más a su testigo, pero parecía consciente de que había superado la cúspide del testimonio y de que debería parar antes de oscurecer la imagen del dedo tembloroso en la identificación del acusado.

Campo había declarado en interrogatorio directo durante poco menos de una hora. Eran las 11.30, pero la jueza no hizo una pausa para almorzar tal y como yo había esperado. Dijo a los miembros del jurado que quería el máximo posible de testimonios durante ese día y que tomarían un almuerzo tardío y breve. Eso me hizo preguntarme si sabía algo que yo desconocía. ¿Los detectives de Glendale la habían llamado durante la pausa de media mañana para advertirla de mi inminente detención?

—Señor Haller, su testigo —dijo para invitarme a empezar y no detener el ritmo del juicio.

Me acerqué al estrado con mi bloc y miré mis notas. Si me había metido en una defensa de las mil cuchillas, tenía que usar al menos la mitad de ellas con esa testigo. Estaba preparado.

—Señorita Campo, ¿ha contratado los servicios de un abogado para demandar al señor Roulet por los supuestos hechos del seis de marzo?

Ella miró como si hubiera previsto la pregunta, pero no como la primera de la tanda.

—No, no lo he hecho.

—¿Ha hablado con un abogado acerca de este caso?

—No he contratado a nadie para demandarlo. Ahora mismo, sólo estoy interesada en ver que la justicia...

—Señorita Campo —la interrumpí—, no le he preguntado si ha contratado un abogado ni cuáles son sus intereses. Le he preguntado si ha hablado con un abogado (cualquier abogado) acerca de este caso y de una posible demanda judicial contra el señor Roulet.

Me estaba mirando de cerca, tratando de interpretarme. Yo lo había dicho con la autoridad de quien sabe algo, de quien tiene las balas para respaldar el ataque. Minton probablemente la había aleccionado acerca del aspecto más importante de testificar: no quedar atrapado en una mentira.

—Hablé con un abogado, sí. Pero no era más que una conversación. No lo contraté.

—¿Es porque el fiscal le dijo que no contratara a nadie hasta que concluyera el caso penal?

—No, no dijo nada de eso.

—¿Por qué habló con un abogado respecto a este caso?

Campo había caído en una rutina de dudar antes de cada respuesta. A mí me parecía bien. La percepción de la mayoría de la gente es que cuesta decir una mentira. Las respuestas sinceras surgen con facilidad.

—Hablé con él porque quería conocer mis derechos y asegurarme de que estaba protegida.

—¿Le preguntó si podía demandar al señor Roulet por daños?

—Pensaba que lo que se decía a un abogado era privado.

—Si lo desea, puede decir a los miembros del jurado de qué habló con su abogado.

Ésa fue la primera cuchillada profunda. Estaba en una posición insostenible. No importaba cómo respondiera, no iba a sonar bien.

—Creo que quiero mantenerlo en privado —dijo finalmente.

—Muy bien, volvamos al seis de marzo, pero quiero remontarme un poco más que lo que hizo el señor Minton. Volvamos a la barra de Morgan's donde por primera vez habló con el acusado, el señor Roulet.

—De acuerdo.

—¿Qué estaba haciendo esa noche en Morgan's?

—Me estaba citando con alguien.

—¿Charles Talbot?

—Sí.

—Veamos, se estaba citando con él allí como una especie de prueba para ver si quería llevarlo a su casa para mantener relaciones sexuales por dinero, ¿correcto?

Ella vaciló pero asintió con la cabeza.

—Por favor, responda verbalmente —le dijo la jueza.

—Sí.

—¿Diría que esa práctica es una medida de precaución?

—Sí.

—Una forma de sexo seguro, ¿sí?

—Supongo que sí.

—Porque en su profesión tratan íntimamente con desconocidos, así que debe protegerse, ¿correcto?

—Sí, correcto.

—La gente de su profesión lo llama el «test de los sonados», ¿no?

—Yo nunca lo he llamado así.

—Pero es cierto que se encuentra con sus posibles clientes en un lugar público como Morgan's para ponerlos a prueba y asegurarse de que no son sonados o peligrosos antes de llevarlos a su apartamento. ¿No es así?

—Podría decirse así. Pero la verdad es que nunca puedes estar segura de nadie.

—Eso es cierto. Así que, cuando estuvo en Morgan's, ¿se fijó en que el señor Roulet estaba sentado en la misma barra que usted y el señor Talbot?

—Sí, estaba allí.

—¿Y lo había visto antes?

—Sí, lo había visto allí y en algún otro sitio antes.

—¿Había hablado con él?

—No, nunca habíamos hablado.

—¿Se había fijado alguna vez en que llevaba un reloj Rolex?

—No.

—¿Alguna vez lo había visto llegar o irse de uno de esos sitios en un Porsche o un Range Rover?

—No, nunca lo vi conduciendo.

—Pero lo había visto antes en Morgan's y en sitios semejantes.

—Sí.

—Pero nunca habló con él.

—Exacto.

—Entonces, ¿por qué se acercó a él?

—Sabía que estaba en el mundillo, eso es todo.

—¿A qué se refiere con el mundillo?

—Quiero decir que las otras veces que lo había visto me di cuenta de que era un cliente. Lo había visto irse con chicas que hacen lo que hago yo.

—¿Lo había visto marcharse con otras prostitutas?

—Sí.

—¿Marcharse adónde?

—No lo sé, irse del local. Ir a un hotel o al apartamento de la chica. No sé esa parte.

—Bien, ¿cómo sabe que se iban del local? Tal vez sólo salían a fumar un cigarrillo.

—Los vi meterse en su coche y alejarse.

—Señorita Campo, hace un minuto ha declarado que nunca había visto los coches del señor Roulet. Ahora está diciendo que lo vio entrar en su coche con una mujer que es una prostituta como usted. ¿Cómo es eso?

Ella se dio cuenta de su desliz y se quedó un momento paralizada hasta que se le ocurrió una respuesta.

—Lo vi meterse en un coche, pero no sabía de qué marca era.

—No se fija en ese tipo de cosas, ¿verdad?

—Normalmente no.

—¿Conoce la diferencia entre un Porsche y un Range Rover?

—Uno es grande y el otro pequeño, creo.

—¿En qué clase de coche vio entrar al señor Roulet?

—No lo recuerdo.

Hice un momento de pausa y decidí que había exprimido su contradicción en la medida en que lo merecía. Miré la lista de mis preguntas y seguí adelante.

—Esas mujeres con las que vio irse a Roulet, ¿fueron vistas en otra ocasión?

—No entiendo.

—¿Desaparecieron? ¿Volvió a verlas?

—No, volví a verlas.

—¿Estaban golpeadas o heridas?

—No que yo sepa, pero no les pregunté.

—Pero todo eso se sumaba para que creyera que estaba a salvo al acercarse a él y ofrecerle sexo, ¿correcto?

—No sé si a salvo. Sabía que probablemente estaba buscando una chica y el hombre con el que yo estaba ya me había dicho que habría terminado a las diez porque tenía que ir a trabajar.

—Bueno, ¿puede decirle al jurado por qué no tuvo que sentarse con el señor Roulet como hizo con el señor Talbot para someterlo a un test de sonados?

Sus ojos pasaron a Minton. Estaba esperando un rescate, pero no iba a llegar.

—Sólo pensaba que no era un completo desconocido, nada más.

—Pensó que era seguro.

—Supongo. No lo sé. Necesitaba el dinero y cometí un error con él.

—¿Pensó que era rico y que podía resolver su necesidad de dinero?

—No, nada de eso. Lo vi como un cliente potencial que no era nuevo en el mundillo. Alguien que sabía lo que estaba haciendo.

—¿Ha declarado que en anteriores ocasiones había visto al señor Roulet con otras mujeres que practican la misma profesión que usted?

—Sí.

—Son prostitutas.

—Sí.

—¿Las conoce?

—Nos conocemos, sí.

—¿Y con esas mujeres extiende la cortesía profesional en términos de alertarlas de los clientes que podrían ser peligrosos o reacios a pagar?

—A veces.

—¿Y ellas tienen la misma cortesía profesional con usted?

—Sí.

—¿Cuántas de ellas le advirtieron acerca de Roulet?

—Bueno, nadie lo hizo, o no habría ido con él.

Asentí y consulté mis notas un largo momento antes de proseguir. Después le pregunté más detalles de los acontecimientos de Morgan's y presenté la cinta del vídeo de vigilancia grabada por la cámara instalada sobre la barra. Minton protestó arguyendo que iba a ser mostrado al jurado sin el debido fundamento, pero la protesta se desestimó. Se colocó una televisión en un pedestal industrial con ruedas delante del jurado y se reprodujo la cinta. Por la atención embelesada que prestaron supe que a los doce les cautivaba la idea de observar a una prostituta trabajando, así como la oportunidad de ver a los dos principales protagonistas del caso en momentos en que no se sabían observados.

—¿Qué decía la nota que le pasó? —pregunté cuando la televisión fue apartada a un lado de la sala.

—Creo que sólo ponía el nombre y la dirección.

—¿No anotó un precio por los servicios que iba a ofrecerle?

—Puede ser. No lo recuerdo.

—¿Cuál es la tarifa que cobra?

—Normalmente cuatrocientos dólares.

—¿Normalmente? ¿Qué la hace poner otro precio?

—Depende de lo que quiera el cliente.

Miré a la tribuna del jurado y vi que el rostro del hombre de la Biblia se estaba poniendo colorado por la incomodidad.

—¿Alguna vez participa en *bondage* o dominación con sus clientes?

—A veces. Pero es sólo juego de rol. Nadie sufre nunca ningún daño. Es sólo una actuación.

—¿Está diciendo que antes de la noche del seis de marzo, ningún cliente le había hecho daño?

—Sí, eso es lo que estoy diciendo. Ese hombre me hizo daño y trató de matar...

—Por favor, responda a la pregunta, señorita Campo. Gracias. Ahora volvamos a Morgan's. ¿Sí o no, en el momento en que le dio al señor Roulet la servilleta con su dirección y un precio en ella, estaba segura de que no representaba peligro y de que llevaba suficiente dinero en efectivo para pagar los cuatrocientos dólares que solicitaba por sus servicios?

—Sí.

—Entonces, ¿por qué el señor Roulet no llevaba dinero encima cuando la policía lo registró?

—No lo sé. Yo no lo cogí.

—¿Sabe quién lo hizo?

—No.

Dudé un largo momento, prefiriendo puntuar mis cambios en el flujo del interrogatorio subrayándolo con silencio.

—Veamos, eh, sigue usted trabajando de prostituta, ¿es así? —pregunté.

Campo vaciló antes de decir que sí.

—¿Y está contenta trabajando de prostituta? —pregunté.

Minton se levantó.

—Señoría, ¿qué tiene esto que ver con...?

—Aprobada —dijo la jueza.

—Muy bien —dije—. Entonces, ¿no es cierto, señorita Campo, que les ha dicho a muchos de sus clientes que tiene la esperanza de abandonar este ambiente?

—Sí, es cierto —respondió sin vacilar por primera vez en muchas preguntas.

—¿No es igualmente cierto que ve usted los aspectos financieros potenciales de este caso como medio de salir del negocio?

—No, eso no es cierto —dijo ella, convincentemente y sin dudarlo—. Ese hombre me atacó. ¡Iba a matarme! ¡De eso se trata!

Subrayé algo en mi libreta, otra puntuación de silencio.

—¿Charles Talbot era un cliente habitual? —pregunté.

—No, lo conocí esa noche en Morgan's.

—Y pasó su prueba de seguridad.

—Sí.

—¿Fue Charles Talbot el hombre que la golpeó en el rostro el seis de marzo?

—No, no fue él —respondió ella con rapidez.

—¿Propuso al señor Talbot repartirse los beneficios que obtendría de una demanda contra el señor Roulet?

—No, no lo hice. ¡Eso es mentira!

Levanté la mirada a la jueza.

—Señoría, ¿puedo pedir a mi cliente que se ponga en pie?

—Adelante, señor Haller.

Pedí a Roulet que se pusiera de pie junto a la mesa de la defensa y él lo hizo. Volví a mirar a Regina Campo.

—Veamos, señorita Campo, ¿está segura de que éste es el hombre que la golpeó la noche del seis de marzo?

—Sí, es él.

—¿Cuánto pesa usted, señorita Campo?

Se alejó del micrófono como si estuviera enojada por lo que consideraba una intrusión, pese a que la pregunta viniera después de tantas otras relacionadas con su vida sexual. Me fijé en que Roulet empezaba a sentarse y le hice un gesto para que permaneciera de pie.

—No estoy segura —dijo Campo.

—En su anuncio de Internet dice que pesa cuarenta y ocho kilos —dije—. ¿Es correcto?

—Creo que sí.

—Entonces, si el jurado ha de creer su historia del seis de marzo, deben creer que pudo desprenderse del señor Roulet.

Señalé a Roulet, que fácilmente medía uno ochenta y pesaba al menos treinta y cinco kilos más que ella.

—Bueno, eso fue lo que hice.

—Y eso fue cuando supuestamente él sostenía una navaja en su garganta.

—Quería vivir. Puedes hacer cosas increíbles cuando tu vida corre peligro.

Campo recurrió a su última defensa. Se echó a llorar, como si mi pregunta hubiera despertado el horror de verle las orejas a la muerte.

—Puede sentarse, señor Roulet. No tengo nada más para la señorita Campo en este momento, señoría.

Me senté junto a Roulet. Sentía que el contrainterrogatorio había ido bien. Mi cuchilla había abierto numerosas heridas. La tesis de la fiscalía estaba sangrando. Roulet se inclinó hacia mí y me susurró una única palabra: «¡Brillante!»

Minton volvió para la contrarréplica, pero sólo era un mosquito volando en torno a una herida abierta. No había retorno a algunas de las respuestas que su testigo estrella había dado y no había forma de cambiar algunas de las imágenes que yo había plantado en las mentes de los miembros del jurado.

En diez minutos había terminado y yo renuncié a intervenir de nuevo, porque sentía que Minton había conseguido poca cosa durante su segundo intento y que podía dejarlo así. La jueza preguntó al fiscal si tenía algún testigo más y Minton dijo que quería pensar en ello durante el almuerzo antes de decidir si concluir el turno de la acusación.

Normalmente habría protestado porque querría saber si tendría que poner a un testigo en el estrado justo después de comer. Pero no lo hice. Creía que Minton estaba sintiendo la presión y estaba tambaleándose. Quería empujarlo hacia una decisión y pensé que otorgarle la hora del almuerzo quizá podría ayudar.

La jueza dispensó al jurado para el almuerzo, concediéndoles una hora en lugar de los noventa minutos habituales. Iba a mantener el proceso en movimiento. Dijo que la sesión se reanudaría a las 13.30 y se levantó abruptamente de su asiento. Supuse que necesitaba un cigarrillo.

Le pregunté a Roulet si su madre podía unirse a nosotros para el almuerzo, de manera que pudiéramos hablar de su testimonio, el cual pensaba que sería por la tarde, si no justo después de comer. Dijo que lo arreglaría y propuso que nos encontráramos en un restaurante francés de Ventura Boulevard. Le expliqué que teníamos menos de una hora y que su madre debería reunirse con nosotros en Four Green Fields. No me gustaba la idea de llevarlos a mi santuario, pero sabía que allí podríamos comer temprano y regresar al tribunal a tiempo. La comida probablemente no estaba a la altura del bistró francés de Ventura, pero eso no me importaba.

Cuando me levanté y me alejé de la mesa de la defensa vi las filas de la galería vacías. Todo el mundo se había apresurado a irse a comer. Sólo Minton me esperaba junto a la barandilla.

—¿Puedo hablar con usted un momento? —preguntó.

—Claro.

Esperamos hasta que Roulet pasó por la portezuela y abandonó la sala del tribunal antes de que ninguno de los dos hablara. Sabía lo que se avecinaba. Era habitual que el fiscal lanzara una oferta a la primera señal de problemas. Minton sabía que tenía dificultades. La testigo principal había sido a lo sumo un empate.

—¿Qué pasa? —dije.

—He estado pensando en lo que dijo de las mil cuchillas.

—¿Y?

—Y, bueno, quiero hacer una oferta.

—Es usted nuevo en esto, joven. ¿No necesita que alguien a cargo apruebe el acuerdo?

—Tengo cierta autoridad.

—Muy bien, dígame qué está autorizado a ofrecer.

—Lo dejaré todo en asalto con agravante y lesiones corporales graves.

—¿Y?

—Y bajaré a cuatro.

La oferta era una reducción sustanciosa; aun así, Roulet, si la aceptaba, sería condenado a cuatro años de prisión. La principal concesión era que eliminaba del caso el estatuto de delito sexual. Roulet no tendría que registrarse con autoridades locales como delincuente sexual después de salir de prisión.

Lo miré como si acabara de insultar el recuerdo de mi madre.

—Creo que eso es un poco fuerte, Ted, teniendo en cuenta cómo acaba de sostenerse su as en el estrado. ¿Ha visto al miembro del jurado que siempre lleva una Biblia? Parecía que iba a estrujar el Libro Sagrado cuando ella estaba testificando.

Minton no respondió. Sabía que ni siquiera se había fijado en que un miembro del jurado llevaba una Biblia.

—No lo sé —dije—. Mi obligación es llevar su oferta a

mi cliente y lo haré. Pero también voy a decirle que sería idiota si aceptara.

—Muy bien, entonces ¿qué quiere?

—En este caso sólo hay un veredicto, Ted. Voy a decirle que debería llegar al final. Creo que desde aquí el camino es fácil. Que tenga un buen almuerzo.

Lo dejé allí en la portezuela, medio esperando que gritara una nueva oferta a mi espalda mientras recorría el pasillo central de la galería. Pero Minton mantuvo su baza.

—La oferta sólo es válida hasta la una y media, Haller —gritó a mi espalda, con un extraño tono de voz.

Levanté la mano y saludé sin mirar atrás. Al franquear la puerta de la sala comprendí que lo que había oído era el sonido de la desesperación abriéndose paso en su voz.

35

Al volver al tribunal desde el Four Green Fields hice caso omiso de Minton. Quería mantenerlo en vilo lo más posible. Todo formaba parte del plan de empujarlo en la dirección que quería que tomaran él y el juicio. Cuando todos estuvimos sentados a las mesas y preparados para la jueza, finalmente lo miré, esperé a que estableciera contacto visual y simplemente negué con la cabeza. No había trato. Él asintió, esforzándose al máximo para mostrar confianza en sus posibilidades y perplejidad por la decisión de mi cliente. Al cabo de un minuto, la jueza ocupó su lugar, hizo entrar al jurado y Minton de inmediato plegó su tienda.

—Señor Minton, ¿tiene otro testigo? —le preguntó la jueza.

—Señoría, la fiscalía ha concluido.

Hubo una levísima vacilación en la respuesta de Fullbright. Miró a Minton sólo un segundo más de lo que debería haberlo hecho. Creo que eso mandó un mensaje de sorpresa al jurado. A continuación me miró a mí.

—Señor Haller, ¿está listo para empezar?

El procedimiento de rutina habría consistido en solicitar a la jueza un veredicto directo de absolución al final del turno de la fiscalía. Pero no lo hice, temiendo que ésa fuera la rara ocasión en que la petición era atendida. No podía dejar que el caso terminara todavía. Le dije a la jueza que estaba listo para proceder con la defensa.

Mi primera testigo era, por supuesto, Mary Alice Windsor. Cecil Dobbs la acompañó al interior de la sala y se sentó en la primera fila de la galería. Windsor llevaba un traje de color azul pastel con una blusa de *chiffon*. Tenía un porte majestuoso al pasar por delante del banco y tomar asiento en el estrado de los testigos. Nadie habría adivinado que había comido pastel de carne poco antes. Muy rápidamente llevé a cabo las identificaciones de rutina y establecí su relación tanto sanguínea como profesional con Louis Roulet. A continuación pedí a la jueza permiso para mostrar a la testigo la navaja que la fiscalía había presentado como prueba del caso.

Concedido el permiso, me acerqué al alguacil para recuperar el arma, que todavía permanecía en una bolsa de plástico transparente.

Estaba doblada de manera que las iniciales de la hoja resultaban visibles. La llevé al estrado de los testigos y la dejé delante de Mary Windsor.

—Señora Windsor, ¿reconoce esta navaja?

Ella recogió la bolsa de pruebas y trató de alisar el plástico sobre la hoja para poder leer las iniciales.

—Sí —dijo finalmente—, es la navaja de mi hijo.

—¿Y cómo es que reconoce una navaja que es propiedad de su hijo?

—Porque me la ha mostrado en más de una ocasión. Sabía que la llevaba siempre y a veces resultaba útil en la oficina cuando llegaban paquetes de folletos para cortar las cintas de plástico. Era muy afilada.

—¿Desde cuándo tiene la navaja?

—Desde hace cuatro años.

—Parece muy precisa al respecto.

—Lo soy.

—¿Cómo puede estar tan segura?

—Porque se la compró como medida de protección hace cuatro años. Casi exactamente.

—¿Protección para qué, señora Windsor?

—En nuestro negocio con frecuencia mostramos casas a completos desconocidos. A veces nos quedamos solos en la casa con esos desconocidos. Ha habido más de un incidente de un agente inmobiliario al que han robado, herido... o incluso asesinado o violado.

—Por lo que usted sabe, ¿fue Louis alguna vez víctima de un delito semejante?

—No, personalmente no. Pero conocía a alguien que fue a una casa y lo que le pasó...

—¿Qué le pasó?

—Un hombre la violó y la robó a punta de cuchillo. Louis fue quien la encontró después de que todo hubiera acabado. Lo primero que hizo fue comprarse una navaja para protegerse.

—¿Por qué una navaja? ¿Por qué no una pistola?

—Me dijo que al principio iba a comprarse una pistola, pero quería algo que pudiera llevar siempre y que no se advirtiera. Así que se compró una navaja y también me consiguió una. Por eso sé que la tiene desde hace casi exactamente cuatro años. —Levantó la bolsa que contenía la navaja—. La mía es exactamente igual, sólo cambian las iniciales. Ambos la hemos llevado desde entonces.

—Entonces le parece que si su hijo llevaba esa navaja en la noche del seis de marzo, eso era un comportamiento normal.

Minton protestó, argumentando que no había construido los cimientos adecuados para que Windsor respondiera la pregunta y la jueza la aceptó. Mary Windsor, siendo inexperta en derecho penal, supuso que la jueza la estaba autorizando a responder.

—La llevaba cada día —dijo—. El seis de marzo no iba a ser dife...

—Señora Windsor —bramó la jueza—. He aceptado la protesta. Eso significa que no ha de responder. El jurado no tendrá en cuenta su respuesta.

—Lo siento —dijo Windsor con voz débil.

—Siguiente pregunta, señor Haller —ordenó la jueza.

—Es todo, señoría. Gracias, señora Windsor.

Mary Windsor empezó a levantarse, pero la jueza la amonestó de nuevo, diciéndole que se quedara sentada. Yo regresé a mi asiento al tiempo que Minton se levantaba del suyo. Examiné la galería y no vi caras conocidas, salvo la de C. C. Dobbs. Me dio una sonrisa de ánimo, de la cual hice caso omiso.

El testimonio directo de Mary Windsor había sido perfecto en términos de su adherencia a la coreografía que habíamos preparado en el almuerzo. Había presentado al jurado de manera sucinta la explicación de la navaja, pero también había dejado en su testimonio un campo minado que Minton tendría que atravesar. Su testimonio directo no había abarcado más de lo que le había ofrecido a Minton en un resumen de hallazgos. Si Minton pisaba una mina y levantaba el pie, rápidamente oiría el clic letal.

—Este incidente que impulsó a su hijo a empezar a llevar una navaja plegable de trece centímetros, ¿cuándo fue exactamente?

—Ocurrió el nueve de junio de dos mil uno.

—¿Está segura?

—Completamente.

Me giré en mi silla para ver con mayor claridad el rostro de Minton. Lo estaba leyendo. Pensaba que tenía algo. El recuerdo exacto de una fecha por parte de Windsor era una indicación obvia de un testimonio inventado. Estaba excitado y lo noté.

—¿Hubo un artículo de diario de esta supuesta agresión a una compañera agente inmobiliario?

—No, no lo hubo.

—¿Hubo una investigación policial?

—No, no la hubo.

—Y aun así conoce la fecha exacta. ¿Cómo es eso, señora Windsor? ¿Le han dicho esa fecha antes de testificar aquí?

—No, conozco la fecha porque nunca olvidaré el día en que me agredieron.

Windsor hizo una pausa. Vi que al menos tres de los miembros del jurado abrieron la boca en silencio. Minton hizo lo mismo. Casi pude oír el clic.

—Mi hijo tampoco lo olvidará —continuó Windsor—. Cuando llegó buscándome y me encontró en esa casa, yo estaba atada, desnuda. Había sangre. Para él fue traumático verme así. Creo que ésa fue una de las razones que le llevaron a usar navaja. Creo que de algún modo lamentaba no haber llegado antes y haber podido impedirlo.

—Entiendo —dijo Minton, mirando sus notas.

Se quedó de piedra, sin saber cómo proceder. No quería levantar el pie por miedo a que detonara la bomba y se lo arrancara de cuajo.

—¿Algo más, señor Minton? —preguntó la jueza, con una nota de sarcasmo no tan bien disimulada en su voz.

—Un momento, señoría —dijo Minton.

Minton se recompuso, revisó sus notas y trató de rescatar algo.

—Señora Windsor, ¿usted o su hijo llamaron a la policía después de encontrarla?

—No, no lo hicimos. Louis quería hacerlo, pero yo no. Pensé que sólo profundizaría el trauma.

—De modo que no tenemos documentación policial al respecto, ¿correcto?

—Es correcto.

Sabía que Minton quería ir más allá y preguntar a la testigo si había buscado tratamiento médico después del ataque. Pero al sentir otra trampa, no formuló la pregunta.

—¿Así que lo que está diciendo aquí es que tenemos

sólo su palabra de que ocurrió esa agresión? Su palabra y la de su hijo, si decide testificar.

—Ocurrió. Vivo con ello todos los días.

—Pero sólo la tenemos a usted que lo dice.

Windsor miró al fiscal con mirada inexpresiva.

—¿Es una pregunta?

—Señora Windsor, está aquí para ayudar a su hijo, ¿verdad?

—Si puedo. Sé que es un buen hombre y que no cometería este crimen despreciable.

—¿Haría cualquier cosa que estuviera en su mano para salvar a su hijo de una condena y una posible pena de prisión?

—Pero no mentiría en algo como esto. Con juramento o sin él, no mentiría.

—Pero quiere salvar a su hijo ¿no?

—Sí.

—Y salvarle significa mentir por él, ¿no?

—No.

—Gracias, señora Windsor.

Minton regresó rápidamente a su asiento. Yo sólo tuve una pregunta en contrarréplica.

—Señora Windsor, ¿qué edad tenía usted cuando ocurrió este ataque?

—Cincuenta y cuatro años.

Volví a sentarme. Minton no tenía nada más y Windsor fue excusada. Solicité a la jueza que le permitiera sentarse en la galería del público durante lo que quedaba de juicio, una vez que su testimonio había concluido. Minton no protestó y mi petición fue aceptada.

Mi siguiente testigo era un detective del Departamento de Policía de Los Ángeles llamado David Lambkin, que era un experto nacional en crímenes sexuales y había trabajado en la investigación del Violador Inmobiliario. En un breve interrogatorio establecí los hechos del caso y las cinco denuncias de violación que se investigaron. Rápidamente llegué a las cinco preguntas clave cuya respuesta necesitaba para cimentar el testimonio de Mary Windsor.

—Detective Lambkin, ¿cuál era el rango de edad de las víctimas conocidas del violador?

—Eran todas mujeres profesionales con mucho éxito. Tendían a ser mayores que la víctima promedio de una violación. Creo que la más joven tenía veintinueve y la mayor cincuenta y nueve.

—Entonces una mujer de cincuenta y cuatro años habría formado parte del perfil objetivo del violador, ¿correcto?

—Sí.

—¿Puede decirle al jurado cuándo se produjo la primera agresión denunciada y cuándo se denunció la última?

—Sí. La primera fue el uno de octubre de dos mil y la última el treinta de julio de dos mil uno.

—¿O sea que el nueve de junio de dos mil uno estaba en el periodo en que se produjeron los ataques del violador a las mujeres del sector inmobiliario?

—Sí, es correcto.

—En el curso de su investigación de este caso, ¿llegó a la conclusión o creencia de que este individuo había cometido más de cinco violaciones?

Minton protestó, asegurando que la pregunta incitaba a la especulación. La jueza aceptó la protesta, pero no importaba. La pregunta era lo verdaderamente importante y que el jurado viera que el fiscal quería evitar su respuesta era recompensa suficiente.

Minton me sorprendió en su turno. Se recuperó lo suficiente de su fallo con Windsor para golpear a Lambkin con tres preguntas sólidas cuyas respuestas fueron favorables a la acusación.

—Detective Lambkin, ¿el equipo de investigación de estas violaciones emitió algún tipo de advertencia para las mujeres que trabajaban en el negocio inmobiliario?

—Sí, lo hicimos. Enviamos circulares en dos ocasiones.

La primera vez a todas las agentes inmobiliarias con licencia en la zona y la siguiente un *mailing* a todos los intermediarios inmobiliarios individualmente, hombres y mujeres.

—¿Estos *mailings* contenían información acerca de la descripción y métodos del violador?

—Sí.

—Entonces si alguien quería inventar una historia acerca de ser atacado por el violador, los *mailings* habrían proporcionado la información necesaria, ¿es correcto?

—Es una posibilidad, sí.

—Nada más, señoría.

Minton se sentó con orgullo y Lambkin fue autorizado a retirarse cuando yo dije que no tenía más preguntas. Pedí a la jueza unos minutos para departir con mi cliente y me incliné hacia Roulet.

—Bueno, ya está —dije—. Usted es lo que nos queda. A no ser que haya algo que no me ha contado, está limpio y no hay mucho más con lo que pueda venirle Minton. Debería estar a salvo allí arriba a no ser que deje que le afecte lo que le digan. ¿Sigue preparado para esto?

Roulet había dicho en todo momento que testificaría y negaría los cargos. Había reiterado ese deseo a la hora del almuerzo. Lo exigió. Yo siempre veía los riesgos y las ventajas de dejar que un cliente testificara como dos platos equilibrados de la balanza. Cualquier cosa que dijera el acusado podía volverse en su contra si la fiscalía podía doblarlo a favor del Estado. Pero también sabía que por más que se explicara a un jurado el derecho de un acusado a permanecer en silencio, el jurado siempre quería oír al acusado diciendo que no lo había hecho. Si eliminabas eso, el jurado podía verte con malos ojos.

—Quiero hacerlo —susurró Roulet—. Puedo enfrentarme al fiscal.

Empujé hacia atrás mi silla y me levanté.

—La defensa llama a Louis Ross Roulet, señoría.

36

Louis Roulet avanzó hacia el estrado de los testigos con rapidez, como un jugador de baloncesto que sale disparado del banquillo para entrar en la cancha. Parecía un hombre ansioso ante la oportunidad de defenderse. Sabía que esa postura no pasaría desapercibida al jurado.

Después de los preliminares fui directamente a las cuestiones del caso. Al hilo de mis preguntas, Roulet admitió sin ambages que había ido a Morgan's la noche del 6 de marzo en busca de compañía femenina. Declaró que no buscaba específicamente contratar los servicios de una prostituta, pero que no descartaba esa posibilidad.

—Había estado antes con mujeres a las que había tenido que pagar —dijo—. Así que no me iba a oponer a eso.

Declaró que, al menos conscientemente, no había establecido contacto visual con Regina Campo antes de que ésta se le acercara en la barra. Dijo que fue ella quien dio el primer paso, pero en ese momento no le molestó. Explicó que la propuesta era abierta, que ella le dijo que estaría libre a partir de las diez y que podía pasarse por su casa si no tenía otro compromiso.

Roulet describió los intentos realizados durante la siguiente hora en Morgan's y después en el Lamplighter para encontrar una mujer por la que no tuviera que pagar, pero aseguró que no tuvo éxito. Luego se dirigió en su coche hasta la dirección que Campo le había dado y llamó a la puerta.

—¿Quién respondió?

—Ella. Entreabrió la puerta y me miró.

—¿Regina Campo? ¿La mujer que ha testificado esta mañana?

—Sí, eso es.

—¿Pudo verle toda la cara a través de la rendija de la puerta?

—No. Sólo abrió unos centímetros y no pude verla. Sólo el ojo izquierdo y un poco de ese lado de la cara.

—¿Cómo se abría la puerta? Esa rendija a través de la cual pudo verla, ¿estaba a la derecha o a la izquierda?

—Tal y como yo miraba a la puerta, estaba en la derecha.

—Bien, veamos que esto quede claro. La abertura estaba a la derecha, ¿correcto?

—Correcto.

—Entonces, si ella estuviera de pie detrás de la puerta mirando a través de la abertura, le habría mirado con su ojo izquierdo.

—Así es.

—¿Le vio el ojo derecho?

—No.

—Entonces si hubiera tenido un moratón o un corte o cualquier otra herida en el lado derecho del rostro, ¿lo habría podido ver?

—No.

—Muy bien. ¿Qué ocurrió a continuación?

—Bueno, era una especie de recibidor, un vestíbulo, y ella me hizo pasar a través de un arco hacia la sala de estar. Yo fui en la dirección que ella me señaló.

—¿Significa eso que ella estaba detrás de usted?

—Sí, cuando giré hacia la sala de estar, ella estaba detrás de mí.

—¿Cerró la puerta?

—Eso creo. Oí que se cerraba.

—¿Y luego qué?

—Algo me golpeó en la nuca y caí. Perdí el conocimiento.

—¿Sabe cuánto tiempo permaneció inconsciente?

—No. Creo que fue un buen rato, pero ningún policía ni nadie me lo dijo.

—¿Qué recuerda de cuando recuperó el sentido?

—Recuerdo que me costaba respirar y cuando abrí los ojos había alguien sentado encima de mí. Yo estaba boca arriba y él estaba encima. Traté de moverme y entonces fue cuando me di cuenta de que también había alguien sentado en mis piernas.

—¿Qué ocurrió luego?

—Se turnaban en decirme que no me moviera y uno de ellos me dijo que tenía mi navaja y que la usaría si intentaba moverme o escapar.

—¿Más tarde llegó la policía y lo detuvieron?

—Sí, al cabo de unos minutos llegó la policía. Me esposaron y me obligaron a ponerme de pie. Fue entonces cuando vi que tenía sangre en mi chaqueta.

—¿Y su mano?

—No la veía porque estaba esposada a mi espalda, pero oí que uno de los hombres que había estado sentado encima de mí le dijo al policía que tenía sangre en la mano y entonces el policía me la tapó con una bolsa. Eso lo noté.

—¿Cómo fue a parar la sangre a su mano y a su chaqueta?

—Lo único que sé es que alguien la puso allí, porque yo no lo hice.

—¿Es usted zurdo?

—No.

—¿No golpeó a la señorita Campo con la mano izquierda?

—No.

—¿Amenazó con violarla?

—No.

—¿Le dijo que iba a matarla si no cooperaba con usted?

—No.

Esperaba algo de la rabia que había visto aquel primer día en el despacho de C. C. Dobbs, pero Roulet estaba calmado y controlado. Decidí que antes de terminar con él en el interrogatorio directo necesitaba forzar las cosas un poco para recuperar esa rabia.

Le había dicho en el almuerzo que quería verla y no estaba seguro de qué estaba haciendo Roulet o adónde había ido a parar esa rabia.

—¿Está enfadado por ser acusado de atacar a la señorita Campo?

—Por supuesto que sí.

—¿Por qué?

Abrió la boca, pero no habló. Parecía ofendido porque le planteara semejante pregunta. Finalmente, respondió:

—¿Qué quiere decir por qué? ¿Alguna vez ha sido acusado de algo que no ha hecho y no hay nada que pueda hacer sino esperar? Sólo esperar semanas y meses hasta que finalmente tiene la oportunidad de ir a juicio y decir que le han tendido una trampa. Pero entonces ha de esperar todavía más mientras el fiscal trae a un puñado de mentirosos y ha de escuchar sus mentiras y sólo esperar su oportunidad. Por supuesto que enfada. ¡Soy inocente! ¡Yo no lo hice!

Era perfecto. Certero y apuntando a cualquiera que alguna vez hubiera sido falsamente acusado de algo. Podía preguntar más, pero me recordé a mí mismo la regla: entrar y salir. Menos siempre es más. Me senté. Si consideraba que había algo que se me hubiera pasado por alto, lo limpiaría en la contrarréplica.

Miré a la jueza.

—Nada más, señoría.

Minton se había levantado y estaba preparado antes de que yo hubiera regresado a mi asiento. Se colocó tras el atril sin apartar su mirada acerada de Roulet. Estaba mostrando al jurado lo que pensaba de ese hombre. Sus ojos eran como rayos láser a través de la sala. Se agarró a los laterales del atril con tanta fuerza que los nudillos se le pusieron blancos. Todo era una representación para el jurado.

—Niega haber tocado a la señorita Campo —dijo.

—Así es —replicó Roulet.

—Según usted, ella simplemente se golpeó a sí misma o un hombre al que nunca había visto antes de aquella noche le dio una paliza como parte de una trampa, ¿correcto?

—No sé quién lo hizo. Lo único que sé es que yo no lo hice.

—Pero lo que está diciendo es que esta mujer, Regina Campo, está mintiendo. Entró en esta sala hoy y mintió de plano a la jueza y al jurado y a todo el ancho mundo.

Minton puntuó su frase sacudiendo la cabeza con repugnancia.

—Lo único que sé es que yo no hice las cosas que ella dice que hice. La única explicación es que uno de los dos está mintiendo. Yo no soy.

—Será cuestión de que el jurado decida, ¿no?

—Sí.

—Y esa navaja que supuestamente llevaba como protección. ¿Está diciendo a este jurado que la víctima en este caso de algún modo sabía que usted poseía una navaja y la usó como parte de la trampa?

—No sé lo que ella sabía. Yo nunca le había mostrado la navaja ni la había sacado en un bar en el que ella hubiera estado. Así que no sé cómo podría haber sabido de ella. Creo que cuando metió la mano en mi bolsillo para coger el dinero, encontró la navaja. Siempre llevo el dinero y la navaja en el mismo bolsillo.

—Ah, así que ahora ella también le robó el dinero del bolsillo. ¿Cuándo va a terminar esto, señor Roulet?

—Yo llevaba cuatrocientos dólares. Cuando me detuvieron no estaban. Alguien los cogió.

En lugar de tratar de señalar a Roulet con el dinero, Minton era lo bastante listo para saber que no importaba cómo lo manejara, se estaría enfrentando a lo sumo a una proposición en el punto de equilibrio.

Si trataba de establecer que Roulet nunca había llevado el dinero y que su plan era agredir y violar a Campo en lugar de pagarle, sabía que yo podía salir con las declaraciones de renta de Roulet, que plantearían serias dudas sobre la idea de que no podía permitirse pagarse una prostituta. Era una vía de testimonios que no llevaba a ninguna parte, y se estaba apartando de ella. Pasó a la conclusión.

Haciendo gala de un estilo teatral, Minton sostuvo la foto del rostro de Regina Campo, golpeada y amoratada.

—Así que Regina Campo es una mentirosa —dijo.

—Sí.

—Pidió que le hicieran esto o incluso se lo hizo ella misma.

—No sé quién lo hizo.

—Pero usted no.

—No, no fui yo. No le haría eso a una mujer. No le haría daño a una mujer.

Roulet señaló la foto que Minton continuaba sosteniendo en alto.

—Ninguna mujer merece eso —dijo.

Me incliné hacia delante y esperé. Roulet acababa de decir la frase que le había dicho que de alguna manera buscara la forma de poner en sus respuestas durante su testimonio. «Ninguna mujer merece eso.» Ahora le correspondía a Minton morder el anzuelo. Era listo. Tenía que entender que Roulet acababa de abrir una puerta.

—¿Qué quiere decir con «merece»? ¿Cree que los delitos de violencia se reducen a una cuestión de si una víctima obtiene lo que merece?

—No. No quería decir eso. Quiero decir que no importa cómo se gane la vida, no deberían haberla golpeado así. Nadie merece que le ocurra eso.

Minton bajó el brazo con el que sostenía la foto. La miró él mismo por un momento y luego volvió a mirar a Roulet.

—Señor Roulet, no tengo más preguntas.

37

Todavía sentía que estaba ganando la batalla de las cuchillas. Había hecho todo lo posible para conducir a Minton a una situación en la cual sólo dispusiera de una opción. Ahora era el momento de ver si bastaba con haber hecho todo lo posible. Después de que el joven fiscal se sentó, elegí no preguntar nada más a mi cliente. Había resistido bien al ataque de Minton y sentía que teníamos el viento a favor. Me levanté y miré el reloj situado en lo alto de la pared posterior del tribunal. Sólo eran las tres y media. Entonces volví a mirar a la jueza.

—Señoría, la defensa ha concluido.

Ella hizo un gesto de asentimiento y miró por encima de mi cabeza hacia el reloj. Anunció al jurado que se iniciaba el descanso de media tarde. Una vez que los componentes del jurado hubieron abandonado la sala, miró a la mesa de la acusación, donde Minton tenía la cabeza baja y estaba escribiendo.

—¿Señor Minton?

El fiscal levantó la cabeza.

—Continuamos en sesión. Preste atención. ¿La fiscalía tiene refutaciones?

Minton se levantó.

—Señoría, pediría que suspendamos el juicio hasta mañana para que el Estado tenga tiempo de considerar testigos de refutación.

—Señor Minton, todavía disponemos de noventa minutos. Le he dicho que quería ser productiva hoy. ¿Dónde están sus testigos?

—Francamente, señoría, no esperaba que la defensa concluyera después de sólo tres testigos y...

—El abogado defensor le dio una justa advertencia de ello en la exposición inicial.

—Sí, pero aun así el caso ha avanzado con más rapidez de la que había previsto. Llevamos medio día de adelanto. Ruego indulgencia de esta sala. Tendría problemas sólo para que los testigos de refutación que estoy considerando llegaran al tribunal antes de las seis en punto.

Me volví y miré a Roulet, que había vuelto a sentarse en la silla contigua a la mía. Asentí con la cabeza y le guiñé el ojo izquierdo para que la jueza no viera el gesto.

Parecía que Minton había mordido el anzuelo. Ahora sólo tenía que asegurarme de que la jueza no le hacía escupirlo. Me levanté.

—Señoría, la defensa no tiene objeciones al retraso. Quizá podamos aprovechar ese tiempo para preparar los alegatos finales y las instrucciones al jurado.

La jueza primero me miró con un ceño de desconcierto, porque era una rareza que la defensa no protestara a una demora de la fiscalía. Sin embargo, la semilla que había plantado empezó a germinar.

—Puede ser una buena idea, señor Haller. Si suspendemos temprano hoy espero que lleguemos a los alegatos finales justo después de la refutación. No quiero más dilaciones salvo para considerar las instrucciones al jurado. ¿Está claro, señor Minton?

—Sí, señoría. Estaré preparado.

—¿Señor Haller?

—Fue idea mía, señoría. Estaré preparado.

—Muy bien, pues. Tenemos un plan. En cuanto vuelvan los miembros del jurado les daré el resto del día libre. Saldrán antes de la hora punta y mañana las cosas irán tan deprisa y sobre ruedas que no tengo duda de que estarán deliberando en la sesión de tarde.

Miró a Minton y después a mí, como si nos retara a mostrarnos en desacuerdo con ella. Al no hacerlo, se levantó, probablemente en pos de un cigarrillo.

Veinte minutos más tarde el jurado se dirigía a casa y yo estaba recogiendo mis cosas en la mesa de la defensa. Minton se acercó y dijo:

—¿Puedo hablar con usted?

Miré a Roulet y le dije que saliera de la sala con su madre y Dobbs, y que yo lo llamaría si lo necesitaba para algo.

—Pero quiero hablar con usted —dijo.

—¿Sobre qué?

—Sobre todo. ¿Cómo cree que lo he hecho allí arriba?

—Lo ha hecho bien y todo va bien. Creo que estamos bien colocados.

Señalé con la cabeza a la mesa de la acusación a la que había regresado Minton y bajé mi voz hasta convertirla en un susurro.

—Él también lo sabe. Va a hacer otra oferta.

—¿Puedo quedarme a oírla?

Negué con la cabeza.

—No, no importa cuál sea. Sólo hay un veredicto, ¿no?

—Sí.

Me dio un golpecito en el hombro cuando se levantó, y yo tuve que calmarme para no reaccionar al hecho de que me tocara.

—No me toque, Louis —dije—. Si quiere hacer algo por mí, devuélvame mi puta pistola.

No replicó. Se limitó a sonreír y avanzó hacia la portezuela. Después de que se hubo marchado, me volví a mirar a Minton. Ahora tenía el brillo de la desesperación en los ojos. Necesitaba una condena en el caso, cualquier condena.

—¿Qué pasa?

—Tengo otra oferta.

—Estoy escuchando.

—Bajaré todavía más. Lo reduciré a simple agresión. Seis meses en el condado. Teniendo en cuenta la forma en que lo vacían cada final de mes, probablemente no cumplirá ni sesenta días.

Asentí. Estaba refiriéndose al mandato federal para reducir la superpoblación del sistema penitenciario del condado. No importaba lo que se dispusiera en un tribunal; obligados por la necesidad, con frecuencia las sentencias se reducían de manera drástica. Era una buena oferta, pero yo no mostré nada. Sabía que la oferta tenía que haber salido de la segunda planta. Minton no podía tener la autoridad necesaria para bajar tanto.

—Si acepta eso, ella le sacará los ojos en la demanda civil —dije—. Dudo que lo acepte.

—Es una oferta formidable —dijo Minton.

Había un atisbo de rabia en su voz. Suponía que el informe del observador sobre Minton no era bueno y que estaba acatando órdenes para cerrar el caso con un acuerdo de culpabilidad. Al cuerno con el juicio, la jueza y el tiempo del jurado, lo único importante era conseguir una declaración de culpabilidad. A la oficina de Van Nuys no le gustaba perder casos y estábamos a sólo dos meses del fiasco de Robert Blake. Buscaba acuerdos cuando las cosas se ponían mal. Minton podía bajar todo lo que necesitara, siempre y cuando consiguiera algo. Roulet tenía que ser condenado, aunque sólo pasara sesenta días entre rejas.

—Quizá desde su punto de vista es una oferta formidable. Pero todavía me supone convencer a un cliente de que se declare culpable de algo que asegura que no hizo. Además, la disposición abre la puerta a una responsabilidad civil. Así que mientras él esté en el condado tratando de protegerse el culo durante sesenta días, Reggie Campo y su abogado estarán aquí preparándose para desplumarlo. ¿Lo ve? No es tan bueno cuando se mira desde su ángulo. Si dependiera de mí, llegaría hasta el final. Creo que estamos ganando. Sabemos que tenemos al tipo de la Biblia, así que como mínimo tenemos un apoyo. Pero quién sabe, quizá tenemos a los doce.

Minton dio una palmada en la mesa.

—¿De qué coño está hablando? Sabe que lo hizo, Haller. Y seis meses (por no hablar de sesenta días) por lo que le hizo a esa mujer es un chiste. Es una parodia que me hará perder el sueño, pero ellos han estado observando y creen que usted se ha ganado al jurado, así que he de hacerlo.

Cerré el maletín con un chasquido de autoridad y me levanté.

—Entonces espero que tenga algo bueno para la refutación, Ted. Porque va a tener que jugársela con el veredicto de un jurado. Y he de decirle, colega, que cada vez se parece más a un tipo que viene desnudo a una pelea de cuchillos. Será mejor que se quite las manos de los huevos y luche.

Me dirigí hacia la puerta. A medio camino de las puertas de la parte de atrás de la sala me detuve y me volví a mirarlo.

—Eh, ¿sabe una cosa? Si pierde el sueño por este caso o por cualquier otro, entonces deje el empleo y dedíquese a otra cosa, porque no va a resistirlo, Ted.

Minton se sentó a su mesa, mirando al frente, más allá del banco vacío del juez. No respondió a lo que le había dicho. Se quedó sentado, pensando en ello. Pensé que había jugado bien mis cartas. Lo descubriría por la mañana.

Volví al Four Green Fields para preparar mis conclusiones. No necesitaría las dos horas que la jueza nos concedió. Pedí una Guinness en la barra y me la llevé a una de las mesas para sentarme yo solo. El servicio de mesas no empezaba hasta las seis. Garabateé unas notas, aunque de manera instintiva sabía que lo que haría sería reaccionar a la presentación de la fiscalía. En las mociones previas al juicio, Minton ya había solicitado y obtenido permiso de la jueza Fullbright para usar una presentación de Power Point para ilustrar el caso al jurado. Se había convertido en una moda entre los jóvenes fiscales preparar la pantalla con gráficos de ordenador, como si no se pudiera confiar en la capacidad de los miembros del jurado para pensar y establecer conexiones por sí solos. Ahora había que darles de comer en la boca, como en la tele.

Mis clientes rara vez tienen dinero para pagar mis minutas, menos aún para presentaciones de Power Point. Roulet era una excepción. Por medio de su madre podía permitirme contratar a Francis Ford Coppola para que preparara una presentación de Power Point para él si quería. Pero ni siquiera saqué nunca el tema.

Yo era estrictamente de la vieja escuela. Me gustaba saltar al cuadrilátero solo. Minton podía presentar lo que quisiera en la gran pantalla azul. Cuando llegara mi turno, quería que el jurado me mirara sólo a mí. Si yo no podía convencerlos, tampoco podría hacerlo nada de un ordenador.

A las cinco y media llamé a Maggie McPherson a su oficina.

—Es hora de irse —dije.

—Puede que para los superprofesionales de la defensa. Nosotros los servidores públicos hemos de trabajar hasta después de que anochece.

—¿Por qué no te tomas un descanso y vienes a reunirte conmigo a tomar una Guinness y un poco de pastel de carne? Luego puedes volver y terminar.

—No, Haller. No puedo hacer eso. Además, ya sé lo que quieres.

Me reí. No había ni un momento en que ella no creyera que sabía lo que yo quería. La mayor parte de las veces acertaba, pero en esta ocasión no.

—¿Sí? ¿Qué quiero?

—Quieres corromperme otra vez y descubrir qué pretende Minton.

—No hace falta, Mags. Minton es un libro abierto. El observador de Smithson le está poniendo malas notas. Así que Smithson le ha dicho que recoja la tienda, que consiga algo y lo deje. Pero Minton está trabajando en ese cierre de Power Point y quiere jugar, llegar hasta el final. Además de eso, tiene auténtica rabia en la sangre, así que no le gusta la idea de retirarse.

—A mí tampoco. Smithson siempre tiene miedo de perder, sobre todo después de Blake. Siempre quiere vender bajo. No se puede ser así.

—Siempre dije que perdieron el caso Blake el día que no te lo asignaron. Díselo, Maggie.

—Si tengo ocasión.

—Algún día.

A ella no le gustaba pensar demasiado en su propia carrera estancada. Siguió adelante.

—Suenas contento —dijo—. Ayer eras sospechoso de homicidio. Hoy tienes a la oficina del fiscal pillada por los pelos. ¿Qué ha cambiado?

—Nada, es sólo la calma que precede a la tormenta. Supongo. Eh, deja que te pregunte algo. ¿Alguna vez has metido prisa a balística?

—¿Qué clase de prueba balística?

—Comparar casquillo con casquillo y bala con bala.

—Depende de quién lo haga, qué departamento, me refiero. Pero si tienen mucha prisa pueden hacerlo en veinticuatro horas.

Sentí el peso del miedo cayendo en mi estómago. Sabía que podía estar jugando la prórroga.

—Pero la mayor parte de las veces eso no pasa —continuó ella—. Normalmente con prisa tarda dos o tres días. Y si quieres el paquete completo (comparaciones de casquillos y balas) puede tardar más porque la bala puede estar dañada y ser difícil de leer. Han de trabajar con ella.

Asentí con la cabeza. No creía que nada de eso pudiera ayudarme. Sabía que habían recogido un casquillo de bala en la escena del crimen. Si Lankford y Sobel obtenían una coincidencia con el casquillo de una bala disparada cincuenta años atrás por la pistola de Mickey Cohen, vendrían a por mí y se ocuparían de las comparaciones de bala más adelante.

—¿Sigues ahí? —preguntó Maggie.

—Sí, sólo estaba pensando en algo.

—Ya no suenas alegre. ¿Quieres hablar de esto, Michael?

—No, ahora no. Pero si al final necesito un buen abogado, ya sabes a quién voy a llamar.

—Cuando las ranas críen pelo.

—Podrías sorprenderte.

Dejé que se deslizara más silencio en la conversación. El mero hecho de tenerla al otro lado de la línea resultaba reconfortante. Me gustaba.

—Haller, he de volver al trabajo.

—Vale, Maggie, encierra a esos malos.

—Lo haré.

—Buenas noches.

Cerré el teléfono y pensé en la situación por un momento, luego lo abrí y llamé al Sheraton Universal para ver si tenían habitaciones disponibles. Decidí que como medida de precaución no pasaría esa noche en casa. Podría haber dos detectives de la policía de Glendale esperándome.

38

Después de pasar una noche sin apenas dormir en una mala cama de hotel llegué al tribunal temprano el miércoles por la mañana y no encontré ningún grupo de recibimiento: no había detectives de la policía de Glendale esperándome con una sonrisa y una orden de detención. Sentí un destello de alivio al pasar por el detector de metales. Llevaba el mismo traje del día anterior, aunque esperaba que nadie lo notara. Sí llevaba camisa y corbata limpias. Guardo ropa de recambio en el maletero del Lincoln para los días de verano en que estoy trabajando en el desierto y el aire acondicionado del coche no da para más.

Cuando llegué a la sala de la jueza Fullbright me sorprendió ver que no era el primero de los protagonistas en hacer acto de presencia.

Minton estaba en la galería, preparando la pantalla para su presentación de Power Point. Puesto que la sala había sido diseñada antes de la era de las presentaciones potenciadas por ordenador, no había sitio para instalar una pantalla de seis metros de manera que la vieran con comodidad jueza, jurado y letrados. Un buen trozo del espacio de la galería del público sería ocupado por la pantalla, y cualquier espectador que se sentara detrás se quedaría sin ver el espectáculo.

—Trabajando de buena mañana —le dije a Minton.

Miró por encima del hombro y pareció sorprendido de verme llegar tan pronto.

—He de preparar la logística de este asunto. Es un plomo.

—Siempre puede hacerlo a la antigua, mirando al jurado y hablándoles a ellos.

—No, gracias. Prefiero esto. ¿Ha hablado con su cliente respecto a la oferta?

—Sí, no hay trato. Parece que esta vez llegaremos hasta el final.

Dejé mi maletín en la mesa de la defensa y me pregunté si el hecho de que Minton estuviera preparando su argumento de cierre significaba que había decidido no llamar a ningún testigo de refutación. Sentí una aguda punzada de pánico. Miré a la mesa de la defensa y no vi nada que me diera una pista de lo que estaba planeando Minton. Sabía que podía preguntarle directamente, pero no quería renunciar a mi apariencia de confianza desinteresada.

Decidí que era mejor pasear hasta la mesa del alguacil para hablar con Bill Meehan, el ayudante que se ocupaba de la sala de la jueza Fullbright. Vi que había varios papeles en su escritorio. Tendría el calendario de la sala, así como la lista de custodiados llevados en autobús al juzgado esa mañana.

—Bill, voy a por una taza de café, ¿quiere algo?

—No, pero gracias. Estoy servido de cafeína. Al menos durante un rato.

Sonreí y asentí con la cabeza.

—Eh, ¿ésa es la lista de custodiados? ¿Puedo echar un vistazo para ver si hay alguno de mis clientes?

—Claro.

Meehan me pasó varias hojas grapadas. Era una lista ordenada por los nombres de todos los internos que en ese momento se hallaban alojados en los calabozos del juzgado. Junto al nombre figuraba el número del tribunal al que se dirigía cada uno de ellos. Actuando de la manera más despreocupada posible examiné la lista y enseguida encontré el nombre de Dwayne Jeffery Corliss. El chivato de Minton estaba en el edificio y se dirigía al tribunal de la jueza Full-bright. Casi dejé escapar un suspiro de alivio, pero lo contuve. Parecía que Minton iba a actuar de la forma que yo esperaba y que había planeado.

—¿Pasa algo? —preguntó Meehan.

Lo miré y le devolví la lista.

—No, ¿por qué?

—No sé. Parecía que le había pasado algo, nada más.

—No ha pasado nada, pero pasará.

Dejé la sala y bajé a la cafetería del segundo piso. Cuando estaba en la cola para pagar mi café vi que entraba Maggie McPherson y que iba directamente a la jarra del café. Después de pagar me acerqué a ella, que estaba echando polvo de un sobre rosa en el café.

—Dulce y caliente —dije—. Mi ex mujer me decía que así era como le gustaba.

Se volvió y me miró.

—Basta, Haller.

Pero Maggie sonrió.

—Basta Haller o te va a doler —dije—. También me decía eso. Muy a menudo.

—¿Qué estás haciendo? ¿No deberías estar alerta preparándote para desconectar el Power Point de Minton?

—No me preocupa. De hecho, deberías venir a verlo. La vieja escuela frente a la nueva, una batalla de las edades.

—No creo. Por cierto, ¿no es ése el traje que llevabas ayer?

—Sí, es mi traje de la suerte. Pero ¿cómo sabes qué llevaba ayer?

—Ah, asomé la cabeza en la sala de Fullbright un par de minutos. Estabas demasiado ocupado interrogando a tu cliente para notarlo.

Me complació secretamente que se fijara en mis trajes. Sabía que significaba algo.

—Entonces, ¿por qué no te vuelves a asomar esta mañana?

—Hoy no puedo. Estoy demasiado ocupada.

—¿Qué tienes?

—Me ocupo de un asesinato en primer grado de Andy Seville. Lo deja para irse al privado y ayer dividieron sus casos. A mí me ha tocado el bueno.

—Bien. ¿El acusado necesita un abogado?

—Ni hablar, Haller. No voy a perder otro por ti.

—Sólo era broma. Estoy a tope.

Puso una tapa de plástico en su vaso y lo cogió del mostrador, valiéndose de una capa de servilletas para no quemarse.

—Yo igual. Así que te deseo suerte hoy, pero no puedo.

—Sí, lo sé. Has de seguir la línea de la empresa. Anima a Minton cuando baje con el rabo entre las piernas.

—Lo intentaré.

Ella salió de la cafetería y se acercó a una mesa vacía. Todavía tenía quince minutos antes de la hora de reanudación del juicio. Saqué el móvil y llamé a mi segunda ex esposa.

—Lorna, soy yo. Estamos en juego con Corliss. ¿Estás lista?

—Sí.

—Vale, sólo quería asegurarme. Te llamaré.

—Buena suerte hoy, Mickey.

—Gracias, la necesitaré. Estate preparada para la próxima llamada.

Cerré el teléfono y estaba a punto de levantarme cuando vi al detective del Departamento de Policía de Los Ángeles Howard Curlen cortando camino entre las mesas para dirigirse hacia mí. El hombre que había puesto en prisión a Jesús Menéndez no tenía pinta de estar haciendo una pausa para comerse un sándwich de sardinas y mantequilla de cacahuete. Llevaba un documento doblado. Llegó a mi mesa y lo soltó delante de mi taza de café.

—¿Qué es esta mierda? —preguntó.

Empecé a desdoblar el documento, pese a que ya sabía lo que era.

—Parece una citación, detective. Pensaba que lo sabría.

—Ya sabe a qué me refiero, Haller. ¿Cuál es el juego? No tengo nada que ver con ese caso y no quiero formar parte de sus chorradas.

—No es un juego y tampoco es una chorrada. Ha sido citado como testigo de refutación.

—¿Para refutar qué? Ya le he dicho, y ya lo sabe, que no tengo nada que ver con ese caso. Es de Marty Booker y acabo de hablar con él y me ha dicho que ha de ser un error.

Asentí como si quisiera ser complaciente.

—¿Sabe qué le digo?, suba a esa sala y tome asiento. Si es un error lo arreglaré lo antes posible. No creo que tenga que quedarse más de una hora. Lo sacaré de aquí para que vaya a perseguir a los tipos malos.

—¿Qué le parece esto? Yo me largo ahora y usted lo soluciona cuando le dé la puta gana.

—No puedo hacerlo, detective. Es una citación legal válida y debe aparecer en esa sala hasta que sea eximido. Ya le digo que lo haré lo antes posible. La fiscalía tiene un testigo y luego es mi turno y me ocuparé de eso.

—Esto es una estupidez.

Se volvió y se alejó por la cafetería hacia la puerta. Afortunadamente se había dejado la citación, porque era falsa. Nunca la había registrado con el alguacil y la firma garabateada al pie era mía.

Estupidez o no, no creía que Kurlen abandonara el tribunal. Era un hombre que entendía el significado del deber y la ley. Vivía con ella. Con eso contaba yo. Estaría en la sala hasta que lo eximieran de ello. O hasta que entendiera para qué lo había llamado.

39

A las nueve y media, la jueza hizo pasar al jurado e inmediatamente procedió con los asuntos del día. Miré de reojo a la galería y vi a Kurlen en la fila de atrás. Tenía una expresión meditabunda, si no enfadada, en el rostro. Estaba cerca de la puerta y yo no sabía cuánto aguantaría allí. Suponía que necesitaría la hora entera que le había pedido.

Seguí mirando por la sala y vi que Lankford y Sobel estaban sentados en un banco junto al escritorio del alguacil, el lugar reservado al personal de las fuerzas del orden. Sus rostros no revelaban nada, pero aun así me inquietaron. Me pregunté si dispondría de la hora que necesitaba.

—Señor Minton —entonó la jueza—, ¿el estado tiene alguna refutación?

Me volví hacia la magistrada. Minton se levantó, se arregló la americana y pareció vacilar y prepararse antes de responder.

—Sí, señoría, la fiscalía llama a Dwayne Jeffery Corliss como testigo de refutación.

Me levanté y me fijé en que a mi derecha Meehan, el alguacil, también se había levantado. Iba a ir al calabozo del tribunal para recoger a Corliss.

—Señoría —dije—, ¿quién es Dwayne Jeffery Corliss y por qué no tenía noticia de él?

—Agente Meehan, espere un momento —dijo Fullbright.

Meehan se quedó parado con la llave del calabozo en la mano. La jueza pidió entonces disculpas al jurado, pero les dijo que tenían que regresar a la sala de deliberaciones hasta que fueran llamados de nuevo. Después de que salieran por la puerta que había detrás de la tribuna, la jueza se concentró en Minton.

—Señor Minton, ¿quiere hablarnos de su testigo?

—Dwayne Corliss es un testigo de cooperación que habló con el señor Roulet cuando éste estuvo bajo custodia tras su detención.

—¡Mentira! —bramó Roulet—. Yo no hablé con...

—Silencio, señor Roulet —atronó la jueza—. Señor Haller, aleccione a su cliente sobre el peligro de perder los estribos en mi sala.

—Gracias, señoría.

Yo todavía permanecía de pie. Me incliné para susurrar en el oído de Roulet.

—Eso ha sido perfecto —dije—. Ahora tranquilo y yo me ocuparé desde aquí.

Roulet asintió y se reclinó. Cruzó los brazos ante el pecho con pose enfadada. Yo me enderecé.

—Lo lamento, señoría, pero comparto la rabia de mi cliente respecto a este intento desesperado de la fiscalía. Es la primera vez que oigo hablar del señor Corliss. Me gustaría saber cuándo denunció esta supuesta conversación.

Minton se había quedado de pie. Pensé que era la primera vez en el juicio que ambos permanecíamos de pie y discutíamos con la magistrada.

—El señor Corliss contactó con la oficina por medio de una fiscal que manejó la primera comparecencia del acusado —dijo Minton—. Sin embargo, esa información no se me pasó hasta ayer, cuando en una reunión de equipo se me preguntó por qué no había utilizado la información.

Eso era mentira, pero no una que yo quisiera poner

en evidencia. Hacerlo habría revelado el desliz de Maggie McPherson el día de San Patricio y podría hacer descarrilar mi plan. Tenía que ser cuidadoso. Necesitaba argumentar vigorosamente contra el hecho de que Corliss subiera al estrado, pero también necesitaba perder la disputa.

Puse mi mejor expresión de rabia.

—Esto es increíble, señoría. ¿Sólo porque la fiscalía haya tenido un problema de comunicación, mi cliente ha de sufrir las consecuencias de no haber sido informado de que el Estado tenía un testigo contra él? Claramente no debería permitirse que este hombre testificara. Es demasiado tarde para sacarlo ahora.

—Señoría —dijo Minton, saltando con rapidez—, ni yo mismo he tenido tiempo de interrogar a Corliss. Puesto que estaba preparando mi alegato final, simplemente hice las gestiones para que lo trajeran hoy. Su testimonio es clave para la fiscalía porque sirve como refutación de las declaraciones interesadas del señor Roulet. No permitirle testificar supondría un grave perjuicio al Estado.

Negué con la cabeza y sonreí con frustración. Con esa última frase Minton estaba amenazando a la jueza con la pérdida del apoyo de la fiscalía si en alguna ocasión se enfrentaba a unas elecciones con un candidato opositor.

—¿Señor Haller? —preguntó la jueza—. ¿Algo más antes de que dictamine?

—Sólo quiero que conste en acta mi protesta.

—Así será. Si tuviera que darle tiempo para investigar e interrogar al señor Corliss, ¿cuánto necesitaría?

—Una semana.

Ahora Minton puso la sonrisa falsa en el rostro y negó con la cabeza.

—Eso es ridículo, señoría.

—¿Quiere ir al calabozo y hablar con él? —me preguntó la jueza—. Lo autorizaré.

—No, señoría. Por lo que a mí respecta todos los chivatos carcelarios son mentirosos. No ganaría nada interrogándolo, porque todo lo que salga de su boca será mentira. Todo. Además, no se trata de lo que él tenga que decir. Se trata de lo que otros tengan que decir de él. Para eso necesito el tiempo.

—Entonces dictaminaré que puede testificar.

—Señoría —dije—, si va a permitir que entre en esta sala, ¿puedo pedir una indulgencia para la defensa?

—¿Cuál es, señor Haller?

—Me gustaría salir un momento al pasillo y hacer una llamada a un investigador. Tardaré menos de un minuto.

La jueza lo pensó un momento y asintió con la cabeza.

—Adelante. Haré pasar al jurado mientras telefonea.

—Gracias.

Me apresuré a cruzar la portezuela y recorrí el pasillo central. Mis ojos establecieron contacto con los de Howard Kurlen, que me dedicó una de sus mejores sonrisas sarcásticas.

En el pasillo pulsé la tecla de marcado rápido correspondiente al móvil de Lorna Taylor y ella respondió enseguida.

—Bueno, ¿a qué distancia estás?

—Unos quince minutos.

—¿Te has acordado del listado y la cinta?

—Lo tengo todo aquí.

Miré mi reloj. Eran las diez menos cuarto.

—Muy bien, estamos en juego. No te retrases, pero cuando llegues quiero que esperes en el pasillo que hay fuera de la sala. A las diez y cuarto, entra y me lo das. Si estoy interrogando al testigo, siéntate en la primera fila y espera hasta que te vea.

—Entendido.

Cerré el teléfono y volví a entrar en la sala. Los miembros del jurado ya se habían sentado y Meehan estaba conduciendo a un hombre con un mono gris a través de la puerta del calabozo. Dwayne Corliss era un hombre delgado con el pelo roñoso; no se lo lavaba lo suficiente en el programa de desintoxicación del County-USC. Llevaba una pulsera de plástico de identificación en la muñeca, de las que te ponen en el hospital. Lo reconocí. Era el hombre que me había pedido una tarjeta de visita cuando entrevisté a Roulet en el calabozo en mi primer día en el caso.

Corliss fue conducido por Meehan al estrado de los testigos y la secretaria del tribunal le tomó juramento. Minton se hizo cargo a partir de ahí.

—Señor Corliss, ¿fue usted detenido el cinco de marzo de este año?

—Sí, la policía me detuvo por un robo y posesión de drogas.

—¿Está encarcelado en este momento?

Corliss miró a su alrededor.

—Eh, no, no lo creo. Ahora estoy en el tribunal.

Oí la risa basta de Kurlen detrás de mí, pero nadie se le unió.

—No, me refiero a si está actualmente en prisión. Cuando no está aquí en el tribunal.

—Estoy en un programa cerrado de desintoxicación, en el pabellón carcelario del Los Angeles County-USC Medical Center.

—¿Es adicto a las drogas?

—Sí. Soy adicto a la heroína, pero ahora estoy limpio. No he tomado nada desde que me detuvieron.

—Hace más de sesenta días.

—Exacto.

—¿Reconoce al acusado en este caso?

Corliss miró a Roulet y asintió con la cabeza.

—Sí, lo reconozco.

—¿Por qué?

—Porque estuve con él en el calabozo después de que me detuvieran.

—¿Está diciendo que después de que lo detuvieran

estuvo en relación de proximidad con el acusado, Louis Roulet?

—Sí, al día siguiente.

—¿Cómo ocurrió eso?

—Bueno, los dos estábamos en Van Nuys, aunque en pabellones diferentes. Entonces, cuando nos llevaron en autobús a los juzgados estuvimos juntos, primero en el autobús y luego en el calabozo, y más tarde cuando nos trajeron a la sala para la primera comparecencia. Estuvimos todo el tiempo juntos.

—¿Cuando dice «juntos» qué quiere decir?

—Bueno, estábamos juntos porque éramos los únicos blancos del grupo en el que estábamos.

—Veamos, ¿hablaron cuando estuvieron todo ese tiempo juntos?

Corliss asintió con la cabeza y al mismo tiempo Roulet negó con la suya. Yo toqué el brazo de mi cliente para pedirle que se abstuviera de hacer demostraciones.

—Sí, hablamos —dijo Corliss.

—¿Sobre qué?

—En general de cigarrillos. Los dos los necesitábamos, pero no dejan fumar en prisión.

Corliss hizo un gesto de qué se le va a hacer con las manos y unos cuantos miembros del jurado —probablemente fumadores— sonrieron y asintieron con la cabeza.

—¿En algún momento le preguntó al señor Roulet por qué estaba en la cárcel? —preguntó Minton.

—Sí.

—¿Qué dijo?

Rápidamente me levanté y protesté, pero con la misma rapidez la protesta fue denegada.

—¿Qué le dijo, señor Corliss? —repitió Minton.

—Bueno, primero me preguntó por qué me habían detenido y se lo dije. Así que yo le pregunté por qué estaba allí y él dijo: «Por darle a una puta justo lo que merecía.»

—¿Ésas fueron sus palabras?

—Sí.

—¿Se explicó más acerca de lo que eso significaba?

—No, lo cierto es que no. No sobre eso.

Me incliné hacia delante, esperando que Minton formulara la siguiente pregunta obvia. Pero no lo hizo. Siguió adelante.

—Veamos, señor Corliss, ¿yo o la oficina del fiscal le hemos prometido algo a cambio de su testimonio?

—No. Sólo pensaba que era lo que tenía que hacer.

—¿Cuál es la situación de su caso?

—Todavía tengo cargos contra mí, pero parece que si completo el programa podré salir en condicional. Al menos por la acusación de drogas. Del robo todavía no lo sé.

—Pero yo no le he prometido ninguna ayuda al respecto, ¿correcto?

—No, señor, no me lo ha prometido.

—¿Alguien de la oficina del fiscal le hizo alguna promesa?

—No, señor.

—No tengo más preguntas.

Me quedé sentado sin moverme y solamente mirando a Corliss. Mi pose era la de un hombre que estaba enfadado, pero que no sabía qué hacer exactamente al respecto. Finalmente, la jueza me impelió a la acción.

—Señor Haller, ¿contrainterrogatorio?

—Sí, señoría.

Me levanté, mirando a la puerta como si esperara que un milagro entrara por ella. Entonces miré el gran reloj que estaba en la puerta de atrás y vi que eran las diez y cinco. Me fijé al volverme hacia el testigo en que no había perdido a Kurlen. Todavía estaba en la fila de atrás y continuaba con la misma mueca. Me di cuenta de que probablemente era su expresión natural.

Me volví hacia el testigo.

—Señor Corliss, ¿qué edad tiene?

—Cuarenta y tres.

—¿Le llaman Dwayne?

—Así es.

—¿Algún otro nombre?

—Cuando era joven la gente me llamaba D. J. Todo el mundo me llamaba así.

—¿Y dónde creció?

—En Mesa, Arizona.

—Señor Corliss, ¿cuántas veces ha sido detenido antes?

Minton protestó, pero la jueza denegó la protesta. Sabía que iba a darme mucha cuerda con ese testigo porque supuestamente yo era el engañado.

—¿Cuántas veces ha sido detenido antes, señor Corliss? —pregunté de nuevo.

—Creo que unas siete.

—Así que ha estado en muchos calabozos, ¿no?

—Podría decirlo así.

—¿Todos en el condado de Los Ángeles?

—La mayoría de ellos. Pero también me detuvieron antes en Phoenix.

—Entonces sabe cómo funciona el sistema, ¿no?

—Sólo trato de sobrevivir.

—Y a veces sobrevivir implica delatar a sus compañeros internos, ¿no?

—¿Señoría? —dijo Minton, levantándose para protestar.

—Siéntese, señor Minton —dijo la jueza Fullbright—. Le he dado mucho margen trayendo a este testigo. El señor Haller tiene ahora su parte. El testigo responderá la pregunta.

La estenógrafa leyó de nuevo la pregunta a Corliss.

—Supongo.

—¿Cuántas veces ha delatado a un compañero interno?

—No lo sé. Unas cuantas.

—¿Cuántas veces ha declarado en un juicio a favor de la acusación?

—¿Eso incluye mis propios casos?

—No, señor Corliss. Para la acusación. ¿Cuántas veces ha testificado contra un compañero recluso para la acusación?

—Creo que ésta es mi cuarta vez.

Puse expresión de estar sorprendido y aterrorizado, aunque no estaba ni una cosa ni la otra.

—Entonces es usted un profesional, ¿no? Casi podría decirse que su profesión es la de chivato drogadicto carcelario.

—Sólo digo la verdad. Si la gente me dice cosas que son malas, entonces estoy obligado a informar de ellas.

—Pero ¿usted intenta sonsacar información?

—No, en realidad no. Sólo soy un tipo amistoso.

—Un tipo amistoso. Entonces lo que espera que crea este jurado es que un hombre al que no conoce, de repente, le contó a usted (un perfecto desconocido) que le dio a una puta su merecido. ¿Es así?

—Es lo que dijo.

—O sea que sólo le mencionó eso y luego continuaron hablando de cigarrillos.

—No exactamente.

—¿No exactamente? ¿Qué quiere decir «no exactamente»?

—También me dijo que lo había hecho antes. Dijo que se había salido con la suya antes y que iba a volver a hacerlo. Estaba alardeando porque la otra vez dijo que había matado a la puta y se había librado.

Me quedé un momento inmóvil. Miré entonces a Roulet, que estaba sentado como una estatua con expresión de sorpresa. Luego miré de nuevo al testigo.

—Usted...

Empecé y me detuve, actuando como si yo fuera el hombre en el campo minado que acababa de oír el clic debajo de mi pie. En mi visión periférica me fijé en que Minton tensaba su postura.

—¿Señor Haller? —me urgió la jueza.

Aparté mi mirada de Corliss y miré a la jueza.

—Señoría, no tengo más preguntas en este momento.

40

Minton se levantó de su asiento como un boxeador que sale de su rincón hacia un rival que está sangrando.

—¿Contrarréplica, señor Minton? —preguntó Fullbright.

Pero él ya estaba en el estrado.

—Por supuesto, señoría.

Miró al jurado como para subrayar la importancia de la siguiente intervención y luego a Corliss.

—Ha dicho que estaba alardeando, señor Corliss. ¿Cómo es eso?

—Bueno, me habló de esa vez en que mató a una chica y quedó impune.

Me levanté.

—Señoría, esto no tiene nada que ver con el presente caso y no es refutación de ninguna prueba que haya sido ofrecida antes a la defensa. El testigo no puede...

—Señoría —me interrumpió Minton—, esto es información que ha surgido a instancias del abogado defensor. La acusación tiene derecho a seguirla.

—Lo autorizaré —dijo Fullbright.

Me senté y me mostré decepcionado. Minton siguió adelante. Estaba yendo justo adonde yo quería que fuera.

—Señor Corliss, ¿el señor Roulet le ofreció alguno de

los detalles de su incidente previo en el cual dijo que quedó impune después de matar a una mujer?

—Dijo que la mujer era una bailarina de serpientes. Bailaba en algún antro en el cual estaba como en un pozo de serpientes.

Noté que Roulet colocaba los dedos en torno a mi bíceps y me apretaba. Sentí su aliento cálido en mi oreja.

—¿Qué coño es esto? —susurró.

Me volví hacia él.

—No lo sé. ¿Qué diablos le dijo a este tipo?

Me susurró a través de los dientes apretados.

—No le dije nada. Esto es una trampa. ¡Usted me ha tendido una trampa!

—¿Yo? ¿De qué está hablando? Le dije que no pude acceder a este tipo en el calabozo. Si usted no le dijo esta mierda, alguien lo hizo. Empiece a pensar. ¿Quién?

Me volví y vi a Minton en el estrado y continuando su interrogatorio a Corliss.

—¿El señor Roulet dijo algo más acerca de la bailarina que dijo haber asesinado? —preguntó.

—No, es lo único que dijo.

Minton comprobó sus notas para ver si había algo más, luego asintió para sí.

—Nada más, señoría.

La jueza me miró. Casi pude ver compasión en su rostro.

—¿Alguna nueva intervención de la defensa con este testigo?

Antes de que pudiera responder hubo ruido desde el fondo de la sala y me volví para ver a Lorna Taylor entrando. Recorrió apresuradamente el pasillo hacia la portezuela.

—Señoría, ¿puedo disponer de un momento para hablar con mi equipo?

—Dese prisa, señor Haller.

Me reuní con Lorna en la portezuela y cogí una cinta de vídeo con un trozo de papel fijado a su alrededor con una goma elástica. Como le había explicado antes, ella me susurró al oído.

—Aquí es donde hago ver que te susurro algo muy importante al oído —dijo—. ¿Cómo va?

Asentí al tiempo que sacaba la goma elástica de la cinta y miraba el trozo de papel.

—Sincronización perfecta —le susurré—. Estoy listo para atacar.

—¿Puedo quedarme a mirar?

—No, quiero que salgas de aquí. No quiero que nadie hable contigo después de esto.

Asentí con la cabeza y ella repitió el gesto y se fue. Volví al estrado.

—No hay segundo contrainterrogatorio, señoría.

Me senté y esperé. Roulet me cogió del brazo.

—¿Qué está haciendo?

Lo aparté.

—Deje de tocarme. Tenemos nueva información que no podemos sacar en un contrainterrogatorio.

Me concentré en la jueza.

—¿Algún otro testigo, señor Minton? —preguntó.

—No, señoría. No hay más refutaciones.

La jueza asintió.

—El testigo puede retirarse.

Meehan empezó a cruzar la sala en dirección a Corliss. La jueza me miró y yo empecé a levantarme.

—Señor Haller, ¿contrarrefutación?

—Sí, señoría, la defensa quiere llamar al estrado a D. J. Corliss como contrarrefutación.

Meehan se quedó quieto y todas las miradas se centraron en mí. Levanté la cinta y el papel que Lorna acababa de traerme.

—Tengo nueva información sobre el señor Corliss, señoría. No podía sacarla en un contrainterrogatorio.

—Muy bien, proceda.

—¿Puedo disponer de un momento, señoría?

—Un momento corto.

Me agaché de nuevo al lado de Roulet.

—Mire, no sé qué está pasando, pero no importa —susurré.

—¿Cómo que no importa? Está...

—Escúcheme. No importa porque todavía puedo destruirlo. No importa que diga que ha matado a veinte mujeres. Si es un mentiroso, es un mentiroso. Si lo destruyo, nada de eso cuenta. ¿Entiende?

Roulet asintió y pareció calmarse al reflexionar al respecto.

—Entonces destrúyalo.

—Lo haré. Pero he de estar informado. ¿Sabe algo más que pueda surgir? ¿Hay algo más de lo que tenga que apartarme?

Roulet susurró lentamente, como si estuviera explicando algo a un niño.

—No lo sé, porque nunca he hablado con él. No soy tan estúpido como para hablar de cigarrillos y asesinatos con un puto desconocido.

—Señor Haller —me instó la jueza.

Me levanté.

—Sí, señoría.

Me levanté con la cinta y el papel que la acompañaba y me acerqué al estrado. Por el camino eché un vistazo rápido a la galería y vi que Kurlen se había ido. No tenía forma de saber cuánto tiempo se había quedado y cuánto había escuchado. Lankford también se había ido. Sólo quedaba Sobel y apartó su mirada de la mía. Centré mi atención en Corliss.

—Señor Corliss, ¿puede decirle al jurado dónde estaba exactamente cuando el señor Roulet supuestamente le hizo estas revelaciones sobre agresiones y asesinatos?

—Cuando estuvimos juntos.

—¿Juntos dónde, señor Corliss?

—Bueno, en el trayecto de autobús no hablamos porque íbamos en asientos separados. Pero cuando llegamos al tribunal estuvimos en el mismo calabozo con otros seis tipos y nos sentamos juntos y hablamos.

—¿Y esos seis tipos también fueron testigos de cómo hablaba usted con el señor Roulet?

—Puede ser. Estaban allí.

—Entonces lo que me está diciendo es que si los traigo aquí uno por uno y les pregunto si les vieron hablar a usted y Roulet, lo confirmarían.

—Bueno, deberían. Pero...

—Pero ¿qué?, señor Corliss.

—Es sólo que probablemente no hablarán, nada más.

—¿Y eso es porque a nadie le gustan los soplones, señor Corliss?

Corliss se encogió de hombros.

—Supongo.

—Muy bien, vamos a asegurarnos de que tenemos todo esto claro. Usted no habló con el señor Roulet en el autobús, pero habló con él cuando estuvieron juntos en el calabozo. ¿En algún sitio más?

—Sí, hablamos cuando nos metieron en la sala. Te tienen en esa área acristalada y esperas a que te llamen. Hablamos un poco allí, también, hasta que se inició la vista de su caso. A él le tocó primero.

—¿Eso fue en la sala de lectura de cargos, donde tuvo su primera comparecencia ante el juez?

—Así es.

—O sea que estaba allí hablando en la sala y allí fue donde Roulet le reveló su participación en esos crímenes que ha descrito.

—Así es.

—¿Recuerda específicamente qué le dijo cuando estuvieron en la sala?

—No, en realidad no. No específicamente. Creo que

podría ser entonces cuando me habló de la chica que era una bailarina.

—Muy bien, señor Corliss.

Levanté la cinta de vídeo, expliqué que era de la primera comparecencia de Louis Roulet y solicité presentarla como prueba de la defensa. Minton trató de impedirlo como algo que no había presentado en los hallazgos, pero eso fue fácilmente rebatido por la jueza sin que yo tuviera que discutir ese punto. Acto seguido él protestó otra vez, argumentando que no se había verificado la autenticidad de la cinta.

—Sólo pretendo ahorrar tiempo a este tribunal —dije—. Si es preciso puedo hacer que el hombre que grabó la cinta venga aquí en más o menos una hora para autentificarla. Pero creo que su señoría será capaz de autentificarla por sí misma con un solo vistazo.

—Voy a aceptarla —dijo la jueza—. Después de que la veamos, la acusación podrá objetar otra vez si lo desea.

La televisión y la unidad de vídeo que ya había utilizado previamente fueron llevadas a la sala y situadas en un ángulo en que fueran visibles para Corliss, el jurado y la jueza. Minton tuvo que colocarse en una silla situada junto a la tribuna del jurado para verlo por completo.

La cinta se reprodujo. Duraba veinte minutos y mostraba a Roulet desde el momento en que entraba en el área de custodia del tribunal hasta que fue sacado después de la vista de la fianza. Roulet en ningún momento habló con nadie salvo conmigo.

Cuando la cinta finalizó, dejé la televisión en su sitio por si era necesaria de nuevo. Me dirigí a Corliss con un tinte de indignación en la voz.

—Señor Corliss, ¿ha visto algún momento en esa cinta en que usted y el señor Roulet estuvieran hablando?

—Eh, no, yo...

—Aun así, ha testificado bajo juramento y bajo pena de

perjurio que el acusado le confesó crímenes cuando ambos estuvieron en el tribunal, ¿no es así?

—Sé que he dicho eso, pero debo de haberme equivocado. Debió de contármelo todo cuando estuvimos en el calabozo.

—¿Le ha mentido al jurado?

—No era mi intención. Así era como lo recordaba, pero supongo que me equivoco. Tenía el mono esa mañana. Las cosas se confunden.

—Eso parece. Deje que le pregunte algo, ¿las cosas se confundieron cuando testificó contra Frederic Bentley en mil novecientos ochenta y nueve?

Corliss juntó las cejas en un ademán de concentración, pero no respondió.

—Recuerda a Frederic Bentley, ¿verdad?

Minton se levantó.

—Protesto. ¿Mil novecientos ochenta y nueve? ¿Adónde quiere llegar con esto?

—Señoría —dije—, quiero llegar a la veracidad del testigo. Es una cuestión clave aquí.

—Conecte los puntos, señor Haller —ordenó la jueza—. Deprisa.

—Sí, señoría.

Cogí el trozo de papel y lo usé como atrezo durante mis preguntas finales a Corliss.

—En mil novecientos ochenta y nueve Frederic Bentley fue condenado, con su colaboración, por violar a una chica de dieciséis años en su cama en Phoenix. ¿Lo recuerda?

—Apenas —dijo Corliss—. He tomado muchas drogas desde entonces.

—Testificó en el juicio que le confesó el crimen cuando estuvieron juntos en una comisaría de policía. ¿No es así?

—Ya le he dicho que me cuesta mucho acordarme de entonces.

—La policía le puso en ese calabozo porque sabía que

usted quería delatar, aunque se lo tuviera que inventar, ¿no es así?

Mi tono de voz iba aumentando con cada pregunta.

—No lo recuerdo —respondió Corliss—. Pero no me invento las cosas.

—Luego, ocho años después, el hombre del que testificó que le había contado que lo hizo fue exonerado cuando un test de ADN determinó que el semen del agresor de la chica procedía de otro hombre. ¿No es correcto, señor?

—Yo no..., o sea..., fue hace mucho tiempo.

—¿Recuerda haber sido entrevistado por un periodista del Arizona Star después de la puesta en libertad de Frederic Bentley?

—Vagamente. Recuerdo que alguien llamó, pero no dije nada.

—El periodista le dijo que las pruebas de ADN exoneraban a Bentley y le preguntó si había inventado la confesión de éste, ¿verdad?

—No lo sé.

Sostuve el periódico que estaba agarrando hacia la jueza.

—Señoría, tengo un artículo de archivo del Arizona Star aquí. Está fechado el nueve de febrero de mil novecientos noventa y siete. Un miembro de mi equipo lo encontró al buscar el nombre de D. J. Corliss en el ordenador de mi oficina. Pido que se registre como prueba de la defensa y se admita como documento histórico que detalla una admisión por silencio.

Mi solicitud desencadenó un enfrentamiento brutal con Minton acerca de la autenticidad y la fundación adecuada. En última instancia, la jueza dictaminó a mi favor. Fullbright estaba mostrando parte de la misma indignación que yo estaba fingiendo, y Minton no tenía mucha opción.

El alguacil entregó a Corliss el artículo impreso desde el ordenador y la jueza le pidió que lo leyera.

—No leo bien, jueza —dijo.

—Inténtelo, señor Corliss.

Corliss sostuvo el papel e inclinó la cara hacia él al leerlo.

—En voz alta, por favor —bramó Fullbright.

Corliss se aclaró la garganta y leyó con voz entrecortada.

—«Un hombre condenado erróneamente de violación fue puesto en libertad el sábado de la Institución Correccional de Arizona y juró buscar justicia para otros reclusos falsamente acusados. Frederic Bentley, de treinta y cuatro años, pasó casi ocho años en prisión por asaltar a una joven de dieciséis años de Tempe. La víctima del asalto identificó a Bentley, un vecino, y las pruebas sanguíneas coincidían con el semen recogido en la víctima después de la agresión.

»El caso quedó cimentado en el juicio por el testimonio de un informador que declaró que Bentley le había confesado el crimen cuando estaban juntos en un calabozo. Bentley siempre mantuvo su inocencia durante el juicio e incluso después de su sentencia. Una vez que los tests de ADN fueron aceptados como prueba válida por los tribunales del Estado, Bentley contrató abogados para que se analizara el semen recogido en la víctima de la agresión. Un juez ordenó que se realizaran las pruebas este mismo año, y los análisis demostraron que Bentley no era el violador.

»En una conferencia de prensa celebrada ayer en el Arizona Biltmore, el recién puesto en libertad Bentley clamó contra los informantes de prisión y pidió una ley estatal que establezca pautas estrictas a la policía y los fiscales que los utilizan.

»El informante que declaró bajo juramento que Bentley admitió ser el violador fue identificado como D. J. Corliss, un hombre de Mesa que había sido acusado de cargos de drogas. Cuando le hablaron de la excarcelación de Bentley y le preguntaron si había inventado su testimonio contra Bentley, Corliss declinó hacer comentarios el sábado. En su conferencia de prensa, Bentley denunció que Corliss era un soplón bien conocido por la policía y que fue usado en varios casos para acercarse a sospechosos. Bentley aseguró que la práctica de Corliss consistía en inventar confesiones si no conseguía sonsacárselas a los sospechosos. El caso contra Bentley...»

—Bien, señor Corliss —dije—. Creo que es suficiente.

Corliss dejó el papel y me miró como un niño que acaba de abrir la puerta de un armario abarrotado y ve que todo le va a caer encima.

—¿Fue acusado de perjurio en el caso Bentley? —le pregunté.

—No —dijo con energía, como si ese hecho implicara que no había actuado mal.

—¿Eso fue porque la policía era su cómplice en tender la trampa al señor Bentley?

Minton protestó diciendo:

—Estoy seguro de que el señor Corliss no tiene ni idea de qué influyó en la decisión de acusarlo o no de perjurio.

Fullbright la aprobó, pero no me importaba. Llevaba tanta ventaja con ese testigo que no había forma de que me atraparan. Me limité a pasar a la siguiente pregunta.

—¿Algún fiscal o policía le ofreció estar cerca del señor Roulet y conseguir que se confiara a usted?

—No, supongo que sólo fue la suerte del sorteo.

—¿No le dijeron que obtuviera una confesión del señor Roulet?

—No.

Lo miré un buen rato con asco en la mirada.

—No tengo nada más.

Mantuve la pose de rabia hasta mi asiento y dejé caer la caja de la cinta de vídeo con enfado antes de sentarme.

—¿Señor Minton? —preguntó la jueza.

—No tengo más preguntas —respondió con voz débil.

—De acuerdo —dijo Fullbright con rapidez—. Voy a excusar al jurado para que tome un almuerzo temprano. Me gustaría que estuvieran todos de vuelta a la una en punto.

Dirigió una sonrisa tensa a los miembros del jurado y la mantuvo hasta que éstos hubieron abandonado la sala. La sonrisa desapareció en cuanto se cerró la puerta.

—Quiero ver a los abogados en mi despacho —dijo—. Inmediatamente.

No esperó respuesta. Se levantó tan deprisa que su túnica flotó tras ella como la capa negra de la Parca.

41

La jueza Fullbright ya había encendido un cigarrillo cuando Minton y yo entramos en su despacho. Después de dar una larga calada lo apagó en un pisapapeles de cristal y guardó la colilla en una bolsa Ziploc que llevaba en su monedero. Cerró la bolsa, la dobló y la guardó en el monedero. No iba a dejar pruebas de su trasgresión para las limpiadoras de la noche ni para nadie. Exhaló el humo hacia la toma de ventilación del techo y a continuación posó la mirada en Minton. A juzgar por la expresión de Fullbright, me alegré de no estar en el pellejo del fiscal.

—Señor Minton, ¿qué coño le ha hecho a mi juicio?

—Seño...

—Cállese y siéntese. Los dos.

Ambos obedecimos. La jueza se recompuso y se inclinó hacia delante por encima del escritorio. Todavía estaba mirando a Minton.

—¿Quién hizo las averiguaciones previas de este testigo suyo? —preguntó con calma—. ¿Quién lo investigó?

—Eh, eso debería ser, de hecho, sólo lo investigamos en el condado de Los Ángeles. No había ninguna advertencia, ninguna señal. Comprobé su nombre en el ordenador, pero no usé las iniciales.

—¿Cuántas veces lo han utilizado en este condado antes de hoy?

—Sólo una vez antes en juicio. Pero ha proporcionado información en otros tres casos que haya podido encontrar. No surgió nada de Arizona.

—¿A nadie se le ocurrió pensar que este tipo había estado en algún otro sitio o que había usado variantes de su nombre?

—Supongo que no. Me lo pasó la fiscal original del caso. Supuse que ella lo había investigado.

—Mentira —dije.

La jueza volvió su mirada hacia mí. Podía haberme quedado sentado y contemplar cómo Minton caía, pero no iba a permitirle que tratara de arrastrar con él a Maggie McPherson.

—La fiscal original era Maggie McPherson —dije—. Ella sólo tuvo el caso tres horas. Es mi ex mujer y en cuanto me vio en la primera comparecencia supo que tenía que dejarlo. Y usted obtuvo el caso ese mismo día, Minton. ¿En qué momento se supone que ella tenía que investigar el historial de sus testigos, especialmente de este tipo que no salió de debajo de las piedras hasta después de la primera comparecencia? Ella lo pasó y punto.

Minton abrió la boca para decir algo, pero la jueza lo cortó.

—No importa quién debía hacerlo. No se hizo de manera adecuada y, en cualquier caso, poner a ese hombre en el estrado en mi opinión ha sido una conducta groseramente inadecuada.

—Señoría —espetó Minton—, yo...

—Guárdeselo para su jefe. Será a él a quien tenga que convencer. ¿Cuál es la última oferta que ha hecho el Estado al señor Roulet?

Minton pareció paralizado e incapaz de responder. Yo respondí por él.

—Agresión simple, seis meses en el condado.

La jueza levantó las cejas y me miró.

—¿Y usted no la aceptó?

Negué con la cabeza.

—Mi cliente no aceptaría una condena. Le arruinaría. Se arriesgará con el veredicto.

—¿Quiere un juicio nulo? —preguntó.

Me reí y negué con la cabeza.

—No, no quiero un juicio nulo. Eso sólo daría más tiempo a la fiscalía para poner orden en su estropicio y volver contra nosotros.

—Entonces ¿qué quiere? —preguntó.

—¿Qué quiero? Un veredicto directo estaría bien. Algo que no pueda tener recursos del Estado. Al margen de eso llegaremos hasta el final.

La jueza asintió y juntó las manos sobre la mesa.

—Un veredicto directo sería ridículo, señoría —dijo Minton, encontrando finalmente la voz—. En cualquier caso estamos al final del juicio. Podemos llevarlo hasta el veredicto. El jurado lo merece. Sólo porque la fiscalía haya cometido un error no hay motivo para subvertir todo el proceso.

—No sea estúpido, señor Minton —dijo la jueza despreciativamente—. No se trata de lo que merece el jurado. Y por lo que a mí respecta, un error como el que ustedes han cometido basta. No quiero que el Segundo me lo rebote, y eso es lo que seguramente harán. Entonces cargaré con el muerto por su mala conducta...

—¡No conocía el historial de Corliss! —dijo Minton con energía—. Juro por Dios que no lo conocía.

La intensidad de sus palabras impuso un momentáneo silencio al despacho. Pero yo enseguida me deslicé en ese vacío.

—¿Igual que no sabía lo de la navaja, Ted?

Fullbright paseó la mirada de Minton a mí y luego volvió a mirar a Minton.

—¿Qué navaja? —preguntó ella.

Minton no dijo nada.

—Cuénteselo —dije.

Minton negó con la cabeza.

—No sé de qué está hablando —dijo.

—Entonces cuéntemelo usted —me dijo la jueza.

—Señoría, si uno espera los hallazgos de la oficina del fiscal, ya puede retirarse —dije—. Los testigos desaparecen, las historias cambian, puedes perder un caso si te sientas a esperar.

—Muy bien, ¿y qué ocurrió con la navaja?

—Necesitaba avanzar en mi caso. Así que mi investigador consiguió los informes por la puerta de atrás. Es juego limpio. Pero estaban esperándole y falsificaron un informe sobre la navaja para que yo no tuviera noticia de las iniciales. No lo supe hasta que recibí el paquete formal de hallazgos.

La jueza adoptó una expresión severa.

—Eso fue la policía, no la fiscalía —dijo Minton con rapidez.

—Hace treinta segundos ha dicho que no sabía de qué estaba hablando —dijo Fullbright—. Ahora, de repente, lo sabe. No me importa quién lo hizo. ¿Me está diciendo que de hecho ocurrió así?

Minton asintió a regañadientes.

—Sí, señoría. Pero juro que yo...

—¿Sabe lo que eso me dice? —le interrumpió la jueza—. Me dice que desde el principio hasta el final el Estado no ha jugado limpio en este caso. No importa quién hizo qué o que el investigador del señor Haller pudiera haber actuado de manera impropia. La fiscalía ha de estar por encima de eso. Y como se ha demostrado hoy en mi sala no lo ha estado ni por asomo.

—Señoría, no es...

—Basta, señor Minton. Creo que he oído suficiente. Quiero que ahora se vayan los dos. Dentro de media hora iré a mi banco y anunciaré lo que haremos al respecto. Todavía no sé qué será, pero no importa lo que haga, no le va a gustar lo que tengo que decir, señor Minton. Y le pido que su jefe, el señor Smithson, esté en la sala con usted para oírlo.

Me levanté. Minton no se movió. Todavía estaba petrificado en el asiento.

—¡He dicho que pueden irse! —bramó la jueza.

42

Seguí a Minton hasta la sala del tribunal. Estaba vacía salvo por Meehan, que estaba sentado ante el escritorio del alguacil. Cogí mi maletín de la mesa de la defensa y me dirigí a la portezuela.

—Eh, Haller, espere un segundo —dijo Minton, al tiempo que recogía unas carpetas de la mesa de la acusación.

Me detuve en la portezuela y lo miré.

—¿Qué?

Minton se acercó a la portezuela y señaló la puerta de atrás de la sala.

—Salgamos de aquí.

—Mi cliente estará esperándome fuera.

—Venga aquí.

Se dirigió a la puerta y yo lo seguí. En el vestíbulo en el que dos días antes había confrontado a Roulet, Minton se detuvo para confrontarme. Pero no dijo nada. Estaba reuniendo las palabras. Decidí empujarlo más todavía.

—Mientras va a buscar a Smithson creo que pararé en la oficina del *Times* en la segunda y me aseguraré de que el periodista sepa que habrá fuegos artificiales aquí dentro de media hora.

—Mire —balbució Minton—, hemos de arreglar esto.

—¿Hemos?

—Aparque lo del *Times*, ¿vale? Deme su número de móvil y deme diez minutos.

—¿Para qué?

—Déjeme bajar a mi oficina y ver qué puedo hacer.

—No me fío de usted, Minton.

—Bueno, si quiere lo mejor para su cliente en lugar de un titular barato, tendrá que confiar en mí diez minutos.

Aparté la mirada del rostro del fiscal y simulé que estaba considerando la oferta. Finalmente volví a mirarlo. Nuestros rostros estaban a sólo medio metro de distancia.

—Sabe, Minton, podría haberme tragado todas las mentiras. La navaja, la arrogancia y todo lo demás. Soy profesional y he de vivir con esa mierda de los fiscales todos los días de mi vida, pero cuando trató de cargarle Corliss a Maggie McPherson, es cuando decidí no mostrar piedad.

—Mire, no hice nada intencionadamente...

—Minton, mire a su alrededor. No hay nadie más que nosotros. No hay cámaras, no hay cintas, no hay testigos. ¿Va a quedarse ahí y va a decirme que nunca había oído hablar de Corliss antes de la reunión de equipo de ayer?

Respondió señalándome con un dedo airado.

—¿Y usted va a quedarse ahí y va a decirme que no había oído hablar de él hasta esta mañana?

Nos miramos el uno al otro un largo momento.

—Puedo ser novato, pero no soy estúpido —dijo—. Toda su estrategia consistía en empujarme a usar a Corliss. Todo el tiempo supo lo que podía hacer con él. Y probablemente lo supo por su ex.

—Si puede demostrarlo, demuéstrelo —dije.

—Oh, no se preocupe, podría... si tuviera tiempo. Pero sólo tengo media hora.

Lentamente levanté la muñeca y miré mi reloj.

—Más bien veintiséis minutos.

—Deme su número de móvil.

Lo hice y Minton se fue. Esperé quince segundos en el vestíbulo antes de franquear la puerta.

Roulet estaba de pie junto a la cristalera que daba a la plaza. Su madre y C. C. Dobbs estaban sentados en un banco contra la pared opuesta. Más allá vi a la detective Sobel entreteniéndose en el pasillo.

Roulet me vio y empezó a avanzar hacia mí. Enseguida lo siguieron su madre y Dobbs.

—¿Qué pasa? —preguntó Dobbs en primer lugar.

Esperé hasta que todos se reunieron cerca de mí antes de responder.

—Creo que todo está a punto de explotar —dije.

—¿Qué quiere decir? —preguntó Dobbs.

—La jueza está considerando un veredicto directo. Lo sabremos muy pronto.

—¿Qué es un veredicto directo? —preguntó Mary Windsor.

—Significa que el juez retira la decisión de manos del jurado y emite un veredicto de absolución. La jueza está enfadada porque Minton ha actuado mal con Corliss y algunas cosas más.

—¿Puede hacerlo? Simplemente absolverlo.

—Ella es la jueza. Puede hacer lo que quiera.

—¡Oh, Dios mío!

Windsor se llevó una mano a la boca y puso cara de estar a punto de romper a llorar.

—He dicho que lo está considerando —la previne—. No significa que vaya a ocurrir. Pero ya me ha ofrecido un juicio nulo y lo he rechazado de pleno.

—¿Lo ha rechazado? —exclamó Dobbs—. ¿Por qué diablos ha hecho eso?

—Porque no significa nada. El Estado podría volver y juzgar otra vez a Louis, esta vez con mejores armas porque ya conocen nuestros movimientos. Olvídese del juicio nulo. No vamos a educar al fiscal. Queremos algo sin retorno o nos arriesgaremos con un veredicto del jurado hoy. Incluso si dictaminan contra nosotros, tenemos fundamentos sólidos para apelar.

—¿No es una decisión que le corresponde a Louis? —preguntó Dobbs—. Al fin y al cabo, él es...

—Cecil, calla —soltó Windsor—. Cállate y deja de cuestionar todo lo que este hombre hace por Louis. Tiene razón. ¡No vamos a volver a pasar por esto!

Dobbs reaccionó como si hubiera sido abofeteado por la madre de Roulet. Pareció encogerse y separarse del corrillo. Miré a Mary Windsor y vi un rostro diferente. Vi el rostro de la mujer que había empezado un negocio de la nada y lo había llevado a la cima. También miré a Dobbs de un modo diferente, dándome cuenta de que probablemente había estado susurrando dulcemente en el oído de Windsor desaprobaciones de mi trabajo en todo momento.

Lo dejé estar y me concentré en lo que nos ocupaba.

—Sólo hay una cosa que le gusta menos a la oficina del fiscal que perder un veredicto —dije—. Y eso es ser avergonzada por un juez con un veredicto directo, especialmente después de un hallazgo de mala conducta por parte de la fiscalía. Minton ha bajado a hablar con su jefe y es un hombre muy político y siempre sabe por dónde sopla el viento. Podríamos saber algo dentro de unos pocos minutos.

Roulet estaba directamente delante de mí. Miré por encima de su hombro y vi que Sobel continuaba de pie en el pasillo. Estaba hablando por un teléfono móvil.

—Escuchen —dije—. Quédense sentados tranquilos. Si no tengo noticias de la oficina del fiscal, volveremos a la sala dentro de veinte minutos para ver qué quiere hacer la jueza. Así que quédense cerca. Si me disculpan, voy al lavabo.

Me alejé de ellos y recorrí el pasillo en dirección a Sobel, pero Roulet se alejó de su madre y su abogado y me dio alcance. Me cogió por el brazo para detenerme.

—Todavía quiero saber cómo consiguió Corliss esa mierda que está diciendo —preguntó.

—¿Qué importa? Nos beneficia. Es lo que importa.

Roulet acercó su rostro al mío.

—El tipo me ha llamado asesino desde el estrado. ¿Cómo me beneficia eso?

—Porque nadie le creyó. Y por eso está cabreada la jueza, porque han usado a un mentiroso profesional para subir al estrado y decir las peores cosas de usted. Ponerlo delante de un jurado y después tener que revelar al tipo como un mentiroso es conducta indebida. ¿No lo ve? He tenido que subir las apuestas. Era la única forma de presionar a la jueza para amonestar a la fiscalía. Estoy haciendo exactamente lo que quería que hiciera, Louis. Voy a sacarlo en libertad.

Lo examiné mientras él calibraba la información.

—Así que déjelo estar —dije—. Vuelva con su madre y con Dobbs y déjeme mear.

Negó con la cabeza.

—No, no voy a dejarlo, Mick.

Apretó un dedo en mi pecho.

—Está ocurriendo algo más, Mick, y no me gusta. Ha de recordar algo. Tengo su pistola. Y tiene una hija. Ha de...

Cerré mi mano sobre la suya y la aparté de mi pecho.

—No amenace nunca a mi familia —dije con voz controlada pero airada—. Si quiere venir a por mí, bien, venga a por mí. Pero nunca vuelva a amenazar a mi hija. Le enterraré tan hondo que no lo encontrarán jamás. ¿Lo ha entendido, Louis?

Lentamente asintió y una sonrisa le arrugó el rostro.

—Claro, Mick. Sólo quería que nos entendiéramos mutuamente.

Le solté la mano y lo dejé allí. Empecé a caminar hacia el final del pasillo donde estaban los lavabos y donde Sobel parecía estar esperando mientras hablaba por el móvil. Estaba caminando a ciegas, con los pensamientos de la amenaza a mi hija nublándome la visión, pero al acercarme a Sobel me espabilé. Ella terminó la llamada cuando yo llegué allí.

—Detective Sobel —dije.

—Señor Haller —dijo ella.

—¿Puedo preguntarle por qué está aquí? ¿Van a detenerme?

—Estoy aquí porque me invitó, ¿recuerda?

—Ah, no, no lo recordaba.

Ella entrecerró los ojos.

—Me dijo que debería ver su juicio.

De repente me di cuenta de que ella se estaba refiriendo a la extraña conversación en la oficina de mi casa durante el registro del lunes por la noche.

—Ah, sí, lo había olvidado. Bueno, me alegro de que aceptara mi oferta. He visto a su compañero antes. ¿Qué le ha pasado?

—Ah, está por aquí.

Traté de interpretar algo en sus palabras. No había respondido a mi pregunta de si iban a detenerme. Señalé con la cabeza en dirección a la sala del tribunal.

—Entonces, ¿qué opina?

—Interesante. Me habría gustado ser una mosca en la pared de la oficina de la jueza.

—Bueno, quédese. Todavía no ha terminado.

—Quizá lo haga.

Mi teléfono móvil empezó a vibrar. Busqué bajo la chaqueta y lo saqué de mi cadera. La pantalla de identificación de llamada decía que era de la oficina del fiscal del distrito.

—He de atender esta llamada —dije.

—Por supuesto —dijo Sobel.

Abrí el teléfono y empecé a caminar por el pasillo hacia donde Roulet estaba paseando.

—¿Hola?

—Mickey Haller, soy Jack Smithson, de la oficina del fiscal. ¿Cómo le va el día?

—He tenido mejores.

—No después de lo que voy a ofrecerle.

—Le escucho.

43

La jueza no salió de su despacho hasta pasados quince minutos más de los treinta que había prometido. Estábamos todos esperando: Roulet y yo en la mesa de la defensa; su madre y Dobbs justo detrás, en primera fila. En la mesa de la acusación, Minton ya no volaba en solitario. Junto a él se había sentado Jack Smithson. Yo estaba pensando que probablemente era la primera vez que pisaba un tribunal en un año.

Minton se mostraba abatido y derrotado. Sentado junto a Smithson, uno podría haberlo tomado por un acusado junto a su abogado. Parecía culpable como un acusado.

El detective Booker no estaba en la sala y me pregunté si estaría trabajando en algo o si simplemente nadie se había molestado en llamarle para darle la mala noticia.

Me volví para mirar el gran reloj de la pared de atrás y examinar la galería. La pantalla de la presentación de Power Point de Minton ya no estaba, una pista de lo que se avecinaba. Vi a Sobel sentada en la fila de atrás, pero no así ni a su compañero ni a Kurlen. No había nadie más salvo Dobbs y Windsor, y ellos no contaban. La fila reservada a los medios estaba vacía. Los medios no habían sido alertados. Yo estaba cumpliendo mi parte del trato con Smithson.

El ayudante Meehan llamó al orden en la sala y la jueza

Fullbright ocupó el banco con un floreo y el aroma de lilas flotó hacia las mesas. Supuse que se habría fumado uno o dos cigarrillos en el despacho y se había excedido con el perfume para tapar el olor.

—En la cuestión del Estado contra Louis Roulet, entiendo por mi alguacil que tenemos una moción.

Minton se levantó.

—Sí, señoría.

No dijo nada más, como si no fuera capaz de hablar.

—Bien, señor Minton, ¿me la va a enviar por telepatía?

—No, señoría.

Minton miró a Smithson, que le dio su permiso con la cabeza.

—El Estado ha decidido retirar todos los cargos contra Louis Ross Roulet.

La jueza asintió con la cabeza como si hubiera esperado ese movimiento. Oí que alguien tomaba aire detrás de mí y supe que era Mary Windsor. Ella sabía lo que iba a ocurrir, pero había contenido sus emociones hasta oírlo en la sala.

—¿Con o sin perjuicio? —preguntó la jueza.

—Retirado con perjuicio.

—¿Está seguro de eso, señor Minton? Eso significa que no puede haber recurso del Estado.

—Sí, señoría, lo sé —dijo Minton con una nota de molestia por el hecho de que la jueza necesitara explicarle la ley.

La jueza anotó algo y luego volvió a mirar a Minton.

—Creo que para que conste en acta el Estado ha de ofrecer algún tipo de explicación de esta moción. Hemos elegido un jurado y hemos escuchado más de dos días de testimonios. ¿Por qué el Estado toma esta medida en esta fase, señor Minton?

Smithson se levantó. Era un hombre alto y delgado, de tez pálida. Era un espécimen de fiscal. Nadie quería a un hombre obeso como fiscal del distrito y eso era precisamente lo que esperaba ser algún día. Llevaba una americana color gris marengo junto con lo que se había convertido en su sello personal: una pajarita granate y un pañuelo a juego que asomaba del bolsillo del pecho del traje.

Entre los profesionales de la defensa se había corrido la voz de que un consejero político le había dicho que empezara a construirse una imagen reconocible por los medios con objeto de que cuando llegara el momento de la carrera electoral los votantes pensaran que ya lo conocían. La presente era una situación en la que no quería que los medios llevaran su imagen a los votantes.

—Si se me permite, señoría —dijo.

—Que conste en acta la presencia del ayudante del fiscal del distrito John Smithson, director de la División de Van Nuys. Bienvenido, Jack. Adelante, por favor.

—Jueza Fullbright, ha llegado a mi atención que en el interés de la justicia los cargos contra el señor Roulet deberían ser retirados.

Pronunció mal el apellido Roulet.

—¿Es la única explicación que puede ofrecer, Jack? —preguntó la jueza.

Smithson reflexionó antes de responder. A pesar de que no había periodistas presentes, el registro de la vista sería público y sus palabras visibles más tarde.

—Señoría, ha llegado a mi atención que se produjeron irregularidades en la investigación y la posterior acusación. Esta oficina se basa en la creencia en la santidad de nuestro sistema de justicia. Yo lo salvaguardo personalmente en la División de Van Nuys y me lo tomo, muy, muy en serio. Y por tanto es mejor que rechacemos un caso a que veamos la justicia posiblemente comprometida en algún modo.

—Gracias, señor Smithson. Es refrescante oírlo.

La jueza tomó otra nota y luego nos volvió a mirar.

—Se aprueba la moción del Estado —dijo—. Todos los cargos contra el señor Roulet se retiran con perjuicio. Señor Roulet, queda usted absuelto.

—Gracias, señoría —dije.

—Todavía tenemos un jurado que ha de volver a la una —dijo Fullbright—. Lo reuniré y explicaré que el caso ha quedado resuelto. Si alguno de los letrados desea volver entonces, estoy segura de que los miembros del jurado tendrán preguntas para hacerles. No obstante, no se requiere que vuelvan.

Asentí con la cabeza, pero no dije que no iba a volver. Las doce personas que habían sido tan importantes durante la última semana acababan de caer del radar. Ahora significaban tan poco para mí como los conductores que circulan en sentido contrario por la autopista. Habían pasado a mi lado y para mí ya no existían.

La jueza se levantó y Smithson fue el primero en abandonar la sala. No tenía nada que decir ni a Minton ni a mí. Su prioridad era distanciarse de esa catástrofe para la fiscalía. Miré y vi que el rostro de Minton había perdido todo el color. Supuse que pronto vería su nombre en las páginas amarillas. No conservaría el puesto en la oficina del fiscal y se uniría a las filas de los profesionales de la defensa, con una muy costosa primera lección sobre casos de delitos graves.

Roulet estaba en la barandilla, inclinándose para abrazar a su madre. Dobbs tenía una mano en su hombro en un gesto de felicitación, pero el abogado de la familia no se había recuperado de la dura reprimenda de Windsor en el pasillo.

Cuando acabaron los abrazos, Roulet se volvió hacia mí y me estrechó la mano con vacilación.

—No me equivocaba con usted —dijo—. Sabía que era el indicado.

—Quiero la pistola —dije, inexpresivo, sin que mi rostro mostrara ninguna alegría por la victoria recién obtenida.

—Por supuesto que la quiere.

Se volvió de nuevo hacia su madre. Vacilé un momento

y luego me volví a la mesa de la defensa. Abrí mi maletín para guardar todos los archivos.

—¿Michael?

Al volverme vi que era Dobbs quien extendía una mano por la barandilla. Se la estreché y asentí con la cabeza.

—Lo ha hecho bien —dijo Dobbs, como si necesitara oírselo decir a él—. Todos lo apreciamos mucho.

—Gracias. Sé que no confiaba mucho en mí al principio.

Fui lo bastante cortés para no mencionar el arrebato de Windsor y lo que había dicho acerca de acuchillarme por la espalda.

—Sólo porque no le conocía —dijo Dobbs—. Ahora le conozco. Ya sé quién recomendar a mis clientes.

—Gracias. Aunque espero que sus clientes nunca me necesiten.

Se rió.

—¡Yo también!

Entonces llegó el turno de Mary Windsor. Me extendió la mano por encima de la portezuela.

—Señor Haller, gracias por lo que ha hecho por mi hijo.

—De nada —dije cansinamente—. Cuide de él.

—Siempre lo hago.

Asentí.

—¿Por qué no salen todos al pasillo? Yo iré dentro de un minuto. He de acabar unas cuestiones aquí con el alguacil y el señor Minton.

Me volví hacia la mesa y acto seguido la rodeé y me acerqué a la secretaria del tribunal.

—¿Cuánto tardaré en tener una copia firmada de la orden de la jueza?

—La registraremos esta tarde. Podemos enviarle una copia si no quiere volver.

—Eso sería fantástico. ¿También pueden enviármela por fax?

Ella dijo que lo haría y yo le di el número de fax de Lorna Taylor.

Todavía no estaba seguro de cómo podría usarla, pero sin lugar a dudas una orden de retirar los cargos podría ayudarme de algún modo a conseguir algún que otro cliente.

Cuando me volví de nuevo para coger mi maletín e irme me fijé en que la detective Sobel había abandonado la sala. Sólo quedaba Minton. Estaba de pie recogiendo sus cosas.

—Perdón, no tuve ocasión de ver su presentación de Power Point —dije.

—Sí, era muy buena. Creo que los habría convencido.

Asentí.

—¿Qué va a hacer ahora?

—No lo sé. Ver si puedo superar esto y de algún modo no perder el empleo.

Se puso las carpetas bajo el brazo. No tenía maletín. Sólo tenía que bajar a la segunda planta. Se volvió y me dedicó una mirada dura.

—Lo único que sé es que no quiero cruzar el pasillo. No quiero convertirme en alguien como usted, Haller. Creo que me gusta demasiado dormir para eso.

Dicho esto franqueó la portezuela y salió a grandes zancadas de la sala. Miré a la secretaria para ver si había oído lo que Minton había dicho. Actuó como si no lo hubiera oído.

Me tomé mi tiempo para seguir al fiscal. Cogí mi maletín y me volví de espaldas para empujar la puerta. Miré el banco vacío de la jueza y el escudo del estado de California en el panel frontal. Asentí con la cabeza por nada en particular y salí.

44

Roulet y su cohorte estaban esperándome en el pasillo. Miré a ambos lados y vi a Sobel junto a los ascensores. Estaba hablando por el móvil y aparentaba estar esperando un ascensor, pero no vi que el botón de bajar estuviera encendido.

—Michael, ¿puede unirse a nosotros en el almuerzo? —dijo Dobbs después de verme—. ¡Vamos a celebrarlo!

Me fijé en que ahora me llamaba por el nombre de pila. La victoria hace que todo el mundo sea amistoso.

—Eh... —dije, todavía mirando a Sobel—. Creo que no tengo tiempo.

—¿Por qué no? Obviamente no tiene un juicio por la tarde.

Finalmente miré a Dobbs. Tenía ganas de decirle que no podía comer con ellos porque no quería volver a verlos, ni a él ni a Mary Windsor ni a Louis Roulet.

—Creo que voy a quedarme por aquí y a hablar con los miembros del jurado cuando vuelvan a la una.

—¿Por qué? —preguntó Roulet.

—Porque me ayudará a pensar qué estaban pensando y en qué posición estábamos.

Dobbs me dio una palmadita en la parte superior del brazo.

—Siempre aprendiendo, siempre mejorando para el siguiente. No se lo reprocho.

Parecía encantado de que no fuera a acompañarlos. Y por una buena razón. Probablemente me quería lejos para empezar a reparar su relación con Mary Windsor. Quería esa cuenta filón sólo para él otra vez.

Oí el golpe ahogado del ascensor y volví a mirar al pasillo. Sobel estaba delante del ascensor abierto. No iba a subir.

En ese momento, Lankford, Kurlen y Booker salieron del ascensor y se unieron a Sobel. Empezaron a caminar hacia nosotros.

—Entonces le dejaremos con eso —dijo Dobbs, que estaba de espaldas a los detectives que se acercaban—. Tenemos una reserva en Orso y me temo que ya vamos a llegar tarde.

—Muy bien —dije, todavía mirando hacia el pasillo.

Dobbs, Windsor y Roulet se volvieron para alejarse justo al tiempo que los cuatro detectives nos alcanzaban.

—Louis Roulet —anunció Kurlen—, está detenido. Vuélvase, por favor, y ponga las manos a la espalda.

—¡No! —gritó Mary Windsor—. No puede...

—¿Qué es esto? —gritó Dobbs.

Kurlen no respondió ni esperó que Roulet obedeciera. Dio un paso adelante y de manera brusca obligó a Roulet a darse la vuelta. Al hacer el giro forzado, los ojos de Roulet buscaron los míos.

—¿Qué está pasando, Mick? —dijo con voz calmada—. Esto no debería ocurrir.

Mary Windsor avanzó hacia su hijo.

—¡Quítele las manos de encima!

Cogió a Kurlen desde atrás, pero Booker y Lankford intervinieron con presteza y la separaron, manejándola con suavidad pero con fuerza.

—Señora, retroceda —ordenó Booker—. O la meteré en el calabozo.

Kurlen empezó a leerle sus derechos a Roulet. Windsor se quedó atrás, pero no en silencio.

—¿Cómo se atreven? ¡No pueden hacer esto!

Cambiaba constantemente el peso del cuerpo de un pie al otro y daba la sensación de que unas manos invisibles estuvieran impidiendo que cargara otra vez contra Kurlen.

—Madre —dijo Roulet en un tono de voz que llevaba más peso y control que el de ninguno de los detectives.

El cuerpo de Windsor transigió. Se rindió. Pero Dobbs no lo hizo.

—¿Por qué lo está deteniendo? —preguntó.

—Sospechoso de asesinato —dijo Kurlen—. Del asesinato de Martha Rentería.

—¡Eso es imposible! —gritó Dobbs—. Se ha demostrado que todo lo que ese testigo Corliss dijo allí dentro era mentira. ¿Está loco? La jueza ha desestimado el caso por sus mentiras.

Kurlen interrumpió su lectura de los derechos de Roulet y miró a Dobbs.

—Si era mentira, ¿cómo sabe que estaba hablando de Martha Rentería?

Dobbs se dio cuenta de su error y dio un paso atrás para apartarse. Kurlen sonrió.

—Sí, eso creía —dijo.

Cogió a Roulet por el codo y le dio la vuelta.

—Vamos —dijo.

—¿Mick? —dijo Roulet.

—Detective Kurlen —dije—, ¿puedo hablar un momento con mi cliente?

Kurlen me miró, pareció sopesarme de algún modo y asintió.

—Un minuto. Dígale que se comporte y todo será mucho más fácil para él.

Empujó a Roulet hacia mí. Yo lo cogí de un brazo y lo alejé unos pasos de los demás para poder tener intimidad si manteníamos la voz baja. Me acerqué más a él y empecé en un susurro.

—Ya está, Louis. Esto es un adiós. Lo suelto. Ahora va solo. Búsquese otro abogado.

Sus ojos revelaron la sorpresa. Luego su expresión se nubló con una ira muy concentrada. Era pura rabia y me di cuenta de que era la misma rabia que habrían visto Regina Campo y Martha Rentería.

—No necesitaré un abogado —me dijo—. ¿Cree que pueden presentar cargos con lo que usted de alguna forma le dijo a ese soplón mentiroso? Mejor que se lo vuelva a pensar.

—No necesitarán al soplón, Louis. Créame, descubrirán más. Probablemente ya tienen más.

—¿Y usted, Mick? ¿No se está olvidando de algo? Tengo...

—Lo sé. Pero ya no importa. No necesitan mi pistola. Ya tienen todo lo que necesitan. Pero me ocurra lo que me ocurra, sabré que yo le derribé. Al final, después del juicio y de todas las apelaciones, cuando finalmente le claven la aguja en el brazo, será por mí, Louis. Recuérdelo. —Sonreí sin un ápice de humor y me acerqué todavía más—. Esto es por Raul Levin. Puede que no lo condenen por su muerte, pero, no se equivoque, le van a condenar.

Dejé que lo pensara un momento antes de retirarme y hacerle una seña a Kurlen. Él y Booker se colocaron a ambos lados de Roulet y lo agarraron por la parte superior de ambos brazos.

—Me ha tendido una trampa —dijo Roulet, manteniendo la calma de algún modo—. No es un abogado. Trabaja para ellos.

—Vamos —dijo Kurlen.

Empezaron a llevárselo, pero él se los sacudió momentáneamente y volvió a clavarme su mirada de furia.

—No es el final, Mick —dijo—. Mañana por la mañana

estaré fuera. ¿Qué hará entonces? Piénselo. ¿Qué va a hacer entonces? No puede proteger a todo el mundo.

Lo agarraron con más fuerza y sin contemplaciones lo obligaron a volverse hacia los ascensores. Esta vez Roulet no presentó resistencia. A medio camino del pasillo hacia los ascensores, con su madre y Dobbs siguiéndole, volvió la cabeza para mirarme por encima de su hombro. Sonrió y me hizo sentir un escalofrío.

«No puede proteger a todo el mundo.»

Una sensación de miedo me perforó el pecho.

Alguien estaba esperando en el ascensor y la puerta se abrió en cuanto la comitiva llegó hasta allí. Lankford le hizo una señal a la persona y cogió el ascensor. Roulet fue empujado al interior. Dobbs y Windsor estaban a punto de seguirlos cuando fueron detenidos por la mano extendida de Lankford en señal de stop. La puerta del ascensor empezó a cerrarse y Dobbs, enfadado e impotente, pulsó el botón que tenía al lado.

Tenía la esperanza de que fuera la última vez que viera a Louis Roulet, pero el miedo permanecía alojado en mi pecho, revoloteando como una polilla atrapada en la luz del porche. Me volví y casi choqué con Sobel. No me había fijado en que se había quedado atrás.

—Tienen suficiente, ¿no? —dije—. Dígame que no habrían actuado tan deprisa si no tuvieran lo suficiente para que no salga.

Ella me miró un largo momento antes de responder.

—Nosotros no decidimos eso. Lo hace la fiscalía. Probablemente depende de lo que saquen en el interrogatorio. Pero hasta ahora ha tenido un abogado muy listo. Probablemente sabe que no le conviene decirnos ni una palabra.

—¿Entonces por qué no han esperado?

—No era mi decisión.

Negué con la cabeza. Quería decirle que habían actuado con precipitación. Eso no formaba parte del plan. Yo sólo quería plantar la semilla. Quería que se movieran con lentitud y sin cometer errores.

La polilla revoloteaba en mi interior y yo miré al suelo. No podía desembarazarme de la idea de que todas mis maquinaciones habían fallado, dejándome a mí y a mi familia expuestos en el punto de mira de un asesino. «No puede proteger a todo el mundo.»

Fue como si Sobel hubiera leído mis temores.

—Pero vamos a quedárnoslo —dijo—. Tenemos lo que el soplón dijo en el juicio y la receta. Estamos trabajando en los testigos y las pruebas forenses.

Mis ojos buscaron los suyos.

—¿Qué receta?

Su rostro adoptó una expresión de sospecha.

—Pensaba que lo había adivinado. Lo entendimos en cuanto el soplón mencionó a la bailarina de serpientes.

—Sí. Martha Rentería. Eso ya lo sé. Pero ¿qué receta? ¿De qué está hablando?

Me había acercado demasiado a ella y Sobel dio un paso atrás. No era mi aliento. Era mi desesperación.

—No sé si debería decírselo, Haller. Usted es abogado defensor. Es su abogado.

—Ya no. Acabo de dejarlo.

—No importa. Él...

—Mire, acaban de detener al tipo por mí. Podrían inhabilitarme por eso. Incluso podría ir a la cárcel por un asesinato que no cometí. ¿De qué receta está hablando?

Dudó un momento y yo esperé, pero entonces ella habló por fin.

—Las últimas palabras de Raul Levin. Dijo que encontró la receta para sacar a Jesús.

—¿Qué significa eso?

—¿De verdad no lo sabe?

—¿Va a hacer el favor de decírmelo?

Ella transigió.

—Rastreamos los últimos movimientos de Levin. Antes de que fuera asesinado hizo averiguaciones acerca de las multas de aparcamiento. Incluso sacó copias en papel. Inventariamos lo que tenía en la oficina y finalmente lo comparamos con lo que había en el ordenador. Faltaba una multa en papel. Una receta. No sabíamos si su asesino se la llevó ese día o si había olvidado sacarla. Así que fuimos y sacamos una copia nosotros mismos. Fue emitida hace dos años, la noche del ocho de abril. Era una denuncia por aparcar delante de una boca de riego en la manzana de Blythe Street al seiscientos y pico, en Panorama City.

Todo encajó, como el último grano de arena que cae por el hueco del reloj de cristal. Raul Levin verdaderamente había encontrado la salvación de Jesús Menéndez.

—Martha Rentería fue asesinada el ocho de abril de hace dos años —dije—. Vivía en Blythe, en Panorama City.

—Sí, pero eso no lo sabíamos. No vimos la conexión. Nos contó que Levin estaba trabajando para usted en casos separados. Jesús Menéndez y Louis Roulet eran investigaciones separadas. Levin también los tenía archivados por separado.

—Era un problema de hallazgos. Mantenía los casos separados para no tener que entregar a la fiscalía lo que descubriera sobre Roulet que surgiera en la investigación del caso Menéndez.

—Uno de los ángulos de abogado. Bueno, nos impidió entenderlo hasta que ese soplón mencionó a la bailarina de serpientes. Eso lo conectó todo.

Asentí.

—O sea que quien mató a Levin se llevó el papel.

—Creemos.

—¿Comprobaron los teléfonos de Levin por si había escuchas? De alguna manera alguien supo que había encontrado la receta.

—Lo hicimos. No había nada. Los micrófonos podían

haber sido sacados en el momento del asesinato. O quizás el teléfono que estaba pinchado era otro.

Es decir, el mío. Eso explicaría cómo Roulet conocía tantos de mis movimientos e incluso estaba esperándome convenientemente en mi casa la noche que había vuelto de ver a Jesús Menéndez.

—Haré que los comprueben —dije—. ¿Todo esto significa que estoy libre del asesinato de Raul?

—No necesariamente —dijo Sobel—. Todavía queremos saber lo que surge de balística. Esperamos algo hoy.

Asentí. No sabía cómo responder. Sobel se entretuvo, aparentando que quería contarme o preguntarme algo.

—¿Qué? —dije.

—No lo sé. ¿Hay algo que quiera contarme?

—No lo sé. No hay nada que contar.

—¿De verdad? En el tribunal parecía que estaba tratando de decirnos mucho.

Me quedé un momento en silencio, tratando de leer entre líneas.

—¿Qué quiere de mí, detective Sobel?

—Sabe lo que quiero. Quiero al asesino de Raul Levin.

—Bueno, yo también. Pero no podría darle a Roulet para el caso Levin por más que quisiera. No sé cómo lo hizo. Y esto es *off the record*.

—O sea que eso todavía le deja en el punto de mira.

Miró por el pasillo hacia los ascensores en una clara insinuación. Si los resultados de balística coincidían, todavía podía tener problemas por la muerte de Levin. O decía cómo lo hizo Roulet o cargaría yo con la culpa. Cambié de asunto.

—¿Cuánto tiempo cree que pasará hasta que Jesús Menéndez salga? —pregunté.

Ella se encogió de hombros.

—Es difícil de decir. Depende de la acusación que construyan contra Roulet, si es que hay acusación. Pero sé una cosa. No pueden juzgar a Roulet mientras haya otro hombre en prisión por el mismo crimen.

Me volví y caminé hasta la pared acristalada. Puse mi mano libre en la barandilla que recorría el cristal. Sentí una mezcla de euforia y pánico y esa polilla que seguía batiendo las alas en mi pecho.

—Es lo único que me importa —dije con calma—. Sacarlo. Eso y Raul.

Ella se acercó y se quedó a mi lado.

—No sé lo que está haciendo —dijo—, pero déjenos el resto a nosotros.

—Si lo hago, probablemente su compañero me meterá en prisión por un asesinato que no cometí.

—Está jugando a un juego peligroso —dijo ella—. Déjelo.

La miré y luego miré de nuevo a la plaza.

—Claro —dije—. Ahora lo dejaré.

Habiendo oído lo que necesitaba oír, Sobel hizo un movimiento para irse.

—Buena suerte —dijo.

La miré otra vez.

—Lo mismo digo.

Ella se fue y yo me quedé. Me volví hacia la ventana y miré hacia abajo. Vi a Dobbs y Windsor cruzando la plaza de hormigón y dirigiéndose al aparcamiento. Mary Windsor se apoyaba en su abogado. Dudaba que todavía se dirigieran a comer a Orso.

45

Esa noche, había empezado a correr la voz. No los detalles secretos, pero sí la historia pública. La historia de que había ganado el caso, que había conseguido que la fiscalía retirara los cargos sin posibilidad de recurso, y todo sólo para que mi cliente fuera detenido por asesinato en el pasillo del mismo tribunal. Recibí llamadas de todos los profesionales de la defensa que conocía. Recibí llamada tras llamada en mi teléfono móvil hasta que finalmente se agotó la batería. Todos mis colegas me felicitaban. Desde su punto de vista no había lado malo. Roulet era el cliente filón por excelencia. Había cobrado tarifas A por un juicio y cobraría tarifas A por el siguiente. Era como untar dos veces el mismo trozo de pan en la salsa, algo con lo que la mayoría de los profesionales de la defensa no podían ni siquiera soñar. Y, por supuesto, cuando les dije que no iba a ocuparme de la defensa del nuevo caso, cada uno de ellos me preguntó si podía recomendarles a Roulet.

Fue la única llamada que recibí en el teléfono fijo la que más esperaba. Era de Maggie McPherson.

—He estado toda la noche esperando tu llamada —dije.

Estaba paseando en la cocina, amarrado por el cable del teléfono. Había examinado mis teléfonos al llegar a casa y no había encontrado pruebas de dispositivos de escucha.

—Lo siento, he estado en la sala de conferencias —dijo ella.

—Oí que te han metido en el caso Roulet.

—Sí, por eso llamaba. Van a soltarlo.

—¿De qué estás hablando? ¿Van a soltarlo?

—Sí. Lo han tenido nueve horas en una sala y no se ha quebrado. Quizá le enseñaste demasiado bien a no hablar, porque es una roca y no le han sacado nada, y eso significa que no tienen suficiente.

—Te equivocas. Hay suficiente. Tienen la multa de aparcamiento, y hay testigos que pueden situarlo en The Cobra Room. Incluso Menéndez puede identificarlo allí.

—Sabes tan bien como yo que Menéndez no sirve. Identificaría a cualquiera con tal de salir. Y si hay más testigos de The Cobra Room, entonces vamos a tardar un tiempo en investigarlos. La multa de aparcamiento lo sitúa en el barrio, pero no lo sitúa en el interior del apartamento.

—¿Y la navaja?

—Están trabajando en eso, pero también llevará tiempo. Mira, queremos hacerlo bien. Era responsabilidad de Smithson y, créeme, él también quería quedárselo. Eso haría que el fiasco que has creado hoy fuera un poco más aceptable. Pero no hay con qué. Todavía no. Van a soltarlo y estudiarán las pruebas forenses y buscarán testigos. Si fue Roulet, entonces lo encontraremos, y tu otro cliente saldrá. No has de preocuparte. Pero hemos de hacerlo bien.

Lancé un puñetazo de impotencia en el aire.

—Han hecho saltar la liebre. Maldita sea, no tendrían que haber actuado hoy.

—Supongo que creyeron que les bastaría con un interrogatorio de nueve horas.

—Han sido estúpidos.

—Nadie es perfecto.

Estaba enfadado por su actitud, pero me mordí la lengua. Necesitaba que me mantuviera informado.

—¿Cuándo van a soltarlo exactamente? —pregunté.

—No lo sé. Todo acaba de saberse. Kurlen y Booker han venido aquí a presentar el material, y Smithson los ha enviado otra vez a comisaría. Cuando vuelvan, supongo que lo soltarán.

—Escúchame, Maggie. Roulet sabe de Hayley.

Hubo un horrible y largo momento de silencio antes de que ella respondiera.

—¿Qué estás diciendo, Haller? ¿Has dejado que nuestra hija...?

—Yo no he dejado que pase nada. Se coló en mi casa y vio su foto. No significa que sepa dónde vive ni siquiera que conozca su nombre. Pero sabe que existe y quiere vengarse de mí. Así que has de volver a casa ahora mismo. Quiero que estés con Hayley. Cógela y sal del apartamento. No corras riesgos.

Algo me retuvo de contarle todo, que sentía que Roulet había amenazado específicamente a mi familia en el tribunal. «No puede proteger a todo el mundo.» Sólo utilizaría esa información si Maggie se negaba a hacer lo que quería que hiciera con Hayley.

—Me voy ahora —dijo—. Iremos a tu casa.

Sabía que diría eso.

—No, no vengáis aquí.

—¿Por qué no?

—Porque él podría venir aquí.

—Es una locura. ¿Qué vas a hacer?

—Todavía no estoy seguro. Sólo coge a Hayley y ponte a salvo. Luego llámame desde el móvil, pero no me digas dónde estás. Será mejor que yo ni siquiera lo sepa.

—Haller, llama a la policía. Pueden...

—¿Y decirles qué?

—No lo sé. Diles que has sido amenazado.

—Un abogado defensor diciéndole a la policía que se siente amenazado..., sí, vendrán corriendo. Probablemente manden a un equipo del SWAT.

—Bueno, has de hacer algo.

—Pensaba que lo había hecho. Pensaba que iba a quedarse en prisión el resto de su vida. Pero habéis actuado demasiado deprisa y ahora tenéis que soltarlo.

—Te he dicho que no bastaba. Incluso sabiendo ahora de la posible amenaza a Hayley, todavía no hay suficiente.

—Entonces ve a buscar a nuestra hija y ocúpate de ella. Déjame a mí el resto.

—Ya voy.

Pero no colgó. Era como si me estuviera dando la oportunidad de decir más.

—Te quiero, Mags —dije—. Os quiero a las dos. Ten cuidado.

Colgué el teléfono antes de que pudiera responder. Casi inmediatamente lo descolgué y llamé al móvil de Fernando Valenzuela. Contestó después de cinco tonos.

—Val, soy yo, Mick.

—Mierda. Si hubiera sabido que eras tú no habría contestado.

—Mira, necesito tu ayuda.

—¿Mi ayuda? ¿Me estás pidiendo ayuda después de lo que me preguntaste la otra noche? ¿Después de acusarme?

—Mira, Val, es una emergencia. Lo que dije la otra noche no venía a cuento y me disculpo. Te pagaré la tele, haré lo que quieras, pero necesito que me ayudes ahora mismo.

Esperé. Después de una pausa respondió.

—¿Qué quieres que haga?

—Roulet todavía lleva el brazalete en el tobillo, ¿no?

—Sí. Ya sé lo que ha pasado en el tribunal, pero no he tenido noticias del tipo. Uno de mis contactos del tribunal me dijo que los polis lo volvieron a detener, así que no sé qué está pasando.

—Lo detuvieron, pero están a punto de soltarlo. Probablemente te llamará para poder quitarse el brazalete.

—Yo ya estoy en casa, tío. Puede encontrarme por la mañana.

—Eso es lo que quiero. Hazlo esperar.

—Eso no es ningún favor, tío.

—El favor viene ahora. Quiero que abras el portátil y lo controles. Cuando salga de comisaría quiero saber adónde va. ¿Puedes hacer eso por mí?

—¿Te refieres a ahora mismo?

—Sí, ahora mismo. ¿Hay algún problema con eso?

—Más o menos.

Me preparé para otra discusión. Pero me sorprendió.

—Te hablé de la alarma de la batería en el brazalete, ¿no? —dijo Valenzuela.

—Sí, lo recuerdo.

—Bueno, hace una hora he recibido la alarma del veinte por ciento.

—Entonces ¿cuánto tiempo puedes seguirlo hasta que se agote la batería?

—Probablemente entre seis y ocho horas de búsqueda activa hasta que se ponga en pulso bajo. Luego aparecerá cada quince minutos durante otras cinco horas.

Pensé en todo ello. Sólo necesitaba una noche y saber que Maggie y Hayley estaban a salvo.

—La cuestión es que cuando está en pulso bajo pita —dijo Valenzuela—. Lo oirás venir. O se cansará del ruido y cargará la batería.

O quizás hará otra vez su número de Houdini, pensé.

—Vale —dije—. Me dijiste que había otras alarmas que podías poner en el programa de seguimiento.

—Sí.

—¿Puedes ponerlo para tener una alarma si se acerca a un objetivo fijado?

—Sí, si la lleva un pedófilo puedes poner una alarma si se acerca a una escuela. Cosas así. Ha de ser un objetivo fijo.

—Entendido.

Le di la dirección del apartamento de Dickens, en Sherman Oaks, donde vivían Maggie y mi hija.

—Si se acerca a diez manzanas del sitio, llámame. No importa a qué hora, llámame. Ése es el favor.

—¿Qué sitio es éste?

—Es donde vive mi hija.

Hubo un largo silencio antes de que respondiera Valenzuela.

—¿Con Maggie? ¿Crees que este tipo va a ir allí?

—No lo sé. Espero que mientras tenga el brazalete en el tobillo no sea estúpido.

—Vale, Mick. Entendido.

—Gracias, Val. Y llámame al número de casa. El móvil está muerto.

Le di el número y luego me quedé un momento en silencio, preguntándome qué más podía decir por mi traición de dos noches antes. Finalmente, lo dejé estar. Tenía que concentrarme en la amenaza inmediata.

Salí de la cocina y recorrí el pasillo hasta mi despacho. Revisé el Rolodex de mi escritorio hasta que encontré un número y cogí el teléfono del despacho.

Marqué y esperé. Miré por la ventana de la izquierda del despacho y por primera vez me fijé en que estaba lloviendo. Parecía que iba a llover con fuerza y me pregunté si el tiempo afectaría al satélite que seguía a Roulet. Abandoné la idea cuando mi llamada fue respondida por Teddy Vogel, el líder de los Road Saints.

—Dime.

—Ted, Mickey Haller.

—Abogado, ¿cómo estás?

—No muy bien esta noche.

—Entonces me alegro de que llames. ¿Qué puedo hacer por ti?

Miré la lluvia que caía al otro lado de la ventana antes de

responder. Sabía que si continuaba estaría en deuda con una gente con la que nunca había querido estar atado.

Pero no había elección.

—¿Tienes a alguien por aquí esta noche? —pregunté.

Hubo vacilación antes de que Vogel respondiera. Sabía que tenía que sentir curiosidad por el hecho de que su abogado le llamara para pedirle ayuda.

Obviamente estaba pidiéndole el tipo de ayuda que proporcionan los músculos y las pistolas.

—Tengo a unos cuantos tipos controlando las cosas en el club. ¿Qué pasa?

El club era el bar de estriptis de Sepulveda, no demasiado lejos de Sherman Oaks. Contaba con esa proximidad.

—Han amenazado a mi familia, Ted. Necesito unos tipos para hacer de barrera, quizá coger a un tipo si hace falta.

—¿Armado y peligroso?

Dudé, pero no demasiado.

—Sí, armado y peligroso.

—Suena a nuestro trabajo. ¿Dónde los quieres?

Estaba inmediatamente preparado para actuar. Conocía bien el valor de que le debiera una. Le di la dirección del apartamento de Dickens. También le di una descripción de Roulet y de la ropa que llevaba ese día en el tribunal.

—Si aparece en el apartamento, quiero que lo detengan —dije—. Y necesito que tu gente vaya ahora.

—Hecho —dijo Vogel.

—Gracias, Ted.

—No, gracias a ti. Estamos encantados de ayudarte, teniendo en cuenta lo mucho que nos has ayudado.

Sí, claro, pensé. Colgué el teléfono, sabiendo que acababa de cruzar una de esas fronteras que esperas no tener que ver nunca y mucho menos tener que cruzar. Miré otra vez por la ventana.

La lluvia caía ahora con fuerza en el tejado. No tenía canaleta en la parte de atrás y caía como una cortina traslúcida que desdibujaban las luces.

Salí de la oficina y volví a la parte delantera de la casa. En la mesa del comedor estaba la pistola que me había dado Earl Briggs. Contemplé el arma y sopesé todas mis acciones. El resumen era que había estado volando a ciegas y al hacerlo había puesto en riesgo a alguien más que a mí mismo.

El pánico empezó a asentarse. Cogí el teléfono de la pared de la cocina y llamé al móvil de Maggie. Ella respondió enseguida. Supe que estaba en el coche.

—¿Dónde estás?

—Estoy llegando a casa. Recogeré unas cosas y saldré.

—Bien.

—¿Qué le digo a Hayley, que su padre ha puesto en peligro su vida?

—No es eso, Maggie. Es él. Es Roulet. No puedo controlarlo. Una noche llegué y estaba sentado en mi casa. Trabaja en inmobiliarias. Sabe cómo encontrar sitios. Vio su foto en mi escritorio. ¿Qué iba...?

—¿Podemos hablar después? He de entrar y sacar a mi hija.

No «nuestra» hija, «mi» hija.

—Claro. Llámame cuando estéis en otro sitio.

Ella desconectó sin decir una palabra más y lentamente colgué el teléfono de la pared. Mi mano estaba todavía en el teléfono. Me incliné hacia delante hasta que mi frente tocó la pared. No me quedaban más movimientos. Sólo podía esperar a que Roulet diera el siguiente paso.

El timbrazo del teléfono me sorprendió y salté hacia atrás. El teléfono cayó al suelo y yo lo levanté tirando del cable. Era Valenzuela.

—¿Has recibido mi mensaje? Te acabo de llamar.

—No. Estaba al teléfono. ¿Qué?

—Entonces me alegro de haber vuelto a llamar. Se está moviendo.

—¿Dónde está?

Grité demasiado alto al teléfono. Estaba perdiendo los nervios.

—Se dirige al sur por Van Nuys. Me ha llamado y ha dicho que quería que le quitara el brazalete. Le dije que ya estaba en casa y que lo llamaría al día siguiente. Le dije que sería mejor que cargara la batería para que no empezara a sonar en plena noche.

—Bien pensado. ¿Dónde está ahora?

—Todavía en Van Nuys.

Traté de construir una imagen de Roulet conduciendo. Si iba hacia el sur por Van Nuys significaba que se dirigía directamente a Sherman Oaks y al barrio en el que vivían Maggie y Hayley. Aunque también podía dirigirse hacia su casa por el lado sur de la colina a través de Sherman Oaks. Tenía que esperar para estar seguro.

—¿Cuánto retraso lleva el GPS? —pregunté.

—Es en tiempo real, tío. Es donde está ahora. Acaba de cruzar por debajo de la ciento uno. Puede que vaya a su casa, Mick.

—Lo sé, lo sé. Sólo espera hasta que cruce Ventura. La siguiente calle es Dickens. Si gira allí, entonces no va a su casa.

Me levanté y no sabía qué hacer. Empecé a pasear, con el teléfono fuertemente apretado contra la oreja. Sabía que aunque Teddy Vogel hubiera puesto a sus hombres en movimiento de inmediato, aún estaban a minutos de distancia. No me servían.

—¿Y la lluvia? ¿Afecta al GPS?

—Se supone que no.

—Es un alivio.

—Se ha parado.

—¿Dónde?

—Debe de ser un semáforo. Creo que es Moorpark Avenue.

Eso estaba a una manzana de Ventura y a dos antes de Dickens. Oí un pitido en el teléfono.

—¿Qué es eso?

—La alarma de diez manzanas que me has pedido que pusiera.

El pitido se detuvo.

—Lo he apagado.

—Te llamo ahora mismo.

No esperé su respuesta. Colgué y llamé al móvil de Maggie. Respondió de inmediato.

—¿Dónde estás?

—Me has pedido que no te lo dijera.

—¿Has salido del apartamento?

—No, todavía no. Hayley está eligiendo unos lápices y unos libros para colorear que quiere llevarse.

—Maldita sea. ¡Sal de ahí! ¡Ahora!

—Vamos lo más deprisa que podemos...

—¡Salid! Te volveré a llamar. Asegúrate de que respondes.

Colgué y volví a llamar a Valenzuela.

—¿Dónde está?

—Ahora está en Ventura. Debe de haber pillado otro semáforo en rojo, porque no se mueve.

—¿Estás seguro de que está en la calle y no aparcado?

—No, no estoy seguro. Podría... No importa, se está moviendo. Mierda, ha girado en Ventura.

—¿En qué dirección?

Empecé a caminar, con el teléfono apretado contra mi oreja con tanta fuerza que me dolía.

—A la derecha, eh..., al oeste. Va en dirección oeste.

Estaba circulando en paralelo a Dickens, a una manzana de distancia, en la dirección del apartamento de mi hija.

—Acaba de pararse otra vez —anunció Valenzuela—. No es un cruce. Parece en medio de la manzana. Creo que ha aparcado.

Me pasé la mano libre por el pelo como un hombre desesperado.

—Mierda, he de irme. Mi móvil está muerto. Llama a Maggie y dile que va hacia ella. Dile que se meta en el coche y que se largue de allí.

Grité el número de Maggie y dejé caer el teléfono al salir de la cocina. Sabía que tardaría un mínimo de veinte minutos en llegar a Dickens —y eso tomando las curvas de Mulholland a cien por hora en el Lincoln—, pero no quería quedarme gritando órdenes al teléfono mientras mi familia estaba en peligro. Cogí la pistola de la mesa y me puse en marcha. Me la estaba guardando en el bolsillo lateral de la americana cuando abrí la puerta.

Mary Windsor estaba allí de pie, con el pelo mojado por la lluvia.

—Mary, ¿qué...?

Ella levantó la mano. Yo bajé la mirada y vi el brillo metálico de la pistola justo en el momento en que disparó.

46

El sonido fue ensordecedor y el destello tan brillante como el de una cámara. El impacto de la bala fue como imagino que será la coz de un caballo. En una fracción de segundo pasé de estar de pie a ser empujado hacia atrás. Golpeé con fuerza el suelo de madera y fui impulsado a la pared, junto a la chimenea del salón. Traté de llevarme ambas manos al agujero en mis tripas, pero mi mano derecha continuaba en el bolsillo de la chaqueta. Me sostuve con la izquierda y traté de sentarme.

Mary Windsor entró en la casa. Tuve que mirarla. A través de la puerta abierta vi que la lluvia caía detrás de ella. Levantó el arma y me apuntó a la frente. En un momento de destello vi el rostro de mi hija y supe que iba a abandonarla.

—¡Ha tratado de arrebatarme a mi hijo! —gritó Windsor—. ¿Creía que iba a permitir que lo hiciera como si tal cosa?

Y entonces lo supe. Todo cristalizó. Supe que le había dicho palabras similares a Levin antes de matarlo. Y supe que no había habido ninguna violación en una mansión vacía de Bel-Air. Ella era una madre haciendo lo que tenía que hacer. Recordé entonces las palabras de Roulet. «Tiene razón en una cosa. Soy un hijo de puta.»

Y supe también que el último gesto de Levin no había

sido para hacer la señal del demonio, sino para hacer la letra M o W, según como se mirara.

Windsor dio otro paso hacia mí.

—Váyase al infierno —dijo.

Ajustó la mano para disparar. Yo levanté mi mano derecha, todavía enredada en mi chaqueta. Debió de pensar que era un gesto de defensa, porque no se dio prisa. Estaba saboreando el momento. Lo sé. Hasta que yo disparé.

El cuerpo de Mary Windsor trastabilló hacia atrás con el impacto y aterrizó sobre su espalda en el umbral. Su pistola repiqueteó en el suelo y oí un lamento agudo. En ese mismo momento oí el ruido de pies que corrían en los escalones de la terraza delantera.

—¡Policía! —gritó una mujer—. ¡Tiren las armas!

Miré a través de la puerta y no vi a nadie.

—¡Tiren las armas y salgan con las manos en alto!

Esta vez fue un hombre el que había gritado y reconocí la voz.

Saqué la pistola del bolsillo de mi chaqueta y la dejé en el suelo. La aparté de mí.

—El arma está en el suelo —grité lo más alto que pude hacerlo con un boquete en el estómago—. Pero me han herido. No puedo levantarme. Los dos estamos heridos.

Primero vi el cañón de un arma apareciendo en el umbral. Luego una mano y por último un impermeable negro mojado. Era el detective Lankford. Entró en la casa y rápidamente lo siguió su compañera, la detective Sobel. Al entrar, Lankford apartó la pistola de Windsor de una patada. Continuó apuntándome con su propia arma.

—¿Hay alguien más en la casa? —preguntó en voz alta.

—No —dije—. Escúcheme.

Traté de sentarme, pero el dolor se transmitió por mi cuerpo, y Lankford gritó.

—¡No se mueva! ¡Quédese ahí!

—Escúcheme. Mi fami...

Sobel gritó una orden en una radio de mano, pidiendo ambulancias para dos personas heridas de bala.

—Un transporte —la corrigió Lankford—. Ella ha muerto.

Señaló con la pistola a Windsor.

Sobel se metió la radio en el bolsillo del impermeable y se me acercó. Se arrodilló y apartó mi mano de la herida. Me sacó la camisa por fuera de los pantalones para poder levantarla y ver la herida antes de volver a colocar mi mano sobre el agujero de bala.

—Apriete lo más fuerte que pueda. Sangra mucho. Hágame caso, apriete con fuerza.

—Escúcheme —repetí—, mi familia está en peligro. Han de...

—Espere.

Ella buscó en su impermeable y sacó un teléfono móvil de su cinturón. Lo abrió y pulsó una tecla de marcado rápido. El receptor de la llamada contestó de inmediato.

—Soy Sobel. Será mejor que lo detengáis otra vez. Su madre acaba de dispararle al abogado. Él llegó antes.

Sobel escuchó un momento y preguntó.

—Entonces, ¿dónde está?

La detective escuchó un poco más y se despidió. Yo la miré en cuanto ella cerró el teléfono.

—Lo detendrán. Su hija está a salvo.

—¿Lo estaban vigilando?

Sobel asintió con la cabeza.

—Nos hemos aprovechado de su plan, Haller. Tenemos mucho sobre él, pero esperábamos tener más. Le dije que queríamos solucionar el caso Levin. Esperábamos que si lo dejábamos suelto nos mostraría su truco, nos mostraría cómo llegó a Levin. Pero creo que la madre acaba de resolvernos el misterio.

Entendí. Incluso con la sangre y la vida yéndose por la herida de mi estómago logré entenderlo. Soltar a Roulet había sido una trampa. Esperaban que viniera a por mí, revelando el método que había usado para burlar el sistema GPS del brazalete del tobillo cuando había matado a Raul Levin. Sólo que él no había matado a Raul. Su madre lo había hecho por él.

—¿Maggie? —pregunté débilmente.

Sobel negó con la cabeza.

—Está bien. Tuvo que seguir la corriente, porque no sabíamos si Roulet le había pinchado la línea o no. No podía decirle que ella y Hayley estaban a salvo.

Cerré los ojos. No sabía si simplemente estar agradecido de que estuvieran bien o enfadado porque Maggie hubiera usado al padre de su hija como cebo para un asesino.

Traté de sentarme.

—Quiero llamarla. Ella...

—No se mueva. Quédese quieto.

Volví a apoyar la cabeza en el suelo. Tenía frío y estaba a punto de temblar, aun así también sentía que estaba sudando. Sentía que me debilitaba y mi respiración era más tenue.

Sobel sacó la radio del bolsillo otra vez y preguntó el tiempo estimado de llegada de la ambulancia. Le contestaron que la ayuda médica estaba todavía a seis minutos.

—Aguante —me dijo Sobel—. Se pondrá bien. Depende de lo que esa bala le haya hecho por dentro, se pondrá bien.

—Geneal...

Quise decir genial con todo el sarcasmo. Pero me estaba desvaneciendo.

Lankford se acercó a Sobel y me miró. En una mano enguantada tenía la pistola con la que me había disparado Mary Windsor. Reconocí el mango de nácar. La pistola de Mickey Cohen. Mi pistola. La pistola con la que ella había matado a Raul.

Asintió y yo lo tomé como una especie de señal. Quizá que a sus ojos había subido un peldaño, que sabía que había hecho el trabajo que les correspondía a ellos al hacer salir al asesino. Quizás incluso me estaba ofreciendo una tregua y quizá no odiaría tanto a los abogados después de eso.

Probablemente no. Pero asentí y el leve movimiento me hizo toser. Sentí algo en mi boca y supe que era sangre.

—No se nos muera ahora —ordenó Lankford—. Si terminamos haciendo el boca a boca a un abogado defensor, nunca lo superaremos.

Sonrió y yo le devolví la sonrisa. O lo intenté. Entonces la oscuridad empezó a llenar mi campo visual. Pronto estuve flotando en ella.

EPÍLOGO

47

Han pasado cinco meses desde la última vez que estuve en un tribunal. En ese tiempo me han sometido a tres operaciones para reparar mi cuerpo, he sido demandado dos veces en tribunales civiles y he sido investigado por el Departamento de Policía de Los Ángeles y la Asociación de la Judicatura de California. Mis cuentas bancarias se han desangrado por los gastos médicos, el coste de la vida, la pensión infantil y, sí, incluso por los de mi misma especie, los abogados.

Pero he sobrevivido a todo y hoy será el primer día desde que me disparó Mary Alice Windsor que caminaré sin bastón y sin estar aturdido por calmantes. Para mí ése es el primer paso verdadero para volver. El bastón es un signo de debilidad. Nadie quiere un abogado defensor que parece débil. Debo mantenerme firme, estirar los músculos que la cirugía cortó para extraer la bala y caminar por mi propio pie antes de sentir que puedo volver a entrar en un tribunal.

Que no haya estado en un tribunal no quiere decir que no sea objeto de procedimientos legales. Jesús Menéndez y Louis Roulet me han demandado, y los casos probablemente se prolongarán durante años. Se trata de demandas separadas, pero mis dos anteriores clientes me acusan de mala práctica y violación de la ética legal. A pesar de todas las acusaciones específicas de su demanda, Roulet no ha sido capaz de averiguar cómo supuestamente llegué a Dwayne Jeffery Corliss en County-USC y le proporcioné información privilegiada. Y es poco probable que llegue a saberlo. Gloria Dayton se fue hace mucho. Terminó su programa, cogió los 25.000 dólares que le di y se trasladó a Hawai para empezar una nueva vida. Y Corliss, que probablemente sabe mejor que nadie el valor de mantener la boca cerrada, no ha divulgado nada salvo lo que testificó en el juicio, manteniendo que cuando estaban detenidos Roulet le habló del asesinato de la bailarina de serpientes. Se ha librado de las acusaciones de perjurio porque ello minaría la acusación contra Roulet y sería un acto de autoflagelación por parte de la oficina del fiscal del distrito. Mi abogado me dice que la demanda de Roulet contra mí es un esfuerzo de cubrir las apariencias sin fundamento y que al final se desestimará. Probablemente cuando yo ya no tenga más dinero para pagar las minutas de mi abogado.

Pero lo de Menéndez no terminará. Es él quien se me aparece por la noche cuando me siento en la terraza a contemplar la vista del millón de dólares desde mi casa con la hipoteca del millón de dólares. Fue indultado por el gobernador y liberado de San Quintín dos días después de que Roulet fuera acusado del asesinato de Martha Rentería. Pero sólo cambió una cadena perpetua por otra. Se desveló que había contraído el VIH en prisión y el gobernador no tiene indulto para eso. Nadie lo tiene. Soy responsable de lo que le ocurra a Menéndez. Lo sé. Vivo con eso todos los días. Mi padre tenía razón. No hay ningún cliente que dé más miedo que un hombre inocente. Ni ningún cliente que deje tantas cicatrices.

Menéndez quiere escupirme en la cara y llevarse mi dinero como castigo por lo que hice y por lo que no hice. Por lo que a mí respecta, tiene derecho. Pero no importa cuáles fueran mis errores de juicio y lapsus éticos, sé que al final hice lo correcto. Cambié el mal por inocencia. Roulet está entre rejas por mí. Menéndez está fuera por mí. A pesar de los esfuerzos de su nuevo abogado —ahora ha elegido al bufete de Dan Daly y Roger Mills para sustituirme—, Roulet no volverá a ver la libertad. Por lo que he oído de Maggie McPherson, los fiscales han construido un caso impenetrable contra él por el homicidio de Rentería. También han seguido los pasos de Raul Levin y han conectado a Roulet con otro homicidio: siguió a casa, violó y acuchilló a una mujer que atendía el bar en un club de Hollywood. El perfil forense de su navaja coincidía con las heridas fatales de esa otra mujer. Para Roulet, la ciencia será el iceberg avistado demasiado tarde. Su barco colisionará y se hundirá sin remedio. Para él, la batalla consiste en conservar la vida. Sus abogados están enzarzados en negociaciones para conseguir un acuerdo que le evite la inyección letal. Están lanzando indirectas sobre otros crímenes y violaciones que Roulet podría ayudar a resolver a cambio de su vida. Sea cual sea el resultado, vivo o muerto, a buen seguro ha desaparecido de este mundo y ésa es mi salvación. Eso me ha curado más que cualquier cirugía.

Maggie McPherson y yo también estamos tratando de sanar nuestras heridas. Ella me trae a mi hija a visitarme cada fin de semana y a menudo se queda a pasar el día. Nos sentamos en la terraza y hablamos. Ambos sabemos que nuestra hija será lo que nos salvará. Yo ya no siento rabia porque me usara como cebo para un asesino. Y creo que Maggie ya no siente rabia por las elecciones que yo hice.

La judicatura de California contempló todas mis acciones y me suspendió por conducta impropia de un abogado. Me apartaron por noventa días. Fue por una chorrada. No pudieron demostrar ninguna violación ética específica en relación con Corliss, así que me acusaron por usar una pistola de mi cliente Earl Briggs. Tuve suerte con eso. No era una pistola robada o sin registrar. Pertenecía al padre de Earl, así que mi infracción ética era menor.

No me molesté en protestar contra la reprimenda de la judicatura ni en apelar la suspensión. Después de recibir una bala en el estómago, noventa días en el dique seco no me parecía tan mal. Cumplí la suspensión durante mi convalecencia, sobre todo en bata mirando Court TV.

Ni la judicatura ni la policía descubrieron violaciones éticas o criminales por mi parte en la muerte de Mary Alice Windsor. Ella entró en mi casa con un arma robada. Ella disparó primero y yo después. Desde una manzana de distancia, Lankford y Sobel vieron cómo Windsor efectuaba el primer disparo desde la puerta de la calle. Defensa propia, punto y final. Pero lo que no está tan claro son mis sentimientos por lo que hice. Quería vengar a mi amigo Raul Levin, pero no quería hacerlo con sangre. Ahora soy un homicida. Haber sido sancionado por el Estado sólo atempera ligeramente los sentimientos que me provoca.

Dejando de lado todas las investigaciones y hallazgos oficiales, ahora creo que en todo el asunto de Menéndez y Roulet fui culpable de conducta indecorosa conmigo mismo. Y la pena por eso es más dura que cualquier cosa que la fiscalía o la judicatura puedan arrojarme nunca. No importa. Lo llevaré todo conmigo cuando vuelva al trabajo. Mi trabajo. Conozco mi lugar en este mundo y el primer día del próximo año judicial sacaré el Lincoln del garaje, volveré a la carretera e iré a buscar al desamparado. No sé adónde iré ni qué casos me tocarán. Sólo sé que estaré curado y preparado para alzarme otra vez en el mundo sin verdad.

Agradecimientos

Esta novela está inspirada en un encuentro casual y una conversación que mantuve hace muchos años con el abogado David Ogden en un partido de béisbol de los Dodgers de Los Ángeles. Por eso, el autor le estará siempre agradecido.

Aunque el personaje y las hazañas de Mickey Haller son ficticios y corresponden completamente a la imaginación del autor, esta historia no podría haber sido escrita sin la tremenda ayuda y orientación de los abogados Daniel F. Daly y Roger O. Mills. Ambos me permitieron verlos trabajar y preparar la estrategia de los casos y se mostraron incansables en sus esfuerzos para asegurarse de que el mundo de la defensa criminal era descrito cuidadosamente en estas páginas. Cualquier error o exageración en la ley o la práctica son meramente falta del autor.

La jueza del Tribunal Superior Judith Champagne y su equipo en el Departamento 124 del edificio de los tribunales penales, en el centro de Los Ángeles, autorizó al autor un acceso completo a su sala, despacho y calabozos y respondió las preguntas que le planteé. Tengo una gran deuda de gratitud con la jueza y con Joe, Marianne y Michelle.

También han sido de gran ayuda para el autor y han contribuido a la historia Asya Muchnick, Michael Pietsch, Jane

Wood, Terrill Lee Lankford, Jerry Hooten, David Lambkin, Lucas Foster, Carolyn Chriss y Pamela Marshall.

Por último, pero no por eso menos importante, el autor quiere dar las gracias a Shannon Byrne, Mary Elizabeth Capps, Jane Davis, Joel Gotler, Philip Spitzer, Lukas Ortiz y Linda Connelly por su ayuda y apoyo durante la redacción de esta novela.

Índice

OTROS TÍTULOS

EL LADRÓN DE TUMBAS

ANTONIO CABANAS

«Ésta es la historia de Shepsenuré, el ladrón de
tumbas, hijo y nieto de ladrones, y de su hijo Ne-
menhat, digno vástago de tan principal estirpe, quienes arrastraron su azarosa vida por los caminos de un
Egipto muy diferente del que estamos acostumbra-
dos a conocer, en los que la miseria y el instinto de
supervivencia les empujaron a perpetrar el peor crimen que un hombre podía cometer en aquella tierra,
saquear tumbas.» Con estas palabras, Antonio Cabanas presenta a los protagonistas de *El ladrón de tumbas*. Un relato donde los personajes históricos se dan
la mano con los ficticios para detallar las costumbres,
la lucha de las clases más bajas y la guerra de intereses entre los estratos más poderosos. Cabanas cauti-
va al lector al retratar todo el esplendor de la corte
faraónica.

DIOS VUELVE EN UNA HARLEY

JOAN BRADY

Con treinta y siete años y una figura que no se ajusta a los cánones de la belleza, Christine tiene pocas esperanzas de encontrar al hombre con quien compartir su futuro. Lo que no sabe es que Dios ha vuelto a la tierra para entregarle unas simples reglas de vida, acordes con nuestro tiempo, que harán de ella una mujer distinta y libre.

Aunque vista de chupa de cuero y cabalgue una Harley Davidson, en sus ojos se halla la sabiduría y en sus palabras sencillas descubrimos lo que siempre habíamos sospechado: el camino hacia la felicidad empieza y acaba en nosotros mismos.

«Una magnífica historia que nos hace sentir vivos y libres.»

John Gray